第十一次拥抱

准拟佳期 著

国文出版社
·北京·

 目录

CONTENTS

第一章 反对有效	001
第二章 记忆偏差	013
第三章 消失的合影	025
第四章 理智与情感	039
第五章 他怎么什么都会	052
第六章 要相信眼睛看到的	066
第七章 车祸	081
第八章 你跟过去不太一样	096
第九章 盗用账号	111
第十章 考试这种事情	126
第十一章 噩梦再现	136
第十二章 左肖,又见面了	148

目录 CONTENTS

第十三章
舞台上耀眼的你　164

第十四章
仪式感　175

第十五章
转校生　186

第十六章
终于等到你　197

第十七章
她是不是暗恋我　209

第十八章
我们之间的缝隙　222

第十九章
有个人喜欢你很久很久　233

第二十章
他曾存在过　242

第二十一章
当你危险时　256

第二十二章
我想要改变过去　268

第二十三章
是我先喜欢她的　280

第二十四章
穿越时光之海与你相遇　291

第二十五章
绝不放手的勇气　303

第一章
反对有效

凌晨四点,窗外漆黑一片。

"砰砰砰"的敲门声响起,紧接着房门被打开了。

一只手伸进了被窝里,抓住了还在睡梦中的慎温沺的手臂,直接把她拽了起来。

"快起来!都几点了你还睡?!化妆师都到了。"

"几点?"慎温沺眼都没睁开,含混不清的字从她口中吐出。

"都四点了!"

慎温沺瞬间又躺回到枕头上,可躺下还不到一秒,又被拽了起来。

"沺沺,你能不能让妈妈省点儿心?今天可是你结婚的大日子!亲朋好友都来了,你要让大家看笑话吗?让大家知道新娘子赖床不起来,错过了结婚典礼?你让陆白的爸爸妈妈怎么想?你知道妈妈一辈子要强,不能在亲戚朋友面前丢脸的哟。"

"好了,好了,妈,我这就起来了。"

慎温沺终于靠自己的努力坐稳了身子,用实际行动,让母亲温俞闭上了嘴。

温俞看着女儿努力睁大眼睛的样子,总算露出了满意的笑。

"那你快点儿去洗漱,化妆师等你呢。"

"知道了!"

温俞出去后，慎温泇这才下床起身。她看着床上红色的鸳鸯四件套，窗户上还贴着"囍"字，房间各个角落里都飘着气球，恍惚中猛然清晰地认识到，今天真的是她结婚的日子。结婚对象是她的好兄弟陆白，那个曾经爱极了她的"闺密"，从高中开始就玩在一起的男孩。如今，种种原因下，他和她不得不走上婚姻这条道路。

刷牙的时候，慎温泇想起他们各自第一次失恋的时候，陆白红着眼睛对她说："如果有一天你嫁不出去，我凑合着娶你也行。"

慎温泇忽然被牙膏沫呛了一下，又看了一眼周围的大红色装饰，觉得当初陆白应该是诅咒了自己一下。

"泇泇！你好了没？你磨磨蹭蹭的干什么呀？"温俞又在外面叫她了。

"在洗脸！"慎温泇拧开水龙头，眼睛余光看到了手机屏保，凌晨四点十分。她给陆白打了个电话，将手机放在水池旁边，一边洗脸，一边等着陆白接听。

足足过了三十秒，陆白明显还在睡觉的懒洋洋的声音传了过来。

"喂……怎么了？"

"我就想问问你起来没。"

"定了七点的闹钟，八点去你家接你，怎么了？"

慎温泇冷笑了一声："我四点就被叫起床了！陆白，你早说结婚要起这么早，我绝对不会答应你这个要求的！"

陆白似乎也清醒了，闷笑声从听筒里传了过来："要不怎么说，你这人仗义呢。我答应你，下次咱们下午结，让你睡个够。"

"死不死啊？！"慎温泇一边骂陆白，一边擦干了脸。

"哈哈，大喜的日子，你说这么不吉利的话，当心出事儿啊。"

慎温泇冷哼，挂断了电话，然后打开衣柜，准备换新娘的晨袍，眼睛不由自主地看向了柜子上方的一个小皮箱。一把精致的小锁锁着的箱子虽然有些年头了，却保存得很好，里面装着她过去的一些东西。她出神片刻，拿出晨袍，然后关上了柜门。

化妆师和摄影师进来。慎温泇打着瞌睡化妆，摄影师在房间里各种拍照。她扫了一眼摄影师油腻腻的头发，暗想不要对照片抱什么期待比较好。

七点的时候钟情来了。她是慎温洇找来的伴娘,两个人是高中同学。钟情不情不愿地拿出一个红包,塞给慎温洇,脸上满是疑问神色。

慎温洇挂着官方微笑的嘴角抽了抽:"有话就说。"

钟情像是憋了很久终于忍不住了才打开话匣子的样子。

"那我可就直接问了。你和陆白到底是怎么想的?你俩结婚这事儿,孟吃知道吗?"

慎温洇正在吃早点,听到孟吃的名字,虾饺掉了。她故作镇定,夹起另外一只虾饺:"应该……不知道吧。"

"合着孟吃不知道?我就说,咱俩高中感情也就一般,我是看孟吃的面子才跟你一起玩,你结婚找我当伴娘,我就觉得不对劲!慎温洇,你可真行!你怎么想的?"

是啊,她可真行。有时候,慎温洇自己也不知道,自己到底是怎么想的。

仿佛有很多事情,从一开始就错了。

八点陆白来接亲,有红包加持,再加上温俞也确实太想让女儿出嫁了,于是陆白很顺利地接走了慎温洇。

慎温洇和陆白坐在婚车上。慎温洇看着窗外一闪而过的街景,又开始发呆。

"你想什么呢?"

"在想你办这个婚礼花了多少钱,不办的话,是不是够给你的餐厅开个分店了?"

"慎温洇!你有时候真是有毛病。哪有女孩不期待婚礼的?"

或许吧,她真是有毛病。

"你告诉她了没?"

"那你告诉他了没?"

"谁?"

"左肖。"

慎温洇觉得自己的心跳好像漏跳了一拍。

"我眯一会儿,到地方你叫我。"

她笑了笑,结束了对话,闭起了眼睛。

左肖于她来说,是不能提起、不能忘记的过去。她的胸口开始起伏,忽然

觉得呼吸困难,身边的陆白第一时间发现了。

"你怎么了?"

"可能是我吃胖了,婚纱勒得我喘不上气。"

"勒你的眼睛了?"

慎温泇的眼泪"吧嗒吧嗒"地流了下来,她捶了陆白一下,然后破涕为笑:"你烦不烦?!"

前面开车的司机整个人都傻了。他干婚庆这么多年,没见过这样的新婚夫妇。

双方家长非常重视这场婚礼,摆了70桌,慎温泇认识的人没有几个。她的朋友只有钟情一个,如果不是非要找个自己认识的人做伴娘的话,她连钟情都不会叫的。

陆白的朋友不少,大部分慎温泇见过。

"我早就说你们俩是天生一对,有情人终成眷属了,恭喜恭喜!"

……

慎温泇微笑着回应,只想赶紧结束,赶紧吃饭。

典礼开始了,慎温泇挽着爸爸慎西北的胳膊,走在红毯上。红毯的那一头就是陆白,他今天有些许高调,穿了名牌西装的定制款,整个人帅气得像个男明星。她恍惚想起第一次见到陆白的时候,他还是个小混混,在街头堵着学生收保护费,然后打架。

一晃十年过去了。

慎西北动了动胳膊,慎温泇回过神来,把手放在了陆白的手上。新郎、新娘挽着手,一起面向宾客,司仪继续下面的流程。

现场开始播放他们的照片视频,台下的亲友看得津津有味。

慎西北拿着手卡十分紧张。马上就是新娘父亲致辞了,他还没太准备好。温俞颇为嫌弃他:"就这么几句词,你还没背下来。你平时讲座都是用的替身吗?"

陆白的父母更加紧张。他们算是暴发户,慎温泇家是知识分子,他们很怕被亲家看不起。陆白的父亲也念念有词,致辞是他让秘书找了个作家写的。

伴郎、伴娘站在旁边，满脸的不屑一顾。钟情扭头看到，问伴郎："你也不同意他俩结婚？"

"我是左肖的高中同学，能同意才怪！"

钟情忽然愣了愣："左肖是谁？"

伴郎停顿了片刻，整个人有点儿蒙："啊？我不认识左肖啊。"

两个人对视一眼，都觉得有点儿奇怪。

司仪热情饱满的声音传来："在各位亲朋好友的见证之下，今日你们就要结为夫妻……"

"我不同意！"

礼堂大门被推开，走廊的光笼罩着门口的人，她快速走入了大家的视线。

所有人都朝她看了过去，钟情第一个认出了她，兴奋得差点儿跳起来，抓着伴郎的手都在颤抖。

"孟吔来了！"

慎温沺回过神来的时候，孟吔已经站在她和陆白的面前了。慎温沺不由自主地后退了半步，给孟吔和陆白留了中间的位置。

台下宾客哗然。

陆白的父母站了起来，准备冲上台把这个不速之客拉走。

"我不同意你们结婚，至少今天不行。"孟吔看着二人说道。

慎温沺悄悄看向陆白。从孟吔出现，他的视线就没有离开过孟吔，深沉的眼眸甚至蒙上了一层水汽，他仿佛要哭了一般，攥紧了拳头掐着自己的掌心，内心的情感被理智束缚着。慎温沺知道，只需要孟吔再往前走一步，再伸一次手，陆白就会跟着孟吔离开。

"扑哧……"慎温沺没忍住笑出声来，略微有些歉意，好在没人发现。

"你来做什么？"陆白盯着孟吔，声音里带了一点儿哽咽之意，因为压制得很用力，所以没什么人听得出来。

但是慎温沺太了解陆白了，他就是心痛了，就是心动了。慎温沺看戏一样看着两个人，心想，下一秒孟吔应该就会拽着陆白离开了。虽然孟吔一直温柔似水，甚至性格有点儿懦弱，但既然她今天能站在这里，就一定是做好了所有的思想工作，绝对不会白来。

"你们不能结婚。你跟我走！"

果然！慎温油看向了陆白，紧接着一个跟跄往前去了几步。她扭转过视线，发现孟呓抓着的是自己的手。

"孟呓，你抓错了。"慎温油赶紧提醒。她想挣脱，孟呓的手劲儿却特别大，神情很紧张，似乎在害怕什么。只怪慎温油刚才只想看热闹，没注意到孟呓这凝重的表情。

"没抓错，就是你。阿慎，你跟我走。"孟呓从背包里拿出了一个印着风信子的日记本，那本子已经有了些年岁的样子。

慎温油顷刻间愣住了，这是她的日记本，明明应该放在她的小皮箱里。

"你从哪儿拿的？"

孟呓红了眼眶，摇了摇头，近乎恳求地说："跟我走，求你了，阿慎。"

慎温油几乎没有思考，一把掀开了头纱，一手提着裙摆，一手握紧孟呓的手，从红毯上一路奔跑了出去。

等到宾客回过神来的时候，新娘子已经不见了，只剩下新郎呆愣愣地站在原地。

陆白的父亲指了指门口，又指了指陆白："你还愣着干什么？追啊！"

慎西北手里已经被汗湿了的手卡掉在了地上，他似乎松了一口气："不用背了。"

温俞气得差点儿背过气去："你女儿逃婚了，你还不敢紧追！怎么跟亲家交代？！"

原本兴奋的钟情，此刻惊掉了下巴："这跟我想的不一样啊，初恋女友来抢婚怎么抢新娘呀，不是应该抢新郎吗？"

就在此时，酒店开始上菜了，整个礼堂乱成了一团。

破旧的连锁酒店房间里，空调出风口散发着潮湿的霉菌味儿，墙上贴着的壁纸也有好几处都发黄翘起来了，粘连着白色的墙皮斑驳着脱落成了碎屑，散落在墙角。床上一片有人睡过的痕迹，被子叠了起来，枕头压在被子上，这明显不是酒店服务员的打扫方式。

床边有一个打开的行李箱，里面整整齐齐地放着东西，一边是衣服，一边是一些药瓶。

慎温洇怎么也不相信孟呓会住在这种地方。她记忆里的孟呓家庭条件优越，从小琴棋书画样样精通，是多少人眼中的公主，包括她。慎温洇回想起第一次见到孟呓，孟呓站在阳光下，手里拿着慎温洇不慎遗失的物理书，说："同学，你知道高二（13）班怎么走吗？"

慎温洇回头看向孟呓，有一瞬间觉得，这个女孩的笑容比阳光都要温暖。

可是现在的孟呓有点儿奇怪，手不由自主地会用力，眼神闪烁。这都是精神非常紧张的表现，慎温洇是学心理学的，直觉和专业知识都告诉她，孟呓的脑子现在有点儿问题。

"现在没有别人了，能说说是怎么回事吗？"慎温洇轻声问。

"阿慎，我知道这很匪夷所思，但是我现在只能相信你了。"孟呓目光灼灼地盯着慎温洇，再一次握紧了她的手。

慎温洇用另一只手拍了拍孟呓的手背——掌心传递过去的温度，让人觉得安心——柔声细语地说："你说吧。"

"你还记得左肖吗？"

慎温洇的手突然用力，抓疼了孟呓，又赶紧放开。

"记得。"

慎温洇轻声回答。她怎么会忘了左肖呢？那是她暗恋了整整十年的人，是她唯一放在心尖上的人。彼时的左肖，是很多女孩喜欢的对象，而慎温洇是几乎全校女生都讨厌的对象。这样的她怎么配得上左肖？她甚至没有喜欢左肖的资格，她把这些喜欢的心情，都写在了日记本里，一页又一页，是她满满的爱慕之情。

如今这本日记本，正好出现在孟呓的手上。孟呓是左肖的青梅竹马，慎温洇不知道孟呓是怎么拿到日记本的，所以当时几乎没有思考，就跟着孟呓离开了自己的婚礼现场。

孟呓在听到慎温洇的肯定回答之后，整个人激动起来，突然抱住了慎温洇，眼角飘出泪来："我就知道！我就知道！就算全世界的人都忘了左肖，你也不会忘记他！"

"发生什么事了？"

"左肖消失了！你知道我和他是一起长大的，奇怪的是，除了我没有人记得左肖，我的父母、我们共同的朋友都不记得他了。这个日记本是他寄给我的，因为好奇，所以我打开看了。"说到这里，孟呓一脸愧疚的表情，声音也不自觉地小了下来，"很抱歉，我看到了你的秘密。"

慎温洄很吃惊："左肖消失了是什么意思？那你为什么来找我？"

孟呓迅速翻开日记本的最后一页："这里面除了你的字迹，我还发现了左肖的字迹。"

慎温洄拿过日记本来一看，果然有一行不属于她的字迹，上面写着：

如果有一天我不见了，并且大家都渐渐遗忘了我，那么请去浅岛市找慎温洄，她一定可以找到我。

"什么意思？左肖怎么会不见了？他不是本硕连读进了一个物理实验室吗？"

孟呓立刻激动起来，紧抓着慎温洄的手，眼睛里再一次蓄起了热泪："我就知道，你不会忘记他的。阿慎，你知道吗？除了我们，现在再没有人记得左肖了。我找了他一个月，他不见了，他的实验室也不见了，一切都没了。你救救他，你一定可以找到他的。"

慎温洄抱了抱孟呓，目光又落在了那半箱子药上。

"你好好休息，左肖的事情，慢慢来。"

"没时间了……"

"我和陆白结婚其实是有原因的……"

孟呓打断了慎温洄的话："你还喜欢左肖吗？"

"我……"慎温洄故作轻松地笑了笑，"不喜欢他。"

"说谎，阿慎，你骗不了我。我们曾经是最好的朋友，我知道，当年你对我有一点儿误会，但是我发誓，我从来没有喜欢过左肖，我们两个只是朋友，他和你在我的眼里是一样的。你的日记，当初真的不是我……"

"别说了。"慎温洄不想再听下去了。她用了很多年才忘记那一天的耻辱，才重新过上正常的生活。

"阿慎……"孟呓拉着慎温洄的袖子，像一只做错事求原谅的小猫咪，乖巧又委屈，让人心生怜爱之情。

慎温泊深呼吸，重新微笑起来："孟呓，这些年过得还好吗？叔叔阿姨还好吗？"

"他们都好，可是左肖不好。阿慎，求你了。"

"好了，孟呓，我知道了。你好好休息，没有人忘记左肖，今天陆白还提起了他，你可能太紧张了。这里环境太差了，我给你换个酒店吧。"

孟呓摇头，似乎有些失望："我哪里都不去，就在这里。你可能无法相信我说的话，但是你知道的，我从来不说谎。阿慎，我拜托你回去好好想一想，如果你想起了什么，就来这里找我。"

慎温泊点了点头，准备回去。她起身，婚纱落在地上。她又想起自己是从婚礼上跑出来的，有那么一点儿后悔。只是看到日记本就忍不住了，那么多宾客怎么办？回家以后她该怎么办？

太伤脑筋了，这一切又太奇怪了。

"我能问你个问题吗？"

孟呓抬起头来，失神的双眼看向慎温泊，鹅蛋一样光滑的脸上挂着泪痕，美丽又脆弱。

"为什么选今天来找我？"

"因为……因为……"孟呓难以启齿，她的确有自己的私心。

"你还喜欢陆白对吧？"

"对不起……"孟呓低下头，"我破坏了你们的婚礼，但是不仅仅是因为我喜欢陆白。"

"还有呢？"

"我打听到你请了婚假，要度蜜月一个月的时间，我怕左肖等不了……真的对不起。"

"那你为什么住在这里？"

"因为日记本寄出的地址就在这里，我想左肖他一定来过这儿。"

慎温泊叹了一口气，又安慰她："别胡思乱想，你好好休息。我回去了，电话号码没换。"

"我给你叫辆车吧，你没带钱也没手机。"

"不用,我爸妈家就住这附近,我走路回去就好。"

慎温汩后悔了,她应该找孟呓借身衣服换上,或者戴个口罩,因为人在窘迫的时候往往就会遇到熟人。当她终于回到家门口的时候,一路上遇到了七八个老邻居,他们纷纷问候她:"听说你逃婚了?"

慎温汩深呼吸一口气,用从门口地毯下拿出的钥匙打开了房门。

满屋子还都是早上她走时的凌乱样子,窗户上、门上的"囍"字再一次提醒她,她要挨骂了。

好在家里现在没人,父母应该都出去找她了。她回到自己的房间,找了一身衣服换上,然后从柜子里拿出自己的小皮箱,从抽屉里拿个红包出来,离开了父母家。

慎温汩自己在外面租有房子,就在她上班的医院附近。她回到自己家,从首饰盒里拿出了一把小钥匙,正是那个小皮箱的钥匙。犹豫了好几次,她打开了箱子,里面有两个相框,都是她和孟呓的合影,还有一本同学录、一张属于左肖的学生证,唯独少了的,就是自己的那本日记。

慎温汩感到很奇怪。日记本是什么时候不见了的,她完全没有印象,这个箱子她十年没打开过了。箱子上的锁没有被破坏的痕迹,钥匙她自己一直带着,那么,一直被锁在箱子里的日记本为什么会不见了呢?

这太奇怪了,说不通。

慎温汩翻开同学录,第一页就是左肖写的。

左肖,出生于 1996 年 5 月 30 日,身高一米八二,星座是双子座,喜欢电子竞技游戏,电话号码是131……

慎温汩看着左肖的笔迹,尽管纸张泛黄,却还是苍劲有力,甚至第二页都被他印出了痕迹。

她还记得自己鼓起勇气找左肖写同学录的时候,她告诉左肖:"你快点儿写,别人还要写。"左肖对她笑了笑说:"你催什么催啊?"

但实际上,她只找了左肖一个人写同学录。没有什么别人,只有左肖而已。

左肖的那个电话号码一直没有换过,慎温汩上个月还用公用电话打过,只是左肖刚接听，她就挂断了。

她和左肖快十年没见了，可左肖从未在她的世界消失过。

慎温洇看着那个电话号码，忽然想到了孟呓今天下午的话。慎温洇没忍住，拿自己家的备用电话拨了过去。

"您拨打的号码是空号，请查证后再拨……"

慎温洇忽然慌乱了，这怎么可能是空号？她明明上个月还打过！

"叮咚！"

门铃响了，慎温洇迅速收好东西，跑去开门。

她再一次深呼吸，准备面对疾风暴雨，开门后，外面却只有陆白一个人，他手里拿着自己的包，还有一个饭盒。

"我爸妈和你爸妈呢？"

"你既然担心他们，为什么要逃婚？"

慎温洇冲他做鬼脸，让开门口让他进屋。

陆白把东西放下，慎温洇围过来打开饭盒，开始大快朵颐。她几乎一天没吃东西了。

"不是你做的。"

"咱俩婚宴上打包的，你也算吃席了。"

慎温洇忽然就没什么食欲了。

"今天……"

"小呓……"

两个人同时开口。

慎温洇示意陆白接着说。

"我坦白，咱俩结婚的事情，我给小呓发过邮件。但是我没想到她会把你拽走，她应该是想跟我复合。"

慎温洇听完，忍住了笑问："那你怎么想？"

"我不会跟她复合，下个月还有一个黄道吉日，我们继续办婚礼。"

慎温洇听完傻了："你是不是有病？"

"你给看看？"陆白还是那副贱兮兮的嘴脸，让人真想打他两巴掌。

但是慎温洇知道，陆白是一定要一张结婚证的，无论新娘是谁。

"现在说说,那本子里有什么?你怎么一看到那个本子就跟小吆跑了?跟左肖有关系?"陆白又问。

慎温油忽然想起孟吆的话,"大家都忘了左肖"。她看向陆白,也有那么一点儿激动地问:"你记得左肖?"

"你是不是犯病了?要不要带你去医院看看脑子?"陆白说完话就伸手过来,想试试她发烧没。

慎温油轻巧地躲过了他的手。

"我没病。"她犹豫着开口,"我在孟吆的行李箱里看到马普替林了,一种抗抑郁的药。"

陆白的眉头皱紧了一些,手开始不自觉地用力抓着餐桌边缘。

"她应该是有抑郁症。"慎温油又说,"你去看看她吧,我担心她一个人出事,地址我给你。"

第 二 章

记忆偏差

　　慎温洄在家里躲了三天,她的出租屋的门槛并没有因为她在婚礼上逃跑这件事被踏破。也就只有第一天陆白来给她送过饭,再也没有其他人来过了。就连她父母都没来骂她,这让慎温洄觉得不太对劲。

　　所以第四天一大早,她顶着黑眼圈,出门上班了。一路上她眼皮直跳,虽说是没睡好的表现,却有一种不祥的心理暗示。果不其然,没走几步,她遇见了曲教授。

　　"你是四川来的慎温洄?"

　　"老师,我是本地人。"

　　曲教授"啧啧"了两声:"我以为你是熊猫变的呢。"

　　慎温洄下意识地摸了一下自己的黑眼圈:"没睡好。"

　　"女孩子就不要熬夜嘛,不然以你的工资水平,以后你哪里有钱做热玛吉。回家睡会儿,别影响病人。反正你那婚假还有好多天呢。"

　　她在医院心理康复科工作,主要是治疗失眠的。曲教授是她的研究生导师,她能在这家医院实习,也多亏了曲教授。所以尽管曲教授有时候嘴损,她也都能承受住。

　　"曲老师,我请病假行不行?婚假我还有用呢,下个月接着结婚。"

　　曲教授睿智的小眼睛突然就睁大了,脸上甚至露出了一点儿惊愕的神色来:"你这孩子在折腾什么?我真搞不懂你和陆白,星盘也不合,属相也不合,

性格也不合适，非要往一起凑。"

慎温泇笑了笑没说话。她也实在不知道该说什么好。在过去的十年里，她和陆白一直是"好兄弟"。

"行了，行了，回家吧。你妈妈打过电话，给你请假了。你妈妈还是挺关心你的，只是她性子急，你学心理学的，应该都懂才对。"

"知道了。"

慎温泇跟老师告别，回家路上特意买了两袋水果。

路过孟呓住的快捷酒店的时候，慎温泇不由自主地往里面看了看，在大厅并没有看到孟呓的身影，又抬头看了看，楼上房间的窗帘也拉着。想了想，慎温泇终究是没忍住，抬脚上楼走向了孟呓住的那间房。房门关着，慎温泇敲门也没人回应。她甚至不知道孟呓还住不住在这里，一时间又想起孟呓的行李箱里的药。

慎温泇转身下了楼梯，来到快捷酒店的前台。

"她退房了？请问她是什么时候走的，有没有说去哪里？"

"三天前就退了，好像有个男的来找她，两个人吵了一架，我有点儿印象。"

难道是陆白？

慎温泇拿出手机，翻出陆白的照片给前台工作人员看："是他吗？"

前台工作人员摇了摇头："不是，年纪挺大了。"

那会是谁呢？慎温泇迷茫了。

"谢谢。"

慎温泇离开酒店，一路上也没想明白，到底是谁去找了孟呓，孟呓现在又去了什么地方呢？

"来就来呗，还带什么东西。"温俞有点儿尖锐的嗓音响起，她把慎温泇手里的水果接了过去。

慎温泇笑了笑，在门口换拖鞋。她妈还是那个样子，就喜欢阴阳怪气。

"二老这几天可好？"慎温泇笑嘻嘻地问。

母女二人一边说话一边往客厅走。

"我倒是还行,你爸气得心脏病犯了。"

慎温汩瞧了一眼,她爸正在厨房里炒菜,老旧的抽油烟机轰隆隆作响。

"我爸什么时候得的心脏病?"

"就你跟那女的跑了的那一瞬间。"温俞一边说一边翻了个白眼。

慎西北这时候从厨房里出来了:"汩汩回来啦,洗手吃饭。"

出乎慎温汩的预料,一顿饭吃得挺和谐,除了温俞总是阴阳怪气。

"我下个月还结婚,还是和陆白。"

温俞听了这话,直接就放下了筷子:"妈妈是想让你结婚,但不是让你凑合着结婚。婚姻的本质并不是找个人凑合,是生活。"

"汩汩,你要想清楚,这一次幸好是先办婚礼后领证,要是真的领了证,就都晚了。你不然再想想,你高中的时候不是喜欢一个叫什么……"慎西北一下子没想起来,扭头看向自己的老婆。

温俞露出了迷茫的神色来:"你看我做什么?她高中的事情,我怎么知道?她不都写在日记里了嘛,日记本你给她锁柜子里的,我要看,你都不让。父女两个天天搞地下工作。"

"爸爸,我的小皮箱,你是不是也有一把钥匙?"

"你那个小皮箱的锁,是我找人定制的,只有一把钥匙。怎么了,钥匙丢了吗?"

"你的意思是,除了我别人打不开那个箱子?"

温俞听到这里就来气了,指着父女二人说:"当然了!你高三非要闹着转学,我就想知道是怎么回事儿,都找开锁师傅了,人家说打不开。"

慎温汩再一次陷入了迷茫状态当中。除了她没人能够打开小皮箱,那日记本到底是怎么不见了的呢?

一整天慎温汩都想不明白这事,也不知道电视台在播什么,更不知道自己在看什么。

吃过晚饭,温俞瞧着慎温汩那副心不在焉的样子,忍不住开口:"你要不要起来动动?沙发都给你坐出一个坑来了。"

"去哪儿?"

"你就没有朋友吗?给你当伴娘的那个同学呢,叫钟情的?"

"行，我找她去，晚上不在家住了。"慎温洇说走就走，背后传来了温俞的小声埋怨声。

慎温洇一下楼，就看到孟呓在台阶上坐着。

孟呓看到慎温洇出来，迅速站起身，跑到慎温洇面前。

"你怎么在这儿？我去酒店找过你，前台的人说你退房了。你没事吧？"

"我没事。陆白他爸来找过我，让我离开陆白，还给了我十万块钱。"

慎温洇惊了："不会吧，那你拿了？"

孟呓点了点头，有些羞愧地说："我从家里出来，没带什么钱，以后想办法再还给他吧。"

慎温洇有点儿不知道该说什么好了，眼前的孟呓让她感觉到太陌生了。她无意间看到孟呓的手腕上写着一行字，而孟呓也发现了慎温洇正盯着自己的手腕。

"我怕哪天我醒来也忘了他，好些人就是在一瞬间忘了他的存在。"孟呓抚摸着手腕上的那行字：左肖是我最好的朋友。

慎温洇忽然觉得心里难过了一下。她心疼眼前的孟呓，对左肖的意难平似乎又席卷而来。

"或许左肖在从事什么科研工作，必须对所有人保密。"慎温洇想了想，开导孟呓。

孟呓用力摇头："如果是那样，左肖不会把你的日记本寄给我。左肖让我来找你，你一定会知道一些什么。"

"可是我跟左肖已经快十年没见过了，期间没有任何联系。"

"可是……可是……我只有靠你了，阿慎，那是左肖啊……"孟呓的眼睛里再一次蓄满了热泪，她滚烫的眼泪很快落了下来，看起来楚楚可怜。慎温洇就在这样的眼泪攻势下，忍不住了。

"你别哭，我又没说不想办法。"慎温洇拿出纸巾，想给孟呓擦眼泪，却有点儿无从下手。

"阿慎，我就知道你最好。"

"孟呓！"

第二章　记忆偏差

背后忽然有人叫孟呓，慎温泇和孟呓一起看过去，是陆白气冲冲地过来了，手里还拎了两盒西洋参，看样子他是要去慎温泇家。

陆白走过来，站在二人中间。

"不要再来找慎温泇了，我和慎温泇马上就要结婚了，我跟你已经结束了。当初是你不要我，现在你就不要再破坏我们的感情了，更不要用左肖来刺激她，八年前她的命是我捡回来的。我不管你和左肖发生了什么事，不要扯上她，我不允许任何人再伤害慎温泇了，即便是你，我也不允许。听懂了吗？！"

陆白盯着孟呓，说的每一个字都咬牙切齿，可眼睛到底是不会骗人的，红得跟兔子一样。

慎温泇踮着脚，绕开陆白的肩膀，盯着两个人看。

孟呓把眼泪憋了回去，很克制："陆白……"

孟呓想伸手拉一下陆白，陆白转身就拽着慎温泇走了。

慎温泇被两盒西洋参打了好几次胳膊肘，她疼得龇牙咧嘴。直到走了半条街，身后再也没有孟呓的身影了，陆白才停下来。慎温泇揉着自己的胳膊肘，一脸怨念的表情。

"你是不是故意的？"

"没有。我仔细想过了，过去的事情，就过去了，我们好不容易走出来了，不能再回头了。以后你不提孟呓，我也不会再提起左肖了。"

"你不想提起孟呓，干吗告诉她你结婚？不矛盾吗？"

"你就当我当时脑子不清醒吧，现在我想明白了，人要向前看。"

慎温泇撇嘴，男人就是喜欢口是心非，她不相信陆白忘得了孟呓。

"小温这几天还好吗？我明天去医院看看她。"

陆白点了点头："挺好的，今天刚做了透析。"

陆白说完就有点儿沉默了，慎温泇看得出来，挺好的就是不太好。她拍了拍陆白的肩膀："咱还是别办婚礼了，赶紧领证吧，然后好办正事。"

"既然答应了，还是办吧。孟呓再来找你，你不要理她，我会解决好这件事。"

"怎么解决？再让你爸去给她十万块钱，让她离开你？"

陆白闻言一惊："我爸才给她十万？"

"还真是你让你爸去的？你在你爸眼里，也不是很重要啊。"

"我没什么理由再跟她见面，这样对任何人都不太好，尤其你爸妈知道了，更加会反对我们结婚，那小温……"

慎温沺一摆手打断了陆白的话："孟呓找我其实不是为了你，是为左肖。她说左肖消失了，而且有的人已经忘记了左肖。"

"这件事你别管。"

"你是不是知道什么？"

"我什么都不知道，你也别瞎想了，我去你爸妈家了，你要是没事儿去帮我看店。你那个老同学在我的店里搞聚会，我不好拒绝。"

"钟情？"

"不然呢？你人缘那么差，还有谁？"

"知道了，我保证不让她喝醉了撒酒疯，弄坏你的装修。"

"等等。"陆白叫住慎温沺，把车钥匙给了她，"万一要你送，方便点儿。"

"你这么好的男人，孟呓怎么就不珍惜呢？"

陆白瞬间瞪眼，伸手就要抢车钥匙，慎温沺赶紧笑着承认错误："我错了，我去你店里自罚一杯。"

晚上十一点，青食府。

青食府是专门做谭家菜的。早些年在慎温沺的督促下，陆白开始学厨，后来拜了名家为师，专门学习了谭家菜，这几年青食府被他弄得有声有色。

慎温沺一进来，大堂的小齐经理就向她投递了求救的眼神。

餐厅里充斥着钟情的大笑声，隔着好几层门板都传过来了。

"我上去看看。"

慎温沺敲了敲包间的门，推开门之后，有点儿傻眼了。因为这不是单纯的聚会这么简单，这是个高中同学聚会，虽然陆白没见过他们，但有好几张面孔她是有印象的。

"慎温沺！你怎么才来？快进来坐！"钟情兴奋地拉着慎温沺过去，直接将慎温沺按在了主位旁边。这下好了，慎温沺跑都没办法跑了。

"这餐厅就是慎温沺的未婚夫的！要给咱们打六折呢，对外别说打折了，约都约不上的！大家快走一个，感谢慎温油。"

七八个人附和着，感谢声此起彼伏，明显喝大了。

慎温油更尴尬了，只得笑着说："应该的，都是同学。"

"我给你介绍一下吧，你高中转学早，我怕你对不上号。"钟情指着正对面的一个女生说，"这是林一唯，当年跟沈欣欣关系特别好。沈欣欣你还记得吧，当初总跟你作对的那个女孩。好像她也暗恋那个……"

钟情卡了一下，扭头看向大家："谁来着？你们还有印象？我怎么忽然想不起来了。就一个特别出名的男孩，慎温油都心动了，谁来着？"

慎温油登时瞪大了眼睛，"社死"只在一瞬间。她赶紧打断钟情说："我记得林一唯。"

林一唯也从思索和回忆中回过神来，看着面前的慎温油，有些不好意思地拿起了一杯酒："以前年纪小，不太懂事，对不住了。"

"我都忘了。"慎温油笑了笑，跟她碰了一杯。

钟情还在嘀咕："谁来着？就在嘴边上，怎么死活想不起来了呢？"

"你可别想了，喝得差不多了，回去吧。"慎温油小声提醒。

"不行，想不起来我难受。你和沈欣欣都喜欢的人，我怎么能不记得了呢，有没有人记得啊？"钟情又嚷嚷起来，慎温油觉得，这姑娘情商好像是出门忘在家里了一样。

忽然，慎温油感觉到了哪里不对劲。十年前，左肖在学校里有很多女孩喜欢，他学习成绩优秀，是公认的校草，怎么会大家都不记得他呢？难道……

"钟情……"慎温油开口。

包间门再一次被打开，刚才去洗手间的人回来了，满脸兴奋之色："瞧瞧我遇见谁了？孟吃！"

慎温油一抬头，就看见孟吃正小心翼翼地看着自己。

孟吃忽然出现，让大家再次兴奋起来，众人拉着孟吃聊了起来。比起慎温油，大家更喜欢孟吃，毕竟孟吃一直都恬静美好，能和所有人相处得来，是真正的"白月光"女神。

"你什么时候回国的？孟吃，好些年不见了，你现在还跳舞吗？"

"我……不跳啊。"孟吃小声回答。

"那好可惜啊，我们都觉得你以后肯定能成为一个舞蹈家呢。那你现在在

干什么呢,是打算在国内发展吗?"

孟呓一时之间并不知道如何回答,求救一样看着慎温洇,呼吸甚至有点儿开始急促了。孟呓开始摸自己的口袋,在找什么东西。

不好,她的情绪不太正常。

"我有话想跟她说,你们先聊。"慎温洇穿过层层阻碍,一把拉住孟呓,将她拽离了叽叽喳喳的包围当中。

在那一瞬间孟呓想起了许多年前自己失足被困在陷阱里,慎温洇也是这样伸出了一只手,将她从黑暗中拉了出来。

两个人跑到餐厅外面,慎温洇问她:"你的药呢?"

孟呓有点儿扭捏。

"我那天看到了,你是得了抑郁症吗?"

孟呓摇了摇头:"我没有,只是焦虑症。"

"你跟着我来的吗?你住在哪里?我送你回去。"

孟呓摇了摇头,不肯走:"能不能请你帮帮左肖?我真的没办法了。左肖能依靠的只有你和我了。如果你不相信他消失了,那他真的……"

"我和左肖只是高中同学而已,我的确不知道去哪里能找到他,帮不上你也帮不了他。"

"不!"孟呓大声呵斥,"你们怎么能只是同学呢?你们是恋人!左肖是你的男朋友啊,你怎么能忘记?你们不是非常相爱的吗?"

"你说什么?"慎温洇瞠目结舌。

"跑!"

慎温洇还没来得及反应,孟呓就突然拉着她奔跑起来。

孟呓一边跑,一边回头张望,似乎有什么人正在追着她们一样。

慎温洇明显感觉到她的手被孟呓抓得生疼。

孟呓太用力了,换句话说,她太紧张、太害怕了。

"你看到了谁?"慎温洇奔跑的间隙问孟呓。

"别说话!"孟呓跑得更快了。

慎温洇的体育细胞在大学的时候就死干净了,她跑得非常吃力,有好几次觉得自己可能一口气喘不上来就过去了。她用力拽孟呓,试图让孟呓停下来。

因为她根本没有看到有谁在追她们,甚至她们才是街上路人眼中奇怪的人。

整整跑了两条街,孟呓才停下,慎温洄腿一软,瘫坐在地上。孟呓的状态还好,慎温洄已经像是濒死一样。

慎温洄说不出话来,血液都涌向大脑,她也没办法在这种状态下进行思考。

孟呓跑到旁边的便利店买了一瓶水给慎温洄,甚至还贴心地拧开了瓶盖。慎温洄猛喝了一口水,终于喘匀了气息。

"谢谢,孟呓你什么时候这么有力气了?能跑这么远,还能拧瓶盖。"

慎温洄本来是说一句带了点儿玩笑意味的话,没想到孟呓听完之后,稀松平常地回复了一句:"我是体育生,日常训练十公里。"

慎温洄刚想笑,突然觉察出了哪里不对,立刻紧张地看向了孟呓:"体育生?你不是从小身体不好?高中的时候你喝水都是我帮你拧开瓶盖。"

孟呓吃惊地看着慎温洄:"阿慎,你在说什么呢?我不是高中转学过来,就一直照顾你吗?左肖说了,你是他最重要的人,如果我让你不痛快了,他就让我痛不欲生。"

"这不可能!"慎温洄从地上站起来,眼前的孟呓让她觉得熟悉又陌生,她记忆里的孟呓一直都是很柔弱的样子,是需要她一直保护的女孩。

慎温洄还记得,高中的一次体育课长跑测试,正赶上了自己生理期,她疼得站不住,旁边的孟呓跑了几步累得瘫软,和她一起在病号区待着。孟呓当时舔了舔嘴唇,可怜巴巴地看着慎温洄说:"阿慎,能不能把水给我喝一口?"慎温洄随手将水瓶递了过去,孟呓拧了一下,瓶盖纹丝未动,她就更加可怜巴巴了。慎温洄将水瓶拿过来,拧开瓶盖给她,孟呓就换上了满脸的笑容。"阿慎对我最好了。"

这才是她记忆中的孟呓,孟呓怎么会是体育生呢?

慎温洄走到旁边的便利店里,一口气买了三十瓶饮料出来。

"阿慎,你干什么?"孟呓不解地问。

"拧开。"

孟呓愣了一下,然后听话地一瓶一瓶将饮料拧开,只用了三十秒不到。

这短短的三十秒,却足够震惊慎温洄八个来回。

这不可能。

慎温洏又拉着孟呓走入便利店，指着货架上的饮料瓶说："拧开。"

孟呓没问为什么，仍然是眉头都不皱一下就能拧开。她的力气很大。

慎温洏被震惊得久久不知道该说些什么。

"阿慎？"孟呓小声叫她。

"今天你跟我回家，我有事情要问你。"

"那这个……"孟呓指了指地上的瓶盖。

"拧上。"

孟呓又蹲下开始一瓶一瓶地将瓶盖拧好，两个人抱着饮料去收银台结账。

"需要袋子吗？得四个吧。"收银员小心翼翼地问，他观察这两个人很久了。

"不需要。可以帮我写个牌子吗？告诉他们是干净的，请环卫工人自取。"

店员愣了一下说："可以。"

"谢谢。"慎温洏扫码付款，拉着孟呓出去了。

店员看着两个人走远了，才收回视线，摇了摇头说："挺好看的俩姑娘，怎么是俩神经病呢，大晚上跑这儿拧瓶盖。"

夜色正浓，城市万家灯火。

慎温洏和孟呓坐在慎温洏家餐厅的高脚凳上，面前是一碗热腾腾的泡面，房间里弥漫着泡面的香气。

慎温洏此时已经冷静下来了，毕竟她是个心理医生。眼前的孟呓也不再是那么紧张的样子，慎温洏心里有很多疑问，明明想一股脑地都问出来，可专业素养还是让她绷着。因为老师上的第一堂课就告诉她：欲速则不达，要等对方主动向你倾诉。

没错，在回来的路上，慎温洏下了个判断，孟呓应该是一些记忆产生了混乱，她在自己的臆想当中，把虚幻和现实中的情况弄反了。

慎温洏说服了自己，不然这一切都没办法解释了。

"高二的那次地震之后，我转学过来，左肖介绍我们俩认识，他让我好好照顾你。你对我也很好，我们两个人一见如故，仿佛是多年的老朋友一样。我跟左肖一起喊你阿慎，别人都不可以这么叫你……"

孟呓缓缓说着，一直紧蹙的眉头终于舒缓开来。

"然后呢？"慎温油问。

"我们总是三人行，我不想做'电灯泡'，但是你们两个完全不忌讳的样子。你们感情很好，学习成绩也非常好，我以前一直觉得左肖是个学渣。他总是和你保持着60分左右的距离，让你稳稳成为年级第一名，而他是第二名。"

"他会控分？"

孟呓笑着点头："后来，有一天你们两个人带我去了一家牛肉面馆，我以前不吃牛肉面的，但是那天你们非要带我去，然后我就认识了陆白。"

牛肉面。慎温油在心里重复着。

"有了陆白以后，我们从三人行变成了四人行。你和左肖说陆白以后一定会成为一个顶级的厨师，让他去找个大师拜师。"

这里情节对得上，却又不是完全对得上。她记得陆白学厨师这件事是自己鼓励的，什么时候有左肖参与呢？

"再后来呢，我们高考顺利吗？"

"我出国了，你和左肖去了同一所大学，我们经常打电话。"

"没有见面吗？"

孟呓摇了摇头："我大学毕业，疫情来了，我没办法回国。就一直在国外定居，直到上个月，收到了左肖的快递，然后是你和陆白要结婚的消息……阿慎，你会相信我的，对吧？"

孟呓忽然抓住慎温油的手腕，指节都有点儿泛白了，可见她有多么用力。

"当然，孟呓，你别紧张。"慎温油温柔地拍了拍孟呓的手背。

"抱歉。"孟呓松开手，眼神有一点点失望。

"你在国外这几年过得怎么样？"慎温油试着引导话题，想知道孟呓在国外发生了什么，才导致她变成了这个样子。

"我开了一家瑜伽馆，有很多华人顾客，生意一直都很好。我跟你说过的，你不记得了吗？"

慎温油的确不记得，因为这事在她的记忆里根本就没有发生过。她所认知的是，她们两个自从高中那本日记的事情之后，再也没有联系过。

慎温油笑了笑又问："刚刚是什么人在追你？"

"坏人。阿慎，我是偷偷跑回来的，他们想抓我回去。他们都觉得我疯了。阿慎，你是相信我的，对吧？"

慎温泪看着孟呓的眼睛，迟疑了半秒说："当然，我们再聊聊你在国外的瑜伽馆怎么样？"

"你根本就不相信我！"孟呓突然爆发了，一抬手打翻了泡面桶，"日记是假的吗？左肖是假的吗？我是假的吗？为什么左肖那么爱你，你却不相信，不肯帮他？！阿慎，我对你太失望了！"

慎温泪被吓了一跳。孟呓胸口剧烈起伏着，她大口大口地喘着粗气。慎温泪第一次觉得自己专业知识匮乏，不知道该如何处理这种情况了。

过了一会儿孟呓缓了过来，拉着慎温泪的手看。慎温泪的手被泡面烫红了，孟呓忽然就哭了起来，豆大的眼泪砸在了慎温泪的手背上："对不起阿慎，我怎么弄伤你了？我给左肖发过誓的，要一辈子保护你、照顾你的。我怎么会这样？阿慎，对不起……"

慎温泪拥抱住痛哭的孟呓，轻轻地拍着她的背。过了许久，孟呓哭累了，慎温泪把她扶进了卧室。

房间里开着一盏昏暗的台灯，橘黄色的光笼罩着床上熟睡的人。

这样温暖的光能够让人放松下来，房间里还播放着水流滴答声的轻音乐，这样的白噪声更加容易让人入睡。

可尽管这样，睡梦中的孟呓也还是眉头紧锁，手一直抓着被子，似乎在害怕什么。

慎温泪看着这样的孟呓，想起今天孟呓说的这些"过去"，翻看着自己的日记……

第 三 章

消失的合影

2013年,夏末,高二开学。

慎温汩早早就来了学校,她带着几个人在学校门口抓违纪的同学。

慎温汩看了看表,距离关门还有五分钟,但是很显然已经到校的学生不足一半。

"等会儿真锁门吗?"纪律委员问她。

慎温汩用诧异的眼神看向他:"为什么不呢?到点锁门,我们去上课,这有什么问题吗?"

纪律委员看了慎温汩一眼,深呼吸了一口气,实在是忍不住了的样子:"慎温汩,开学第一天,要不就算了吧。"

慎温汩不理解,但还没把质疑说出口,就看到一个女生匆忙路过。她眼尖,一下看出了端倪。

"沈欣欣,把帽子摘下来。"

那女生是高二(13)班的学生,她没想到被慎温汩认出来了,不情不愿地摘下了帽子,一头火红的头发飘散下来。

"学校规定不可以染发。"

"我天生发色浅。"

"染黑。"

"学校规定不可以染发。"沈欣欣把这句话还给了慎温汩,语气带着挑衅

025

意味。沈欣欣是个很漂亮的女孩子,眼睛很大,裙子比一般女生的都短一点儿,成绩比一般人都差一点儿,能上信德高中听说是花了不少钱。

慎温油和沈欣欣对上了,二人互不相让。这已经不是第一次了,沈欣欣最讨厌的人就是慎温油,所以她总是跟慎温油对着干。其实不光是沈欣欣,信德高中没有几个人不讨厌慎温油的。

"需要我通知你的班主任吗?"慎温油冷冷地说道。

沈欣欣冷笑:"随便啊,你除了这个也不会别的吧?"

校门口原本怕迟到在奔跑的人看到这一幕,不由得停下来多看了几眼,周围很快就围了一圈人。有人听到沈欣欣说这句话的时候,还吹起了口哨。

"就得沈欣欣治治这个慎温油。"人群里有人小声说了一句。

没想到一石激起千层浪,大家都附和起来。

"慎温油,你别总是刁难别人行不行?"

"慎温油,你这么喜欢告状,是小学生吗?"

"人家慎温油喜欢告状不是正常吗?人家从上小学就是老师的狗腿子了,写进 DNA 里的。"

…………

纪律委员和其他几个学生会的同学默默地退后了一步,跟慎温油保持着一米的距离,看起来就像他们和慎温油不是一起来检查校风校纪的。

人群里的慎温油,一个人面对一群人,像个孤傲的战士。

"不能生气,我是为了他们好。"慎温油在心里反复劝导自己。

"不麻烦你,我亲自去告诉班主任,记得帮我在你那个本子上记录上违纪。谁让我是 13 班的呢。"沈欣欣给慎温油一个微笑,转身走了。

周围看热闹的人却还没散去,大家都在看慎温油的反应,或者说,期待着从她那张冷若冰霜的脸上看到一点点表情。

但很可惜,慎温油没有。她仍然是那样面无表情,让人看不到悲喜,看不到愤怒。她就仿佛是一个 AI 一样,沈欣欣走了之后,她又继续遵循着校规校纪拦下了其他人。

"没穿校服。"

"洗了没干,这连着几天都在下雨啊。慎温油,你这也要告老师吗?"

慎温洭没难为他，男生一副吊儿郎当的样子，她打量了一眼说："开学典礼，你站到后面去。"

男生"喊"了一声走了。

大家伙好像说好了一样，在关校门前的最后一分钟，全部跑了进来，这让慎温洭忙得不可开交。

直到回高二（1）班教室里上课，她才稍微缓过来一些。

课间休息，慎温洭一个人去洗手间。

外面来了不少女生，在叽叽喳喳地聊天。

"笑死了，你看给慎温洭累得跟狗一样。她肯定不知道，大家都是在黑组约定好的。"

"看见她就反胃。她凭什么一上高中就把明哲学长顶了，直接当学生会主席啊？是不是家里……"

"我听说她爸妈也是老师。"

"难怪她爱打小报告。"

"嘻嘻嘻……"

黑组她知道，是校园论坛上的一个小版块，她没有权限进入，申请过几次都被驳回了。原来这个黑组是黑她的组织呀，慎温洭忍不住笑出声来，这个挺有意思。

"谁啊？"外面的人谨慎起来。

慎温洭上完厕所出来，和大家打了个照面。

"明哲学长是因为上高三了，所以肖主任让他卸任，让我顶上的。我从小学一年级开始就是班长，一直到现在。除语文外，所有学科几乎都是满分，奥林匹克数学竞赛银奖，我凭什么不能当学生会主席？"

几个女生的脸色瞬间难看起来，怨怼地瞪着慎温洭，好半天才有一个人说了一句："学习好了不起啊！"

学生，难道不应该学习好吗？

慎温洭冷笑了一声，洗完手离开了洗手间，剩下那几个女生在原地跺脚。

慎温洭很少怼人，听到诋毁她的话，大多数情况下都选择当没听见，因为

她觉得为无意义的事情浪费时间和感情,本身就是很蠢的行为。但是今天她不知道自己是怎么回事,或许是因为连日阴雨后难得的好天气。

下午自习课,教导处的肖主任叫慎温洇去办公室。肖主任桌上放着一张报名表和一份宣传资料。

"市里面搞中学生竞赛,除了高三的,高一、高二的学生都可以参加,选一支队伍就可以了,至于选哪个项目,温洇你弄个民主调查吧。下周五把表交上来就行。"

慎温洇快速浏览了一遍宣传资料,对照着又看了看参加的学校,然后用十分肯定的语气说:"数学竞赛。老师,我们选数学竞赛。"

肖主任微微一愣,和蔼地笑了:"为什么是数学竞赛,唱歌比赛不好吗?也偶尔让大家放松放松。"

"我市有四个文艺类的学校,我们在这个赛道上很难得分,而这个奖项是高考加分项,如果必须赢,我觉得我们应该选一个稳一点儿的项目。信德高中有数学竞赛班,随便拉几个人出来,都能参赛。"

肖老师推了推眼镜框。他承认,慎温洇分析得很对,但是……

"肖老师,就这么决定吧。学生的本职工作就是好好学习,唱歌比赛,会分心的。"

肖老师被说服了,只能点了点头:"温洇,有时候你是好心做事,但却容易得罪人。"

她知道,但是无所谓。

放学之前,慎温洇在学校公告栏上贴出了通知,同时也将资料上传到学校论坛。

果不其然,骂声一片。

今天她爸妈下班晚,让她一个人吃了饭再回去。慎温洇反正没事儿,就买了点儿吃的东西,在学校篮球馆里坐着,一边吃东西一边看同学们在网上怎么骂自己。

慎温洇一个没忍住笑了出来,原帖是:"搞数学竞赛?放着好好的唱歌不选,选数学竞赛?慎温洇脑子抽了一定是!"

慎温汩随手回复:"后面这个倒装句,建议这样修改:慎温汩或许是脑子抽了。因为'慎温汩脑子抽了'这并不是一个大家都知晓的理论依据,所以不建议使用肯定语气。"

紧接着,铺天盖地的谩骂评论又来了。

"你是不是有病?你跑这儿批改作业来了?你有瘾?"

"慎温汩等于晦气。"

"慎温汩这个人真双标。"

…………

慎温汩有点儿不服气了。

"许你们骂我,不许我点评了?到底谁双标啊?"慎温汩看得太投入了,全然没发现有人进来了。

紧接着,眼前一黑——慎温汩被套上了麻袋。

慎温汩挣扎,胡乱踢了好几脚,听到有至少三个女生的"哎哟"惨叫声。

"沈欣欣?"慎温汩隔着麻袋问。

"你不是吧?这都能听出来是我?"沈欣欣捂着被慎温汩踹疼的小腿,蹲在地上。

"你想干吗?"慎温汩冷静地问。

"让你好好反省一下!"沈欣欣恶狠狠地说。

旁边的女生小声劝沈欣欣:"被她认出来了,要不然算了吧,欣欣。"

"钟情?难道没人告诉你,做坏事要不留名吗?"慎温汩又说。

钟情一下子捂上了嘴,无辜又慌乱地看向了沈欣欣。

"闭嘴!"沈欣欣放狠话,"把她带走。"

几个女生却没有上前,钟情小声说:"我被踹了四脚,每次都是小肚子,太疼了。"

还有女生附和道:"是啊,我都怀疑她鞋上长了眼睛。"

沈欣欣赶紧使了个眼色,让这个女孩别说话了,却来不及了,只听慎温汩慢悠悠地说:"还有林一唯啊,那最后没说话的人肯定是刘紫,劣质香水味太浓了。"

"六百多块钱一瓶呢,你懂不懂香水啊?!"刘紫气呼呼地说道。

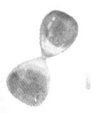

"果然是你。"慎温油冷笑着说。

刘紫一拍大腿,上当了,一脸懊悔之色。其他三个人一起捂脸,慎温油也太可恶了。

"既然你都认出我们了,那我就实话告诉你,就是为了给你个教训。好好反省一下你这个人为什么这么讨人厌!"沈欣欣一声令下,另外三个人也不管不顾了,哪怕再被踹几脚也没事,毕竟一个一个掉马甲,真的很丢脸。

慎温油反倒是不反抗了。她感觉被抬了起来,然后走了五分钟左右,被放进了一个柜子里,紧接着柜子门被关上了,门外面没有了声音。

慎温油自己把套在头上的袋子拆下来,观察了一下,这应该是篮球场的更衣室,只是不知道是男更衣室还是女更衣室。她推了一下柜子门,门被锁上了。

铁皮柜子上有透气孔,外面的光照进来,柜子里倒是也不黑。

"有人吗?!"慎温油叫了几声,没人回应。

也对,这个时间,他们都在操场上打球,这里没人的,不然她也不来这里吃东西发呆。

好在她还背着书包。慎温油拿出一本书,借着光看起书来。

她想,沈欣欣那小团体的几个女生平时也就是恶作剧,还不至于关着她一辈子。这会儿她们应该在不远的地方等着她求救。她只需要等上一会儿,让她们几个觉得无聊了,她们自然会放自己出去。值得庆幸的是她们没有搜身,她还有手机,万一她们不放她走,她还可以打电话求救。

也不知过了多久,外面半点儿光也没了,慎温油就拿着手机照明看书。忽然警铃响起,慎温油打了一个激灵,这是学校的突发警报声。慎温油不知道外面发生了什么事,猛地敲了敲柜子门。

"有人吗?沈欣欣?!你在吗?!"

外面没有人回应。

慎温油只听到嘈杂的声音,紧接着摇晃感更剧烈了。

是地震!慎温油慌了起来。

"救命,我被关起来了……"慎温油开始猛烈地拍着柜子门,铁门"哗哗"作响。柜子又是一阵摇晃,慎温油不敢轻举妄动了,怕柜子倒下,出路就彻底被封住了。

怎么办？我该怎么办？必须冷静下来，慎温洇告诫自己。

"呼啦"一下，柜门被打开了。

一束光照了进来，那人拿着手电筒，她有点儿看不清楚那个人是谁。她眯起眼睛，腿上的书掉在了地上。

"你……"

"我找到你了。"

紧接着，慎温洇被紧紧地抱住了。她听到了对方有力的心跳声，闻到了对方身上清新的洗衣液味道，感受到了对方有温度的怀抱。

"你……"慎温洇的大脑死机了。

"别怕。"他说着，把手电筒给了慎温洇，然后伸手把慎温洇从柜子里抱了出来。

慎温洇这才看清楚这个人的脸。

"左肖？！"慎温洇呆住了。她怎么也没有想到，这人会是左肖。

左肖是谁？这人是学校里有名的不学无术的刺儿头，13班的老大，跟所有人对着干。她从不记得自己跟左肖有什么交集。他为什么会来救自己？

左肖没有回答，抱着她往门口跑去，大门却被什么东西挡住了。

"小心！"慎温洇指着后面倒下来的柜子，却来不及了。

只是一瞬间，一排排柜子和架子轰然倒下，他们被压在下面，柜子和架子形成一个狭小的空间，左肖抱着慎温洇的头，将她圈在自己怀里。

过了足足两分钟，摇晃停止了，左肖松开胳膊。

"你怎么样？有没有哪里受伤？"左肖紧张地看着慎温洇。慎温洇突然脸红了，推了推左肖。

"对不起。"左肖也红着脸，放开了慎温洇。

可这样狭小的空间里，根本就没有让他们独立活动的空间。左肖只能以俯卧撑的姿势，跟慎温洇保持着距离。不一会儿，他脸颊上的汗滴落下来。

四周太安静了，慎温洇第一次觉得尴尬。要是放在从前，只有她让别人尴尬的份儿，于是，慎温洇找了个话题。

"你好，我叫慎温洇。"

"我叫左肖。"

"我知道。"

"我也知道。"

"你……如果累了，可以休息一下。"

"我没事。"

慎温洄指了指他脸上的汗，然后主动侧身："我们可以并排。"

左肖躺下了，两个人侧着身，却也只能紧贴在一起。这里空间太小了，慎温洄发现他一直盯着自己看，不明白这是什么意思，于是也盯着他看。他越来越近，她还没有发现什么不对。

十五秒之后，左肖轻轻叹了一口气，几乎是用气声说："阿慎，不要这么看着我，我……"——忍不住了。

下一秒，他把她拥入怀中。

慎温洄的大脑一片空白……

手里的日记本滑落在地上，砸了慎温洄的脚背，她醒了过来。她昨天晚上看日记，不知道什么时候睡着了，床上已经没有孟呓了，桌子上有张字条。

阿慎，我有急事先走了。

慎温洄活动了一下筋骨，在喝了一杯咖啡之后大脑才逐渐清醒。她又翻开了日记本，仔细读了上面的内容。

左肖抱她了？

"我是不是在做梦？第一次见面，左肖怎么可能抱我呢？"

慎温洄觉得这个行为不符合逻辑，但是这的的确确发生了。日记本里有这样的内容，她的大脑里似乎也有。

可是，这事真的发生过吗？为什么她忽然不确定了呢？

她敲了敲脑袋，这到底是怎么了？

"咚、咚、咚。"

门口有人敲了三下门，然后响起密码锁被打开的声音，陆白进来了。

"你家里遭贼了？"

陆白说完，慎温洄才发觉她家里乱得很，书架上的书散落了一地。

第三章　消失的合影

"没有，帮我收拾收拾吧。"

两个人收拾了大半个小时，只少了一本相册。慎温泅闹不明白，孟呓拿她的相册做什么呢？

"真没进贼吗？你这个表情，好像有事儿瞒着我。"陆白说。

"真没有。你来干吗？"

"你昨天把我的车停哪儿了？"

"你……店门口。"

"车钥匙呢？"

"桌子……"慎温泅回头看了一眼，桌子上什么都有，唯独没有车钥匙。

"该不会车丢了吧？"慎温泅试探性地问。

陆白点了点头："所以，我的车呢？"

"你不会是全款买的车吧？车上应该有4S店给你装的定位系统之类的东西吧？"慎温泅又有点儿心虚地问。

"你觉得我需要贷款？"陆白冷笑了一声，"实话实说，遇见谁了？"

"车应该是被你的前女友开走了，我昨天收留她了。她应该有驾照，你别害怕。"慎温泅干笑了几声，"车贵吗？"

陆白翻了个白眼："你说呢？！"

"贵！"慎温泅立刻拿起自己的手机，"快走吧，找你的前女友和你的爱车去。"

慎温泅和陆白驾着车行驶在街上。

工作日工作时间，交通状况还算友好。

慎温泅想不通孟呓的种种行为，忽然觉得，多年未见的孟呓变得神神道道的，和印象中的孟呓完全不同了。

还有左肖，忽然变成空号的电话号码，忽然被同学遗忘的风云人物……

如果孟呓说的事是真的呢？

慎温泅打了一个激灵，忽然抓住了旁边的陆白的胳膊。

"你一定记得左肖对吧？！"

一辆车擦着他们的车疾驰而过，好在陆白是多年的老司机，应对这个情况并不难。他有点儿后怕地看了一眼慎温泅："你说话别动手，这辆车好久

033

没开了，我不太熟悉。"

"抱歉，我太急了。所以，你记得他吗？"

"当然了！要不是左肖，你也不至于转学复读一年……"陆白说完瞄了一眼慎温洄的表情，"没生气？看来这事儿过去了，能提了是吗？"

自从高中出了那件事以后，她没办法再待下去，火速转学，抑郁了一整年，还是陆白拽了她一把，她才重新振作，复读，然后考上了清耀大学。

"你有点儿不对劲，改信佛了？"陆白觉察到了，今天的慎温洄太奇怪了，要是往常这会儿她应该骂自己出气了。

慎温洄摇了摇头，扭头瞥见了后视镜里的自己，忍不住抱紧了自己的胳膊。

左肖抱她了，左肖居然抱她了。

明明是十年前的事情，为什么她却觉得像刚刚发生的一样？

记忆忽然变得鲜明起来，早起的时候她还觉得是自己记忆混乱了，可是现在记忆如此清晰，她甚至还记得那个温暖怀抱的触感。

她该不会是得了癔症吧？

"有事别藏在心里，要给我说，我可不想再陪你去看什么心理医生了。"

慎温洄回过神来："孟吱跟我说了一些她的经历，情况跟我们两个人认知的完全不一样。陆白，你说会不会是出事了？"

"比如？"

"她说我和左肖是一对儿，这怎么可能呢？她还说左肖消失了，只有我能找到他，可是我跟左肖自从高中分开以后，再也没联系过。"

"会不会是孟吱的记忆出现问题了？你不是说她在吃药？"

慎温洄摇了摇头："我不确定，但是她从我家拿走的不光是你的车钥匙，还有一本相册。"

"相册里有什么？"

"高中数学竞赛小组合影，是左肖留下的唯一一张照片。"

陆白沉思片刻，掉转车头。

"去哪儿？"

"信德高中。"

"孟吱会回高中吗？她只在那里读了一年。"

第三章 消失的合影

"她从我爸那里拿了十万块钱,开走我的车,拿走你的相册,为的不就是让我们回去看看吗?"

慎温沺似乎有点儿理解孟呓这一连串行为的逻辑了,果然还是为了左肖。

"要不,我给我妈打个电话吧,小温一个人在医院呢。"慎温沺犹豫着拿出了手机,正要拨号,被陆白阻止了。

"你怎么跟你妈说小温?"

慎温沺咬了咬嘴唇:"实话实说不行吗?"

"实话是什么?陆白死去的师父的私生子的孤女,为了领养她,我们假结婚。她还得了肾衰竭,急等着你给她换肾。你觉得,你妈会相信这些事吗?"

"说得也是。我自己都不相信,咱俩这人品,能做这么伟大的事情?尤其是我。"慎温沺苦笑了一下。

"我让我妈去照顾小温了。她以为小温是我的女儿,所以你现在是她老人家眼里的神。我以你的名义,问她要了五十万,给小温手术用。后面婚礼不办也行了,咱们不用靠份子钱凑手术费了。"

慎温沺愣了一下,张了张嘴,还是没能骂出声来。有时候她觉得陆白这个人脸皮很厚,有时候又觉得他挺伟大。他师父临死前托付他找孙女,他就在茫茫人海里找了三年,然后一直照顾着小温。所以别看他开了一家餐厅,但实际上无论是找人还是治病,都足够把他的家底给掏空了。

陆白开着车上了高速路。慎温沺的母校距离这里三百多公里,那件事出了以后,她再也没有回去过。

慎温沺摸出包里的日记本,手指摩挲着封面,缓缓打开,继续读起来。

也不知道是不是她记性不好,有好几篇日记,她都觉得不是她自己写的,又或者是她真的不想承认,这粗糙的文笔,这"中二"的口气,是出自当年的她。

又翻过一篇日记,她真的忍不住笑了。

"看什么呢,这么好笑?"陆白问。

"我的日记。"

"念一念,给我提提神。"

慎温沺清了清喉咙开始朗读:"星期二,天气晴,心情有点儿阴霾,但这不重要。街上车很少,我坐的车与一辆货车擦肩而过,幸好司机是个老司机。

我得回学校一趟,虽然我不想回去。车上了高速路,我犯瞌睡,司机也犯瞌睡,两个瞌睡虫到了一起,危险,危险。是谁发明了卡扣这个东西,害得我安全带没扣上,车辆也没发出警报,只有仪表盘上那个背着剑的刺客一直在闪烁。"

慎温洄读完了,又开始笑,日记本上还画了插图。

"背着剑的刺客?你这文笔这么差?"陆白忍不住吐槽了一句。

慎温洄笑累了,随手一摸发现安全带卡槽里还真有一个卡扣,她的安全带根本没有卡进去。她惊得差点儿骂脏话:"我去!太巧了吧!我还真没系安全带。"

慎温洄赶紧把安全带系上。

陆白忽然"咦"了一声:"今天还真是星期二。你这日记是什么时候写的啊?"

慎温洄又仔细看了一眼:"这篇没写日期,只写了星期二,可能我当时忘了吧。"

"你这脑子,当年是怎么做学霸的,我不理解。"陆白吐槽道。

慎温洄懒得跟他斗嘴,继续看自己的日记。

在时隔很多年以后,再看自己当初写下的文字,除了尴尬得抠脚趾,还会有一种陌生的感觉。她常常会想,自己当时为什么会如此"中二"?她又似乎不记得当年是不是真的发生过这样的事情,记忆会过滤掉一些不太好的回忆来保护自己。人类的大脑果然神奇。慎温洄再看自己的日记的时候,就是这样一种想法。

2013年,夏末。

浑身酸痛,好像被碾过一样,慎温洄打了一个喷嚏,彻底醒过来,发现自己躺在家里。

准确地说,这也不算是什么家,是她父母的教师宿舍。

慎温洄真正的家在浅岛市,距离影州市有三百公里的路程。她从初中开始,就跟着父母的工作调动来了影州市读书。

因为父母都是大学教授,所以学校给他们家分配的宿舍是两室一厅。她的房间小小的,窄窄的,除了一张床,剩下的都是书架,书架上摆满了书。书墨香味以及纸张飞沫弥漫着整个房间。她有过敏性鼻炎,所以常常被这些飞沫和灰尘弄醒。也不是没考虑过把书挪出去，然而她这个毛病爸妈都不知道，她还要解释很多，索性算了，反正她也喜欢看书。

"汩汩，感觉怎么样？"温俞听到女儿打喷嚏，敲门进来，伸手在慎温汩的额头上试了一下，"退烧了。"

"我……"慎温汩一开口，嗓子哑了。

温俞递了杯水过来："你发烧了，已经睡了一天一夜了。"

慎温汩喝了半杯水，好了一些，说："我记得地震了。"

"前天影州突发五级地震，虽然比较突然，但地震不严重，又不是深夜，所以没什么人受伤。你的老师给我打电话说你晕倒了，我本来吓了一跳，医生说你可能是地震时受到了惊吓，连带着还发烧了。"温俞的语气开始有点儿责备之意了，"汩汩，影州经常地震，所以妈妈早就教过你很多地震自救的小技巧了。你应该很熟悉、很了解，为什么会被困在更衣室里呢？还给吓病了。这不像你的心理素质，你实话实说，是不是出什么事了？"

"没有。"

"真的没有？你老实说是不是有人约你去……"

慎温汩的脸瞬间红了，她想起了柜子被打开后那个强有力的拥抱。

"没有约会！"

"算账？"

母女二人同时开口，然后一起愣住了。

"约什么会？你谈恋爱了？高中就谈恋爱了？"温俞开始咄咄逼人，一副老师审问学生的语气。

慎温汩也不示弱，直接反问："算什么账？什么人要找我算账？"

"那我怎么知道？你这个性格和脾气，从小到大都没交到什么朋友，保不齐在学校得罪了什么人你都不知道。汩汩，妈妈跟你讲，一个学生光是学习好并不算什么本事，你也要懂得如何处理人际关系，这你将来到了社会上都用得到的……"

温俞又被带跑偏了，絮絮叨叨地讲了一堆，慎温汩根本就没往心里去。慎温汩心里始终有一个疑问，她被老师发现了，那左肖呢？当时他是不是也一起被发现的呢？

"真的没人受伤吗？"慎温汩打断了母亲的碎碎念，又问了一句。

温俞这才忽然想起来一样："好像有一个，你们学校的一个男生。"

慎温油被子里的手不由得攥紧了："怎么受伤的？"

温俞带了点儿不理解的语气又说："跳楼！据说是地震太害怕了，他打开窗户跳下来的，摔伤了腿。哎哟，五级地震跳什么楼嘛。你们学校真应该加强一下这些生存自救知识教学了。"

"知道那男生叫什么名字吗？"

"好像是叫，左……"

"左肖？！"

"对，对，对！是叫左肖。你认识？"

恰在此时，慎西北敲了敲门进来，脸上带着喜悦和兴奋之色："油油，你同学来看你。"

第四章
理智与情感

"我同学？"

慎温洄疑惑地看过去，父亲慎西北的身后跟着三个女孩，正是钟情、林一唯、刘紫。慎温洄的父母还是第一次见到有同学来看慎温洄，很快就将房间让给了几个女孩。

慎温洄十分诧异："你们怎么来了？"

钟情手里提着一袋水果，刘紫和林一唯一人提了一箱牛奶，三个人像是老鼠见了猫一样，贴着墙走进来，把东西放在慎温洄的床边，然后头也不敢抬，也不敢看慎温洄。

三个人你戳我我戳你，最后钟情站了出来。

"我们来看看你，那个……对不起啊，我们真的不是故意的。"

"我们想回去开门的，但是路被堵住了……"林一唯说。

"沈欣欣没来吗？"慎温洄问。

"在楼下。这些东西是从她家的连锁超市拿的，慎温洄你别……"钟情抬头看了一眼慎温洄，对上慎温洄的目光之后，又立刻低下头说，"你开心就好。我们走了。"

三个人拔腿就跑。

温俞端着一盘葡萄进来，有点儿诧异："你同学怎么走了？"

慎温油瞥了一眼地上的东西，有点儿小得意地说："谁说我在学校人缘不好来着？"

温俞被怼得哑口无言，放下葡萄出去了。

总算是安静了，慎温油躺在床上，脑海里"左肖"这个名字怎么也挥之不去了。

隔天慎温油就回学校上课了，钟情跟她在一个班，看见她时神色一下子就紧张了起来。下课后，有个同学过来找慎温油："肖主任叫你去办公室。"

"就去。"慎温油回应着，扭头又看见了钟情，钟情更加紧张了。慎温油没放在心上，转身出去了。

教导处办公室里，除了肖主任，保安处的两个保安也在。

"温油同学，你别紧张，叫你来是想了解一下情况。保安处的人调查了一下，地震的时候，你被困在更衣室里，除了门锁有人为破坏的痕迹，柜子的锁也有，是不是发生过什么事情？"肖主任问道。

原来是这件事。

"温油同学，有什么情况你就如实说，老师在呢。"肖主任和颜悦色地又说了一句。

"没有。"慎温油公式化地微笑，"谢谢肖老师，真的什么事都没发生，我当时就是太害怕了，所以没发现门是可以拉开的，没有人锁门。"

此时，上课预备铃响了。

"回去上课吧。"肖主任说道。

慎温油回到教室，明显感觉到钟情的目光一直盯着自己。慎温油大方地看过去，钟情又低下了头。

一整节课钟情都很焦虑，很害怕慎温油把那件事捅出去。她和沈欣欣她们几个不一样。她成绩是不错的，不然也不会和慎温油在一个班。她懊悔地想，自己当时真是猪油蒙了心，怎么就看慎温油不顺眼呢？

慎温油脑子里没想这些。要不要去看看左肖？这个念头在她的脑海里盘旋了一整天，终于在下课后，慎温油去了洗手间。路过高二（13）班教室门口的时候，她故意放缓了脚步，朝门里看去。她走得很慢，把教室里的每一个角落都看了，然而并没有看到左肖的身影。

他没来？是伤还没好吗？

就在慎温汨想回去的时候，沈欣欣迎面过来，身后还跟着钟情。

"慎温汨！你还真是喜欢告老师啊，你都跟肖主任说什么了？"

慎温汨懒得理她，绕开。沈欣欣又堵过来，慎温汨再绕开，可沈欣欣依旧堵着路。

慎温汨心里有点儿不爽，抬头看了沈欣欣一眼，那火红的头发此刻有点儿发黄："沈欣欣，你的头发掉色了。"

"什么？"沈欣欣愣了愣，慎温汨成功地走开了。

沈欣欣气得跺脚："关你什么事？！"

左肖为什么不在呢？

慎温汨想找个人问问，但是这个学校似乎真的没有哪个同学跟她有私交。

得想个办法才行，慎温汨盯着窗外来来往往的同学，忽然灵光一闪。

她想到了！

信德高中只有高二和高三才上晚自习，高三冲刺高考，基本上出勤率都很高，并不用怎么抓这个。但是高二不同，仍然有不少人没意识到高考的重要性，喜欢翘课。慎温汨叫了学生会的三个人一起，拿着高二各个班的点名册，来到了高二（13）班教室门口。

13班的同学在看到慎温汨来点名的时候，都比较反感。

"开始点名。"慎温汨翻开了点名册。

下面坐着的沈欣欣十分不爽，悄悄跟林一唯耳语："我还以为那件事她没找老师告状是重新做人了，没想到她更变态了，跑到咱们班点名来了！"

"那以后晚自习她一直来点名，咱们来不来？"

"不来！她想听我说'到'，做梦！"沈欣欣放狠话。

慎温汨指尖指着点名册，一个一个开始，左肖在第二页，她语速很平缓，13班的出勤率今天还算不错，只有三个人没来，前两个她问了一下情况。

"左肖。"

无人应答。

"左肖没来？"慎温汨尽量让自己平静地问道。

041

"受伤住院了。"有人回答。

他居然住院了,慎温汭的心跟着沉了一下。

"大家上自习吧。"慎温汭带着学生会的同学出了教室。

"去12班吧。"纪律委员说。

"不用了,13班是典型,他们来了就行。回去上自习。"慎温汭说完就走了,剩下三个同学面面相觑。

慎温汭失眠了,这绝对是破天荒的情况。

第二天一早,她顶着黑眼圈坐上去学校的公交车,赫然发现,倒数第二排靠窗位置坐着的人是左肖。

慎温汭一下子紧张起来,吞了一下口水。她要不要跟左肖打个招呼呢?打招呼的话她说点儿什么?万一他提起那天的那个……那个……拥抱,自己该怎么回答?

慎温汭心里七上八下。

左肖戴着耳机,闭着眼睛,似乎睡着了。

慎温汭居然松了一口气。

她在距离左肖三米的地方站着,头顶上有一面镜子,原本是方便司机观察乘客下车情况的。她看着镜子里左肖的位置,左肖仍然闭着眼睛,细碎的头发有一点点遮挡眼睛,慎温汭想,这该剪了,不符合中学生标准。

他穿着秋天款的校服,白色的长袖衬衫,衣领敞开着,戴着蓝色的Beats耳机。他在东边,迎着朝阳。

他的喉结滚动了一下,慎温汭觉得自己的心也跟着"扑通"猛跳了一下。

这太奇怪了。

车到站了,左肖忽然睁开眼睛,慎温汭吓得立刻找了个位子坐下,把头埋了起来。

等到左肖下车了,车子再次发动起来,慎温汭这才松了一口气。旋即觉得不太对,她又没做错什么,在害怕什么?

慎温汭抬眼一看,信德高中的校徽从眼前闪过。

她坐过站了!

第四章　理智与情感

"司机叔叔，能不能停一下？……"

慎温洄迟到了，这是读书以来的第一次。她罚自己在教室里写检查，钟情路过瞥了一眼，语气中带了点儿戏谑地说："呦！班长大人也写检查啊？"

慎温洄一抬眼，钟情居然呛到了，一连串地咳着跑了出去。

慎温洄有点儿纳闷："我的眼神有这么恐怖？"

连着几天，慎温洄都没有在公交车上遇到左肖了，仍然没有机会跟左肖说句话。慎温洄查阅了学校的学生档案，左肖是个不折不扣的刺儿头，光是警告学校就给了他四次了，考试成绩也一塌糊涂，现在居然还逃课。

慎温洄看到这些信息气坏了。左肖怎么会是这样的人呢？他不应该如此。她觉得那天的左肖像一束光一样，难道那是自己的错觉吗？

慎温洄决定不再去想左肖的事情了，已经高二了，她要努力拿到保送名额才是。她还有很多重要的事情要做，比如眼前的数学竞赛，她虽然填了表格，却不知道选谁参加竞赛比较好。她查看了同年级同学们的成绩单，从里面选了四个数学分数名列前茅的。

三男一女，她看着这四个人的十几张卷子，渐渐察觉出了不对劲。补课出来的成绩，错的永远是同样的问题，下一次换个题型，他们仍然不会。这怎么办？她开始冥思苦想。

高二（1）班门口围着好几个人，叽叽喳喳的，似乎在讨论什么。慎温洄瞥了一眼，看到了沈欣欣。沈欣欣已经把头发染成了深棕色，站在阳光下才有一些颜色，平时看着是黑色的。慎温洄有点儿欣慰。

沈欣欣抬了抬下巴："你出来一下，找你有事。"

要是平时，慎温洄绝对不会理她的，但是今天就看在沈欣欣染发的份儿上，还是回复一下她吧。

慎温洄出来，冷冷地问："有事？"

"我们要求更换中学生竞赛的项目，我们希望参加唱歌比赛。"

"不行。"

沈欣欣恼怒，却还是耐着性子说："你也听听大家的意见行不行？我们是来找你商量。"

043

慎温洇看着门口围着的三十几号人，冷笑着说："你确定是商量吗？"

"当然。"

"那我就再告诉你一次，不行。"

"慎温洇！学生会主席了不起吗？我跟你好好说话，你听不懂吗？"

"学校的迎新晚会、新年晚会，有的是机会唱歌。中学生竞赛，不可以再唱了。沈欣欣，我希望你能明白，这是比赛，不是玩。"

"你以为我们不知道吗？你就是想一个人出头风！"

慎温洇懒得听下去，想从人群中穿出去。

"班长！你说句话，今天一定要替我们13班争口气！"沈欣欣说着，拽过来一个男生。

男生没站稳，差点儿和慎温洇撞到一起。

慎温洇抬头，男生居然是左肖。

"能换吗？"左肖问。

"不能。"

慎温洇心里莫名其妙地有点儿不爽。左肖为什么来帮沈欣欣出头？他们很熟吗？紧接着慎温洇有点儿诧异了：我为什么要不爽？他和我有什么关系？他帮谁出头又关我什么事？

"你会参加吗？"左肖又问。

"肯定呀！她就是为了她自己！"沈欣欣气不过地说道。

"如果你有能力，我可以把名额让给你。"慎温洇冷冷地看着沈欣欣。

"唱歌比赛可能更适合一点儿，考虑一下？"左肖劝说道。

慎温洇突然就被说烦了，冷笑道："怎么，你很害怕参加数学竞赛吗？要不要一起，左肖同学？！"

左肖愣了一下，眉眼间带了一点点笑意。

沈欣欣气得不行了，掐着腰像是随时要过来跟慎温洇干一架："你什么意思？你让我们13班参加数学竞赛？慎温洇你太过分了！"

慎温洇再次冷笑："13班怎么了？是你看不起13班，还是我看不起13班？有本事你就来参赛呀，我在考场上等着你。"

后半句话，她是对左肖说的。她也不知道自己为什么突然攻击性这么强。

她和左肖面对面，仰着头看着左肖，左肖始终是那副让人猜不透的表情。

旁边又有人窃窃私语。

"慎温油胆子也太大了，惹谁不好，惹左肖。"

"这下好玩了，左肖肯定会整死慎温油。"

"为民除害了。"

…………

慎温油懒得听他们说话，推开人群走了。

左肖仍然注视着慎温油离开的方向。

隔天，慎温油把报名表交了上去。她故意写上了左肖的名字，心底放着狠话：你不是要机会吗？给你机会。

慎温油路过操场，篮球架下有几个男生正在打球，其中就有左肖。他穿着白色的球衣，三步上篮得分了，旁边的女生顿时欢呼起来。

中场休息，左肖走向休息区，几个女生拿着水和毛巾冲了上去。

"左肖喝水吗？"

"要不要擦擦汗？"

左肖对她们笑了笑，摆了摆手。

慎温油一直看着那几个女生，当她发现左肖走到自己跟前的时候，再想走已经太刻意了。她鼓起勇气，跟左肖对视。

"你来看我打球？"左肖问。

慎温油看着左肖的头发丝被汗水浸透，他的眼睛亮晶晶的，跟那天在公交车上笼罩在晨光里的安静男孩有着截然不同的感觉。此刻的左肖是活泼的，是热情的，浑身上下都散发着青春的气息。

慎温油悄悄掐了一把自己的大腿外侧，让自己保持冷静。

"路过，刚好看到。"

"我打得怎么样？"左肖又追问。

慎温油皱了皱眉。这人怎么回事，生怕别人不尴尬吗？慎温油轻轻叹了一口气，抬眼看着他，语气淡淡地说："一般。"

身后有看左肖打球的女生听到这话，直接大声喊："你懂不懂球啊？！"

慎温油耸肩，转身离开。

她就不懂球怎么了？

045

左肖没有走远，还看着慎温洇的背影。一起打球的汤易远过来，拍了拍左肖的肩膀。

"有她的电话吗？"左肖问。

汤易远咋舌，有点儿为难："左肖，她可是学生会主席。"

"主席怎么了？"

"虽然她很没礼貌地说你打球一般，但是你打电话过去骂她，真没必要啊。"

左肖笑了："谁说我要骂她了？"

"不然呢？"

"放学之前，把她的电话号码给我搞到。"左肖把用过的毛巾丢给了汤易远，又回到了球场上，继续打球。

慎温洇淡出众人的视线之后，走得飞快。她有点儿后悔了，好像不应该当着男孩子的面说他一般。其实左肖打球还不错，她刚刚真是见鬼了。

毕竟，左肖还救过自己。

她不能被别人左右心情了，改天找个机会，一定给左肖说一句"谢谢"。

周一早上，每周的学生会例行检查，慎温洇照旧带着几个人一起出现在校门口。她已经拦下了七个还染着红头发的同学。

"一星期过去了，不是没给你们机会，写检查，不然就要通报批评了。"慎温洇以带了点儿警告的语气说着。

几个同学显然不服气，却又没办法对慎温洇做什么，只能气鼓鼓地走了。

今天倒是没有迟到的人，慎温洇觉得有点儿意外，又有点儿开心。这样她就有足够的时间回自己的班级，准备上第一节自习课了。

下午最后一节课是班会，高二（1）的班会是慎温洇来主持的。她没什么可说的，1班的同学都是学习好的，知道认真学习。虽然最近钟情跟沈欣欣混在一起，但是她的成绩没有落下，所以慎温洇不会特意管这些事，交朋友本来就是一个人的自由。

"班会，大家做卷子吧。"慎温洇按照跟班主任商量好的，把卷子发给大家。

教室里变得静悄悄的，只有"唰唰"的写字声。

慎温洇的座位在窗边，她用了半小时把卷子做完了，不经意地抬头，看到窗外几个男生推搡着一个红头发的男生往教学楼后面走了，那个方向似乎是体育器械仓库。

他们去那里干什么？

信德高中体育这一块向来不受重视，所以器械仓库等同于杂物仓库，平时没什么人过去的。

慎温洇觉得不太对劲。她回忆了一下，刚刚那几个男生当中好像有一个是汤易远，跟左肖一起打球的。

慎温洇忽然坐不住了，起身交卷，又跟学习委员小声交谈："等一下你把卷子拿去给老师，我有点儿事情。"

慎温洇出了教室，一路小跑。她隐约觉得，有什么不好的事情正在发生。

器械仓库里，一个男生被围在中间，被迫坐在椅子上。

慎温洇靠近后，听到了那个男生求救的声音。

"别，轻点儿……不行……我的眼睛！啊！"

尖叫声划破了宁静的夏末午后。

紧接着她又听到了"啪啪"两声，像是甩鞭子的声音。

"别动！"

这是左肖的声音。

他们在干什么？

慎温洇再也听不下去了。她知道左肖是个刺儿头，但怎么也想不到，他会公然欺负同学。看在他救过自己的分儿上，慎温洇也不能让他这么颓废下去，更不允许他做坏事。

"住手！"慎温洇一脚踹开了仓库的大门，怒气冲冲地进来，一把抓住左肖的手腕。

"啊！"那个被围在中间的男生又尖叫了一声。

"左肖！洒我一脸！"

慎温洇低头，看见左肖手里拿着的是一个空了的碗，碗底残留着黑乎乎的膏体。她再一看那个男生，他脸上被甩满了黑乎乎的膏体。慎温洇闻了闻，这

刺激的味道是……染发膏?

慎温润迅速看了周围一眼,旁边有两个水壶、一个水盆,几个男生有的拿着毛巾,有的拿着洗发水,汤易远手里拿着一块塑料布抖动了一下,发出"啪啪"两声,像是甩鞭子的声音。

"染头发呢?"慎温润迟疑着问。

"不然呢?"左肖反问。

慎温润又看向那个坐在椅子上的男生,他此刻正疯狂地用毛巾擦自己的脸,但是脸上已经有巴掌大的黑印子了。

"你们认识?"慎温润又问。

"我说我不染发,你们非让我染发。"男生觉得自己擦得差不多干净了,摸出一块镜子照了照,又尖叫了一声,"我的脸!"

慎温润想找个地缝钻进去。她好像理解错了。但这也不能怪她,这太容易让人误会了。但慎温润是谁?她有过硬的心理素质和不把一切放在眼里的高姿态,如此尴尬的局面,也能沉着地说:"注意影响,上课时间,别搞这么大声音,影响同学们。"

说完,她迈着稳健的步伐走出了器械仓库。如果不是关上门之后她拔腿就跑,大概就非常完美了。

慎温润回到教室时,同学们已经都放学离开了。她收拾了自己的书包,想着今天去哪儿解决晚餐,不然就去吃麻辣烫好了。

五点半正是饭点儿,麻辣烫店里人满为患。她端着做好的麻辣烫四处找着位置,从一楼到二楼,甚至拼桌都没有可能。一个男生站了起来,收走了自己的餐具,慎温润觉得自己运气不错,过去坐下,抬头却看见对面坐着的是左肖。

左肖看到慎温润却完全不意外的样子:"好巧。"

慎温润没想到这样也会见到,这个店明明离信德高中有三条街。她不知道说什么,甚至有一点儿紧张。

就大大方方地吃麻辣烫吧!她在心里告诉自己。

没一会儿,左肖拿了一瓶花生露,放在慎温润面前。

"请你喝。"

"你……"

"你慢慢吃,我先走了。"左肖拿上书包,准备离开了。

"谢谢。"慎温洇忽然开口。

"你说花生露啊?"

慎温洇点了点头,又摇了摇头,终于鼓起勇气说:"那天地震,谢谢你。"

"地震怎么了?"左肖像是突然想起来一样说,"哦,我去换衣服,刚好看到你在柜子里,吓了我一跳。后来被困了,你有点儿缺氧了,我给你做了人工呼吸。"

"你……"慎温洇的脸"唰"的一下红了,她怎么也没想到,会是这样的地点、这样的情况下,他说出了这样的实情。

"不然呢?你别放在心上,只是急救而已。走了,阿慎。"左肖甩了一下书包,缓缓走出了麻辣烫店,迎着夕阳,高大挺拔的背影一点点地淹没在光里。

慎温洇的整颗心似乎一下子放下来了一样。原来是这样吗?她敲了敲自己的头,这阵子自己果然想多了?哪里有什么突如其来的拥抱,这只是她想多了而已。

她低头,看见了那瓶花生露。她拿起来喝了一口,好甜。她的嘴角泛起了微笑,她喜欢花生露,而这个季节、这个地方,大多数人喜欢汽水。

学校的体育课一周要上三节,都是两个班一起上。

但是从高二开始,体育老师就开始十分有默契地"生病"了,于是,体育课通常会改上数学课,或者其他科目的课。

按照规定,一起上课的两个班是采取轮流制,这一周就轮到1班和13班一起上课。

破天荒地,这一周体育老师没有生病。据说是有的家长去教育处那里告状了,为了让自己家孩子全面发展。

同学们听说从今以后体育课都可以上了,一阵欢呼。

只有慎温洇还是保持着那副冷静的样子。告学校的不是别人,正是她妈温俞。慎温洇回家念叨过几次,表现出了四肢不发达的样子,温俞就找人反映了这个情况。从那以后,全市都重视起了体育课。

六十来个学生站成了四列,慎温洇个子高站在最前面,她左边就是隔壁班的左肖。她用余光就能看到左肖的侧脸，他的下颌线仍然是那么好看。

热身跑圈之后就是自由活动，男生们组织球赛，女生有的干脆回教室，有的去打羽毛球，三三两两的人散落在操场上。当然还有一部分女生，排着队去看左肖打球。

慎温沺买了两瓶花生露回来以后，就看到这样一幕：左肖被一群女生围着，女生们争先恐后地给他水喝，给左肖加油的声音像浪潮一样在操场上翻滚着。

慎温沺看了看手里的花生露，悻悻地转身走了。

走了几步，慎温沺又想，买都买了，就又走了几步，悄悄放在了操场边的一堆矿泉水里。

这都是打球的男生准备的水，短暂休息之后，他们会过来喝一口。

左肖被女生围着突然黑了脸："很热。"

原本叽叽喳喳的女生，故作识趣却又心有不甘地走开了。左肖走到那一堆矿泉水旁边，弯腰拿起了一瓶花生露。

正在树荫下纳凉看书的慎温沺一下子紧张起来。

"谁买的花生露？"左肖问了一句。

没有人回答。

慎温沺手抓着的书都变皱了。

左肖拧开花生露，直接喝了半瓶。

汤易远过来拿起一瓶矿泉水往自己头上浇了半瓶，剩下的喝了，看了一眼左肖："你不腻啊？这玩意儿解渴吗？"

"我喜欢花生露。"左肖说完，继续回去打球了。

慎温沺若无其事地把书翻过去一页，风吹过她的发梢，带走了耳尖的热意。

今天没有晚自习，慎温沺在学校做了一套奥数题之后才走。

公交车站只有三三两两的学生，她并不认识。慎温沺上车后，在倒数第二排靠窗的位子坐下，车门即将关闭的时候，有个人忽然蹿上了车。

居然又是左肖，慎温沺不知道自己是怎么回事，几乎在一瞬间就把帽子压低了，仿佛是怕左肖看到自己一样。

她忐忑着，等待着车辆起步。

车辆行驶，又缓缓在车站停靠，始终没人来打扰。慎温沺抬了一下帽檐，

第四章 理智与情感

看向在自己前面三排的位子上坐着的左肖。她能看到左肖的侧脸。左肖又在听歌，头靠在椅背上，安静得像一幅画一样。

直到有人坐在了她的旁边，她才惊醒般收回目光，再一抬头，看到自己到站了。不知不觉间，她盯了左肖一路。原本漫长的半小时车程，居然像是一眨眼就过了。

慎温油再一次拉低帽子，下车跑了。

第五章

他怎么什么都会

周五，学校公告栏前围满了人。不知道又有什么大事情发生了，慎温汭也有点儿好奇。路过的时候停了下来。

"左肖去参加数学竞赛？这个慎温汭太过分了！"

"左肖连数学都没及格过，慎温汭这不是打人脸吗？"

"她居然欺负到左肖头上了？！"

……

完了！

慎温汭心里"咯噔"一下，她想起上次左肖带着一群人来班级教室门口找她，让她更换比赛项目的事情，她是一气之下把左肖的名字填上去的。这几天她完全把这件事忘了。怎么办？左肖参赛，学校肯定会输的。

懊恼情绪充斥着慎温汭的大脑，她担心拿不到这个竞赛的高考加分，更担心左肖出丑。

慎温汭立刻跑去了肖主任的办公室，气喘吁吁的她甚至都忘了敲门，一声"报告"吓了肖主任一跳。

"改名单？你当时直接交上去的，我也没检查。出问题了吗？"肖主任问。

慎温汭点了点头，不只是出问题这么简单，是自己热血上头闯了弥天大祸了。

第五章　他怎么什么都会

"我把左肖写上了。"

"什么？！"肖主任惊了，"13班那个？"

慎温泇点了点头："怎么办呀，肖老师？"

肖主任觉得自己高血压要犯了："慎温泇同学！全校的人都知道左肖不学无术，他怎么能代表学校参赛呢？你怎么能……"

慎温泇皱着眉，咬着下嘴唇。

"退赛吧，信德高中丢不起这个人。"肖主任说着就要打电话，慎温泇一把按下了座机的通话键。

"我辅导他。"

"你……讲真的？他能听你的？"

"万一呢？"

慎温泇走出办公室，有点儿头重脚轻的感觉。她怀疑自己是不是在初秋的天气里中暑了。她不想退赛，但是自己说出的豪言壮语，要辅导左肖是不是有点儿冲动了？

慎温泇去了资料室，调出了左肖的成绩单以及所有的数学试卷。看完之后，她整个人颓废地瘫软在了椅子上。

"这人还真的……没救了。"

慎温泇垂头丧气地走出了资料室，迎面遇见了左肖。她愣了一下，有点儿想后退。

"我看到你帮我报名了。"

"这是个意外……"慎温泇难以启齿。

"改唱歌来不及了对吧？"

慎温泇点了点头。

"改名单也来不及了对吧？"

慎温泇再次点了点头："我的问题，你想退赛的话，也可以。"

"那……"左肖叹了一口气说，"你能带我去买点儿资料吗？"

"什么？！"

慎温泇以为自己听错了。

因为就在刚刚她看完左肖的试卷之后，她断定左肖很讨厌数学，他几乎不

053

答题,连"解"字都懒得写,说明他根本不在乎分数。她已经做好了准备,信德高中退赛,大不了高考加分不要了,她再想其他的办法帮同学们加分。她却没想到,左肖同意参加竞赛了。

"我没参加过数学竞赛,你带我去买点儿参考书,我看看,可以吗?"左肖微笑着问。

"可……可以!当然可以!"慎温洇一口答应。

左肖又笑了笑,两个人并排走在学校里。

汤易远老远看到了两个不可能在一起的人走在一起,隔着十几米的距离给左肖打了电话。

"你怎么跟'牛魔王'在一起?"

"去买数学竞赛资料。"

"左肖!你要是被绑架了,就眨眨眼!哥们儿立刻就过去跟'牛魔王'搏斗!一定救出你!"

"滚。"

左肖挂了电话。

慎温洇思索着问:"我的外号叫'牛魔王'?为什么?"

糟了,电话漏音了。

"你不生气?"左肖问。

"别人怎么想,我管不了,但是我想知道他们为什么这么想。"

"因为你生气的时候总掐腰。"

原来是因为这个!起外号这件事,还真不需要什么技术含量。慎温洇想。

69路公交车缓缓行驶,今天的晚高峰出奇地畅通。初秋的余晖从车窗钻进来,照在左肖的脸上,慎温洇躲在他的影子里,偶尔扭头看一眼左肖笼罩着一层金光的睫毛。一切都太不真实了,她像是在做梦一样,软绵绵的,心跟随着公交车过减速带一跳一跳的,像要飞起来了。

长宁书店到了,慎温洇和左肖相继下车。

"你底子有点儿弱,可以多买一点儿基础题型。"慎温洇快速往里面走着,在一排书架前快速选了几本书,转身递给后面跟着的左肖,然后又快速去了另外一头,"这个是升级版,等你做基础题正确率有90%的时候,就可以做这个了。我之前也刷过这个题库,挺不错的。"

"好。那我不会的题可以问你吗?"左肖从慎温油手上接过书随口问道。

"当然。只要你愿意学习,我愿意带你。"

慎温油说这句话的时候,眼睛亮晶晶的,脸上洋溢着笑容,是她在学校鲜少会露出的表情,那样真诚,还有点儿天真,还带点儿浪漫感。这才是属于少女应该有的明媚样子。

左肖看着慎温油的笑容出神,眼睛亮晶晶的,慎温油不知道他为什么这么看着自己。她也看着左肖。左肖这种眼神像是多年未见的朋友久别重逢,他的眼眶不知为什么就红了。

"你的眼睛是不是进沙子了?"慎温油从书包里拿出纸巾来递给他。

左肖"嗯"了一声:"阿慎,你是不是对浪漫过敏?"

说完,左肖拿着东西往收银台走去。

慎温油有点儿迷茫:"过敏?"顿了一下她又想起了什么,"文具不买吗?我听说你从不写作业的。"

左肖转身:"听谁说的?我和我们班同学不熟。"

"你的班主任,我和她挺熟。"慎温油如实说。

左肖没忍住笑了:"阿慎,有哪个学生像你这样?"

慎温油不解:"想了解一个学生,从他的老师下手,这不是最精准的吗?"

"以后你可以直接问我。"

"那买不买文具?"

"买吧。"

两个人去了文具区,慎温油给左肖挑了一些自己经常用的笔。路过一排本子的时候,她停住了脚步。二十四种鲜花风格的日记本,她一眼就看上了一本紫色的,上面印着风信子,打开里面是按压扣子的,可拆卸夹页,纸张摸上去有颗粒感,书签是风信子干花压制而成的。她摩挲着日记本,轻轻翻动纸页,淡淡的花香混合着油墨味扑鼻而来。

"买了吧。"左肖从慎温油手上拿过日记本,再一次走向了收银台。

整整两袋子教材,结账一共花了348块钱。慎温油没想到这么贵,然而左肖眉头都没皱一下。他从袋子里拿出那本日记本，还有一支羽毛钢笔，递给慎温沺："送你。"

"我转给你钱吧。"

"没这个必要，除非给我补课你想收费。"

慎温沺犹豫了一下："谢谢。"

"阿慎，你什么时候给我补课？"

"周六下午，就在这家书店旁边的咖啡店。"

"那我到时候打电话给你。"

"汤易远把我的电话告诉你了？"

"那天你听到了？"

慎温沺笑了笑："听到了，不过，我的电话号码不是秘密，全校人都知道。你上学校论坛就知道了。"

"阿慎……"

"你为什么叫我阿慎？"慎温沺终于问出了心中的疑惑，从来没有人这么叫她，感觉很特别，又很亲密。

"那我叫你慎温沺同学？慎温沺同学吃点儿东西再走吗？慎温沺同学公交车过去了。慎温沺同学，打车送你可以吗？"

慎温沺被他一连串的"慎温沺同学"叫得头大了，连连摆手："行吧，你想怎么叫就怎么叫吧。"

左肖笑了起来："阿慎，我想喝花生露，要冰的。"

"等着。"慎温沺走到隔壁小超市，买了两瓶花生露出来。

左肖一手拎着两袋习题卷子，一手拿着花生露，跟慎温沺并排走着，从夕阳西下到月亮升了起来。

"我到家了。"慎温沺说。

"那明天见，长宁书店旁边的咖啡店，我等你。"左肖重复着。

慎温沺"嗯"了一声，转身开门回家。

左肖看着慎温沺家的灯亮起来后，才转身离开。他走到路边等待着，没过几分钟，一辆黑色的奥迪停了下来，左肖上车，然后疲惫地闭上了眼睛。

慎温沺站在窗户边，看到左肖上了一辆车，直到车消失在夜色里，她才回了自己的房间。她翻开左肖送的日记本，摩挲着那支羽毛钢笔，想了想，然后写下了第一篇日记。

日记的时间却是半个月前地震那天，9月2日，星期一，天气晴，她第一次见到左肖。

不知不觉间，她写了十几篇日记，一直写到了今天。她微微诧异，她和左肖有这么多交集了吗？她更加诧异的是，她为什么对跟左肖之间发生的一点一滴都记得这么清楚？她为什么……心情总是这么好？

为什么？

难道……我喜欢左肖？

慎温沺被自己的这个念头吓了一跳。

她"啪"的一下合上日记本，拉开抽屉，将日记本锁在里面。

"吃饭了！"温俞叫了一声。

"来了！"慎温沺匆忙跑了出去。

温俞看着慎温沺，伸手摸了摸她的额头。

"做什么？"慎温沺问。

"脸这么红，发烧了吗？"温俞问。

慎温沺猛地摇头："天气热。你没洗手，别摸我。"

周六，长宁书店旁边的咖啡店里人不多，慎温沺特意早来了一会儿。

她里面穿了一条白色的长袖连衣裙，外面穿着蓝色牛仔外套。慎温沺不属于那种"第一眼美女"，她是个耐看型的女孩，乍一看有点儿凶的面相，可越看越觉得她的脸很高级。她基本上不做太大的表情，也很少笑。

慎温沺点了一杯热巧克力，等着左肖来。她有点儿无聊，就开始自己做卷子，时不时往门口的方向看去。做了五道题之后，慎温沺入迷了，仿佛切断了与周围的信号一样。她一道题一道题地写着，越是难的题目，越有意思。

"这题错了。"

忽然有个声音在慎温沺的耳边响起，她一扭头，发现是左肖。他离她太近了，她似乎能感受到他温热的呼吸。她感觉大脑都要停摆了，因为刚刚扭头的时候，好像嘴唇碰到了他的脸颊，她微微涨红了脸。

左肖指了指第七道大题："你这里，被自己的辅助线误导了。根据已知条件，它应该不是直角。"

慎温浉把目光从左肖的脸上收回，重新放在了卷子上。她又读了一遍题，果然是她错了。

慎温浉重新开始做这道题，左肖就在她旁边坐下，安静地等待着她做题。

五分钟后，慎温浉收起笔。

"你怎么看出来的？"慎温浉问。

"就随便看看。"

"以你的成绩，你不可能看出来我错了。"

左肖愣了愣，尴尬地笑了笑。慎温浉意识到自己这句话说得有点儿太自大了，她不该这么说，但是话已出口，她又没办法收回来。

"我的意思是，它是下学期的知识点，你没学过的话……"慎温浉开始笨拙地解释，左肖反倒是大方起来："昨天你给我的书，我回家都看了，有一道类似的题。"

慎温浉没想到会是这样，随口又问："哪本书？哪页啊？"

左肖又愣了愣，旋即忍不住笑了。

慎温浉更加疑惑："你笑什么？"

"阿慎，有时候也不一定要刨根问底。"

"算了。"

慎温浉开始看书了，圆珠笔在桌子上轻轻地敲击着。

"你生气了？"左肖有点儿拿不准她的情绪。

"我没有，为什么生气？"

"如果不高兴，你直接说出来。"

"我没有不高兴。"

"你烦躁的时候就喜欢这么敲笔，是因为我刚才不让你问？"

"左肖！"慎温浉的音调高了一些，左肖说得没错，她是有点儿烦躁，只是为什么左肖知道她的小习惯？

"其实也没什么。我是成绩不好，但不是笨蛋。只要我想学，就能学会。现在可以不生气了吗？"左肖一副带点儿恳求的语气，用可怜巴巴的眼神看着慎温浉。

慎温浉长这么大，第一次经历这种男孩子"撒娇"的场景。她一时之间都不知道该怎么思考了，甚至忘了继续追问左肖为什么了解她的习惯这么重要的事情。她深呼吸一口气说："没事，做题吧，有不会的问题，你就问……我们一起讨论。"

"有不会的问题，我问你。"左肖补充道。

"好。"

慎温洇抛开那些想法，开始认真做题。左肖带了一本最新的奥数竞赛题集来，有一些题型是她也没见过的，十分刁钻。她盯着书本足足有十分钟，完全没有头绪。

"我看看。"左肖凑过来扫了几眼。

"有想法吗？"慎温洇问。

"这题不难，但是有点儿绕，还需要考虑物理因素。我试试。"

左肖开始在草稿纸上解题，他的字居然很好看，这又颠覆了慎温洇的认知。她是看过左肖的试卷的人，他的字迹潦草又敷衍，如果是她批卷子的话，甚至还会扣几分卷面分。

但是此刻完全不同，左肖的字迹工整，数字写得就像是印刷上去的一样。他写了一整页草稿纸，笔尖"唰唰"响。慎温洇不知道从什么时候开始，目光就从纸上转移到了左肖的脸上。

"好了。"左肖笑了起来，露出洁白的牙齿，迫不及待地给慎温洇分享自己的成果。

慎温洇对上了左肖微笑的眼睛，这才回过神来，赶紧收回自己放肆的目光，看向草稿纸。

"原来是这样做的……"慎温洇看了看又拿笔改了一下，"这里可以简化一步。"

"对，我刚刚没想到。阿慎，你真聪明。"

慎温洇有点儿惊讶："我只是修改一下，解题思路是你想的。要说聪明，也是你聪明。"

左肖却摇了摇头："阿慎，我就是觉得你很聪明，你要承认自己聪明。我夸你，你欣然接受就好了。"

慎温洇张了张嘴，不知道说什么好。

作为一个学生，她一直都认为学习好是基本的要求，没有什么值得骄傲的，

考第一名也是应该的。可原来连解题优化了一步，也是值得被夸奖的？

左肖真的不一样，太不一样了。

慎温洇静静地盯着左肖。咖啡店里橘黄色的暖光照着他的脸，他们靠得很近，她能看到他脸上的淡淡的绒毛，还能看到他的眼睛里的她。

如果时间静止就好了，此刻的慎温洇想要跟左肖一直待在咖啡店里。

左肖看了一眼窗外："快下雨了，阿慎，我们去吃点儿东西避避雨，走吧。"

"今天天气预报没有雨。"

"相信我，走吧。"

左肖收拾好东西，拉了慎温洇一把。

慎温洇就带着满脑子的疑问，跟着左肖出了咖啡店。

天已经黑了，他们居然在咖啡店里度过了一个下午，她丝毫没有感觉到时光流逝。

左肖带着慎温洇去了一家烤肉店，在他们刚坐下五分钟后，外面下起了雨。

慎温洇惊讶地看着窗外，指了指敲击在玻璃上的雨滴，又指了指左肖："你该不会是龙王吧？"

"龙王就龙王，不要'吧'。"

"太巧了。"

"我最近研究了气象，比天气预报还准一点儿。"

"那你说下周一会下雨吗？"

左肖想了想："下雨。"

慎温洇有点儿失望："不是吧，下周一我是升旗手，下雨就不能升旗了。"

"你不是学生会的吗？怎么没当过升旗手？"

"对啊！就因为我是学生会的，每次都是去维持纪律，没赶上呀。而且我还得把机会让给你们这样的普通同学，好不容易争取到一次机会。"慎温洇懊恼着。

"普通同学也没当过升旗手。"左肖指了指自己。

"哎，我不是那个意思，我没说你普通，我就是……"慎温洇又语塞了，演讲都不惧怕的她，跟左肖一起却总是不知道该怎么说话。不知道为什么，慎温洇感觉左肖有一种奇怪的气场，好像跟她不是同龄人一样，他就像是站在一个很高的位置在看着她。

"这次不行,就下次。"

"下次等于遥遥无期,后面都安排好人了。"

"怎么会呢?下次应该就是下下个星期。"

"真的?"慎温洇有点儿不信。

"当然。你相信我。"左肖自信地说道。

慎温洇点了点头,不知道为什么,居然对左肖此刻的话深信不疑。

烤肉食材上来,两盘牛肉、一盘猪五花,还有一盘海鲜,卷着肉吃的菜是赠送的。左肖叫住了服务员:"麻烦你,都换成紫苏叶可以吗?我不吃生菜,谢谢。"

服务员看向了慎温洇,大概是觉得这个男生也没征求女生的意见,有一点儿不绅士。

慎温洇赶紧说:"我也不吃生菜,可以帮忙换一下吗?"

服务员只能拿回去换。

慎温洇是真的不吃生菜。她没料到的是,左肖也不吃,这太巧了。

左肖负责烤肉,慎温洇负责吃。她其实很喜欢吃烤肉,但是很少吃。一个人出去吃烤肉很奇怪,况且她真的不怎么擅长烤这个。

"好了没?"慎温洇第三次问左肖。

左肖把烤好的牛肉放进慎温洇的盘子里:"鱿鱼还要再烤会儿,你先吃这个。"

肉放在箅子上发出"刺啦"的声响,慢慢开始卷曲,香气腾腾而上。紫苏叶上撒一点儿椒盐,再放上一筷子肉,一口就能塞进去。

"左肖,你以后开个烤肉店吧。"慎温洇兴冲冲地说。

左肖一边烤肉,一边漫不经心地说:"你还是这么喜欢劝人做厨子开店。"

"我还劝过别人吗?"慎温洇有一丝茫然,她怎么不记得呢?

"我说错了,是别人也这么劝过我。鱿鱼好了。"

左肖又夹给她几条鱿鱼须,慎温洇就彻底忘记了自己刚才的疑惑。

等到他们从烤肉店里出来时,雨已经停了。

慎温洇拿出手机问:"刚才多少钱?平摊呀,我转给你。"

"下次你请我。"

那就是说,他们还会一起吃饭了?慎温洇有点儿开心,努力压住想要上扬的嘴角。

"嗯。我回家了。"

"一起吧,顺路坐公交车。"

慎温洇和左肖一起上了公交车,车上只有两个单人的位子,他们就一前一后地坐着。慎温洇好几次想回头看看左肖,却都忍住了,自己好像没有回头的理由。但是她就是想要偷偷看看他。她忽然觉得,坐在后面可以看着前面那个人是多么美好的事情。

慎温洇暗自下了决心,下一次要坐在后面。

慎温洇回到家里,温俞和慎西北都没回来,桌上有一张字条:

饭在锅里,你自己热一下。

慎温洇虽然吃饱了,但还是去看了一下。

老实说,她没有期待过工作忙碌的爸妈能给她准备什么好吃的饭菜,但锅里放一包康师傅泡面就真的是很过分了,好歹也把包装袋撕一下啊。

慎温洇把泡面拿出来,放进柜子里,然后回到自己的房间,拿出左肖送她的日记本,想了想,把今天的一切都写了下来。她在写到左肖的名字的时候,有一丝丝紧张和甜蜜。

慎温洇悄悄开了电脑,打开一个速配网站,输入了自己的名字,然后又做贼一样输入了左肖的名字。链接开始跳转,她和左肖配对的概率居然有90%,慎温洇笑出声来。

周一上课,果然下雨了。

因为左肖早就给她打过预防针,所以对不能举行升旗仪式这件事,她也就没有那么难过了。旁边的钟情的座位边上围了好几个女生,几个人叽叽喳喳地在聊什么星座。

"哎呀!你是水瓶座,他是摩羯座?合适!太合适了!风象星座最终都要落到土象星座手里的。"钟情给女同学科普着。

慎温洇竖起耳朵听了,忽然想,我是什么星座?左肖又是什么星座呢?她好像除了他叫左肖之外,其他信息都不太了解。

许是慎温洇观察她们太久了,钟情反应了过来,挥挥手赶走了几个女生,拿出一本书开始看。她悄悄瞄了一眼慎温洇,发现慎温洇还在看自己。

钟情有点儿做贼心虚的样子:"下课聊聊星座也不行吗?我没影响课堂纪律啊。"

慎温洇想了想问:"7月出生的人是什么星座?"

"上半月还是下半月?"

"月末。"

"狮子。你不就是狮子座嘛,全校都知道。而且你的性格特别狮子你知道吗?"

慎温洇愣了一下:原来我是狮子座。

钟情吃惊地看着慎温洇:"好学生也开始相信星座了?"

"星座、性格这种东西是概率问题,怎么会有人信这个?"慎温洇说完,起身往洗手间走去。

钟情嘟囔着:"你不信你问我。"

慎温洇在洗手间的最后一个隔间里坐着。拿手机查了一下,她还真是挺符合狮子座特征的。紧接着下面还有一个链接:狮子座和什么星座最配。

慎温洇赶紧点进去一看,显示是射手座。

她想,如果左肖是射手座就好了。

马桶的冲水声吹走了她的杂念。慎温洇刚要从洗手间里出来,忽然听到外面传来聊天声。她犹豫了一下,错过了出去的最佳时机。

沈欣欣:"晚上放学你不用等我了。"

林一唯:"哇,难道是有约会?"

沈欣欣的声音里透着愉悦之意:"左肖约我了。"

"哇!你跟左肖成了?"

沈欣欣笑了起来:"差不多吧。我就说左肖怎么可能不喜欢我。我沈欣欣是谁?我追他,他怎么可能不动心?"

林一唯附和道:"就是,就是,放眼整个信德高中,也就只有你配得上左肖。等你们两个官宣了,不知道有多少女生要失恋了!"

"再说吧,我还不想公布。"

"为什么?"林一唯停顿了一秒,"你该不会是怕慎温洳吧?她可是跟教导主任一条心的人,每天晚上晚自习前那点儿时间,都和教导主任在学校的小公园里抓早恋。"

沈欣欣有一些不屑:"我才不是怕她,是怕麻烦。反正左肖已经是我的了,公不公开又能怎么样?"

林一唯却不赞同:"我要是能找到左肖这么帅的男朋友,巴不得全天下的人都知道,巴不得全天下的人都羡慕妒忌我!"

沈欣欣犹豫了一下:"再说吧,晚上先看看他约我去干吗。"

上课铃响了。

"走,走,走,左肖现在都不逃课了,我得回去陪他上课。"

沈欣欣和林一唯走了。

上课铃声结束后,慎温洳还坐在洗手间的隔间里没动。

沈欣欣喜欢左肖?

左肖也喜欢沈欣欣吗?

忽然之间,慎温洳慌乱了。她喜欢左肖,她没办法欺骗自己。如果左肖跟别人在一起了,那她还能喜欢左肖吗?

她不知道。

慎温洳完全没有经验。原来不被别人知道的喜欢,就是所谓的暗恋。

既然是暗恋,她绝对不能让任何人知道这件事。

慎温洳在洗手间里思考了一整节课,直到下课铃响了,才把这件事的逻辑想清楚。她从洗手间往出走,感觉自己都有点儿臭了。迎面遇上了左肖,因为是刚下课,洗手间并没有别人。

左肖一脸的紧张神色:"你怎么了?我路过你的班级教室,你不在。你逃课了?"

"我逃课了?"慎温洳愣住了。从事实上分析,她的确逃课了,这是她有生以来第一次逃课。而她逃课哪儿都没去,什么都没做,只是在洗手间里思考人生。她思考的对象，此时就在眼前，她绝对不能承认。

"没有啊，请假过来的。你找我有事？"慎温洇有点儿清冷的声音回荡在空荡荡的洗手间里。

左肖似乎松了一口气："没事就好。今天放学……"

"学生会有工作安排。左肖同学，没事的话，我先回去了。"慎温洇撒谎了。她就是不想听左肖说他去做什么，很害怕听到左肖要去和沈欣欣约会的事情。尽管她也不确定这个约会是不是真的，但是万一呢？她强大的自尊心不允许她丢盔弃甲，她要伪装起来。只要她不在乎，那一切就都不重要，没人能刺激到她。

"阿慎……"

左肖叫她，慎温洇回头，眼睛微微上挑了一下："还有事吗，左肖同学？"

"你今天应该带伞了吧？"

"带了。"

陆续有人声传来，是下课来上洗手间的人，慎温洇赶紧走了，生怕别人看到他们在一起似的。

一整个下午，慎温洇都心不在焉。她想，沈欣欣和左肖约会，他俩到底会干吗呢？

要不然，她跟过去看看？

第六章
要相信眼睛看到的

放学后,慎温油在校门口的保安室内蹲着,监视着门口的动向。没一会儿,她瞧见了沈欣欣。沈欣欣脱掉了校服,里面穿着一条粉色的连衣裙,染了黑色的长发,化着精致的妆容,乍一看像个要出道的明星。

慎温油看到沈欣欣出门打车,想都没想立刻追出去,拦下了一辆出租车。

"师傅,跟着前面那辆车。"

司机莫名其妙地有点儿兴奋,一脚油门就追了上去。

幸好沈欣欣没什么被跟踪的经验,要不然一扭头就能看到紧挨着她那辆车里的慎温油。

"叔叔,这也太近了吧。"慎温油缩在后座里。

"同学,晚高峰就要来了,我不跟紧点儿,等一下就不见了。"

行吧,她反正豁出去了。

出租车在雀跃广场停了,沈欣欣下车,站在路边等待着左肖。

慎温油让司机停远一点儿,她在花坛后面躲着。

沈欣欣左顾右盼,难以掩饰喜悦之情。她拿出粉饼给自己补了补妆,左肖就是这个时候来的,沈欣欣立刻收起了粉饼。

慎温油竖起耳朵,但什么也听不到,只能听到不远处喷泉的水声。那两个人的谈话声,彻底被淹没了。

慎温泅有点儿着急："说什么呢这两个人？"

不知道左肖说了什么，沈欣欣的表情从开心变成了失落，她努力保持着骄傲的表情，冲左肖微微一笑，然后走了。她朝着慎温泅的方向走了过来，慎温泅看到沈欣欣脸上挂着泪痕，等到她走近了，慎温泅才意识到，自己可能会被发现。

糟了！慎温泅想找个什么地方钻进去，但已经来不及了。

沈欣欣越走越近，离慎温泅只有五米了。

"沈欣欣！"左肖忽然喊了一声，"我帮你打了车。"

沈欣欣也慌乱了，根本不敢回头，也不敢出声，怕左肖听到自己的哽咽声。她背对着左肖用力摆手，然后也顾不得穿的是高跟鞋，转了个弯一溜小跑上了辅路，拦下一辆出租车就跑了。

慎温泅松了一口气，再一看，左肖也不见了。她左右张望，头顶上忽然飘过来一个声音："阿慎。"

"啊！"慎温泅尖叫了一声，一下子跌坐下去。在她就快要来个屁股蹲的时候，左肖手疾眼快，抓住了她，用力一拉，把她拉进了自己的怀里。

她又听到了他有力的心跳声，又感受到了他温暖的怀抱，以及他在她耳边的笑声："阿慎，好巧啊。"

慎温泅慌乱中推开了左肖，强装镇定："我就是路过！"

慎温泅堂而皇之地要走，左肖却一把拉住了慎温泅。

"我给她发好人卡了。"左肖急忙说。

"这是我能听的吗？"

"我答应她不告诉别人，但是不想对你隐瞒。你假装不知道就好。"

"然后呢？"

"我有点儿饿了，能不能请我吃个饭？"

"啊？"慎温泅诧异了。

"上次你说的，下次你请。下次就是这次，可以吗？"

慎温泅摸了一下钱包，还好今天刚领了零用钱，不然她怕是请不起。

"走吧。"

"地方我选。你的车呢？"左肖问。

"下雨，我没骑车。"慎温泅又说谎了。她明明是因为追沈欣欣才打车，

她的自行车现在正放在学校车棚里。

"那我载你，可以吗？"左肖指了指不远处他骑来的自行车。

"行。"

慎温洇坐在左肖的自行车后座上，左肖蹬了几下，车都没动，在原地摇摇晃晃。

"左肖，你是不是不太会骑自行车？"慎温洇问。

"好多年没骑车了，不太会载人。你别急，我试试。"

左肖的车头剧烈晃动着，慎温洇从后座上跳了下来，拍了拍左肖："下来，我载你。"

左肖有点儿不好意思，但还是给慎温洇让了位置。慎温洇迈开腿上车，左肖跨坐在后座上，慎温洇左脚点地，右脚轻轻一踩，车轮向前滚动起来。她开始卖力蹬车。

"去哪儿？"慎温洇问。

"麻辣烫。"

麻辣烫店离这里大概二十分钟的路程，这对慎温洇来说也不算什么，她从小学开始就骑自行车了。她载着左肖，行驶在雨后的初秋里。

路过一条种满了梧桐树的街，刚好是下坡路，慎温洇抓紧了车把手对左肖说："你抓紧，我要加速了！"

慎温洇踩了一脚，左肖立刻抓紧了她的校服，他们顺坡而下，车速加快，梧桐叶一片一片飘落，她的心仿佛也跟着飞了起来。

"阿慎！慢点儿！"左肖在后面喊道。

慎温洇却没有听他的，又加了速。她太喜欢这种飞驰的感觉了，左肖不得已只能搂住她的腰。

不知哪块地不平，慎温洇和左肖连带着自行车一起飞了出去，左肖抱着慎温洇在地上滚了一圈，一起躺在了梧桐落叶上。

慎温洇忽然笑出声来，左肖却一脸严肃："慎温洇，不要命了？！以后不许你骑车骑这么快。"

"左肖，我从来没有这么自由过。"慎温洇看着湛蓝色的天空，梧桐树遮挡着夕阳,她深深呼出一口气。风里面都是自由的气息,她被束缚得太久了。这个三好学生的皮肤,她已经穿得太久了,久到已经焊在了她的身上,如果扒下来,那肯定是血肉模糊的。

左肖俯视着慎温洇,忽然,眼里的关切之色变成了心疼。

"阿慎……"

"你怎么了?你不会是在可怜我吧?"慎温洇笑了一声,"我不需要任何人可怜。我过得很好,从小到大都顺风顺水。"

说完,慎温洇推开了左肖,从地上爬起来,扶起旁边的自行车。车的前轮有点儿歪了,她用力踹了几脚,轮子总算正了过来。

左肖也从地上爬了起来。他皱了一下眉头,慎温洇却完全没注意到。左肖刚刚摔伤了,他们落地的时候,是左肖充当了她的缓冲人肉垫子。

麻辣烫店里,客人依旧不少,他们坐在二楼靠窗户的位置,肩并着肩,每个人手边都有一瓶花生露。

"阿慎,日记本带了吗?"左肖忽然问。

"干吗?"

"写点儿东西,反正是活页的,回头可以给我。"

慎温洇还真的带了日记本。她觉得家里的抽屉不太安全,所以这几天都随身携带日记本。她拿出日记本,往后面翻了好几页,递给了左肖。

左肖拿出笔来,一边写一边跟慎温洇说:"交通安全其实很重要,你以后骑车不可以这么快,然后,坐车一定要系安全带……"

慎温洇没往心里去。她正盯着窗外两个正一起和泥的小孩,不知道发生了什么,两个人吵了起来,然后各自哭着回家了。

过了一会儿,左肖写完了,慎温洇这才扭头看了一眼:"你这字迹,跟我的好像呀。你模仿我?"

"谁模仿你了?学校的书法课我也上了,一笔一画写下来,有点儿像不是很正常?"左肖解释。

慎温洇撇了撇嘴:"你的语文真不怎么样啊。你写东西怎么没标点符号啊?还有,今天星期一啊,你这写的怎么是'二'?你没写几月几日啊。"

"这是小作文。"

慎温湎忍着笑，弯起的嘴角却怎么都压不下去，觉得左肖挺可爱的，写的东西前言不搭后语。写完之后，左肖没有把这张纸要回去，慎温湎也没拆下来，就让它悄悄地留在日记本里吧。

"你请我吃烤肉，我请你吃麻辣烫，你亏大了。"慎温湎说。

"那花生露我要两瓶可以吗？"

"不行。"

他们吃饱了，一起看着窗外的夕阳，直到路灯亮起来。两个人没再说话，却一点儿也不尴尬。

不知过了多久，左肖忽然说了一句："阿慎，要永远相信眼睛看到的，记忆里的东西可能会出现偏差。"

慎温湎咧嘴一笑："我知道，人类的大脑是会保护自己的，总是记得一些好的东西，对吧？"

左肖顿了顿，点头说："对，要相信你看到的，哪怕事实很离谱。"

"嗯。"慎温湎随口答应着。

"如果哪天你觉得我有点儿奇怪，别不理我。"

"左肖，你怎么搞得像是告别一样？数学竞赛还有两周，你不是想跑吧？"

左肖哈哈一笑："我是数学天才，跑什么？等周六的时候，我们一起去自习室吧，我知道有一家自习室没什么人，环境也不错。"

"好啊，那到时候吃了午饭就去，地址你发给我。"

最近天气不好，因为一直在下雨，体育课又停了，她不能和左肖一起上体育课了，不能堂而皇之地看他了。

公交车上穿着他们学校校服的人忽然多了起来，她有点儿搞不明白是怎么回事。她和左肖总是隔得很远，她在最前面，左肖还是坐倒数第二排的位子，不同的是他被几个女生围着。慎温湎偶尔回头看一眼，左肖总是想跟她说话的样子，慎温湎就赶紧回过头来。

还有一站就到站了，她往后门走去，忽然一个急刹车，她的书包掉了，里面印着风信子的日记本掉了出来。她紧张地赶紧弯腰去捡日记本，生怕被人看到里面的内容。

她却高估了自己的平衡能力,直接跌坐在了地上。左肖腾地一下从后面站起来,挤过人群,扶起慎温油,一脸关切地问:"你没事吧?"

慎温油注意到周围人的目光,真怕左肖一个不留神叫她阿慎,那太亲密了。她立刻推开左肖站起来,冷着脸说:"谢谢左肖同学,我没事。"

然后,她一转身就跑下车去了,头也没回,脸上火热一片。

她开始心不在焉了,摸着包里的日记本觉得是个定时炸弹。她家抽屉的锁就跟摆设一样,万一日记本被爸妈看见了呢?

"你怎么心不在焉的?"慎西北问女儿。

"没什么。我吃饱了。"慎温油放下碗筷,回到房间里,看到自己的抽屉果然开着,又出来问她爸,"谁动我的抽屉了?"

"你妈想找支红笔批作业。"

慎温油咬了咬嘴唇。

"爸爸给你准备了一个小皮箱,你一准儿会喜欢。"慎西北像是猜透了女儿的心思,回房间拿出来一个小箱子,上面有一把精致的小锁。

"谢谢爸爸。"慎温油拿着箱子回到房间里,把日记本放进去,却还是有点儿不放心的样子。

"不能留下证据。"慎温油下定了决心,带上日记本,出门去了。

天已经完全黑了,她走了很远,到了一个街心公园。趁着没人,慎温油拿出日记本,找出了几张夹页。她小心翼翼地藏起来的,上面写满了"左肖我喜欢你"。她左顾右盼,周围的确没人,然后掏出口袋里爸爸的打火机,悄悄烧了起来。

一张、两张、三张……

她没有意识到,自己居然写了这么多。

好在这里没人,静悄悄的,烧完了她就回家。

"同学,借个火。"

一个声音在身后响起,慎温油吓得差点儿尖叫出来。她扭头看见来人居然是左肖,他手里抱着一堆纸钱。

071

"方便吗,同学,一起烧?"左肖又问了一遍。

慎温洇吓得立刻看了一眼自己烧的日记,燃烧殆尽,再也看不到左肖的名字了。她心虚地看着左肖,迟疑着拿出了打火机。

"谢了。"左肖接过打火机,蹲在地上开始烧纸。

慎温洇没走,也蹲了下来,检查自己有没有没烧干净的碎纸片。

左肖动作很熟练,拿起一根树枝挑着纸堆,火势大了起来,差点儿烧到慎温洇的头发,慎温洇赶紧往后退了一步。

"你还不走?打火机不是还你了?"左肖问。

"你……"慎温洇刚要问他为什么来烧纸,忽然一道光照过来。

"干什么呢?!公园内禁止搞封建迷信!"保安跑了过来。

左肖站起来,猛踩了几脚,踩灭了地上的黄纸,慎温洇被吓傻了。

左肖一把拉住慎温洇:"好学生,再不跑要被叫家长了!"

慎温洇反应过来,跟着左肖一起狂奔起来。保安在后面追他们,足足跑了两条街,保安的身影才消失了。

慎温洇和左肖扶着墙壁喘气,要死了一样。

左肖看着慎温洇的样子哈哈大笑起来:"真是没想到,好学生原来也害怕被叫家长呀?"

慎温洇觉得此刻的左肖说话有点儿奇怪,又说不上来哪里奇怪,反驳他:"你干吗来烧纸啊?"

左肖特别欠揍地说:"给自己提前存点儿,怎么,不行吗?"

慎温洇怼人十分有经验,她几乎是下意识地开启了反怼模式,张口就来:"你人还没死,在下面没开户,是收不到钱的。"

左肖哼了一声:"赶紧回家吧,快十点了。"

"嗯。"慎温洇转身走了,左肖没提出来送她,但是她偶尔回头,能看到左肖跟在后面,直到她上楼,左肖才不见了。

接连几天慎温洇早上坐公交车都没有看到左肖。

按照以前的惯例,左肖应该是坐在倒数第二排位子上的,他们两个会在同一站下车,然后前后脚进入学校。

左肖没有上学吗?

慎温洇觉得有些奇怪，下课往13班溜达。13班教室里有些嘈杂，她还没走到门口，就听到了撞击的声音。

慎温洇快走了几步，看到左肖一脚踹翻了前面的桌子，桌洞里的书散落一地。他怒气冲冲，像个发怒的狮子。

沈欣欣站在一旁有些害怕的样子，身体有些发抖。

"沈欣欣，离我远一点儿，不要以为我们很熟。"左肖怒红着双眼，沈欣欣蹲在地上哭了起来。

左肖又一脚踹翻了挡着他路的椅子，旁边的女生害怕地尖叫起来。左肖一眼瞪过去，女生们又都闭上了嘴。左肖抓起自己的书包往门口走去，迎面遇上了慎温洇。

"让开。"左肖毫不客气地说。

"你在干什么？"

"你别管。"

"我是学生会主席。"

左肖一副不耐烦的样子："那你就给我记大过！"

他侧着身从她旁边走了过去。慎温洇转身看着左肖，他一手插着兜，书包搭在左肩上，路过的同学都自觉地给他让开了一条路。

慎温洇心里有很多疑问，左肖今天怎么了？她看着13班的一片狼藉，走过去扶起了沈欣欣："你们班怎么回事？"

沈欣欣抹了一把眼泪，推开慎温洇："管好你的1班，我们班的事情你少管。还有，不许给左肖记过，是我不小心摔坏了他的杯子，他生气是应该的，打我也是应该的。"

"怎么他动手打你了？"慎温洇问。

"你脑子有毛病啊，我那是打个比方！"

"沈欣欣，你脑子才有病！"慎温洇扭头走上了讲台，"班干部赶紧把东西收拾好，等一下你们还要上课，不要在教室里打闹。"

她到底是学生会主席，有几分威慑力，原本还在看热闹的人立刻行动起来。几分钟以后，13班教室恢复了原样，上课预备铃响起，慎温洇这才往自己的教室走去。

整节课，慎温洇心不在焉。左肖为什么这么奇怪？他到底为什么发火？

慎温汩忍不住,发了一条信息给左肖:"为什么发火?"

左肖没有回复。

慎温汩有点儿放心不下。她相信,左肖肯定不会莫名其妙地这样,一定是出事了。但偏偏13班里她没有一个关系好的同学,无法打听出到底发生了什么事。

"慎温汩,这道题你来解。"讲台上的数学老师突然点了她的名字。

慎温汩回过神来。她没听课,老师应该是发现了。她迟疑着站起来,旁边的钟情已经一副看好戏的样子了。慎温汩慢慢往讲台上走去,走到黑板前,拿起粉笔,已经把解题思路在脑子里回忆了一遍。巧得很,这道题就是那天左肖给她解过的那一道。

数学老师欣慰地看着慎温汩:"不错,解题思路很清晰,这一步的公式优化也很棒。老师没想到你能解开这道竞赛题,回去吧。"

慎温汩松了一口气,慢慢往回走去。她看见钟情用甚至有点儿崇拜的眼神看着自己,有些惊讶钟情是不是哪根筋搭错了。

数学老师开始给大家讲解这道题,钟情一会儿看看数学老师,一会儿看看慎温汩。慎温汩总是能感觉到这灼热的目光,下课以后终于忍不住了。

"你老看我干吗?"

钟情立刻抱着本子过来,从口袋里掏出两根棒棒糖,放在慎温汩的桌子上:"能再给我讲讲吗?没太听懂。"

"你知道今天13班的人为什么吵架吗?"

钟情大大的眼睛里充满了疑惑之色:"吵架了?沈欣欣吗?"

"沈欣欣和左肖。"

"我去问问。"钟情站起来跑了两步,回来又向慎温汩确认,"我打听出来原因,你给我讲这道题?"

"你打听不出来,我也给你讲。"

钟情的嘴角抖动了一下:"班长,你有点儿变了。"

"我一直这样,只是你不了解我。"慎温汩等着钟情夸自己心肠好,愿意帮助同学。

却没想到,钟情话锋一转说:"你好八卦啊!"

她有吗?

第六章 要相信眼睛看到的

钟情走了，慎温洇等待着她的消息。没一会儿，钟情怒气冲冲地回来了，一屁股坐在了慎温洇前面的位子上。

"沈欣欣打破了左肖他妈给他买的杯子，左肖发火了，骂了沈欣欣。沈欣欣最近跟左肖关系不是还可以嘛，沈欣欣就顶了几句，没想到左肖就踹了桌子，沈欣欣也被吓到了。"钟情一股脑地说完，嗤之以鼻，"我还以为左肖转性成好学生了呢，没想到才装了没多久，就原形毕露了。"

这话倒是让慎温洇醍醐灌顶，不是她一个人的错觉，左肖的确不一样了。

"不过我听了个小道消息，左肖他妈妈在左肖很小的时候就去世了，所以那个杯子应该挺宝贵的吧……"

慎温洇拿起书包开始收拾东西，钟情大呼："你还没给我讲题呢！"

慎温洇掏出自己的习题册，翻开折角的一页，里面写的正是那天左肖的解题过程："你自己看，看不懂回头再问我。"

慎温洇收拾好东西，背上书包跑了。

钟情呆若木鸡，好半天才反应过来："好学生逃课了？！"

慎温洇也不知道去哪里找左肖，打电话他没有接。她找了他们之前一起去过的地方，都没有左肖的身影。她忽然发觉，她对左肖其实知之甚少，这样居然也敢说喜欢左肖，她把喜欢看得太简单了。

慎温洇失眠了。一直找不到左肖，她情急之下都想给左肖的班主任打一个电话了。

这种焦虑的情绪一直延续到星期六下午。她和左肖今天有约。她怀着忐忑的心情出门了。左肖应该会来吧？

她按照手机上的信息地址找过去，那是一家很大的自习室，只需要29块钱就能待一整天。此时自习室里人不多，她把所有靠窗的位置都找了，就是没见到左肖。

慎温洇开始焦急地等待着左肖。难道他忘了他们的约定了吗？慎温洇想着要不要打个电话或者发条信息过去问问，但又想起左肖前天没回自己消息的事情，最终放弃了这个想法。

算了，她等他。如果他不来，就当今天是真的来自习的就好了。只是在她低头看到自己新买的这条连衣裙的时候，她有那么一点点失望。

足足过了仨小时，慎温洇仍没有看到左肖的身影。她起身收拾好东西，准备回家。

她走到进门拐角处时，忽然发现一排绿植后面是一个楼梯。这里居然还有二楼？慎温洇驻足片刻，听到了楼上打电话的声音，尽管声音不大，但奈何这里太过安静了，她听得清清楚楚。

"学习？我疯了吗？什么数学竞赛，我才不去参加。我在哪儿？我在网吧里打游戏呢，包间里当然安静了。没事儿挂了吧，正蹲人呢……"

慎温洇循着声音走上了二楼，角落里有两排书架，后面还有一张桌子，桌子上摊开了十几本数学卷子，还有熟悉的奥数辅导书，正在题海奋战的人正是左肖。

左肖一抬头，瞧见了慎温洇，也吓了一跳："你什么时候来的？"

"你说网吧打游戏那句话的时候。"

左肖迅速看了一圈周围，然后迅速拉着慎温洇坐下，小声跟慎温洇说："不会说出去的对吧？"

"你这是……"慎温洇瞥了一眼桌子。

"你还好意思问！那个什么破数学竞赛，你干吗给我报名？"左肖有点儿生气的样子。

慎温洇又愣了愣，之前左肖明明是想要参加的。

左肖有点儿懊恼以及自暴自弃："既然你来了，那就别走了，给我讲讲这些题是什么意思。"

慎温洇扫了一眼他说的题，是基础题型："你不会？"

"会是会，但是不确定应不应该这么做，你写给我看。"左肖拿出一支圆珠笔来给慎温洇。

慎温洇瞄了一眼，左肖的草稿本乱七八糟的，字说是狗爬也不为过。她真是觉得自己记忆错乱了，之前左肖的字很好看啊。

"你不是也不会吧？慎温洇！"

"我会。"

慎温洇开始给他写解题过程，把几个用到的公式画了重点。慎温洇写完最后一个数字，左肖恍然大悟地"哦"了一声："原来是这么个原理。"

"会了？我还没开始讲呢。"慎温洇说。

"不用讲，我看明白了。"

"你很聪明。"慎温洇如实说。

左肖有点儿臭屁："我只是不想考好成绩而已，并不是不能考。"

这话她倒是听过一次，只是上一次他并不是这个表情，慎温洇想。

"你怎么知道这个地方的？这是我的秘密基地，我平时都在这里……"左肖顿了一下，不知道该怎么说好。

"偷着学？"慎温洇接了下去。

左肖有点儿不好意思："你能保密吗？"

"汤易远他们几个都不知道你其实在学习对吧？"慎温洇问。

"老汤他们几个不学习，我跟他们关系这么好，我要是学习，也太格格不入了。我们男生的事情你不懂。"左肖从包里掏出了一瓶花生露，刚准备喝，又停了一下，问慎温洇，"你要吗？"

慎温洇愣了一下，左肖已经拧开花生露给了她。

"谢谢。"

慎温洇浅浅地喝了一口，脑子有点儿乱。左肖已经忘了他们有约的事情了？是他真的没放在心上还是故意忘记了呢？这个约会对左肖来说不重要？她真的很想问左肖，可是不敢，也不能，万一问了，左肖觉得她想多了怎么办？那她岂不是很丢脸？

"数学竞赛还有十天，你得帮帮我。"左肖又说。

"我不是已经在帮你了吗？"慎温洇说。

"不够啊，我以前也没接触过竞赛题。你这几天放学没事，都到这儿来吧，我给你出打车费，再管你一顿晚饭。慎温洇，帮个忙，行不行？"

慎温洇犹豫着。

左肖又进一步说："我要是退赛，那咱们学校很难得高分了。你不是想用数学竞赛给大家高考加点儿分吗？我过几年出国，高考分我不要也可以的，但是你不一样。这笔买卖，你不亏。"

"那你为什么这么在意？"慎温洇心里紧张了起来，她想听到这个答案跟自己有关系，又或者是她幻想着或许可以有那么一点儿关系。

左肖抓了抓头发，一脸傻笑的样子："我不能让孟呓看我的笑话啊！我如果退赛了，以孟呓的性格，她能嘲笑我一辈子。她这个人看起来柔柔弱弱的一

077

个小姑娘，实际上腹黑得很！"

慎温洇如遭雷击。孟呓是谁？为什么左肖在说起孟呓的时候，眼睛里带着温暖的光？孟呓对左肖来说是很重要的人吗？那自己呢？自己在左肖心里又是什么位置？

"慎温洇，你怎么了？"左肖见慎温洇一直发呆，轻轻地拍了拍她。

"我没事，在想题。"慎温洇浅浅一笑，接着开始做题。

"那你答应我了？"

"什么？"

"给我补习。"

左肖说这句话的时候，收起了笑意，眼睛里全都是真诚。那是一种渴望的眼神，他想学习了。这种眼神慎温洇在前阵子是看过的，他真的很好看，鼻梁很高，在顶灯灯光的照射下，脸上棱角分明。

慎温洇一瞬间失了神，想都没想就点头答应了。

"可以。"

"太好了！对外我就说去网吧打游戏，你别给我说漏了。"

慎温洇点了点头："我说去做义工。"

"真上道！慎温洇，你其实挺好的，为什么学校里的人都不喜欢你？"

"你也还……挺好的。"慎温洇中肯地评价。

左肖摆了摆手："无所谓好与不好，他们怎么看我也不重要。"

"所以，学校里的人喜不喜欢我，有什么关系？"

"慎温洇，我宣布，以后你就是我最好的地下朋友了！"左肖拍着大腿乐呵呵地说道。

慎温洇几乎想翻白眼，这是什么形容词？

但是转念一想，她为什么这么痛快地答应呢？是因为她能跟左肖多相处吗？可是她这样会不会有点儿太卑鄙了？左肖肯定不知道她心里的这些弯弯绕绕。她怎么能在明知道左肖在乎孟呓的时候，还答应跟他一起偷着学习呢？

算了，算了，她从来也不是什么好人。她可是全校最讨厌的人。

等找个机会，她得问问孟呓是谁。那会是他喜欢的人吗？如果不是，那也应该是个很重要的人吧。那她真的是太卑鄙、太无耻了，自己都瞧不起自己了。

周一升旗仪式之前，肖主任找到慎温洇，让她顶替拉肚子的升旗手去升旗。

慎温油觉得太意外了，内心掩饰不住欣喜之情。她想起那天左肖说过的，下下周她肯定可以升旗。这简直就是预言家啊！

她怀着激动而忐忑的心情去升旗，注视着国旗上升，内心激动得快要哭出来了。她今天还代表优秀学生发言，这也是临时任务，但是对慎温油来说，她又是得心应手。她都没有准备，随便讲了几句，各方面都很得体。她从主席台上下来的时候，好像看到了左肖站在人群里偷偷给她比大拇指。

慎温油的嘴角忍不住上扬，但只是细微的弧度，她就克制住了，咳了一下，调整好面部肌肉，不苟言笑地回到了人群当中。

晚上放学，慎温油收拾好东西要走时，钟情又缠上了她。

"你再给我讲讲那道题呗？我有点儿没明白，你那个优化是怎么做的？"

"我没空，你自己看，看不明白可以不优化，按照第一遍那么解题也可以。"

"你干吗去？"钟情问，问完了有点儿后悔，她和慎温油也没多熟悉，之前还有过矛盾，于是找补，"关心你一下。"

门口忽然路过了几个男生，是13班的，左肖在人群里，汤易远和其他几个人正拉着他。

"我不打球。"左肖说。

"今儿天这么好，不打球你干吗去？"汤易远问。

"我去网吧打游戏。"左肖回答说。

"也行，一起吧。"汤易远退而求其次。

"约了人了，不跟你们打，太菜。"左肖甩开汤易远走了。

不知道是不是慎温油的错觉，他好像看了她一眼？

慎温油扭头看向还拽着自己的钟情说："做义工。"

"啊？"钟情呆愣愣的。

慎温油成功地逃脱了。

自习室里，两个人在角落里成功接头了。

慎温油掏出几本练习册，左肖从包里掏出了一堆零食，慎温油有点儿傻眼了："这是？"

"不知道你喜欢吃什么，你随便挑。"

"你不会拿这个给我当晚餐吧?"慎温沺问。

"怎么可能?我看别的女生学习的时候都吃零食,以为你也……那你想吃什么,你说。"

"吃烤肉吧。"慎温沺想起上次他们一起吃烤肉,左肖烤肉技术很好。

左肖却微微皱起了眉头:"能不能换一个?我受不了烟熏火燎的味道。"

怎么会?上次他明明……她又陷入了怀疑当中。

"慎温沺,这道题,你做一遍我看看。"

慎温沺的思绪被拉了回来,她看向了那道题,赫然是上一次她不会,左肖做了一遍给她看的。

这到底是怎么回事?

疑问一直萦绕在慎温沺的心头。

她回家拿出那本左肖送的日记本,翻开看了看,想起那天吃麻辣烫时左肖说过的话:

"要永远相信眼睛看到的,记忆里的东西可能会出现偏差……"

"慎温沺同学。"

"阿慎。"

这两个声音,两张一模一样的脸,分明是一样的,为什么却有着截然不同的表情?

慎温沺捂着自己的头,觉得它快要炸了。

第七章

车祸

一阵刺耳的鸣笛声响起，慎温泊猛地抬起头。迎面开过来一辆失控的面包车，陆白猛地打了一下方向盘，他们的车奔着电线杆直接撞了上去。

剧烈的撞击让慎温泊一瞬间失去了意识，她手里的日记本滑落下来。

要永远相信眼睛看到的，记忆里的东西可能会出现偏差。

记忆疯狂涌入。

左肖，我想起来了……

再次醒来，慎温泊躺在医院里。

"醒了？她爸，快去叫医生过来看看。"温俞心疼地看着慎温泊，眼睛里布满了血丝，她扭头抹了一把眼泪。

慎温泊看了一眼旁边，沙哑着声音开口："车祸？"

"你都睡了三天三夜了，你要吓死妈妈了。"

"陆白呢？他怎么样？"慎温泊又问。

"这个陆白，那么久没开车了，不知道出去热热车，车不怕跑就怕放的道理他都不知道吗？"温俞埋怨起来。

慎温泊看温俞这个神色，猜测出一二。陆白肯定没事，不然温俞没心情在这里骂人。

没一会儿医生进来了,一起过来的还有慎温沺的导师。慎温沺挣扎着要起来:"曲老师……"

曲教授按住她:"躺着,让胡主任给你好好看看。"

胡主任给她检查了一番,确认没什么问题。

"休息几天就好了。"胡主任说。

"那陆白怎么样了?"

"他也没事,就是胳膊上划破了一道,缝了二十针。你们呀,真是不幸中的万幸。"胡主任说。

"可不是嘛,这俩孩子平时毛毛躁躁的。谢谢医生。"

慎温沺的父母和胡主任聊了起来,互相说几句客套话以及医嘱。

"没有万幸。"慎温沺忽然说了一句话,"是左肖提醒我系安全带,如果没有他提醒,我就死了,我就死了!"慎温沺的眼角忽然飙出眼泪来,她的脑子里涌现出太多跟过去不一样的记忆了。

众人被慎温沺突然大喊大叫的样子吓了一跳,温俞赶紧过来抱住她:"怎么了这是?"

温俞看向胡主任和曲教授,曲教授过来拉住了慎温沺的手:"有什么想说的,你跟老师说。"

慎温沺却一句话都说不出来,紧紧地抓着曲教授的手,眼泪止不住地流了下来。

其他几个人面面相觑,都不知道慎温沺这是怎么了。

她其实也不知道,只是反复想起那句话:

要相信眼睛看到的,记忆里的东西可能会出现偏差。

她必须找到左肖,才能知道到底怎么了。

"我要回影州。"慎温沺说。

"我陪你去。"陆白缠着绷带出现在门口。

慎温沺用力点头。

第七章 车祸

陆白也有许多疑惑,不知道从何说起。

就在二人对望的时候,温俞一巴掌拍在了陆白的后背上,骂道:"都这样了,还去什么影州,不许去!都给我在医院里好好养着!"

陆白向慎西北投去了求助的目光。

慎西北犹豫着:"既然孩子们……"

温俞大喝一声:"想都别想!一天到晚神神道道的,什么左肖右肖的!"

慎西北被吼了一声,也退缩了,看向陆白,尴尬一笑:"要不,等伤好了再去玩?"

陆白无奈只能答应了,可是慎温洇一刻都等不了了。她只想立刻回到影州去,查询一切关于左肖的消息。

曲教授安抚着慎温洇:"温洇,你是学心理学的,应该知道,人在受了重大创伤之后,大脑会释放一些信号来安抚你。有些事可能不是真的,你现在要做的就是好好休息。老师相信你是可以想明白的。"

慎温洇凝视着曲教授:真的是这样吗?

她迟疑着,点了点头。

众人离开了病房,慎温洇又一个人待在病房里。她来到洗手间,看着镜子里的自己,虽然脑袋上缠着纱布,但只有一道浅浅的擦伤,她真的是万幸吗?

慎温洇忽然想起了什么,打电话给慎西北:"爸!我的日记本呢?我的日记本呢?"

"爸爸帮你放在床头柜抽屉里了。"

慎温洇挂断电话,立刻翻出自己的日记本。她反复读着那篇没有年月日,只写了星期二的奇怪日记。在她过去的记忆当中,她从未跟左肖如此亲密,更不可能让左肖在这个日记本上写下一篇内容。她明明记得,这个日记本是自己买的,又是什么时候,这个日记本成了左肖送给她的了呢?

这些铺天盖地涌现出来的记忆,到底是不是她的?她陷入了迷茫状态。她反复盯着这篇日记,忽然明白过来。

陆白恰好又回来了:"我定了一辆车,明天送咱俩去影州,你收拾收拾吧。"

"左肖写的,这真的是左肖写的!"慎温洇捧着日记,眼泪几乎要飙出来,指着上面的文字给陆白看,"虽然字迹跟我的很像,但是他没有用标点符号,没有标点符号!我怎么可能犯这种错误呢?只有眼睛看到的是真的,只有眼睛看到的才是真的!"

陆白皱着眉,立刻拿出手机来:"时间改了,我们现在就要用车。"

一小时后,两个人坐在商务车里,陆白的胳膊缠着绷带,吊在脖子上,他还有一点儿轻微的骨裂。慎温沺忐忑不安,一路上捧着日记本,看看还有什么不一样的地方。

直觉告诉她,这一定是左肖留给她的信号,她一定要找到左肖。

陆白的电话忽然响起,他接听之后神色凝重。

"怎么了?"慎温沺问。

"孟呓开走的那辆车找到了。"

"在哪里?"慎温沺问。

"影州市交通队。"

"发生什么事了?"

"交警说是肇事车辆,人不见了,只留下了车,根据车主信息联系上了我。孟呓可能出事了。"陆白忧心忡忡地说。

"我先跟你去交通队看看。"

"不用,先送你去学校,我一个人去交通队就好,反正孟呓也不在,我只是去办手续。"

慎温沺想了想说:"也好,那我们随时联系。"

到达影州后,怕时间来不及,两个人直接分头行动。慎温沺回到信德高中,学校似乎一点儿都没变化,就连墙壁的颜色都差不多,崭新得像是刚刚粉刷过。她看着熟悉的校徽、校门口的69路公交车站牌,还有电动大门旁边的保安室。

一切的一切,陌生又熟悉。她迟疑着,保安室忽然出来了一个人,那人盯着她片刻后,惊呼一声:"慎温沺?!真的是你啊!"

慎温沺看向眼前这个穿着黑色制服的人,逐渐跟记忆里的人对上号,略微吃惊:"纪律委员,你怎么在这里?"

这就是当年跟着她一起在校门口抓校风校纪的人。

第七章　车祸

"我考的师范大学，应聘来了咱们学校。"

慎温沺看着他这一身制服，露出了疑惑的神色。

纪律委员又说："嗐，这不是体育老师编制满了嘛，我现在是保安队长，先适应一下上班的感觉，明年有名额了，再考体育老师的编制。"

"也蛮好。"慎温沺笑了笑说。

"一晃好多年了，你现在在干吗呢？"纪律委员问。

"我在一家医院……"

"当医生了啊！这个好！在影州吗？"

"在浅岛市。"

"哦，哦，那不远。"纪律委员憨憨地笑了笑。

"纪律委员……"

慎温沺再次开口，被纪律委员打断了："你是不是忘了我叫什么名字？"

他说对了，慎温沺当年真的只记得他在学生会的职位。

"我是章超啊！你那儿和陆白经常一起逃课，还是我帮你打掩护。"章超一副伤心的样子，委屈巴巴地说道。

"我和陆白逃课？你认识陆白？"慎温沺觉得不可思议。

"当然了，谁能不认识陆白啊。"章超笑道。

"我能进去看看吗？"慎温沺问。

"可以，今天周六，学校里没人上课。"

"我想去资料室。"

章超愣了愣："你想干吗？"

"看看母校这些年都发生了什么事，可以吗？我的老同学，我高中最好的朋友。"

章超起初有点儿犹豫，听到最后，一个激动就点头答应了："没问题！这都还在我的管辖范围之内，我带你进去。"

"谢谢。"

慎温沺跟在章超后面，走在熟悉的校园里，眼前的一切似乎跟她记忆里的样子重叠了，她却又总觉得有哪里不太一样了。

两个人进入教学楼，一楼有一面表彰墙，上面是历年来学校获得过荣誉的

085

人的照片。她扫了一眼,看到了2013年中学生竞赛,学校获得了三等奖。她突然停顿下来,冲上去仔细看着那个奖状。

"你怎么了?"章超问。

"唱歌比赛?当年参加的是唱歌比赛吗?"慎温沺难以置信地问道。

"是啊。"

"怎么可能呢?明明是数学竞赛,怎么变成了唱歌?"慎温沺喃喃自语,想打开荣誉墙的玻璃,把奖状拿出来仔细看看,一定是哪里搞错了。

"最开始你是报了数学,后来不知道怎么你就给改了,还推荐了沈欣欣主唱,没想到她还挺争气。你俩从那以后关系就缓和了不少。"章超似乎是想起了高中的许多趣事,喋喋不休起来。

"沈欣欣那时候真是个刺儿头啊……哎,慎温沺,你等等我!"

慎温沺快速奔跑起来。她记得资料室的位置,不敢相信眼前看到的这一切,为什么她一觉醒来一切都变了呢?她明明记得在她转校之前,荣誉墙上有左肖的名字,他为学校争得了数学竞赛的金奖。

猛烈的撞击,让资料室形同虚设的门锁一下子开了,慎温沺在架子上翻找着,2012级学生档案,13班点名册……

没有,什么都没有。

她觉得是不是自己眼花了?她又看了一遍,一个个用手指滑着看。

章超这时候赶来,看着一地的狼藉:"你在找什么?"

"左肖,为什么没有左肖的档案?所有学生的档案都在这里了吗?"慎温沺抓着章超问。

"怎么又一个打听左肖的?"

"还有谁来过?"慎温沺问。

"孟吆啊,高中读了一年。昨天她来问我左肖的事,都给我问蒙了,左肖到底是谁啊?咱们学校的学生吗?"

这不可能!慎温沺如遭五雷轰顶,几乎疯了一样:"我要看试卷!2012年,我们入学以后所有的试卷!"

章超被她吓到了,指了指靠墙的第三排柜子:"都在柜子里。"

慎温沺跑到柜子前,看见上面有一把锁。她抄起地上的灭火器,猛地砸了过去,"哐当"一声,锁坏了,掉在了地上。

第七章　车祸

章超直接傻眼了:"慎温洇！你干吗呢？我有钥匙！"

慎温洇恍若未闻,翻找着里面尘封的试卷。她一沓一沓翻找,找到了高二(13)班2013年的期中考试。

数学,语文,英语,物理,化学,生物……

没有,全部都没有一个叫左肖的人的卷子。

"你的手流血了。唉,作什么孽啊！慎温洇,你等着,我给你找东西止血。"章超看着慎温洇血流不止的双手,扭头跑了出去。

慎温洇坐在一地狼藉里,恍若未闻。

她再一次拿出手机,拨通那个存了许久的电话号码。这一次却不是空号,电话通了,慎温洇紧张地等待着。

"你好,请问找哪位？"电话那头一个男人的声音响起。

"是……左肖吗？"慎温洇小心翼翼地问。

"你打错了。"

电话被挂断了。

慎温洇看着自己的手机,明明是左肖的电话号码。

她又打电话给钟情:"你还记得左肖吗？"

"左肖是谁？慎温洇,你跑哪儿去了？你爸妈把电话都打到我这里来了。"

慎温洇挂断电话,又继续打。

"肖老师,我是慎温洇,您还记得左肖吗？"

"温洇同学啊,好久不见。左肖是谁啊？"

"林一唯,你记得左肖吗？"

"左什么？"

"汤易远,你记得左肖吗？"

"你是谁啊？左肖是谁啊？"

…………

慎温洇觉得整个世界轰然坍塌了。她能够联系上的所有人,都忘记了左肖的存在。难道左肖真的不存在吗？难道一切都只是她的幻觉吗？

她颓然地靠在柜子上,柜子晃动了一下,她的日记本从背包里掉了出来。她捡起日记本,摊开的那一页上恰好写着:

087

哪怕他的要求再过分，再无法理解，也要相信他！！！

这不是她写的，却切切实实是她的字迹，结尾三个感叹号是她一直以来的书写习惯。

难道说……

这一瞬间，慎温洇看着这本日记，惊得直接将其丢了出去。她害怕了。她从地上爬起来，跌跌撞撞地准备跑出去，打开门的一瞬间，一道强光照射进来，她本能地闭上了双眼。

她听到周围有很多人在说话，叽叽喳喳的。她感觉到一阵有些寒冷的秋风吹来，闻到了风里面还有桂花的香气。

慎温洇的眼睛终于适应了周围的光，她缓缓睁开眼。

她正站在一群穿着高中校服的人中央，这些人有信德高中的，还有十七中、三十二中等学校的，她认得他们的校服。

每个人的手上都戴着一个手环。慎温洇看到大家排着队开始安检，进入一栋大楼。

慎温洇皱着眉头，感觉这太诡异了。

忽然有人拍了拍她的肩膀，慎温洇回头，看到一张熟悉又陌生的脸。

他有着精致的面庞，深沉的眼睛，睫毛像成精了一样，脖子上挂着蓝色的Beats耳机，穿着白色的长袖衬衫，衬衫胸口上写着——

信德高中 左肖

"慎温洇，你怎么在这儿啊？我们找你半天了！赶紧登记入场吧，比赛马上就开始了！"左肖拉着慎温洇往里挤。

穿过层层人群，慎温洇始终是蒙的。她看着拽着自己的男孩，他迎着光，浑身带有一种朦胧的感觉。

"信德高中数学竞赛组全员到齐。"左肖抓着慎温洇的手，伸向了扫码机器，"嘀"的一声，她的手环认证成功。

"可以进去了。"工作人员说道。

第七章　车祸

慎温油抬手给了自己一个嘴巴，好疼。

"你干吗？"左肖问。

"我……左肖……"

"别磨叽了，赶紧准备答题吧。"

"数学竞赛？"

左肖像是看傻子一样看着慎温油："不然呢？你可别告诉我你忘了。慎温油同学，我一个13班的人都准备好了，你这个1班的人不会拖后腿吧？"

"2013年？"慎温油又问。

"你今天怎么了？该不会是考试紧张了吧？"

慎温油掐了掐左肖，左肖疼得后退，打她的手。慎温油傻笑起来："2013年，2013年了……"

周围的人都投来了奇怪的眼神。

左肖觉得丢脸极了，拽着慎温油往里走，一边走一边小声问："不会是真的紧张到神经错乱了吧？"

"左肖，见到你真好。"慎温油说。

"发神经！你考试别掉链子！"

"区区一个高中的数学考试，我根本没放在眼里。"

"那就好，赶紧走吧。"左肖走在前面，慎温油看着左肖高大的背影。

她自信起来。她不知道这一切是怎么回事，但是此刻又见到了左肖，那个自己暗恋了十年的男孩，那个消失在大家的记忆中的男孩，她一定要知道发生了什么事情。

数学竞赛一共考三天，每天一场，每场考试45分钟，每场120道题，答对一题2分，答错一题扣1分，三天累计积分，按照分数从高到低排名。

这次参加数学竞赛的有八支队伍，每支队伍六个人，六个人依次作答。

慎温油被安排在最后一棒，这是一场数学接力。她恍惚想起来，这是当初她的战术，前面几个人哪怕失利，有的题答不出来，轮到她的时候，以她的速度她可以全部补齐。

在卷子传递给自己之前，慎温油还是这样想的。她非常有自信，她研究生在读，区区一个高中数学，根本不放在眼里，更何况这还都是她答过一次的题。

卷子传到慎温油这里，前面的五个同学都扭过头来看她，其中也包括左肖。慎温油向大家投去了一个"你们放心"的眼神，紧接着低头看了一眼试卷，瞬间瞪大了眼睛。

她的脑海中飘过一行字：这是天书！

慎温油握着笔，甚至不知道从哪里开始写。她的紧张伴随着同学们的关注而加深，其他几个人都在纳闷，学霸慎温油怎么还不写？

左肖小声叫她："慎温油，发什么呆啊？"

监考老师立刻向他们发出了黄牌警告，队友只能闭嘴。

慎温油觉得自己的呼吸变得急促了，甚至看不清楚眼前的试卷。她一次又一次地深呼吸，颤抖着开始下笔。

时光嗖一下过去，再一抬头，交卷铃声响起，她松了一口气，交上了试卷，勉强答完。

六个人排队走出考场。

一个男同学问慎温油："慎温油，你刚才迟迟没答题是在思考吗？"

慎温油尴尬一笑："对啊。"

"所有题都在脑子里过了一遍吗？"另一个男生追问。

慎温油更加尴尬："也可以这么说吧。"

她的确是在努力回忆当年答题的情形，但奈何十年过去了，她的记忆已变得混乱，她根本就想不起来答案了。

一个女生颇为崇拜地说："学霸原来都是这样答题的，学到了！难怪你后面下笔如有神，很快就答完了，我看隔壁二十七中的人交卷的时候第二页才写了三道题。"

慎温油如遭雷击，卷子还有第二页？她正准备开口，左肖打断了她。

"我有话跟你说。先走几步。"左肖拽着慎温油甩开了后面的同学。

慎温油始终盯着左肖，脑袋里乱七八糟的。她对左肖的情况太好奇了，仔细回忆，对左肖知之甚少，那份长达十年的喜欢，好像也有些莫名其妙了。

"第二页你没答，怎么回事？"左肖直接开口问。

"我……"

"慎温洄,你到底怎么回事?"左肖问。

"我……"

"实话实说。"

"我不会。"

左肖目瞪口呆:"你说什么?你怎么可能不会?!你虽然第二页的题没写,但是我看你第一页后面的题都写了。"

慎温洄干脆地回答:"选择题蒙的,填空题编的,正确率60%吧。"

"你!"左肖气结。

"我是真的不知道怎么了,突然脑子一片空白,对不起啊。"慎温洄小声道歉。

"发生了什么?你是哪里不舒服吗?数学竞赛是你要参加的,现在是什么情况?"

"对不起,但我真的不会。"慎温洄除了道歉不知道说什么好,"或许应该听沈欣欣的,参加唱歌比赛。"

左肖气得发抖,指着慎温洄却也说不出什么责备的话来,转身走了。

慎温洄不能让左肖就这么走了,她怕一眨眼这一切又消失了,赶紧追上左肖,想把人拦下来。

"左肖!"慎温洄拽住他,"你去哪儿?哎,你别生气啊,我真的不是故意的。这不是还有时间嘛,你给我补补?明天我超常发挥,一定好好答题。"

"慎温洄!你太奇怪了!无法确定答案的题,你为什么要编?考试之前你告诫我们五个不能瞎写,怎么你自己瞎写?答错了扣分你难道忘了吗?!"

她确实忘了。

慎温洄此刻想找个地方钻进去。她为什么要在这个时间点回来?哪怕再晚几天呢?高中的数学题,怎么这么难?

"左肖,我错了。"慎温洄拽了拽左肖的袖子。

"慎温洄!"人群中,沈欣欣大喊了一声,快速跑过来,横在了慎温洄和左肖中间,"你干吗对左肖动手动脚?!你是不是威胁他了?"

左肖翻了个白眼,直接走了。

"左肖!"慎温洄叫左肖,左肖没回头,沈欣欣还挡在中间,慎温洄一把推开沈欣欣,"让开!"

"动手是吧?"沈欣欣拽住慎温泅。

"你公开我的日记本的事情,我都还没找你算账!让开!"慎温泅再次甩开了沈欣欣,朝着左肖追过去。

沈欣欣呆若木鸡,钟情跟了过来。

"啥情况?慎温泅跟你动手了?"

"她说什么公开日记本,我干过吗?"沈欣欣茫然。

"她这种变态学霸,还写日记?"钟情疑惑。

慎温泅追上了左肖,好言好语道:"我前天生了一场大病,现在还发烧呢,明天答题别出岔子,咱们今天一起备战吧。我请你喝花生露,管够。"

左肖有点儿动摇。

慎温泅看到了他的动摇,显然这个方法有用。慎温泅打量了左肖一眼,既然重新来一次,她一定得弄清楚一切。

"去你那个秘密自习室,哎呀,走吧,好不好?"慎温泅又拉了拉左肖的袖子。

左肖惊恐地甩开了手:"慎温泅!好端端的,你对我撒娇干什么?!怪吓人的!"

慎温泅无语了:"去不去?赶紧的!别废话!"

"去,去,去!"

69路公交车上,慎温泅坚持坐在左肖后面,要看着他才肯放心。左肖又戴上了耳机,靠着椅背休息。慎温泅微微前倾,胳膊搭在左肖旁边的位置上,侧着头看左肖。

"你为什么会消失呢?为什么大家都不记得你呢?为什么……"

左肖忽然睁开眼,扭头看着慎温泅。慎温泅被他吓了一跳,缩了回去。

"慎温泅,你在我耳边叨叨什么呢?"左肖问。

"你不是戴耳机了吗?"慎温泅反问。

"我又没放音乐。"

慎温泅:"……"

这要是在过去,慎温泅一定是要找个地缝钻进去的,没有地缝就创造一个地缝,总之是要遁地离开。但是经过这几年的磨炼,她已经刀枪不入了。慎温

第七章 车祸

沺若无其事地看着左肖,然后指了指他的耳机说:"坏了?"

"什么?"

"你戴着耳机不听歌,难道不是因为这玩意儿坏了吗?你在这儿摆什么造型呢?"

左肖气得无语,摘下耳机,戴在慎温沺的脑袋上:"来,来,来,你品鉴一下。"

左肖打开手机播放器,音乐徐徐流出,是一段轻音乐,有些不适合用这个听摇滚的耳机来听。

"好听吗?"左肖问。

慎温沺点了点头:"还行。"

左肖切歌了,又是一段轻音乐,然后问:"这个呢?"

"也……还行。"

左肖再次切歌,慎温沺终于忍不住问了:"这三首歌有什么不一样的吗?"

左肖狂点头:"我就说嘛,完全一样!搞不懂孟呓让我选什么,又不是大家来找碴。"

孟呓!

如果跟章超说的一样,孟呓在前一天也来学校资料室里找过资料,那么会不会十年后的孟呓也在这里?如果自己找到孟呓的话,是不是一切问题就可以得到解答了呢?

这太魔幻了!她赶紧否认了自己的这个想法。

她扭头看见了车窗上自己淡淡的影子,她都回来了,为什么情况不能更梦幻呢?

"慎温沺,你干吗一会儿点头一会儿摇头的?你是不是晕车了?"左肖有点儿紧张地问。

慎温沺歪头看着左肖,一张嘴,左肖赶紧站了起来。

"你条件反射要不要这么快?"

"你到底想干吗?"

慎温沺拉了一把左肖,让他坐下,笑着问:"孟呓的电话是多少?"

"你认识孟呓?"

"当然!"

左肖嗤之以鼻："撒谎，孟吒出国好几年了，你怎么可能认识她？"他忽然身体后仰了一些，跟慎温洇拉开了一点儿距离，谨慎地问，"你到底想干什么？"

以她多年来学心理学的经验来看，左肖有点儿戒备她了。慎温洇只好作罢，找个机会再问好了。她想起上次日记里提到的，左肖说过参加数学竞赛是为了向孟吒证明自己，于是开始编。

"上次你说不想被孟吒看不起，所以我想了解一下孟吒这个人，看是不是对提高成绩有帮助。"

左肖"喊"了一声："那我劝你最好不要，孟吒这个人事儿多，矫情，还会演戏。"

"啊？"慎温洇傻眼了，这根本不是她记忆中的孟吒。在过去的十年里，她跟孟吒相处的那段时光，孟吒温柔恬静，是真正降落在人间的天使，好到让她一个女孩子都对孟吒心生怜爱之情。

左肖提起孟吒来，就打开了话匣子，大吐苦水："你不知道孟吒这个人多坏。她要参加一个什么跳舞比赛，非让我给她选音乐，理由是我什么都不懂，能代表底层观众。我怎么就底层了？"

慎温洇看着左肖鲜活的脸以及皱着眉吐槽的表情。他还是一个17岁的少年，一丁点儿的不愉快情绪都会写在脸上。她怀念此刻的左肖，这是她过去的青春。

"慎温洇，你干吗哭啊？"左肖手足无措起来，翻了翻口袋，没找到纸巾，最后拿袖子给她擦了擦眼泪。

慎温洇触电一样，别过头去，抹了一把眼泪说："没事，眼睛进睫毛了。左肖……"她顿了顿，又说，"孟吒其实很好的，很关心你。你如果不见了，她会找你，她很信任你。"——她是唯一一个你消失了而满世界找你的人。

"嗐！我怎么可能会不见了？喜欢离家出走的人是孟吒。"左肖笑了笑，把外套脱下来，扔给了慎温洇。

"我不冷。"慎温洇小声说着，却还是接了过来。衣服上有左肖淡淡的味道，似乎还有一点儿温度。在她记忆中，过去她没穿过左肖的外套，只是在公交车上偷偷看过左肖，只是在偶尔路过他的教室的时候会偷偷看他一眼。她暗恋的勇气仅此而已。但是在日记本里的过去，她和左肖却又那么亲密。所以慎温洇此刻非常矛盾。

"沾上你的鼻涕了，洗干净给我。"

左肖一盆冷水浇了下来，慎温泏彻底回到了此刻的现实中。

"到站了，赶紧下车。"左肖伸手过来，慎温泏以为他要拉自己一把，刚伸出一只手去，左肖把耳机拿走了，然后先下了车。

慎温泏呆愣了一秒钟，就左肖这个样子，自己当年是怎么喜欢上他的？

"慎温泏，你磨蹭什么呢？要熬死仨老太太了！"左肖在下面催促道。

慎温泏再看左肖，觉得听到了稀里哗啦的声响，是滤镜碎了的声音。

"来了。"慎温泏下车。

自习室门口有一家便利店，慎温泏先钻进了便利店，买了一些零食，又顺手拿了两瓶花生露。她打开微信准备扫码，赫然发现微信里没钱了。她又摸了一下口袋，只有20块钱。她把目光投向了左肖："左肖，借点儿钱？"

左肖不情不愿地掏了一百块钱出来。到自习室门口，准备付款的时候，慎温泏又看向了左肖："左肖……"

左肖乖乖付钱，慎温泏又看向了吧台侧边柜台上放着的圆珠笔，左肖一把拉住了她："别看了，没钱了。"

第八章

你跟过去不太一样

两个人到了二楼老位置坐下，开始大眼瞪小眼。

"凭空学啊？"慎温泇忍不住问。

"你急什么？"左肖扫了一眼桌子。

慎温泇也看向桌子，桌上什么都没有啊，难道是"皇帝的新书"？

过了几分钟，左肖的电话响了，他出去接电话，回来的时候手里拿了一兜子参考书。他一本一本地掏出来："这是基础题，你要是会了就看这本竞赛大全，然后把练习册做了就差不多了。"

慎温泇看着这些书，脑海里蹦出了之前的日记本上的内容，记忆重叠了起来。她缓缓开口："这不是当时你叫我陪你买参考书，我帮你挑的吗？"

左肖顿了一下，有点儿茫然："是你帮我选的吗？"

"怎么你不记得了？"慎温泇显然不相信，翻开了几页书，上面还有左肖的字迹。

"不知道，忽然出现在我家的，我没什么印象。原来是你选的，我说怎么这么难。"他又拿了支笔给慎温泇，"既然是你选的书，那你肯定都了解，做题吧。"

慎温泇感到疑惑，翻开书本，看了几道题，思绪乱七八糟的。她又抬头看了左肖一会儿说："你真的不吃烤肉吗？"

左肖气得敲桌子："好好学习，吃什么烤肉？！"

"不是。"

"什么不是？你赶紧看书。"

"我只是想问问你，真的不爱吃烤肉吗？"

"慎温沺！"左肖压低了声音，虽然自习室人不多，但是他们已经影响到别人了，"好好学习。"

慎温沺无奈，只好继续做题。她始终想不通，为什么左肖一下子不爱吃烤肉了呢？为什么之前他烤肉那么娴熟，他们的口味那么相似呢？难道记忆又错了吗？

她一定要搞清楚。想到这里，慎温沺又抬头小声问左肖："那你爱吃麻辣烫吗？"

左肖忍无可忍，从包里拿出了耳机戴上，又特意给慎温沺看了一眼手机，歌曲正在播放中。

行吧，她不说话了，专心看书，明天还得去答题。

慎温沺以前一直是学霸，对学习是有一套自己的方法的，但那仅限于学生时代。她大学毕业有几年了，研究生一直做课题，唯一用到数学的时候，也就是给小温讲一元一次方程，可小温也只是个小学生。眼前的题目对高中生来说可能刚刚好，对她来说就有点儿超纲了。

慎温沺想了半天，翻开目录，开始回忆高中的知识点。她先把公式都看了一遍，然后开始用公式套题。用了一小时的时间，她把基础篇看完了，又开始看更加晦涩难懂的竞赛题。竞赛题在基础题上加了一两个新的元素，她看起来一头雾水，实际上都是烟幕弹，万变不离其宗，慎温沺又开始套公式解题。思路逐渐打开了，她发觉做题还是很快乐的。

"差不多了，明天考试没问题。"慎温沺合上书，一看表已经深夜十一点了，有些歉意，"让你陪了这么久，我送你回家吧。"顺便看看你家在哪里。

左肖沉默着没说话，收拾好书包，搭在肩膀上。他里面穿的是短袖，此刻露出了胳膊上的一大块结痂。

慎温沺留意到了："这是不是我骑车载你那次摔的？"

左肖毫不在意："你什么时候骑车载过我？慎温沺你今天也太奇怪了。"

"那你这个伤是怎么弄的？"

"可能是打球摔的吧。快走吧。"

慎温洇迷茫了一下，看到左肖已经下楼了，又赶紧跟上。

两个人站在路边，慎温洇计划着20块钱怎么送他回家，然后再自己回家。这个点也不知道还有没有公交车。

一辆黑色的奥迪忽然停在了他们面前。

慎温洇往后让了让，左肖奇怪地看着慎温洇，慎温洇拉了左肖一把说："你别挡道。"

左肖没动，继续看着慎温洇。

紧接着，司机打开车门下来了。

慎温洇赶紧再拉了左肖一把："你看司机都下来了。"

"少爷。"司机毕恭毕敬道。

左肖还是看着慎温洇，同时把书包给了司机，然后司机给左肖打开了车门。

慎温洇运动鞋里的脚趾已经寂寞难耐了，当场抠出一套一居室来。

"要不，我送你？"左肖问，嘴角好像带着一点儿笑意。

慎温洇到底是见过许多精神病患者的人，当即毫不扭捏，直接上车了。

"你还是个富家子弟？"慎温洇问出了自己的疑惑，为什么过去她一点儿都不知道呢？

"也不算。我父亲还算有钱。"

"这不就是富家子弟嘛，你爸妈平时工作应该很忙吧？"

左肖沉默了，慎温洇选择了闭嘴。她真是一头猪，怎么没留意到刚才左肖说的是"父亲"而不是"爸爸"？这两个词意思虽然一样，但"父亲"总显得生疏一些。左肖或许跟家里关系一般？

一路上两个人都沉默了，车子到达慎温洇家楼下后，左肖下车送她。

"不用了，我自己上去就行。"慎温洇摆了摆手说。

"口渴。"左肖说完自顾自走在了前面，慎温洇只好跟上。

教师宿舍是老六楼，没有电梯，她家住在四楼。慎温洇从门口的地垫下面摸出一把钥匙来，打开了门。

家里漆黑一片，她爸妈没回来。慎温洇开了灯，看到餐厅桌子上有一张字条，言简意赅，来自她妈温俞：

我和你爸参加学术研讨会。

"我回去了。"左肖转身要走。
慎温洄赶紧从冰箱里拿了水出来:"你不是口渴吗?"
"不渴了,门锁好。"左肖转身下楼了。
老旧的感应灯时亮时不亮,她听到了左肖"噔噔"的脚步声,他跑得飞快。慎温洄想叮嘱他一声慢点儿,紧接着就听到了"哐当"一声,似乎是什么东西被撞倒了。
慎温洄赶紧跑到窗口,打开窗正巧看到左肖从单元门里出来,他一边走一边揉着肩膀,疼得"咝咝"地吸气。
"左肖你没事吧?是不是撞一楼的自行车上了?"慎温洄在楼上问。
左肖听到慎温洄的声音,立刻挺直了腰板,撒开了揉肩膀的手,冷静地抬头看了一眼慎温洄:"什么自行车?没有。"
左肖说完钻进了车里,开始疯狂地揉肩膀。
慎温洄摇了摇头:"男孩子的自尊心呀。"
她关上窗户,家里再次安静下来,她的思绪也跟着冷静下来。她跑回自己的房间,看着熟悉的一切。她从上小学开始就住在这里,一直到上高二才搬走。她抚摸着墙上的刻度,是她从小长大的痕迹。她拉开柜子,里面放着一个箱子,箱子上有一把精致的小锁。箱子还是她的那一只,只是成色崭新,这是2013年的时候,她爸爸送给她的小秘密。
慎温洄打开箱子,里面是她的日记本。她翻开日记本,除了上次自己烧了几页写满左肖名字的日记之外,又新增了几篇日记,但她没什么印象,只是一些日常琐事,她也就没放在心上。她看了看桌子上的羽毛笔,写下了一篇新的日记。

2013年10月5日星期六,天气晴
我又见到了左肖,他与我记忆中的样子又不太一样,我不知道这一切是怎么回事。如果将来有一天看到这篇日记,不要惊讶,相信自己所看到的一切不是做梦。

合上日记，慎温沺洗漱完毕，在客厅里踱步。她想起当年她爸妈参加研讨会走了一星期，又仔细看了看字条下面并没给她留生活费，那这几天她怎么过？慎温沺都气笑了。

她继续蹭左肖的钱花吗？她委实没那么厚的脸皮。

思前想后，慎温沺只能把客厅的椅子反过来，把凳子腿下面的皮垫抠下来，从里面掏出一根细细的鱼线，然后顺着鱼线往外拽，一个纸卷慢慢地被拽了出来。她打开纸卷，里面有500块钱。慎温沺将钱放进自己的钱包里，嘴里默念了一句。

"爸爸，对不起了，你先不仁义的。"

收拾好客厅里的一切，慎温沺才回到房间里睡觉。

早上7点闹钟响了，慎温沺看了一眼，自己还在老房子里，这里还是2013年。她起床洗漱，还顺便搽了素颜霜，涂了口红，选了十几分钟衣服，都没找到合适的。

"太幼稚了！"

慎温沺的手机铃响了，居然是左肖打过来的电话。

"下楼，去考试。"左肖说完就挂断了电话。

慎温沺从床上跳下来，趴在窗户上往楼下一看，左肖居然真的站在楼下。他来接自己？因为他知道自己只有20块钱？慎温沺笑了笑，左肖这个人还是挺善良的。

她立即换上校服，下了楼。

左肖看到慎温沺的一瞬间愣了一下，犹豫着还是问了："压力这么大吗？"

"怎么了？"慎温沺不明所以。

"你的牙龈出血了？"左肖拿了一瓶矿泉水出来递给慎温沺，"漱漱口。"

慎温沺隐忍着，微笑着说："女生的事情，男生少管。"

车上，左肖给慎温沺拿了牛奶和三明治，两个人默不作声地吃了早饭。

在离考场还有一些距离的时候，左肖忽然说："方叔叔，在前面停车。不用来接了。"

左肖和慎温沺下车，走到了69路公交车站牌下。

"你不问我为什么还要坐公交车？"左肖忽然问。

第八章 你跟过去不太一样

"谁还没有一点儿小秘密了？你不想说，就别说。"作为一个心理医生，慎温洇懂得很多。

左肖颇为意外："慎温洇，你跟过去不太一样了。"

"过去的我是什么样？"慎温洇笑着问。

"自大、目空一切、瞧不起人。全校没什么人喜欢你。你总喜欢告状，说话带刺，总是怼得别人下不来台，你却以此为乐趣。还有，你……"

"可以了！你当我没问过。"慎温洇赶紧打断了左肖的话。

69路公交车来了，慎温洇和左肖上了车。车上大部分乘客是来参加竞赛的学生，慎温洇眼睛尖，看到了昨天同一个考场的人也在。旁边刚好有个空位，她就过去坐下了，有一搭没一搭地跟人聊着，还把自己没喝的那盒牛奶给了那个男生。两个人聊了一站地。左肖一直盯着慎温洇。他一开始站在司机旁边，后来就逐渐挪到了慎温洇和那个男生的前面，用奇怪的目光盯着两个人，时不时还咳一声提醒。

慎温洇却像是完全没有听见咳声似的，始终跟那个男生聊天。

"咳咳……"左肖越咳声音越大。

有人拍了拍左肖的肩膀，左肖回头，发现是一个个子很矮的女生。她举起一个口罩给左肖："你需要吗？"

左肖的脸腾的一下红了，刚好公交车到站，他说了声"谢谢"，转身下车了。

大部分人在这一站下车了，慎温洇跟男生挥了一下手："我去找我同学了，祝你考个好成绩。"

慎温洇看到左肖在不远的前面等着她，便快走了几步，想追上左肖，左肖却忽然加速了，走得更快了。慎温洇不解，在后面叫他："左肖！"

左肖迈着长腿，书包在后面甩来甩去。

慎温洇搞不清楚状况，暗自嘀咕："没听见吗？"于是叫得更大声，"左肖！你等等我！"

慎温洇终于在入场处追上了左肖："你跑这么快做什么？我一直在叫你，你没听到吗？"

"哦——我没听见，我喉咙不舒服。"

故意拉长音的"哦"，让慎温洇肯定了，左肖是故意的。因为公交车上的

事情，他生气了。

慎温油笑了笑，恰好这时他们的队友来了，慎温油就把六个人召集起来，找了个角落小声说："刚才打听到，今天的题有速算和数独，我们的劲敌三十七中，有一个男生非常擅长数独，他是第一棒，肯定会给我们造成心理压力，所以今天我们调整一下，我做第一棒，左肖你去最后，一定要检查。"

几个队友各自领了任务，进去候场了。左肖迟疑着没走，看向了慎温油："你在车上是在套话？"

"不然呢？我又不认识他，干吗跟他聊那么久？"

"慎温油，你还是慎温油吗？你该不会是穿越了吧？"左肖疑惑道。

"我当然是慎温油！别想这些，赶紧进去吧，要开始了。"慎温油说完往里面走去，左肖还愣在原地，慎温油又折回来，望着他的眼睛说，"要相信自己看到的。"

"慎温油同学，帮我看看这个入场号。"队友在前面喊慎温油。

"来了！"慎温油快跑几步进去了。

左肖看着慎温油走远的背影，总觉得慎温油有哪里不一样了。直到她说出那句话，他迟疑了许久才缓缓说道："记忆可能存在偏差。"

"左肖！"背后有人大喊了一声，引来了旁边人的注目，左肖也扭头，看到沈欣欣和林一唯拉着横幅过来了，横幅上面写着：左肖，你是最棒的。

左肖感觉一个头两个大，迎着沈欣欣走了过去。

沈欣欣满脸笑容，同林一唯兴奋地说："你看左肖，迫不及待地来见我了！"

沈欣欣甩了一下头发，左肖走到了她的面前。

"左肖，我来给你加油了。"

左肖干笑了两声："这玩意儿多少钱？"

"一百二，怎么了？"

左肖拿出钱包，掏出一百五十块钱来："剩下的打车。"

就在沈欣欣还迷茫的时候，左肖一把夺过横幅，随手一卷跑了，总算是让这丢人的横幅难见天日了。

沈欣欣看了看手里的钱，又看了看跑远的左肖，突然傻笑起来："你看他开心的。"

林一唯愣了："你确定他真的开心吗？欣欣，等下个星期开学，左肖不会揍我吧？"

沈欣欣："……"

第二天的竞赛以思维拓展为主，慎温洇应付起来没有那么吃力。

第三天是综合考试，慎温洇对这场考试是有印象的。考前她把几个队友叫到一起，再一次调整了答题顺序，把原来的顺序完全打乱了，几个队友有些紧张起来。

"这样真的行吗？"一个男队友问了三次同样的问题。

慎温洇每一次都是沉着冷静地告诉他："没问题。"

男生还是有些犹豫："我不理解，慎温洇，你明明成绩最好，为什么让曲枣做最后一棒？她的成绩明明没有你好。"

被点名的曲枣一副云淡风轻的样子，仿佛这事跟她没有任何关系。

慎温洇指了指曲枣，跟那男生说："你瞧瞧人家多稳，你觉得她不行吗？曲枣可是参加过无数培训班，参考书上答案错了，她还跟老师干过架的人，就这心理素质，比咱们五个都强！"

曲枣很合时宜地哼了一声，男生还想说什么，左肖站了出来："我相信慎温洇的决定，她这么做一定有道理。"

那个男生小声嘟囔了一句："你个学渣懂什么？"

这声音不大，现场却刚好安静了下来，慎温洇他们几个人都听到了。男生明显"社死"了，慌乱地抬头，刚好看到左肖在看自己，腿都开始哆嗦了。大家都为男生捏了一把汗，因为左肖在学校里一贯横行霸道。

先前跟这男生有点儿小摩擦的曲枣也站了出来，指责男生："有时间指责别人，不如好好提升自己。这个团队，少了任何一个人，都不能参加比赛。我们准备了这么久，谁都不想一无所获吧？"

慎温洇见状，立即拉住左肖："你们赶紧准备一下，还有十分钟就要入场了。"转而又对左肖说，"你跟我来。"

楼梯间里，左肖站在两级台阶下，慎温洇站在台阶上，两个人平视着。

"你刚刚生气了？"慎温洇小心问道。

"没必要。"左肖冷哼，"反正在你们这些好学生眼里，我是什么样子，

我很清楚。你是不是怕我退赛？"

"不怕。"慎温沺微笑着说，"你说了，要让孟呓看看你的实力。"

左肖哼了一声："你为什么调整阵容？"

"因为我菜啊。"

左肖愣了愣。

慎温沺真诚地说道："真的，我那天睡醒了以后，突然发觉好多东西我都不会了，可能我最近压力太大了。"

"你在开玩笑吧？"

"那你也没笑啊。"

左肖嫌弃地白了慎温沺一眼，嘴角却已经开始上扬了："慎温沺，你有意思吗？"

"不管这次竞赛的结果怎么样，我们努力了就够了，别想那么多。"慎温沺真诚地看着左肖。

左肖却觉得心里发毛，打了个哆嗦，忍不住摸了一下慎温沺的额头："你是不是发烧烧糊涂了？"

慎温沺下意识地推了一下左肖："你干吗呀？"

左肖的半只脚悬空在台阶上，他没有料到慎温沺会突然推这一下，身体瞬间失去了平衡，摇晃了一下，向后倒去。

"小心！"慎温沺伸手抓住了左肖的胳膊，却错误地预估了两个人的体重，被左肖带着一同向后倒下。

电光石火之间，左肖来不及做其他反应，只能将慎温沺搂在怀里，两个人一起摔了下去。左肖的左臂狠狠地撞击在了栏杆上，减轻了不少冲击力，左肖抱着慎温沺滚了一下，倒在了地上。

慎温沺紧紧闭着眼睛，蜷缩在左肖的怀里，又听到了左肖的心跳声。她又想起日记本里写的他们第一次见面，他也是这样拥抱着自己。那种温暖的感觉席卷了她的全身，不再是只有模糊记忆的拥抱，此刻真真正正发生了，她和他这样亲密，慎温沺一下子大脑空白了。

"慎温沺，你是不是有点儿克我啊？"左肖的声音从头顶传来。

慎温沺挣扎着起来，脸红了，拢了一下头发，看向了一边，故作轻松地说："我真不是故意的，你怎么样，还能考试吗？"

第八章　你跟过去不太一样

"你就是个资本家。"左肖也起来,左手撑了一下地,一股钻心的疼痛感袭来。

"你怎么了?"

"没事,赶紧走吧,答题去。"左肖换了一只手,抓着栏杆站了起来。

"真的没事吗?"慎温油有些担心,盯着左肖的手看。

"你跟个老太太似的。"左肖掸了掸身上的尘土,率先走上台阶,拉开楼梯间的防火门进去了。

慎温油犹豫了一下,赶紧跟了上去:"你要是哪里不舒服就告诉我,我带你去医院!"

数学竞赛总算结束了。

慎温油摸着口袋里的 500 块钱,想了想,把队友叫住:"战斗结束,我们去庆祝一下吧,我请客。"

"不了,我还有课。"曲枣第一个走了。

其他几个人也纷纷表示不想参加活动了。

最后只剩下了左肖和慎温油,慎温油看向左肖:"那你呢?去不去?"

"慎温油,你带了多少钱?"左肖问,声音有一点儿颤抖。

"500。你想吃啥?"

"你带我去拍个片吧。"左肖说。

"啊?"慎温油有点儿不好意思,缓缓拿出手机。她怎么也没想到,原来过去她和左肖唯一的合影,居然是在这种情况下拍的。她举起手机,对左肖说:"看镜头。"

左肖不明所以,却也配合着抬头,两个人并排站着,慎温油微微歪着头,好像是靠在左肖的肩膀上一样。

"咔嚓——"她按下了快门。

"拍好了。"慎温油将手机递给左肖看,"太上镜了,都不用修图,等我发给你。你有微信吗?咱们加个微信吧。"

左肖咬着牙,额头上一层细密的汗。他强忍着疼痛说道:"慎温油,我说的是 X 光片。"

慎温油瞪大了眼睛,球鞋里的脚趾又抠出了一室一厅。她扭头招手:"出

租车！"

医院走廊里挤满了人，分诊台护士不但要叫号，还得维持秩序。总有一些不守规矩的人，直接越过去，找医生加号，医生无奈也只得加号看病。

慎温泹带左肖拍了片子，等了许久也没等到医生有空。两个人坐在走廊的长椅上，慎温泹拿着左肖的X光片，仔细地看着。

"你能看懂吗？"左肖发出疑问。

"当然了，我在医院实习了一年多，虽然是精神科，但各个科室的基础知识我们都要学习的……"

"你在医院实习？！"左肖惊讶道。

慎温泹闭上了嘴。她回过神来，说漏嘴了。她决定死不承认。

"我说实习了吗？"

"不然呢？"左肖反问。

"我肯定没有！你听错了。"慎温泹再次否认，只要她脸皮够厚，就一定能挺过去。

旁边一个排队的大爷接茬说："你说了，你还说精神科。"

慎温泹看向了大爷："叔，叫您呢，快进去吧。"

大爷站起身，一边走一边嘟囔着："小姑娘不让人说话呢。"

左肖还想说什么，慎温泹比了一个禁止出声的手势："别问了，我圆不回来。我摔坏了脑子。"

"嗯。"左肖靠着墙壁，闭上眼睛休息，肩膀抖动了起来。他终于忍不住了，笑出声来。

"笑什么呀？！"慎温泹似乎被他感染了，责备声中也带了笑意。

"慎温泹，你看出我这片子有什么问题了吗？"

"不知道！"慎温泹气急败坏，左肖却还在笑。

又过了五分钟，护士叫他们进去。

万幸，左肖的骨头没事，软组织挫伤比较严重，需要休养一阵子，左胳膊敷药绑了纱布。

两个人离开医院，胳膊没事，左肖的心情也舒缓了不少，他活动了一下，是有些疼。慎温泹赶紧制止他："你别乱动，伤筋动骨一百天，你这个就得养着。我送你回家吧,家里有人照顾你吧?"

"应该吧。"

什么叫应该吧?慎温洄想问,但左肖完全不想说的样子。她犹豫了,还是得赶紧联系上孟呓,问问左肖家里到底是什么情况。

"你家住哪儿?"慎温洄问。

"翠微馆。"

他家还是别墅区?!慎温洄以前只知道他家条件不错,却没想到这么有钱,他到底还隐藏了多少事情呢?

"你干吗一直盯着我?"左肖突然说。

慎温洄咳了一声:"你不看我,怎么知道我在看你?"

她收回目光,说得自然又坦荡。

左肖居然无话可说。

"快走!路边打车去。"慎温洄走在前面,叫了左肖一声。

左肖只好跟上。

出租车上,慎温洄拿出便笺来,把这些药怎么吃、怎么抹都写好了贴在盒子上。她又问左肖:"你家应该有人照顾你吧?"

"嗯。"

"要是有事儿,你就给我发微信。对了,你有没有微信?"

"没有。"左肖说。

"那你下载一个,都什么年代了,还有人不用微信吗?"

前面的司机搭话了:"同学,什么是微信?跟飞信有啥不一样的吗?"

"不一样的地方多了,微信能打电话、能视频,还能付钱,以后都是用微信了,飞信要不了多久就倒闭了。"

司机师父显然不信:"飞信咋可能倒闭呢?!"

慎温洄笑了笑,没什么不可能的,但是她没有纠结这个话题。

左肖拿出手机来:"帮我弄。"

慎温洄给左肖下载了微信,又帮他注册好,成功登录。

"账号就是你的手机号,密码是你的名字全拼,你可以通过电话号码添加好友。"慎温洄一边说,一边把自己添加上了,"有事就发信息,如果我没回,你就打电话。这个是用流量的，不花电话费。"

慎温油把手机还给了左肖。

"照片发给我。"

"什么照片？"

"合影。"

慎温油点击发送，左肖点开放大了照片。

"是不是拍得还行？"慎温油笑着问。

"丑死了。"

"丑你还要。"

"留着以后威胁你。"

慎温油笑了笑。鬼才信。

    晚上回到家里，慎温油还是一个人。她给自己煮了一碗泡面，味道实在一般。她想起了陆白。陆白是她见过的最有做饭天赋的人，即便是泡面也能做出米其林三星的感觉。

    也不知道在原来的世界里陆白怎么样了，是不是找到了孟吆，不知道他手上的伤好点儿了没。陆白手上的伤不会影响他以后做厨师吧？厨师最重要的肯定是手……

    都怪她，如果她不把车开走就好了，那孟吆就不会开走陆白的车，他们也不会开一辆不太熟悉的车上路。

    慎温油开始胡思乱想。如果能重来，她一定要提醒陆白。

    重来？！

    慎温油猛地惊醒，现在不就是可以重来吗？

    她只要找到陆白，告诉他就可以了。慎温油看了一眼日历，记得她和陆白就是今年认识的，这个时候的陆白，在四围街的理发店里当学徒。

    明天她就去认识他！

    她还得调查一下，左肖为什么前后两种性格，好像是两个人。他会不会是有双重人格之类的呢？想到这里，慎温油觉得有点儿眉目了，不排除这种可能性，否则一切都说不通。她这些年的心理学也不是白读的，不过，她还得佐证一下。

第八章 你跟过去不太一样

想到这里,慎温洄坐不住了,打开电脑,登录了青耀大学校园网。这是她大学就读的学校,校园网内不光有学校信息,还创建了一个资料库,各个学科的一些研究成果都在这上面,学生和老师都有自己的账号,可以根据权限查阅相关资料。

慎温洄登录自己的账号,显示找不到该用户。

她拍了一下脑门:"草率了,这会儿我还没上大学呢。"

慎温洄转而输入了她的导师曲教授的账号,登录成功。慎温洄跟曲教授关系匪浅,经常帮老师上传和整理资料,所以她并不觉得有什么不妥。

查完了资料已经半夜十一点多了,慎温洄给左肖发了条微信:"好好养伤,早点儿休息。"

左肖没回复。

慎温洄又发了一条信息:"睡着了?"

左肖还是没回复。

慎温洄有点儿担心:"没出什么意外吧?你要是有事,打电话给我。"

这下左肖终于回复了,是直接打了电话过来。

慎温洄接起电话,有点儿担心地问:"是伤口疼吗?"

"慎温洄,我本来已经睡着了,你连续几条信息把我吵醒了。你到底想干吗?!"左肖口气不善。

慎温洄却半点儿也不生气,轻轻笑了一声说:"没事,晚安。"

慎温洄挂断了电话,拿出本子写下了初步诊断:

左肖情绪不稳定,有待观察。

慎温洄起了个大早。秋天的清晨萧风瑟瑟,露水打在身上,她在左肖家门口站了二十分钟,已经全身都冷透了,却还没有到寒的地步。

终于,小区门开了,左肖走了出来,看到慎温洄惊了一下。

"你怎么在这里?"左肖问。

慎温洄打了个喷嚏:"接你上学,你这胳膊,公交车上人多,我帮你拦着点儿。"

"谁要你接。"左肖说完打了个电话,"方叔叔,还是送我一下吧。"

109

慎温洄尴尬了："忘了你家有司机，那我先走了。"

"等等。"左肖叫住她，"司机不能送我到校门口，我们在方元路下车，你跟我一起坐公交车。"

"方元路人多啊，我帮你占座。"慎温洄笑嘻嘻地说。

不多时，司机将车开了出来，看到慎温洄，虽然觉得意外却没有多问。两个人坐在车上，左肖开始玩手机，慎温洄在旁边观察左肖。

左肖总能感觉到慎温洄的目光，终于忍不住，看过去："你想说什么直接说，别这么盯着我，瘆得慌。"

"快期中考试了。"慎温洄说。

"考呗。"

"你这次好好考吧，拿出你真正的实力。或许，我们能成为同班同学。"

"没必要。"

慎温洄一时之间不知道他说的是没必要好好考，还是没必要成为同班同学，但是看起来两者结果是一样的。

左肖不想再说话了，干脆闭上了眼睛。车子一路到了方元路，两个人下车，开始等 69 路公交车。车上人不少，慎温洄给左肖抢了一个座位，自己就站在他旁边，用胳膊圈着左肖，让人不要靠近。

第九章

盗用账号

今天的路特别堵,公交车一路上走走停停,眼看着就要迟到了,慎温洇有点儿着急,频频看表。司机忽然一个急刹车,慎温洇身体后仰,向车前方摔去。左肖手疾眼快,拽了她一把,慎温洇直接扑在了左肖的怀里。她感觉到她的唇似乎是擦着他的脸划过去的,她一扭头,看到左肖连耳朵根子都红了。

"没站稳。"慎温洇自己爬了起来,左肖闪身,拉着慎温洇,把座位让给了她。

"我……"

"别说话了。"

公交车到达信德高中站的时候,他们已经迟到了,慎温洇和左肖从公交车上下来,校门口有不少同学奔跑着进去,谁也不想让自己的班主任来领自己,被批评不说,还很丢人。

但慎温洇和左肖,还是闲庭信步的样子,半点儿不着急。

左肖纳闷了:"你怎么不跑?"

"我跑什么?"

"好学生迟到了。"

"路况不好没办法。"

"我可以带你翻墙,学校后门我熟悉。"

慎温泏笑了笑。

说着，他们已经走到了校门口。

学生会的几个人还在校门口抓纪律，慎温泏老远就看见了章超。他和十年后的样子变化不大，慎温泏拍了一下章超的肩膀："章超，干得不错。"

然后她就堂而皇之地带着左肖进去了，门口的人根本就没有阻拦他们。

左肖冷笑了一声："好学生的特权？"

"检查还是要写的。"

"好学生也写检查？"

慎温泏停住脚步，认真地说："左肖，不要总用反问的语气说话，让人很不舒服。"

"你舒不舒服关我什么事？"

"你别假装一副你什么都无所谓、你这人就这样的样子，这样一点儿都不酷，幼稚死了。你本来也不是那么没礼貌、不在乎别人的感受的人，何必呢？我上课去了。"慎温泏说完转身走了，直奔1班教室。

左肖在原地愣了两秒钟。

同样愣住的还有章超。他反复跟旁边的人确认："慎温泏今天是不是叫我的名字了？"

"好像是。"旁边的同学肯定道。

"乖乖，我还以为她不知道我叫什么呢，毕竟她以前一直叫我纪律委员。"有那么一瞬间，章超被感动了，险些热泪盈眶。

慎温泏从后门溜进了教室，刚巧跟钟情对上了目光。钟情万分错愕，慎温泏对钟情微笑着挥了挥手。

钟情的目光由错愕变成了惊恐，她身子一歪，直接连人带凳子摔倒在了地上，发出了一声巨响。慎温泏大吃一惊，一个箭步上前扶起钟情，全班同学的目光恰好在此时看了过来。

"钟情同学没事吧？"老师关切地走过来问道。

钟情瘫在地上。

"钟情，你怎么样？"慎温泏关切地问道。

"同学们别都看热闹，赶紧过来几个人把钟情同学扶起来。"老师随机点了几个同学。

周边的人这才反应过来，有的帮钟情捡东西，有的扶凳子。

老师叹了一口气，小声吐槽："看看人家慎温洇同学，同学发生意外，她第一个冲上去，你们学着点儿。"

慎温洇有点儿不好意思。她其实是迟到了刚进来。

"要不要去医务室？"慎温洇问钟情。

"是啊，钟情同学，摔伤了没？"老师也问。

"没……没有，老师。"钟情坐好了。

"那上课吧。"老师回到了讲台上，拿了一沓卷子出来，递给第一排的同学，"国庆节前的物理测试，这节课讲一下。"

钟情揉着被摔疼的胳膊肘，眼睛余光看到慎温洇正看自己，又吓了一跳，压低声音问："你干吗总这么看着我？"

"摔疼了吧？"慎温洇小声说，"真不去医务室吗？"

"慎温洇，你吃错药了吧？你干吗这么关心我？"钟情嘟囔着，大大的眼睛里写满了不可思议，把头转了过去。

慎温洇从包里拿出一个水煮蛋来，本来是给左肖准备的早餐，她给忘了。

"拿着滚滚。"慎温洇将鸡蛋放在了钟情的桌子上。

钟情哆嗦了一下，把桌子往左边推了推，离慎温洇远远的。

下课铃一响，钟情就像是躲瘟疫一样跑出了教室。慎温洇觉得钟情有点儿奇怪，但也没放在心上。磨蹭了一下，去洗手间的路上，慎温洇看见钟情被堵在了楼梯间里，钟情对面是沈欣欣、林一唯，还有刘紫。

"我真没有！"钟情满脸委屈的神色。

"有没有你自己心里清楚，我沈欣欣不需要两面三刀的朋友。钟情你就在1班做你的好学生吧。"沈欣欣气冲冲地说完，带着林一唯和刘紫走了。

三个人从楼梯间里走出来，正巧遇上了慎温洇。

沈欣欣看了一眼慎温洇，又扭头看了一眼钟情，冷笑了一声："真不错！姐妹情深！"

沈欣欣哼了一声，从慎温洇身边路过，还"不小心"撞了慎温洇一下。

"我路过的,什么情况?"慎温油小声问。

钟情斜着眼看了慎温油一眼,然后蹲在地上哭了起来。

这下慎温油可慌了,连忙凑到钟情跟前,从口袋里掏出面纸塞到钟情手里。

"你哭什么啊?"

"都怪你!"

"我怎么了?"慎温油蒙了。

"你太奇怪了,慎温油!咱们从来不是什么好朋友,你今天干吗又是打招呼又是给我鸡蛋的?沈欣欣她们现在觉得我跟你是一伙的,背叛了姐妹!"钟情声嘶力竭地指责着慎温油。

慎温油起初以为是什么大事,一脸凝重的表情,到了后来,忍不住想笑了。

"就为这个哭?"慎温油有些不屑,"你们这姐妹团体也太脆弱了,为这点儿事儿她们就把你踢了,我看你也别跟她们玩儿了。"

"你懂什么?你又没朋友!"钟情梗着脖子反驳道。

"我看她们也没把你当什么知心朋友,不然你受伤了,她们不但不关心你,还跟你闹掰了。钟情,长点儿心吧。"慎温油说完起身要走。

钟情愣了一下,还十分不服气的样子:"你少挑拨离间!"

慎温油笑了笑:"你很快就会有一个真正的好朋友的。"

因为孟吆就要转学过来了。那是一个天使一样的女孩,是钟情整个学生时代最好的朋友。慎温油记得,那时候她也是因为孟吆做纽带,才跟钟情好了起来。所以后来她结婚,才会叫钟情来做伴娘。

一整天,慎温油给左肖发了很多条微信,左肖都没怎么回。她往13班教室门口溜达了几次,也没看见左肖的身影。

"该不会是逃课了吧?"慎温油琢磨着。

恰好,汤易远从外面回来,头发湿漉漉的,显然是刚打完球。慎温油伸手拦住他:"汤易远,看见左肖了吗?"

汤易远停顿住,瞥了一眼慎温油,说:"没……有。"

"撒谎,他是不是在篮球馆里?"

汤易远立刻摆手:"真没打球!"

"知道了,受伤了还打球,还逃课打球!"慎温油愤愤不平,往室内篮球馆走去。

"我啥都没说啊！"汤易远大喊了一声。慎温洇走得飞快，汤易远无奈，拿出手机给左肖打电话："'牛魔王'抓你去了！快逃！我都没说，真的，她就跟个柯南似的！不对，她会读心术！"

慎温洇到了篮球馆里，左肖果然在这里。他的确没打球，而是在场外指导别人打球。看见慎温洇过来，左肖也没多大反应。汤易远叫他快跑，他有什么可跑的？

"找我有事？"左肖问。

"你逃课了。"

"逃了，怎么了？"左肖又反问。

"晚自习别上了。"慎温洇说。

"罚站吗？"

"陪我理发去。"慎温洇一把把左肖拉起来，在众目睽睽之下从篮球馆走了出去。

"慎温洇，你要逃课？"左肖难以置信，"你可是好学生。"

"又来了。"慎温洇不耐烦，"你是不是因为早上我教训了你几句，于是怀恨在心，跟我闹脾气，说话夹枪带棒的？"

左肖被拆穿了，但是倔强地昂着头说："我可没有。"

"你还不承认！难道我说错了吗？我那都是为你好，说话不注意很可能会得罪人，现在看没什么，等以后你工作了，问题就大了……"慎温洇正说着，她的电话响了。

左肖一愣一愣的，完全插不上嘴，慎温洇这口吻跟他爸一样。

电话还在吵，慎温洇还想再说几句，左肖一把捂住了她的嘴："接电话。"

慎温洇的碎碎念戛然而止，她点了点头，左肖放开她，慎温洇接起了电话。

"你好，我是青耀大学的一名老师，我姓曲。你是谁啊？为什么盗用我的账号？"

慎温洇的脑袋"嗡"的一声响了一下，曲教授！她怎么也没料到，登录老师的账号被发现了，而且这么快老师就查到了她的电话号码。她该怎么跟老师解释？

"我是你未来的学生,你的账号和密码是你告诉我的?"

慎温涠迟疑了片刻说,模仿自动应答客服:"您好,您拨打的用户暂时无法接通,请您稍后再拨。Sorry!The subscriber you dialed can not be connected for the moment, please redial later."

慎温涠平静地说完这一段话,直接挂断了电话。

左肖看着她一顿操作,忍不住比了个赞。

"这英文够流利的,常用这招?"左肖的语气带了点儿讥笑之意。

左肖哪里能知道,慎温涠此刻想死的心都有了。曲老师后面不会来找自己吧?她要提前几年跟曲老师见面了吗?盗号这事儿要是传出去,是不是也不太好?

慎温涠叹了一口气:"走吧。"

"去哪儿?"

"理发去。"

"真逃课啊?"

慎温涠翻了个白眼:"快点儿吧。"

她今天一定得找到陆白。

两个人打车来到了四围街,她凭借着记忆找到了一家理发店。理发店门面不大,装修一般,但是当他们进去之后,才发现内有乾坤,"呼啦"一下子拥出来十来个二十来岁的年轻小伙子。

"同学,有熟悉的老师吗?烫头还是染发?"理发小哥热情地围着他们。

"我找陆白。"慎温涠说。

"哦,那先洗个头吧。"小哥说着向一边招手,"阿杰,洗头。"

被点到名的阿杰把慎温涠带了进去。

小哥又看向了左肖:"同学你……"

"不理发、不办卡、不充值。"

"那你坐一会儿。"

左肖找了个地方坐下,冷着一张脸,也没人理他。

慎温涠被拉着洗完了头,头发用毛巾包成了一个印度人的样子。

"陆白呢?"慎温涠又问。

第九章 盗用账号

"马上!"洗头小哥安抚了一下慎温油。

慎温油抬头从镜子里看到左肖在看自己,又看了看自己这个丑样子,心里默默叹了一口气。其实不叫左肖,自己来也是可以的。她后悔了,好歹后面这个人也是她一直喜欢的男孩。

一个理发师走过来,拆开了慎温油包着的头发,拿剪子开始比画。

"我想找一下陆白,他什么时候能过来啊?"慎温油又问。

"我觉得你适合短发,要不要试试?"理发师对着慎温油的头发开始比量着。

"我不剪头发,只想找一下陆白,他是你们这里的学徒。"

"什么陆白啊?不认识。你剪短发吧,肯定好看。"理发师说着,一剪刀下去,慎温油左耳边的一缕头发直接从中间被剪断了。

慎温油吓得赶紧站了起来。

"我真的是来找人的!我不剪头发!"

"你乱动什么呀?你坐下。"理发师伸手去拽慎温油,慎温油连连后退。

左肖立刻上前,一把打掉了理发师手里的剪刀:"她说了不剪头发,吹干,结账。"

"你谁啊?!"理发师怒视着左肖。

气氛剑拔弩张。

洗头小哥立刻过来打圆场:"哎呀同学,误会了。"

"请你帮她吹干。"

洗头小哥看了一眼理发师,慎温油在旁边心疼自己的头发。

"神经病!"理发师负气离去。

慎温油重新坐在了椅子上,左肖就坐在她旁边,盯着洗头小哥给慎温油吹头发。被剪掉的那一撮头发长度刚刚到慎温油的下巴,她盯着镜子里自己这被剪坏了的头发,心里郁闷至极。

"好了,一共288元。"洗头小哥说道。

"这么贵?"慎温油非常恼火,"我就是来找陆白的,麻烦你帮我把陆白叫出来。"

"我们这儿真没陆白这个人,我一开始听岔了。"

怎么可能呢？慎温洇不相信，里里外外找了一遍，每一张面孔都很年轻，却都不是陆白的脸。

"现在信了吧？"洗头小哥又说，"怎么付啊？"

左肖从钱包里拿出 300 块，洗头小哥转身找钱去了。

"你干吗给他？……"慎温洇还想去杀价，左肖拦住了她，轻轻摇了摇头。

慎温洇看着这小小的店里挤满了人，瞬间也闭上了嘴。她又看了一眼自己的头发，拿起剪刀，把另一边的头发也对称着剪下。

洗头小哥找零回来，两个人拿着钱走出了理发店。

"黑店。"慎温洇咒骂。

"陆白是谁？"

"一个网红理发师。"慎温洇随口搪塞着。

"你这头发，再找一家理发店修修吧。"

"不用了，这是公主切，以后很流行的。"慎温洇甩了一下头发，"走吧，理发的钱，以后还你。"

回去的路上慎温洇心不在焉。为什么陆白不在这里了呢？并且陆白似乎从来没有出现在这里过。过去明明不是这样的。为什么变了呢？

陆白不见了。

一连几天慎温洇都去四围街打听陆白的消息，却根本找不到这个人。慎温洇有点儿焦虑，努力控制着自己的情绪。还有时间，她会想到解决的办法的。

这种情绪一直延续到了周六。

上午，慎温洇按照约定陪左肖去医院复查，又是一早就等在左肖家门口。等左肖一出来，慎温洇就小跑着迎了上去。

慎温洇接过左肖的书包，从自己的背包里拿出一个新的水壶。

"喝水吗？新的。"慎温洇问。

左肖摇了摇头，又盯着她的头发看："狗啃的一样。"

"你不懂女孩子的时尚。"

"那个网红理发师找到了吗？"

慎温洇愣了一下，意识到左肖说的是陆白，有点儿失落地摇了摇头："没有，消失了一样。"

"除了他别人不能剪头发吗？我再帮你约个更红的理发师。"

慎温洇还是摇头："那不一样，我找的人是陆白。"

左肖哼了一声，一个人走在前面，不理慎温洇，走的时候还把自己的书包以及慎温洇的背包拿了过来。

他们坐公交车去医院，一路上慎温洇对左肖照顾有加。刚好一个超长的红绿灯，把路堵住了，他们的车就停在篮球场旁边，里面有几个高中生在打球。左肖一直盯着窗外看，慎温洇凑过去问："想打球？"

左肖收回目光说："不想。"

慎温洇笑了笑，渴望都写在脸上了他还说自己不想。

车辆起步，然后到站。左肖和慎温洇下车，斜后方还是那个篮球场，左肖又回头看了一眼。慎温洇注意到，忽然拍了两下手，然后做了一个抛的手势。

左肖愣住了："你干吗？"

"传球给你了，投篮啊！"慎温洇笑着说，"你们男生不是都喜欢走着走着来个投篮吗？"

左肖用看傻子一样的眼神看了一眼慎温洇："神经病。你赶紧去帮我挂号吧。"

慎温洇摊摊手，快走了几步，猛然又想起了什么，回头刚好看到左肖跳起来投篮落地。他尴尬地收回手，淡定问慎温洇："还不去？"

"我在网上挂过号了啊。"

"哦。那一起走吧。"

复查结果是左肖的胳膊已经好了。

两个人站在医院大门口许久，左肖不说走也不说留。

慎温洇眼看着鼻子被风吹红了，忍不住说："我送你回家。"

"不学习了？"左肖突然反问。

慎温洇愣了愣，左肖有点儿不耐烦的样子："不是说了，每周六一起去自习室学习，不算数了吗？"

"数学竞赛已经结束了。"慎温洇蒙蒙的。

"所以学霸不想学习吗？"

"走！打车去！"

慎温洇被说得哑口无言，脑袋一热，拦了一辆出租车。她后来回过味儿来

觉得，左肖这是道德绑架。

周六下午自习室人还是不多，他们又坐在老位子上。左肖从书包里拿出书来，是有备而来。慎温洇没带书，就在手机上看她从曲老师那里下载的资料。

左肖忽然敲了一下桌子："你干吗一直玩手机？"

"我没玩，是正事儿。"

"这次考试会分班你知道吗？"左肖忽然提起。

"你想来1班吗？以你的成绩你应该能上1班的。"慎温洇试探道。

"不想。"左肖爽快地否认，几乎是不假思索地就说出口了。

慎温洇有些意外："你不想去1班，干吗还拉着我来这儿学习？"

"难道学习就一定是为了去1班吗？我在13班不能学习吗？"左肖冷笑了一声，把书翻得"哗啦哗啦"响。

慎温洇顿了顿，仔细打量左肖。他翻书动作很快，眉头紧锁，眼睛里透露着不耐烦之色。多年经验告诉她，左肖有心事，并且是跟学习有关系的心事。她开始猜测："你会不会觉得，家里人不关心自己，却总是问成绩怎么样，根本没有尽到什么义务？"

左肖翻书的手停顿了一下，但他并没有接慎温洇的茬儿。

慎温洇却猜测出了七八分，越是有钱人家的小孩，亲情关爱这方面往往容易被忽略。她又叹了一口气，假模假式地说："我爸妈都是老师，心里都是他们的学生，根本就没地方容纳我，却总是要求我考第一名。如果我考了第二名，他们不会关心我是不是哪里不舒服，而是质问我为什么没有考满分。"

慎温洇一边说，一边拿眼睛余光看左肖的反应。她再次叹气，正要继续诉苦，左肖打断了她的话："你从小到大都是第一名，接着编，我看看你到底想说什么。"

慎温洇张了张嘴，最后尴尬地笑了笑："你这人怎么记我的事情记这么清楚啊？"

"还不是因为——"左肖忽然顿住，闭口不谈了。

"因为什么？"慎温洇八卦起来。

"和你没关系。"

慎温洇笑了笑。左肖傲娇地不看慎温洇，也不让慎温洇看他，索性背过身去了。慎温泇觉得左肖真是满足了青春期所有男孩子的缺点：叛逆、暴躁，容易抑郁。

看来自己得离他更近一点儿，慎温泇想。

要不然她去他们班好了，分班考试她放个水。

"你又在想什么？"左肖不知道什么时候回过头来，看到慎温泇这一副似笑非笑的样子，忍不住问她。

"没什么啊，在想数学竞赛的成绩什么时候公布。"慎温泇搪塞过去。她其实一点儿也不期待数学竞赛的结果，甚至有点儿害怕公布结果，因为她很可能拖后腿了。

"应该是明天公布。"

"这么快？！"慎温泇的声音忽然提高了不少，引来了旁人的目光，她有些抱歉地低下了头。

"你干吗这么激动？是不是怕没拿到名次，被千夫所指？早知道就选唱歌比赛了，对吧？"左肖一脸坏笑。

他明明打到慎温泇的"七寸"了，她却不生气，反而笑了笑说："我不怕，就算我没发挥好，不是还有你嘛。你可是左肖啊！"

左肖愣了一下："你是不是对学渣有什么误解？"

慎温泇撇嘴小声嘟囔了一句："是你对自己有误解。"

尽管高中她转学以后他们没有再见过面，但是她总是能打听到他的消息。她知道左肖在考高中时一鸣惊人，成绩一骑绝尘，上了一所很棒的大学。

左肖明显听到了她的话，忽然凑近了她问："你在说什么？"

慎温泇处变不惊："我说孟吒对你挺好。"

左肖盯着慎温泇看，鼻子跟她的只有五厘米不到的距离，灯光打在他的侧脸上，她发现他的脸上连毛孔都没有。他的眼睛里有她的样子，他微微泛着棕色的眼瞳里有些许笑意。

"你不对劲。"左肖忽然说。

"我哪里不对劲了？"

"你吃醋了。"

"吃醋？我吃谁的醋？"

"孟吒呗，你总提起她。"左肖扬起了嘴角，表情甚至有一点点得意。

慎温泔没忍住也笑了。不同于左肖，她是爽朗地笑，直接把左肖给笑傻了。

"你笑什么？"左肖有点儿傲娇地问。

"你刚刚讲了一个笑话，我怎么可能吃孟吆的醋？"慎温泔拉了一下凳子，跟左肖保持着一定的距离，挺直了背，继续翻书。

左肖目瞪口呆，显然是没料到慎温泔是这个回答，停顿了片刻之后说："怎么不会呢？"

"看书吧你，这次考试好好考。"慎温泔强行结束了这个话题。

"慎温泔你……"左肖还要说什么，慎温泔强行在两个人中间画了一条三八线。

左肖不明所以："你干吗？"

"避嫌。"慎温泔说。

中学生竞赛的成绩公示了。

慎温泔一路狂奔到了13班的教室门口。

"左肖！左肖！"慎温泔一声声地急促呼叫着，左肖总算从睡梦中醒来。他抬起头，眯着眼睛看向门口。

慎温泔一个箭步冲进来，拽着左肖："跟我走。"

这一拽左肖彻底醒了："干吗？"

"你干吗？1班的人为什么冲进我们13班？"说话的是沈欣欣，她阻拦在慎温泔和左肖中间，张开双臂，像一个护崽的老母鸡。

"有事儿。"慎温泔扒拉开沈欣欣，拽着左肖就跑了出去。

沈欣欣猝不及防，被慎温泔扒拉了一下，往旁边的桌子歪去，看着两个人出去的背影，回过神来喊了一声："学生会主席打人了！"

"你要带我去哪儿？"左肖跟着慎温泔跑，周围的人都在看他们。左肖回看过去，那些人就低下了头。

公告栏前，慎温泔终于停了下来。

"慎温泔！你不避嫌了？"左肖的语气中略带了一点儿气。

慎温泔推着左肖看公告栏，指着上面的告示说："我们是第三名！左肖，第三名！"

左肖在一瞬间露出了惊讶的神色，然后扒在公告栏上，下一秒像一只激动的兔子，抱起慎温汩转了个圈："第三名！慎温汩，第三名！"

"怎么才第三名？"一个男生的声音从两个人身后传来。

"第三……"一个女生的声音响起。

左肖放下慎温汩，两个人一起回头。

片刻之后，"高考加分了！"一起参加数学竞赛的另四个人爆发出一阵欢呼声。

"不过，我以为慎温汩最起码能拿到第一名的。"一起参加比赛的那个叫曲枣的女生说道。

男生也跟着附和了几句。

"哪里有什么永远的第一名，这样已经很好了。"慎温汩抓了抓头发，顿了一下又说，"下午有个颁奖仪式，肖主任亲自给我们发奖状，左肖你得来。"

"知道了。"左肖转身走了。

下午全校开表彰大会，竞赛奖也在这次大会上颁发。

这个比赛的结果出乎所有人的预料。老师们没想到慎温汩只拿了第三名，慎温汩没想到她居然能拿到第三名。

小礼堂的洗手间走廊里，学生们窃窃私语。

"嚣张什么？学校还要在全校表彰大会上表彰她，只是第三名而已，还以为慎温汩多厉害呢。"沈欣欣不屑道。

沈欣欣的几个好友也跟着附和，只有钟情跟过去不太一样了，她小声反驳道："第三名已经很厉害了好不好？"

不知道哪个男生接着说了一句："她带着左肖这个学渣，能拿第三名就不错了。"

听到左肖的名字，周围的几个女生瞬间炸开锅了。

"你说什么呢？左肖怎么了？他可没给团队拖后腿！明明就是慎温汩的问题，我都听说了，她第一天考试跟傻子一样乱答题！"

"这个慎温汩我都要开始佩服她了，左肖她都带得动。"又一个男生说。

"谁要她带！左肖本来就很棒！"沈欣欣跟那人吵了起来。

男生不服，回怼了一句："算了吧，左肖什么样子谁不知道？我看这八成

是作弊了,慎温洇给他传答案了。"

几个人顿时吵了起来,走廊上一时沸沸扬扬。

数学竞赛成员站在走廊的另一头,准备从礼堂侧门进去。

"这几个人胡说八道。"曲枣听了这话就想冲过去反驳。

"无聊。"左肖拉开小礼堂的门进去了。

慎温洇冲其他两个人摇了摇头:"别管他们,反正咱们知道左肖很厉害。"

表彰大会正式开始,校长开始了冗长的致辞。

肖主任念到他们的名字后,几个人从各自的班级所在位置站了起来,机械地上台。慎温洇回头,却没有见到左肖的身影。

慎温洇始终在寻找左肖,肖主任对左肖没来领奖也没多问,给五个人颁发了奖状,又安排他们合影留念。仿佛左肖来不来都是一样的,可他们明明是一个团队。

颁奖仪式结束,无论是自愿的还是被迫的,台下都响起了掌声。肖主任安排五个人下台,慎温洇踟蹰不前。

"肖老师,我能说两句吗?"她忽然说。

肖主任愣了一下,小声告诉慎温洇:"今天没安排演讲环节。"

"就两句,肖老师。"

"好吧。"肖主任把麦克风递给了慎温洇。

原本要走的同伴看到慎温洇又站回了舞台中央,也停在一旁看她。

慎温洇深吸一口气,开口道:"我知道很多人质疑这次竞赛的成绩,质疑我,也质疑左肖,但是我想特别感谢左肖。首先,他是被迫参加,没有退赛让我们难看,这份勇气比在座大部分人强;其次,左肖在接了这个任务以后,突击补习,临场发挥得非常好,甚至是第二天比赛的最后一棒,这种心理素质也比许多同学要强得多。我希望大家可以看到一个人身上的闪光点,去赞扬他。说一句'你很优秀,你比我强'没那么难。谢谢大家。"

小礼堂沉寂了三秒钟。

慎温洇一步一个脚印走得很稳,从台上下来,所有人的目光都追随着她。慎温洇在小声念叨着什么。

台下,钟情忽然鼓起了掌,紧接着浪潮一样的掌声袭来。

第九章　盗用账号

慎温泗抬头看了一眼，钟情对她笑了起来，更加用力地拍着巴掌。

晚自习前，慎温泗照旧去各班点名，章超跟着她。才走了六个班级，章超就累得气喘吁吁了。

"章超，你得锻炼身体了，还有十几个班级等着我们呢。"慎温泗语重心长地说。

"慎温泗同学，不是我身体素质不好，是这爬上爬下的真的腿酸。"章超扶着栏杆说道。

慎温泗拍了拍他的肩膀："你听我的，多爬爬楼梯，你再去健身房撸铁，以后真的用得着。"

慎温泗说完走了。

章超不明所以："我又不当体育老师。"

各个班点完名，左肖又没上晚自习。

慎温泗看了一下时间，爬上了教学楼天台。

第十章
考试这种事情

随着天台的防火门被推开，一股寒冷的风扑面而来。深秋的晚风像鞭子，一下又一下地抽打在了慎温洇的身上。

天台摆放着几盆枯萎的绿植，还有一些校庆用过的杂物杂乱无章地堆放在墙角。又因为前几天下过大雨，地面的尘土混合成了泥点子，天台脏兮兮的，再加上冷风，所以这个季节天台绝对不是逃课发呆的最佳地点。

慎温洇却总觉得左肖会来。因为左肖有的时候故作深沉，一张帅气的脸上偶尔会写着"看破红尘，谁也别招惹我"。

那么这个地方，就是左肖发呆的首选。她问过门卫了，左肖没有离校。

慎温洇绕过水泥墩子，一条修长的腿映入她的眼帘，旁边有几个空了的易拉罐。慎温洇没发现，走过去不小心踢了一个，发出"哐啷啷"的响声。易拉罐被踢倒以后，又被风带着一直翻滚到了防火门边上。

慎温洇一阵尴尬，低头朝坐在地上的左肖笑了笑说："那个，你还要吗？"

"你来干吗？"左肖答非所问。

"来看看你。"

"不想上课。"

"干吗不想上课？因为下午的表彰会，他们胡说八道，所以你心里不爽，跑这儿静静？"

左肖白了慎温洇一眼。

慎温泅蹲下，按着左肖的肩膀，缓缓说："别人怎么想我们控制不了，你没必要为了这些人的话让自己不高兴。你的情绪，要留给你觉得重要的人。"

"慎温泅，你别跟个知心大姐姐似的，我不需要开导。那些人我根本就没放在眼里，你再叽叽喳喳，我就把你丢下去。"左肖发狠道。

慎温泅识相地闭嘴，转了个身在左肖旁边坐下。

"你干吗？"左肖歪着头看向慎温泅。

"我坐一会儿也不行？学校你家开的？"慎温泅怼他。

"你逃课。好学生逃什么课？"

"什么是好学生？仅仅是成绩好吗？什么又是逃课？逃了什么课？理论上晚自习不一定非得在教室里上，我只要想学习，任何地方都可以学习。"

"狡辩。"左肖往右边挪了一点儿，让慎温泅可以靠在柱子上，寒风被遮挡住了不少。他又脱下校服，罩在慎温泅的头上。

"我不冷。"慎温泅小声说着，却把他给的衣服穿好了。

"不冷你还我。"左肖虽是这么说，却也没动手拿衣服。

慎温泅嘿嘿傻笑："你大冬天打球都不冷，这才秋天，你扛得住。"

"你干吗这么关注我？每次打完球的花生露是你送的吧？"左肖带了三分肯定的语气问她。

此刻的慎温泅根本不记得这件事，自打她回到 2013 年，还没看过左肖打球呢。她又回想了一下日记本里的内容，真的不确定自己送没送了。好在她不承认也没什么，于是抵赖："我干吗送你？想多了吧。"

"真不是你送的？"

慎温泅避重就轻："不知道是谁给的水，不要喝，万一被下毒了怎么办？下次你打球告诉我，我来给你送水。"

左肖开始直视慎温泅，看得她都有点儿发毛了，她连忙问："我脸上有东西吗？"

左肖摇了摇头："短短几天时间，你就像变了个人一样，之前明明什么都会，突然一下子竞赛都开始手忙脚乱。以前你不怎么搭理我，跟我一起学习也是应付差事，现在你很主动，好像还很关心我。你之前不爱说话，高冷得很，现在话比汤易远都多。慎温泅，你该不会是别人，戴了人皮面具吧？"

人当然是会变的，却不是短短几天时间变的，于她来说已经过去十年了。

眼前这个人,在她的记忆里一直都是一颗种子,而现在种子发芽了。

"因为以前不熟啊,现在不是熟了嘛。"慎温洄轻声说。

就在左肖还想问什么的时候,慎温洄的手机响了,她妈打来的电话。

"我得回家一趟,你别在这里吹风了,一起走。"慎温洄一脸紧张的表情。

"没下课,你要翻墙吗?"左肖说。

"我还用翻墙?我这张脸就是通行证!"慎温洄自信满满。

左肖将信将疑。

校门口,保安亭。

"我家里真的有事,老师让我们出去吧。"慎温洄解释了三次以后,保安还是没有放行。

"回去上课!"保安强行把慎温洄推了出来。

慎温洄做了个深呼吸,让自己保持冷静,扭头看到旁边的左肖低着头,肩膀忍不住开始抖动。

慎温洄白了他一眼:"笑什么笑啊?"

"你的脸就是通行证,怎么现在通行证过期了吗?"左肖笑着问她。

慎温洄强行挽尊:"这才说明学校保安培训得好啊,一视同仁。"

"还想出去吗?"

"想有什么用,我妈让我赶紧回去,但现在只能等下晚自习了,还有半个多小时呢。"慎温洄有点儿着急的样子。

"跟我来。"左肖拉着慎温洄往教学楼后面的仓库走去。

仓库后面就是学校的围墙,左肖扒开半人高的草丛,一个铁栅栏门赫然出现在慎温洄的眼前。

慎温洄惊呆了:"这里什么时候有个门?"

"一直都有。"左肖说道。

慎温洄扒拉了一下铁栅栏门上挂着的锁:"那也没用啊,锁着呢。"

左肖不慌不忙地从口袋里掏出了一把钥匙,当着慎温洄的面把锁打开了。

"我配的锁。"左肖说。

慎温洄忍不住给他竖起了大拇指:"这就是传说中的灯下黑?"

"不上个锁,学校进来奇奇怪怪的人怎么办?我这叫有安全意识。"左肖拉开了门，"走吧。"

"你回家吗？"慎温洇站在门外问。

"我不回，等下课。"左肖想了想，又从口袋里掏出50块钱来，"打车。"

"谢了。"慎温洇笑了笑，转身要走。

左肖却在她后面叫了她一声，说："谢谢。"

慎温洇茫然。

"表彰大会，你说的话我听到了。"

慎温洇冲他笑了："我说的都是实话，你真的很棒，他们不夸你，是他们不识货。"

左肖移开了目光，快速关上了门。他转过身往回走着，脑海里那张笑脸怎么也挥散不去了。他甚至胡乱挥手，试图打散自己脑海中慎温洇的笑脸，却更是徒劳了，她的笑容如此清晰地烙刻在他的脑海里。

他找了个没人的地方，坐在了台阶上，从书包里拿出了一个日记本。日记本封面上是一个风信子的图案，他翻开日记本。

"慎温洇是最重要的人，无论发生什么事，相信她，相信眼睛看到的，记忆里的东西可能会出现偏差。"左肖轻轻地读出了日记本上的这句话，陷入长久的沉思。

字迹是他的，他却不记得字是什么时候写的。他的脑海中有一些不属于自己的记忆涌现出来，他分明和慎温洇不熟，却总是想起一些两个人在一起的场景，关系甚至是亲密也不过分。他到底是什么时候跟慎温洇成为好朋友的呢？

左肖想不通。他悄悄上网查过，最后得出个结论——妄想症。有好几次他醒来，都觉得周围的一切很不真实。

左肖翻开手机，相册里是他和慎温洇数学竞赛结束那天的那张合影，他盯着屏幕上慎温洇的脸。

"你很重要？"左肖轻声问，不知道是在问自己，还是在问谁。

慎温洇的微信消息弹了出来："我到家啦！"

左肖的嘴角不自觉地扬了起来，他立刻打开微信聊天界面，输入"家里没事吧"。他觉得不妥，删了，又输入"有事打电话给我"。还是不妥。

足足斟酌了五分钟，左肖回了一个"哦"字。

他看着手机屏幕暗下去，慎温洇没有再回复，他突然又后悔了。

"干吗回个'哦'啊！有病。"左肖站起来，把日记本放回书包的夹层里。

慎温沺推开家门，家里的气氛有点儿紧张，东西乱七八糟的。

"进贼了？"慎温沺觉得自己都没地方下脚了。

慎西北站在一边，满脸生无可恋的表情，抽着烟叹着气。

温俞还在翻箱倒柜地找东西。

"到底怎么了，妈妈？"慎温沺凑过去问。

"沺沺，这几天家里没来什么人吧？你爸说他的论文丢了。"温俞接着翻。

慎温沺看向了她爸，她爸那真是不想活了的样子，一夜之间仿佛老了几岁。他坐在餐厅的椅子上，来来回回摩挲着椅子腿。

慎温沺懂了，那500块钱闹的。

她拉了拉慎西北，给了他一个屋里说的眼神。

父女俩进了屋，慎温沺率先承认了错误："爸，你的私房钱在椅子腿儿里，我妈没发现，是我拿了。这几天你们不在家，没给我留生活费。"

慎西北的眼睛从黯淡无光到星光熠熠，然后恢复了平静。最后他叹了一口气，接受了这个现实，大喊了一声："老婆，论文找到了，在单位呢。"

外面传来了温俞的声音："在单位？我早就说让你打个电话回去问问，折腾了一个晚上，还把沺沺叫回来了。"

慎西北无奈地看了一眼慎温沺，小声问："你是怎么知道的？"

慎温沺嘿嘿一笑："以后我一定还给您。"

我是怎么知道的？在三年后，您自己说的。

期中考试来了。

整个考场上只有"唰唰"的答题声，每一个人都在埋头写答案。1班的学生总是这么胸有成竹。他们是这个年级成绩最好的学生，采取末位淘汰制，竞争很残酷，却也很有用。

在信德高中，所有努力学习的人都想进入1班，从1班出来的人也并不气馁，会更加努力，在下一次考试的时候，回到自己曾经的战场。

在这所学校里，这种制度会将学生的潜力激励出来。

然而慎温沺再次回到2013年，总觉得当年是不是太内卷了。她已经想好了，这次考试就随便考一考，她要去 13 班。她得想办法跟左肖离得近一点儿。

不过，万一左肖奋发图强了呢？他会不会认真答题，然后一跃从 13 班进入 1 班呢？

按照左肖的实力来说，这种情况是有可能发生的。她唯一担心的就是左肖摆烂，那只有她不好好考试这一条出路了。

"咚、咚"的声音响起，慎温洇抬头，是监考老师过来敲了敲桌子。她发呆许久还没开始答题。慎温洇抱歉地点头，在卷子上写下了自己的名字，然后开始看卷子。

十分钟过去，监考老师又来敲了敲桌子。

慎温洇想哭。

她真不是不想答题，而是这卷子怎么这么难？

考场上依旧是"唰唰"的答题声，慎温洇看了一眼周围的同学，就连钟情都在奋笔疾书，只有她挑着写了几道题。

铃声响起，考试结束，卷子被收走了。

慎温洇瘫软在椅子上，额头的碎发紧紧地贴在了脑门上，久久地发着呆。

"慎温洇，你没事吧？"钟情路过，放了一瓶水在慎温洇的桌子上。

慎温洇拧开矿泉水，猛灌了一口，好像活过来了一样喘着气。

"这次的卷子对你来说是不是太简单了？我看发了卷子后你好半天都没写。我差点儿没答完。"钟情的言语之中有点儿羡慕慎温洇的意思。

慎温洇缓缓地扭过头去，干笑了几声："这个卷子对高中生来说可能刚刚好，但对我来说，有点儿过分了。"

钟情摸不着头脑："啥意思啊？老师说了这次是拔高题。"

慎温洇摇了摇头："没事。"

她昂首挺胸地走出教室，进入洗手间，关上门之后，坐在马桶上差点儿哭出来。

这也太难了吧！根本就不用放水，她进入 13 班这是板上钉钉的事了啊！

慎温洇从洗手间里出来，准备下一科考试。

刚巧左肖从对面的男厕出来，看见慎温洇毫无血色的脸，问："你怎

么了?"

慎温油扶着墙,一副慷慨赴死的模样:"大意了。"

左肖不明白,慎温油贴着墙继续往回走。

慎温油想,不然就破罐子破摔吧,理科综合她放平心态好了。多年学霸,没想到一遭翻车,她回到班级教室在椅子上坐下,给自己做心理建设,一抬头又看见左肖站在门口,她跟左肖对视了一眼。

他来找她的?他们不是刚刚才见过吗?慎温油正准备站起来出去,就听到左肖叫了一声:"钟情,你出来一下。"

正准备坐下的钟情听到左肖叫她差点儿坐空了,连忙站起来,慌慌张张跑到教室门口。

钟情不自然地吞了一下口水问:"左肖同学,找我有事吗?"

声音里都带着颤抖之意,慎温油隔得老远都听到了。

"你跟我来一下。"左肖说完扭头走了。

钟情一个趔趄,差点儿摔倒。她回头看了一眼慎温油,伸出一只手来,眼睛里包含了不少情绪,似乎想说什么,却又鼓起勇气跟上了左肖。

"干吗去?"慎温油小声嘟囔。

三分钟后,钟情面红耳赤地回来了,怀里抱着一个黑色的小塑料袋,里面似乎装着什么东西。她急匆匆地走过来,蹲在慎温油旁边。

"你怎么了?"慎温油问。

钟情说不出话来,咬着嘴唇,似乎难以启齿。

"左肖对你做什么了?"慎温油心里打鼓。

钟情猛地摇头,把黑色塑料袋塞进了慎温油的怀里。

"这是什么?"慎温油刚要打开袋子,钟情又一把按住。

"左肖让我给你的,你……你……你去洗手间,别让人看见。"钟情说完红着脸回去了。

马上要开始考试了,慎温油没管那么多,拉开塑料袋一角,"苏菲"两个字就出现了。她愣了一下之后,爆发出一阵狂笑。

钟情听到笑声又折了回来:"你失血过多,疯了?"

"左肖刚才叫你出去,是让你帮我买这个?"慎温油问。

钟情的脸又红了:"他说……你那个……哎呀,反正你赶紧去换上吧。"

"我没来。你们误会了。"慎温沺说。

"啊?那他……"钟情咬着嘴唇,不知道怎么说。

"他跟你说什么了?"慎温沺接着问。

"如果说出去,就让我在学校待不下去。"钟情委屈起来,眼睛都红了,抓着慎温沺的胳膊说,"你俩到底是什么关系啊?他为什么还给你……买那个……"

慎温沺故意先发制人,沉着脸问:"他为什么单单叫你过去,你们该不会是早恋了吧?"

钟情果然吓了一大跳,恨不得跳起来解释:"我没有!你别瞎说!我怎么可能呢?!"

"没有早恋就好,我就是提醒你一下。"

"你这是不是钓鱼执法啊?"

"你知道得太多不好,左肖这个人啊……"慎温沺半哄半骗地说。

钟情立刻捂住了自己的嘴巴,疯狂点头。

慎温沺看着钟情跑回的背影,忍不住想笑。她给左肖发了一条微信消息过去说:"谢谢。"

左肖没回复,这在她的意料之中。

左肖是一个极好面子的人,能给她买卫生巾,这实在让慎温沺意外。但她其实没来"大姨妈",左肖误会了,不过她没想过要解释,有些事情就是比较适合含糊一些。

慎温沺提前交卷了。她看到窗户外面汤易远跑了过去,方向是仓库那边。反正题难,她又打定了主意去13班,索性直接交卷。

她一路跟着汤易远到了仓库附近,左肖果然也在。汤易远狠拽铁栅栏门的门锁,嘴里骂骂咧咧的。

"谁干的啊?这门怎么会被发现呢?还换了把锁,这太损了啊!以后怎么出去啊?!左肖,除了咱俩还有谁知道这个门?"汤易远义愤填膺。

左肖不假思索地说:"那天我开锁,慎温沺路过。"

停顿了半秒钟,汤易远委屈地嚎着:"怎么能让'牛魔王'发现呢?那你

133

没事吧?她没把你怎么样吧?"

"没事。你就等放学再出去吧。你堂哥每次叫你都没好事,除了打架就是打架。"

汤易远长叹了一口气,垂头丧气地走了。

等汤易远走了,慎温泇才出来,指了指铁栅栏门上的锁说:"我换的?我怎么不知道?"

"那你现在知道了。"

慎温泇笑了笑,没有半点儿生气的样子。左肖很聪明,不想让汤易远出去打架,把自己这尊全校学生都讨厌的阎罗王搬出来,最合适不过了。汤易远也不会来质问她,更没有机会出去打架了。

"你傻笑什么?"左肖见她半天不说话,问道。

慎温泇想了想说:"你考得怎么样?"

左肖眯了眯眼睛:"你还是傻笑吧。"

"我请你喝花生露。"

左肖又掏出一把新钥匙,把铁栅栏门打开了。慎温泇和左肖出去,她看着左肖又把锁给锁上,想起了刚才"嘤嘤嘤"跑掉的汤易远,越发想笑了。

周三早上,慎温泇一家三口一起吃早餐,慎温泇一边吃小馄饨,一边给她爸妈打预防针。

"我们期中考试了。"

温俞完全没放在心上:"第一名就不用汇报了,考第二名再说。"

"这回真得汇报,我没考好,成绩下来你们俩不用着急,下次考试,我会好好考的。"慎温泇放下碗,拿起书包,"我去上学了,我们肖主任要是打电话给你们的话,你们不要太激动,一次成绩真的不能说明什么。"

慎西北和温俞面面相觑,等到大门被关上,慎温泇完全没了影子,他们俩才回过神来。

"咱家闺女这次不会考了第三名吧?"镇西北担忧地说。

"了不得了!"温俞火急火燎地拿起手机,给肖主任拨了个电话过去。

69路公交车进站,慎温泇上车,看到了坐在老幼病残孕座位上的左肖。她一过来,左肖就站起来给她让了个座。

慎温洧坐下，两个人也没说话，甚至没有眼神交流，左肖就站在她的旁边，慎温洧看着窗外闪过的楼宇。

公交车再次停靠，上来了一个孕妇，慎温洧站起来让座。车辆起步，她发觉自己的肩膀轻了一些，回头看见左肖拎着她的书包。慎温洧递过去一个询问的眼神，左肖索性就把她的书包拿了下来，背在了自己的肩膀上。

公交车刹车，左肖迅速扶住了慎温洧，然后抓着她的手放在了旁边的栏杆上，示意她抓紧。他却往后走了，找了个有吊环的地方站定，抓好吊环。

慎温洧偷偷瞥了他一眼，左肖脸上没有什么表情，冷峻的一张脸，沐浴着晨光，高挺的鼻子下面是一双薄薄的嘴唇。他微微张了一下嘴，她看着他的嘴唇，忽然想起了那天在更衣室里的情形。

"到站了慎温洧，下不下车？下不下？你下不下啊？"

左肖的招呼声，把慎温洧的思绪拉了回来。她又看向左肖，他脸上是不耐烦的神色，嘴里念叨着什么，她沉默了一下，觉得"哑巴新郎"挺好的，他还是别说话了。

第十一章
噩梦再现

期中考试发榜了,分别挂在各个年级的走廊里。

因为涉及分班,所以学生们都很在意,纷纷挤到榜单前查看。慎温洇一过来,直接成了大家的焦点。

在拥挤的走廊里,大家不约而同地为慎温洇让出了一点儿空间,仿佛她是个病毒一般,众人都离她远远的,生怕被感染了一样。

甚至有人在旁边叽叽喳喳,说着慎温洇的坏话。慎温洇却根本不在乎,毕竟当年她就没在乎过这些人,更何况现在的她经历过许多事,早就成熟了。

这些幼稚的高中生。慎温洇这样想着,嘴角的笑已经有了一点儿无奈。

"你过来干吗?1班在那边。"

人群里站出来一个人,伸着胳膊拦住了慎温洇的去路。慎温洇瞥了一眼,是沈欣欣。

"你还没看13班的名单吗?"慎温洇问。

"我看不看和你过来有什么关系?别往我们班跑。你……"

"啊!"

沈欣欣的话还没说完,就被一声尖叫打断了。

众人循声望去,一个女生欢呼着跳了起来。

"我考进12班了!我前进了一名!我离开13班了!"女生大笑着回去

收拾东西了。

众人又是一脸茫然的表情，沈欣欣又看了一眼慎温沺，一股不祥的预感油然而生。她推开人群，挤到了最前面，仔细看了班级名单，排在高二（13）班第一名的赫然是——慎温沺。

"啊！"沈欣欣尖叫起来。

林一唯和刘紫听到了沈欣欣的叫声，也凑上前，然后三个人一起尖叫了。

慎温沺捂住耳朵，皱着眉说："别这么大惊小怪，以后就是同班同学了。"

"慎温沺，你搞什么啊？！你全校第一名，怎么可能来我们班？你给我说清楚！"沈欣欣尖叫着上来推搡慎温沺。

慎温沺后退几步，不想跟沈欣欣正面冲突。沈欣欣却不作罢，非要跟慎温沺理论理论。

钟情一溜小跑过来，有些怯懦地说："慎温沺，肖主任找你。"

沈欣欣瞪了钟情一眼："钟情！你什么意思？"

钟情不敢看沈欣欣："没有，肖主任找她。"

沈欣欣义愤填膺地上来就要手撕钟情："连你也跟我作对！"

钟情本能地后退，慎温沺上前一步拦住了沈欣欣，扭头对钟情说："肖主任找我是吧？我现在跟你过去。"

慎温沺拉着钟情走到楼梯间，确定沈欣欣没有跟过来找麻烦，这才放开了钟情。

"谢了，没想到你会过来帮我解围。其实沈欣欣不会把我怎么样，你以后不必……"

"谁帮你解围了？肖主任真找你，发了好大火。"

钟情打断了慎温沺的自作多情，这让慎温沺着实尴尬了一下，好在她现在脸皮够厚。她甩了一下头发，昂首挺胸地离开了。

主任办公室里，肖主任、数学老师、化学老师、物理老师、生物老师齐聚一堂，虽然他们长得完全不一样，脸上的表情却一模一样，无一不是火冒三丈。

慎温沺深吸了一口气，敲门进去。

"慎温沺！你在搞什么？！"肖主任劈头盖脸一顿骂，其余四位老师无一不是痛心疾首地附和着。

老师们足足教育了半小时，怒气还是没有退散。

对她最好的数学老师急得差点儿哭出来："温油同学，你跟老师说，你是不是遇到什么事儿了？你的成绩不可能这么差。那卷子，80%是送分题，只有20%是拔高题，对你来说完全不难，你怎么就能考到13班去？"

"物理也不难，你怎么就考这么点分？慎温油，你还想不想被保送了？你可是好学生。你是不是最近跟那个左肖走得太近了？"物理老师说完，其他几个老师仿佛明白了什么一样。

肖主任更是面色凛然："该不会是早……"

"各位老师！"慎温油深深地鞠了一躬，"这次考试是我失误，我没什么好辩解的，让老师们失望了。我会用下一次考试来证明自己，希望老师们相信我。"

慎温油从办公室里出来，并没有因为被老师们训斥而心情不好，一次考试成绩说明不了什么，但是能顺利进入13班，是她现在的目标。她要离左肖近一点儿，她已经耽误太多时间了。

她一个不留神，迎面撞过来一个疾驰的人，那人抱着一堆书，一脸兴奋的样子。她险些被撞倒，幸亏后面有人托了她一把。

慎温油虚惊一场，站直了，揪着眼前的冒失鬼一顿批："章超，你走路怎么不看路？课间这么多同学，你要真撞伤了谁可怎么办？"

章超十分不好意思地抓了抓头说："我太高兴了，对不住啊。你还不知道吧，我考进1班了！我这儿搬桌子呢。以后咱俩就是同班同学了！"

慎温油一阵尴尬，原来顺势往前进了一位的人，还有章超。

"你小心点儿。"

慎温油身后的人忽然开口，章超面色瞬间变成了猪肝色，仔细看整个人还在抖。

托了慎温油一把的人正是左肖，她刚才只顾着章超，忘记了身后这个人。她转过身看向左肖："谢谢。"

"走吧。"左肖沉着脸说。

"去哪儿？"慎温油不解。

"给你搬位子。"左肖拉着慎温油走了。

他的力气很大，慎温油被拽了个趔趄，她回头跟章超摆了一下手算告别。

章超吓傻了一样呆愣在原地，好半天才反应过来。他深呼吸了一下，小声念叨着："左肖让我小心点儿？"他顿了顿，哭丧起脸，"我死定了。"

左肖拽着慎温油去了1班，此时分班表全年级的人都看过了，大家都知道慎温油即将离开。他们看慎温油的眼神复杂起来，这所学校到底是没有几个人喜欢慎温油的。

"让开！"左肖语气不善，一句话成功让门口围观慎温油落败的人让出一条路来。

左肖在慎温油的位子上坐下，开始给她收拾东西。旁边的人看他们两个的眼神立刻就耐人寻味起来。慎温油有点儿受不住这样的目光，小声跟左肖说："我自己可以。"

左肖却没理她，把她的东西一股脑地装进了书包里，然后用力一甩，将书包背在了自己的肩膀上。一个紫色的日记本飞了出来，慎温油手疾眼快，将日记本捡了起来，藏进了自己的校服里。

钟情凑过来，小声跟慎温油说："真去13班？"

慎温油朝门口努嘴，钟情看到了抱着书包等待候补的章超。章超瞧见了慎温油和左肖，又立刻将自己隐藏在了人群里。

"我还会回来的。"慎温油微笑着拍了拍钟情的肩膀。

钟情欲言又止，拉着慎温油的袖子许久没有松手。

"放心，我不怕沈欣欣。"慎温油懂她想说什么。

"走不走？！"左肖不耐烦了。

"走！"

二人一路沉默，或者说是左肖不想跟慎温油说话。

慎温油跳到左肖的面前："你不高兴？"

"你故意的？"

"你指的什么？"

"操控考试成绩。"

"你不也是嘛。"

左肖想骂人，却没有理由。慎温油说对了，他故意答错了所有的选择题，又故意不写作文，故意不写大题。

"好学生不应该这样，13班没什么好的，你期末回1班去。"左肖沉着声音说，"我不是在劝你，是你必须这样。"

慎温油盯着左肖，突然"扑哧"一声笑了出来。

"你笑什么？"

"好油腻！"

慎温油说完转身，进了高二（13）班教室的大门。

"啪啪啪！"班主任满脸堆笑，孤单鼓掌。"欢迎你，慎温油同学。"

"苏老师您好，请多关照。"慎温油鞠躬感谢，抬起头的时候，在座所有的人都给了她一个白眼。

这个班级恐怕只有班主任欢迎她了。哦，不，还有左肖。

慎温油扭头看了一眼左肖，他已经拎着她的书包回到了自己的座位上，用力一掷，她的书包就被放在了他旁边的座位上。

苏老师有些为难地说："要不，你先坐左肖同学旁边？"

"好啊。"慎温油朝着左肖的位子走过去，路过沈欣欣的时候，看到了沈欣欣怨怼的眼神，以及沈欣欣手里被揉成一团的英语卷子。

慎温油收拾好自己的东西，在13班上了第一节课。

从苏老师说"上课"开始，左肖就趴在桌子上，闭起了眼睛，看样子是在睡觉。可慎温油偶尔看一眼发现，他时不时动一下的耳朵说明了他一直都在听课。她真搞不明白左肖干吗要这样假装自己不爱学习。

"这道题就让慎温油同学来回答吧。"讲台上的苏老师第十二次点了慎温油的名。

她太理解苏老师了，整个班级里除了她大部分学生都昏昏欲睡。她对上苏老师那双渴望的眼睛，也只好站起来再次回答了问题。苏老师仿佛只有她一个学生，她仿佛是苏老师的知音一样。

沈欣欣扭头看向慎温油，脸上的表情更复杂了，然后主动举起了手："老师，我也想回答问题，您为什么只叫慎温油？"

第十一章 噩梦再现

"哦？沈欣欣，这段你会？"苏老师诧异地问。

沈欣欣站起来，朗读了一段英文文选，纯正的美式发音，惊呆了讲台上的苏老师。沈欣欣读完最后一个单词，扭头看了慎温汨一眼，眼神里充满了挑衅之意，之后她笑了笑，坐下了。

慎温汨更加搞不懂了，这一屋子学生难道都是学霸？为什么他们都假装自己不爱学习呢？

下课铃响起，13班就像活过来了一样，没等苏老师喊"下课"，众人就纷纷起身离开了自己的座位。

左肖伸了个懒腰，旁边的汤易远跑过来："打球……"那个"吗"字还没出来，他就看见了慎温汨的目光，不知怎么的，他就回去了，像是见到脏东西一样。

"左肖，你来一下。"讲台上的苏老师临走时叫了一声。

左肖站起身，手插在口袋里走了出去。

慎温汨想都没想，下一步就跟了过去。

沈欣欣瞥了慎温汨一眼，林一唯气不过，冷哼道："她也太明目张胆了吧？才来第一天，她就这么缠着左肖？欣欣，这你能忍？"

"你闭嘴！"沈欣欣一眼瞪过去。

老师办公室里，左肖靠着墙壁，脸上全是玩世不恭的表情。

"你爸打电话来了，你这次的排名虽然没有退步，但是分数更低了，数学还是零分！左肖，你能不能端正你的学习态度？"苏老师苦口婆心地说着，"我找过你的小学老师，你以前成绩很好，怎么现在就成了这个样子？"

左肖还是那副满不在乎的表情："老师，我尽力了。让我爸别白费力气了，我就这样。"

"数学竞赛你不是表现得很好？那题比咱们的考试题难多了……"

左肖不等苏老师说完，就打断道："老师你没听学校传言吗？数学竞赛我抄的慎温汨的。"

"你……"苏老师气结，大概是觉得这个学生没救了，又想到了肖主任的叮嘱，婉转道，"慎温汨是个好学生，你少打扰人家学习。"

141

左肖冷笑了一声："谁打扰谁还不一定呢。老师，没事我走了。"

左肖从办公室里出来，正巧遇见了贴着墙根的慎温泔。

"你数学考零蛋？"慎温泔惊讶道。

"不行吗？"

"左肖，咱们是学生，学习还藏着呢？"慎温泔笑着问，但实际上已经知道左肖为什么这样了。

他曾经也是一个成绩优异的人，只是优秀的他从未得到过父亲的表扬，父亲似乎忘记了应该给一个好孩子关怀，所以他越来越叛逆，以这种幼稚的方式，试图得到父亲的关注。这是典型的心理学病例，她想要开导他并不困难。

"要你管。"左肖转身回教室，走了几步又回头看向慎温泔，"你不回去？"

慎温泔小跑着追上他："沈欣欣是不是也藏着实力啊，还有汤易远？"

"沈欣欣不知道，汤易远是真的笨。"

慎温泔笑了起来，两个人并排着进了教室，她的笑容却彻底凝固住了。

教室里乱糟糟的。

沈欣欣拿着一个紫色的日记本，上面印着风信子的图案。她站在讲台上，大声朗读起来："9月2日，天气晴，我第一次见到左肖，他抱了我，那种浑身触电一样的感觉，我想我喜欢左肖……9月7日，天气晴，我和左肖的速配指数居然是90%……"

一句一句，如同重锤一样砸在了慎温泔的身上。

沈欣欣带着戏谑和厌恶的表情走过来，将被拆散了的日记一把扬了出去："慎温泔，你好厚的脸皮啊。"

同学们一哄而上，抢了几页纸拿在手里，纷纷读了起来。

慎温泔全身的血液凝固住了，她一步也动弹不得，嘲笑声围绕着她，她开始浑身发抖。

轻蔑、不屑、不齿，还有龌龊，她被所有肮脏的词汇包围着。她看着周围，觉得一切都开始摇晃了。

这个场景和她脑海中的记忆重叠在了一起，她想起了十年前的情形。这是她心里最大的秘密、最大的创伤。十年前她的日记被公开，她成了全校的笑柄。

第十一章 噩梦再现

她是天之娇女,却再也无法在学校待下去了,火速转学,而后抑郁了整整一年,她甚至想过结束这一切。

她花了很长一段时间,将这一段记忆尘封了起来。她怎么也想不到,再次回到 2013 年,这件事情提前发生了。

慎温洇浑身冰冷,开始呼吸困难。她想要逃出去,却被沈欣欣那几个人拦住了路。她放眼望去,周围全都是嘲笑的嘴脸。她在人群中想要抢回那些日记,他们却拿着残页一转身就跑了,她像无头苍蝇一样。

"还给我……"

"难怪你期中考试非要考来 13 班。"

"你也配喜欢左肖?"

"装什么啊?什么学生会主席啊,还不是也学人家暗恋……"

左肖,左肖……

她一遍遍地默念着左肖的名字,人群里却没有左肖的身影,他刚刚明明就在自己身后的。

左肖,救救我……

"左肖!"慎温洇猛然惊醒,大汗淋漓,声音沙哑又撕裂。

"洇洇!"温俞一把抓住了女儿的手,担忧地看着她,"妈妈在呢。"

慎温洇一惊,环顾四周。

她正身处她家浅岛的老房子她的房间里。她看了一眼房间的陈设,桌子上有最新款的手机,旁边是一台笔记本电脑,墙壁上还装着投影仪,衣柜门微微开着,里面全都是她的职业装。她再次看向温俞,她妈妈的脸上有了一些皱纹。

她心里明白了几分,却还是不肯相信地问了一句:"现在是哪一年?"

温俞明显愣了一下:"2023 年。洇洇,你怎么了?"

"2023 年……"慎温洇喃喃自语,整个人像是泄了气的皮球,瘫软在了床上。她甚至不知道刚刚经历的 2013 年到底是真实的,还是虚幻的。

"妈妈,我累了,想睡一会儿。"慎温洇把被子蒙在了头上。

温俞有些担忧,迟疑着看着蒙着被子的女儿,停顿了片刻,从房间里退了出去。

被子下的慎温洇终于抽泣起来,一抖一抖的样子,像是一只受伤的小兽。

她只难过了一会儿就好了。就当那是一个梦好了，她和左肖本就没什么交集了，沈欣欣公开日记的事也早就过去了，一切都过去了。

慎温洇反复这么劝慰自己，终于找到了一丝喘息的机会。

"丁零零——"陆白的电话打了进来。

"慎温洇……小温她……"

陆白的声音带着颤抖之意，慎温洇立刻坐了起来，抹了一把眼泪，镇定地说："我马上过去。"

手术室门口，陆白一家焦急地等待着抢救结果。

慎温洇走过去拍了拍陆白的肩膀，陆白的父母用一种恳求的目光看着慎温洇，他们似乎想说什么，却又碍于陆白在，迟迟没有开口。

"情况恶化得太快了。"陆白说。

"医生之前不是说好好的吗？为什么会这样？"

"今天小温没有醒过来。"

"我不会让她有事的，陆白，你要撑住。"

陆白低下了头，一时之间不敢看慎温洇。他觉得自己卑鄙极了，为了一己私欲，搭上了慎温洇的一辈子。

在慎温洇说完这话的一瞬间，陆白父母的眼睛里重新燃起了希望，如一潭死水被拨动一样。他们立刻上前握住了慎温洇的手，不断重复着："好孩子，我们陆家永远不会亏待你。"

慎温洇笑了笑，心里有点小忐忑。小温其实也不是陆家的孩子，如果他们知道真相可怎么办？

慎温洇转身去找医生。她得赶紧做术前准备，虽然之前跟小温的主治医师也沟通过几次，还得检查一下自己现在的身体看能不能支撑下来。她正准备敲门，忽然被陆白一个大力拽了回去，他死死地拽着慎温洇的手腕。

"别说没用的屁话，这是我自己的决定。"慎温洇明白他要说什么，也明白他为什么说不出口。

最终，陆白放开了手，慎温洇在手术单上签下了自己的名字。

入院后有一系列检查，这么大的手术不可能瞒得过家里人，慎温洇最后还是跟父母坦白了。好在慎西北和温俞并没有反对她救人，只是心疼她，得知小温的真实身份以后，也心疼陆白。

慎温洄长这么大头一次跟她妈抱在一起哭，这画面甚至都有点儿诡异。从小到大跟她关系更好的人是她爸，她总觉得温俞一直在打压她。

"你和陆白不会是假结婚吧？为了给那孩子治病？"温俞想到这一层关系的时候，"噌"的一下推开了慎温洄，直接站了起来。

慎温洄愣了愣，温俞就明白过来自己猜对了，顺手拿起旁边的枕头就要来打她。

"爸爸救我！"慎温洄尖叫着躲在了慎西北的身后。

"别，别，别，有话好好说。"慎西北一边说着，一边按住了慎温洄，在慎温洄难以置信的眼神中，温俞女士成功打到了女儿。

温俞觉得还没出气，又扭头出去找陆白的麻烦了。

"爸，咱俩关系不是世界第一好了。"慎温洄气鼓鼓地说。

慎西北哼了一声："我那凳子腿里的钱是你拿的吧？"

"什么钱？"慎温洄漫不经心地问。

"我前天回影州，凳子腿里的私房钱不见了。洄洄，爸爸买单反就差500块钱了。"慎西北有些哀怨，"你到底什么时候拿走的？"

慎温洄闻言惊了，在她回到2013年之前，她从来没有动过她爸的私房钱。一切都是真的？

温俞回来了，身后还跟着曲教授。

"洄洄，曲老师来看你了。"温俞说。

"躺着吧，我正好路过。"曲教授说着坐在了慎温洄的床边，慎温洄的父母跟曲教授打了个招呼就出去了，把病房留给师徒二人。

"你真是长能耐了，我说好好的怎么要跟陆白结婚。那小孩是陆白的私生女？你真是我教过的最伟大的学生。"曲教授损她，慎温洄没回嘴，就冲曲教授笑。

"我有个心灵课题，你住院也别闲着，整理一下文献资料。等你出院就可以办手续了，你就是咱们医院的正式员工了。"曲教授说着把笔记本电脑放在了一旁。

"真的吗？！"慎温洇惊喜。

慎温洇实习的医院是国内数一数二的，无数人挤破头想进去。纵然她的导师在医院的地位不低，曲教授也只给了她一个实习的名额。慎温洇从半年前就开始申请留院，医院已经审核她半年了。她没想到一直担心的事，今天就要有结果了。

"当然是真的了，你这丫头命好。好好养着，多学习。"

"是，是，是，我还差得很远呢。"慎温洇把曲教授没说的话补完了。她打开电脑，登录青耀大学资料站，输入密码，却显示错误。

"怎么了？"曲教授见她一脸疑惑的表情，于是问。

"老师，你改密码了？密码不是你的结婚纪念日了？"慎温洇一边说着，一边把电脑推给老师看。

"你怎么知道我用结婚纪念日当过密码？"曲教授惊讶地看着慎温洇。

慎温洇也愣了愣。

"十年前我的账号被人盗过，然后我就改了。"曲教授缓缓地说着，"我试着联系过盗号的人，对方不接电话，我也没丢什么东西，后来就算了。"

慎温洇再次惊了。"盗号"的人就是她。这到底是怎么回事？她在过去，改变了现在的事？

护士刚好来查房，曲教授叮嘱她好好休息然后离开了。

慎温洇窝在床上，思前想后再一次拨通了左肖的电话，无人应答。

晚上陆白带着小温来给她送饭，小温脸色蜡黄，看到陆白做的是胡萝卜的时候，整个人就不开心了。

"陆叔叔，你好像在内涵我。"小温气鼓鼓地狠狠咬了一口胡萝卜。

"哦，那又怎么样？"陆白反击。

"真幼稚。"小温抱着饭盒去一边吃了。

"不服气的话，等你病好了来打我。"

"洇洇姐，不要跟幼稚的男人在一起，会变得不幸的。"

"确实。"慎温洇笑了笑。

陆白给慎温洇盛饭，慎温洇没什么胃口，抱着碗，半天也没吃一口。

第十一章 噩梦再现

"曲老师说我留院了。我之前一直以为没戏了呢,医院审核了我半年多。"慎温洇笑起来。

陆白正舀汤的手停顿了一下,慎温洇接着说:"我都要放弃了,原来我前面排了好几个人,怎么突然他们就走了呢?你说我是不是运气爆棚了?"

陆白的面色沉了一下,他似乎想说什么,低着头,摆弄着手里的衣角。

"你是不是知道什么?别对我隐瞒,是非曲直我可以自己判断。"

陆白缓缓地吐了一口气说:"左肖找过我。"

被子下,慎温洇的手攥紧了。

"什么时候?"慎温洇问。

"第一次见他是半年前,他给我带来了小温的消息,条件是说服你出来住,然后我帮你租了个房子。"

慎温洇诧异地看着陆白:"为什么要我出来住?"

她恍然想起孟呓说的那个快递,发出的地址就在慎温洇家附近。

"然后是三个月前,我在你们医院撞见了他,他在和你同期的那个实习生交谈,具体在说什么我没听到,不过没多久,那个实习生得到了一个出国深造的机会。我想你的留院名额可能是左肖帮你换来的。"陆白坦白了。

"那你一定有他的联系方式对不对?陆白,告诉我左肖在哪里?!"慎温洇抓住陆白的胳膊,就像是抓住最后一根救命稻草一样。她很害怕,害怕再次从别人口中听到左肖是谁的疑问。她迫切需要有一个人跟孟呓一样,是记得左肖的。

陆白缓缓摇头:"打不通了,那个电话已经被注销了。从那以后,我再也没见过左肖。很奇怪的是,我私底下问了几个人,他们不记得左肖了,好像没有人再见过左肖一样。"

"我见过。"

陆白看了过来,目光带着一丝疑惑之意。

"在 2013 年。"

第十二章

左肖，又见面了

手术室里，慎温汩和小温并排躺着，慎温汩伸出手，握紧了小温的小手。

"只要睡一觉，你就好了。"慎温汩对小温笑了笑。

"那能出去玩吗？我好想出去玩。"

"当然了，让陆白带你去。小温想去哪里？"

"姐姐，你有没有什么特别想见的人？"

慎温汩微微笑了笑，眼神跟着温柔了许多："有，我很想问问他到底出了什么事。小温想见谁？"

"一个会说好消息的哥哥。"

"哥哥？"

"他说过几天会有家人来领我回家，没几天你和陆白叔叔就来了。他说小温一定会幸福，小温现在就非常幸福。小温的名字也是他起的。"

慎温汩抑制不住地开始手心出汗，迟疑着问："那个哥哥是不是叫左肖？"

小温没有回答她，麻药的作用下，小温已经陷入了昏睡状态。

我一定要找到左肖，慎温汩想着，然后闭上了眼睛。

像是经过了一个漫长的冬天，她是在悄悄冬眠的熊，不知道自己什么时候能醒过来。她觉得整个人没有力气，隐约听到周遭一切乱糟糟的。

"病人心率持续下降……没有心跳了！"

"除颤。"

"200 焦。"

"300 焦。"

"360 焦。"

……

她想,她一定要找到左肖。

左肖,我想你了。

手术室内,医生满头大汗,仪器"嘀嘀"地响着,最后成了一条直线。

"为什么会这样?……为什么会失败?……"不知道是谁发出了悲悯的声音,手术室里瞬间安静了下去。

她怎么了?慎温汨的意识很模糊,她不知道外面的人为什么哭,她陷入了黑暗当中。

"砰!"

"砰砰!"

"砰砰砰!"

慎温汨猛地缓了一口气过来,像是一个溺水的人,剧烈地喘息着,然后看了一眼四周。周围黑漆漆的,只有格子缝隙透进光束,她在柜子里。

慎温汨努力推了一下柜门,柜门好像被什么挡住了。慎温汨摸了一把,看看自己周围都有什么:一部没电了的手机、一个书包。她掏出一本数学书,翻开第一页,高二数学。

慎温汨呆若木鸡,抬手给了自己两个嘴巴,很疼。

她还是不敢相信这一切,又给了自己两个嘴巴。恰在此时,柜门被打开了,一束光照了过来。那人正巧见到她抽自己的嘴巴,吓了一跳。

"慎温汨,你干吗打自己?"

慎温汨眯起眼睛,逆着光看向眼前的人。

左肖,又见面了。

"你傻了?谁把你关在柜子里的?"左肖又问。

"我……"

慎温沺还没把话说完，周围剧烈地晃动起来。左肖吓了一跳，手里的电筒也落在了地上。他扶着柜子，惊慌失措："怎么回事？！"

"地震了。扶我出去。"慎温沺把两条胳膊搭在了左肖的肩膀上，然后双腿一夹，左肖一个愣神的工夫，慎温沺就像树袋熊一样挂在了左肖身上。她又一个扭动，落在了地上。

"快走！"慎温沺抓起左肖的手，拉着他往桌子下钻。

"为什么不出去？"左肖问。

"门被挡住了。"

"你怎么知道？！"

"我就是知道。你躲好，这个桌子很坚固，等两小时后，就有老师来救援了。"慎温沺沉着冷静地说着。

左肖却陷入了一阵慌乱之中，周围没有了光线，剧烈的摇晃让更衣室的柜子轰隆隆倒下，玻璃碎了一地，到处尘土飞扬。他接二连三地打起了喷嚏。

"灰尘过敏？"慎温沺一边说，一边拉开了自己的校服拉链，露出里面的纯棉吊带。

左肖的脸一下子红了："你干吗？"

慎温沺没回答他，直接上手撕扯自己的吊带，扯下一大块布料来，递给左肖："捂住口鼻。"

"你……"

"快点儿！过敏的事可大可小，不想肿成猪头，捂着点儿。"慎温沺沉着冷静，说话的工夫已经整理好自己的校服。

左肖迟疑着，将布料放在了自己的口鼻处。白色的棉质布料上似乎还带着一些少女的体温和香气，左肖的耳朵都红了，他用力摇了摇头，赶走一些不切实际的想法。

慎温沺又回到了2013年，这一次时间更提前一些。这是她和左肖第一次见面：跟上次一样的是，左肖打开了柜子；不一样的是，左肖好像对地震不怎么了解。她一时之间弄不清是怎么回事，但眼下要确保两个人都安全。

她扭头看到左肖很紧张的样子，试图找一些话题来让他放松一点儿。她可是清楚地记得，上一次地震，左肖从窗户跳了出去，成了唯一一个受伤的人。

"你为什么来这里?"慎温洇问。

"我看见沈欣欣她们几个鬼鬼祟祟,猜她们是来找你的麻烦的。数学竞赛那个事……"左肖说。

"改了,我们选了唱歌。"慎温洇抢先说。

左肖愣了愣:"你确定?"

"当然,我觉得有时候也可以听一下大家的意见。"

"慎温洇,你是不是被下降头了?"

"可能吧。"慎温洇笑了笑,不想反驳他。

"哐当——"头顶的电扇掉落下来,砸在了他们躲着的桌子上,左肖瑟缩了一下,眉心皱在了一起,整个人有些发抖。

"没事的,5级地震而已,这里只是年头久了,螺丝松动,我们会没事的。"慎温洇将胳膊搭在了左肖的肩膀上,另一只手轻轻搓着左肖的胳膊,试图安抚他。这是明显的应激反应,他一定经历过什么,才会这样害怕地震。

"我们……真的会没事吗?"左肖黑白分明的眼眸望着慎温洇,渴望着肯定的答案。

慎温洇"嗯"了一声:"有我在呢。我从小就学各种自救的知识,你别担心。"

"十三年前,影州地震。我……能相信你吗?"左肖的话断断续续,没有什么逻辑,慎温洇却猜了个七七八八。

十三年前影州发生过特大地震,那时候她才四岁,还没有来到这座城市。她后来学习地震自救的知识,也是因为一家人要搬到影州来,提前预防。当年的地震发生在半夜,死伤很多人。她猜测,左肖一定在那天晚上经历过什么。或许死亡的就有他的家人。

不是他爸,他之前提过他爸。那么是他的妈妈?慎温洇仔细回忆起来,左肖的学生家庭资料那一栏,的确是没有母亲的名字的。

"相信我。"慎温洇郑重点头,再一次握紧了左肖的手。

地面再一次摇晃起来,铁皮柜子应声砸了下来。

"小心!"左肖几乎是下意识地将慎温洇搂在了怀里。他背对着砸下来的柜子,闭上了眼睛,等待着结果。

慎温洇也没料到，这一次的地震会持续这么久。她也吓得闭起了眼睛，两个人在一片灰烬中瑟瑟发抖。

更衣室陷入了漫长的黑暗当中，慎温洇能够听到左肖急促的呼吸声，伸手拍着左肖的背。

"我会陪着你，没事，没事……"慎温洇在他的耳边安慰着他。

许久过去，地面停止了摇晃。更衣室的大门被打开，救援队的手电筒照了过来。

"救命！"慎温洇大喊。

"同学，别动！"

慎温洇在医院住院，左肖就住在她的隔壁。

温俞坐在病床前给慎温洇削苹果："6.5级地震，吓死妈妈了，你跑到更衣室干吗去了？"

"不是5级？"慎温洇觉得不对劲，为什么这一次地震的等级高了？

"你老实说，你是不是……"

"没早恋也没得罪人。"慎温洇想起之前的对话，抢先说了两个答案。

温俞有点儿被堵住了话茬，但还是接着说："你早恋我不担心，但是你这个人际关系，我真的很担心……"

"马上就有同学来看我。"慎温洇又抢答了。

温俞愣了愣，下一秒，慎西北敲门进来，他身后跟着三个女生，正是钟情、林一唯和刘紫。

慎温洇用表情在说：我就说吧。她伸手，意思是要苹果。

温俞不可思议地摇了摇头，把削好皮的苹果自己吃了。

"你们聊，我们出去。"慎西北和温俞出去了。

那三个人扭扭捏捏地站在门口，紧贴着墙，一副随时要跑的样子。

"下去给沈欣欣说，我不会告老师，让她省着点儿力气折腾，唱歌比赛要是没拿到好名次，我会秋后算账的。"慎温洇说道。

三个人明显愣了愣，面面相觑了好一会儿。钟情壮着胆子问："你不但不告状，还答应更换赛道了？"

慎温洇没回答，刘紫和林一唯还想追问，钟情摆了摆手："慎温洇说一不二的，她没改口就是答应了，快走。"

三个人拉开病房门跑了，慎温洇看着墙角放着的牛奶，心想：钟情还挺了解自己。

慎温洇躺在病床上，看着周围的一切。

她又回来了，时间更加早一些。

事发突然，她当时没有仔细去思考，现在想来，这一次仿佛才是她最开始的记忆。她记得她跟左肖第一次见面是在更衣室里，左肖打开柜子见到被关起来的她吓了一跳。然后是左肖很害怕地震，慎温洇一直安慰他，他们从那以后才真的熟悉起来，她也才真的了解了左肖。

而在她的婚礼上，孟吔带回来的那本属于自己的日记本，里面记录的东西跟她的记忆有出入。日记上写到左肖拥抱了她，日记上写到她和左肖一起去了很多地方，她骑车载左肖摔伤了。

她上一次回到2013年，左肖跟日记里写的不一样，跟她记忆里的情况也不一样。慎温洇甚至觉得，她看到的是不同的左肖。她仍然没能找到左肖消失的关键所在，毫无头绪，只能走一步算一步。但她已经打定主意：既然你们所有人都忘记了左肖，那我就要让你们都对他印象深刻。

但眼前有一件很关键的事情，那就是中学生竞赛。她可再也不要去考数学题了，就随他们所愿，参加唱歌比赛好了。她记得在2023年，她回到母校，章超告诉她当年参加唱歌比赛拿了名次，这就够了。

把所有的思绪捋清楚了，慎温洇信心满满，摸出手机想给左肖发条微信消息，才恍惚想起来，现在他们俩还不是好友。

慎温洇溜到隔壁病房。一墙之隔，左肖住的还是个豪华间，有单独的洗手间和更衣室，墙壁都是粉色的，比她那冰冷的白墙赏心悦目太多了。

慎温洇站在门口透过玻璃往里面看，心里有点儿羡慕了。她正准备敲门，左肖的病房门打开了。开门的人却不是左肖，是左肖家的那个司机。

"方叔叔你好。"慎温洇本着嘴甜的原则，叫了一声。

司机却愣住了："同学，我们见过吗？"

慎温洇暗自拍了一下大腿，坏了，这个时候她还没坐过左肖家的车呢。她

根本不可能知道这个人姓方。这话怎么圆？慎温泖咬着嘴唇，大脑飞速思考。

"她是我的同学。"左肖的声音从里面传来，他靠在床头，听到了慎温泖的声音。

"请进。"司机让开门口。

慎温泖松了一口气。

"你怎么样了？"慎温泖问。

"还好。"左肖说。

慎温泖看了一眼旁边的桌子，两份套餐都没动过。

"午饭和晚饭都没吃？"慎温泖又问。

左肖"嗯"了一声："没胃口。"

司机在这时候接了个电话，大概是自己孩子的老师打过来的，他一副有些为难的样子。他看向左肖，左肖点了一下头："方叔，有事你先走吧，我没关系的。"

"谢谢少爷。同学，麻烦你帮我照看一下少爷。"司机交代了一声，走了。

病房门被关上的那一刻，慎温泖感觉到了左肖好像是有点儿羡慕的。他住院了，他的爸爸没有来，只有一个司机陪着他，而此刻司机也为了自己的孩子离开了。

慎温泖拍了拍左肖的肩膀："我陪着你。"

"神经！咱们俩好像不熟吧？"左肖嫌弃。

啧啧，这小子怎么还翻脸不认人呢？地震的时候他们可还抱在一起呢。

当然，这话慎温泖没有说出来。她已经习惯了左肖这人一会儿一个样子，权当是青春期男生的不正常状态。

"你不饿吗？"慎温泖忽然问。

"什么？"左肖很意外。

慎温泖指了指没动过的盒饭："真不饿？"

"不饿。"左肖说。

"这个冷了，没法吃的。"慎温泖又说。

"你找我到底有什么事儿？没事儿的话，你回去休息吧。"

"有事儿！"慎温泖赶忙回答，在左肖的注视下，脑子死机了，张嘴就说，

"借一下洗手间。"

"就这？"左肖鼻子里发出了轻轻地哼声，他随手一指，"自己去吧。"

"谢了，公厕有点儿脏。我能随时借用吗？"慎温油决定得寸进尺。

"随便。"左肖看也不看她。

慎温油去了洗手间，正要起来的时候，感觉到了一股暖流，再一看，马桶里有红色的液体。她来"大姨妈"了！

过了好一会儿，左肖来敲她的门："慎温油，你没事儿吧？"

"我没事儿！"慎温油说得有点心虚。

"没事儿你倒是出来啊。"左肖有点儿不耐烦，看了一眼表，她进去20分钟了。

慎温油咬着嘴唇，汗都流下来了。她抽了十几张纸巾，叠了一下垫在裤子里，然后站起来，小心翼翼地走了两步，打开门。

"真没事儿？"左肖盯着慎温油的脸看。

"没事儿啊。我回去了。"慎温油说。

"站住。"左肖叫住她。

慎温油停了下来，转身看向左肖。左肖从柜子里拿出一件校服："穿上。"

"我不冷。"

"叫你穿你就穿，问那么多干吗？"

慎温油"哦"了一声，然后穿上了左肖的校服外套。这不是她第一次穿了。

"衣服洗干净……"左肖再次开口，慎温油秒懂他要说什么，于是接话说："给你干洗，然后叠好了送还给你。"

"嗯，走吧，别乱跑。"

慎温油回到自己的病房时，她妈已经走了。她再一看时间，探视时间已经过了。虽然这是个双人间病房，却只有她一个人。她得想个办法溜出去，自己去买"姨妈巾"。

慎温油把衣服找出来换下病号服，冷不丁看了一眼，看见病号服裤子上有一块红色的印记。慎温油的脸"噌"的一下就红了，她知道左肖为什么给她外套了。

"太……丢人了！"慎温洇往床上一躺，挣扎了一会儿，心想，要不摆烂算了，让左肖好人做到底，去帮她买那个东西。

没等到她去找左肖，护士来敲了病房门，给了她一个黑色的小袋子。慎温洇一看就明白了，连声说"谢谢"。

她想起上一次回到2013年，左肖托钟情给她买了这个。重来一次，左肖又给她买了这个。她摩挲着袋子想，无论如何也要找到左肖，带他到2023年。

慎温洇换好了衣服，又去洗手间把那条病号服的裤子洗了，晾在自己的病房里。

月色已经降临。

她研究着自己的这部老手机，微信里有她爸妈，她问她妈要了200块钱的红包，并且让她妈明天接自己出院的时候带一套衣服，自己来"大姨妈"了。

慎温洇等到十点，肚子饿了。她从病房里溜出来，走到一楼，问过护士，护士姐姐告诉她那里有个贩售机。

走过一个转角，慎温洇遇上了左肖。显然左肖刚从贩售机那里过来，但是两手空空。

"饿了？"慎温洇问。

左肖没回答。

"我请你吃泡面，跟我来。"慎温洇伸手去抓左肖，左肖破天荒地没有拒绝，大概是真的饿了。

两个人站在贩售机前，慎温洇选了两包泡面，然后用微信扫码付款。旁边的左肖看呆了。

"去你的房间吃。"慎温洇说，因为左肖那里有桌子，有热水。

病房里，两个人灯也不敢开，生怕被护士发现，一人捧着一碗泡面。

慎温洇发现左肖很安静，就故意吸面，声音弄得很大。左肖看了她一眼。慎温洇咧嘴一笑："这样很香，你要不要试试？"

"无聊。"左肖说，却还是吸了一口，声音不大，却算突破性进展。

慎温洇想笑，这个男生口是心非。

"你大点儿声。"慎温泪说,"你是不是不会嗍面?"

"谁说我不会?"左肖要强,嗍了几口,面见底了。他挑了挑眉,挑衅地看着慎温泪。

慎温泪就笑了起来。

"你笑什么?"

"我到现在才觉得很真实。"慎温泪轻声说。

"你好奇怪。"左肖不客气地说。

慎温泪不在意,又想起了什么:"中学生竞赛改了,你和沈欣欣带队,你抽空练练歌。"

"我什么时候说我要参加了?!"左肖急了,放下泡面碗,站了起来。

"那你参不参加?"

"我拒绝!"

"周五就公示了,你现在拒绝来不及了。"

"那你问我干吗?"

"这不是显得我民主嘛,你们不是都说我独裁吗?"

左肖听了慎温泪的话愣了好一会儿才说:"慎温泪,你是不是对民主有什么误解?"

慎温泪又笑起来,跟气鼓鼓的左肖形成了强烈对比。她拿出手机跟左肖说:"你赶紧下载微信,我要做你的第一个微信好友。"

左肖:"……"

"怎么了?"

"你怎么知道我没微信?"左肖问。

慎温泪想抽自己嘴巴。这个先知的毛病要好好注意一下。她想了一下说:"你刚才买泡面买不了,肯定是因为没有微信,不能扫码付款!"

"这么牵强吗?"

"不然呢?你以为我会算命呀!我能未卜先知?"

"也是。"左肖没有再追问下去,乖乖开始下载微信。

慎温泪松了一口气。有时候,离谱的真相,不如简陋的谎言。

左肖下好了微信,慎温泪帮他注册,然后添加自己为好友。

"有事给我发微信,我回去睡觉了。"慎温洄说罢要走。

"慎温洄!"左肖又叫住她,"谢谢。"

"谢什么?不就下个微信,用的还是你自己的流量。"

"更衣室,谢了。"左肖说完,踢掉拖鞋上了床,明显是不好意思了。

慎温洄颇感意外。她想起了过去的自己,扭捏着,拧巴着,错过了许多次跟左肖说"谢谢"的机会。

"你还不走?"背对着慎温洄,不好意思的左肖好一会儿没听到门响,扭头问道。

"晚安。"慎温洄关上门出去了。

慎温洄给钟情打了个电话,万幸的是钟情的手机号从高中到工作就没换过。

电话被接通。

"我是慎温洄。"

"啪"的一声,似乎是钟情那边手机掉落的声音。

"别挂!找你有事儿!"慎温洄大喊了一声。

钟情的声音这才从听筒里传过来:"你要干吗呀?你别搞我,你去搞林一唯和刘紫行不行啊?"

慎温洄听了想笑,这是什么塑料姐妹?她说:"把沈欣欣的微信推给我。"

"你到底要干吗呀?!你直接搞沈欣欣,你疯了啊?!"钟情拔高了音调。

"唱歌比赛,我得安排一下啊!快点儿,要是来不及参赛,沈欣欣找你算账,你可别怪我。"

"哦。"

挂了电话,钟情申请添加好友,慎温洄加上,钟情又推送了沈欣欣的名片。

慎温洄发送验证消息:"想参加唱歌比赛,就加我。"

周五下午。

学校公告栏贴出一张告示来:影州市中学生竞赛,我校参加唱歌比赛。

这让学校内大部分人沸腾了,各个班级跃跃欲试,都想要一展风采。毕竟比起数学竞赛,能参加唱歌比赛的人显然是多的。

学生会负责报名，整个活动如火如荼。学生会邀请了学校的三位音乐老师做评委和辅导老师，先进行了一轮筛选。

慎温汨作为学生会主席，把这个工作分配给了章超和组织委员。她上次是骗左肖的，她也没那么大权力直接让左肖去唱歌。沈欣欣却是她亲自忽悠的。她已经提前让沈欣欣叫人参加比赛了，应该不会有什么问题。自己不负责此事，就可以有更多的时间做别的事情。

可让慎温汨没料到的是，当天下午她接到了沈欣欣的微信语音。慎温汨正路过篮球场，几个男生正在打球。

"慎温汨，你也太恶心了吧？让我帮你号召报名，结果你把我刷下来了！你可真行呀！"那边沈欣欣劈头盖脸就是一顿骂。

慎温汨愣了："你没被选上？"

"不是你暗中操作的吗？"

"啊？哦，哈哈哈……"慎温汨反应过来了，她一幅乐不可支的样子。她都没去，能操作什么！

"你笑什么？"沈欣欣怒从心生。

"你就没想过是你自己唱得不行？我只是一个普通学生，评委老师是我能摆布的吗？"慎温汨反问。

电话那头的沈欣欣沉默半秒后说："怎么不可能？全校老师都喜欢你，你随便说点儿什么，他们都会听！"

慎温汨无奈："唉，你要这么想，我也没办法。"

沈欣欣更生气了："你什么意思啊？好像是我无理取闹！"

慎温汨叹了一口气："我的错，行了吧？"

慎温汨挂了电话，一扭头就看见了左肖。

初秋的晴朗天空下，他穿着一件黑色的篮球服向她走来，额头、脸上全都是汗水。他似乎是刚打完球。

慎温汨愣了一下，对左肖笑了笑。左肖伸出手来，慎温汨没明白左肖是什么意思。左肖却直接从她手上拿走了花生露，拧开瓶盖直接喝了几口。

慎温汨想阻止也来不及了，幸好那是一瓶新的，她还没开封。

左肖喝完了花生露，又把瓶子还给了慎温汨。他没说话，转身要回去继续打球。慎温汨看了看自己手里的半瓶花生露，叫住了左肖。

"拿走。"慎温洇将花生露递给他。

左肖回身，疑惑地看着慎温洇。

"你喝过了我怎么喝？别浪费。"慎温洇说。

左肖抱起肩膀看着她，慎温洇还没明白过来。但是她用眼睛余光看到了三米远的七八个女生都抱着矿泉水，眼巴巴地看着左肖。她一扭头，女生们又换上了怨念和羡慕的神色。

慎温洇明白过来了，她只是路过，左肖把她当成了专门来送水的。

但慎温洇不明白的是，他干吗就喝她的花生露啊？他们这时候也没多熟。

"左肖，打不……"汤易远跑过来，正打算叫左肖回去，一抬眼看见慎温洇，话说了一半咽了回去。

"打。"左肖又走过来，一把拿走了慎温洇手上那半瓶花生露，随手丢给了旁边看他打球的女生。

接到花生露的女生整个人兴奋起来，像是一只开心的小鹿。

慎温洇此刻对左肖非常佩服。她知道他被很多人喜欢，但是没想到女生们喜欢到这种程度。

慎温洇发呆的工夫，那个女生走了过来，塞给慎温洇五块钱："这算是我请左肖的。"

"行！"慎温洇彻底没脾气了。

回学生会办公室的路上，慎温洇收到了最终入选唱歌比赛的选手名单，果不其然左肖没在这个行列中，但是这不打紧，慎温洇还会想办法把左肖塞进去。慎温洇就是要让所有出风头的事情、所有会被大家铭记于心的事情，都有左肖的名字。

晚上放学，慎温洇磨磨蹭蹭地收拾着书包。她往门口看第三次的时候，左肖冲了进来，直奔到慎温洇面前，双手按在前后两张桌子上，将她圈在中间。

"你搞的？"左肖问，语气明显不悦。

慎温洇还在装傻："什么呀？"

"装，接着装！"

不少没走的人被这一幕吓着了。左肖在学校里名声不好，慎温洇在学校里不讨喜。大家都在猜测，如果左肖能教训一下慎温油就好了。

气氛剑拔弩张。

门口又跟过来几个13班的人，沈欣欣走在最前面。

"慎温油，你什么意思啊？干吗让左肖去钢琴伴奏？你故意的是不是？"沈欣欣大喊了一声。

慎温油此刻才觉得，沈欣欣这么笨的女孩，当年是怎么欺负得了自己的？是不是自己当年太菜了，才会一直被沈欣欣拿捏，以至沈欣欣公开那本日记以后，自己溃不成军？

"不是想被看到、想被认可吗？你不试试往前站，怎么被看到？"慎温油不慌不忙地说着。

原本暴怒的左肖忽然冷静下来，心里闪过疑惑，他眯着眼睛看着慎温油："你是不是知道什么？"

"我什么都不知道，只是给你建议。"慎温油说完拿上书包，趁着左肖发呆的工夫，从他的臂弯下溜走了。

69路公交车走了一辆，慎温油没有上车，又等了五分钟，第二辆公交车来了。她扭头看见不远处跟过来的左肖，一个箭步上了车，车门即将关闭的时候，左肖挡着门，门再次打开了，左肖也上了车。

慎温油坐在倒数第二排位子上，左肖也跟过来，坐在了她的旁边。他想跟她说话，她就开始假装睡觉。一路上他们还换乘了一次公交车，慎温油故意不搭理左肖。

最后他们去的地方是他们过去一起去的自习室，左肖回过神来，看到眼前的自习室，愣住了。

再也顾不得许多，他一把抓住了慎温油："你是不是调查我？"

慎温油明明什么都知道，却还要假装："什么啊？我干吗调查你？"

"你知道我家司机姓什么，知道我会弹钢琴，还知道这里是我经常来的自习室。慎温油，你别跟我说什么巧合，我不相信！"左肖有些生气地说。

"这的确不是巧合，我跟踪你好几天了。我就是在学校混不下去了，想找个人罩着我，你就说你愿不愿意吧？你要是不愿意，我就把你偷着学习的事儿告诉大家。"慎温油破罐破摔地说道。

"你威胁我?"左肖更加生气。

"对,答不答应?你罩着我,我上次被关在更衣室里害怕极了!"慎温洇横了起来。

左肖被她的话给惊到了,好半天才说:"你瞅瞅你这个神态、这个语气,你像是怕了?你跟个流氓似的!"

慎温洇伸出手拉左肖的袖子,语气放软了许多:"求求你,答应了吧。你不是见死不救的人。"

"行,行,行。别来这套,瘆得慌。"左肖甩开了慎温洇的手。

慎温洇偷笑,伸出小拇指:"拉钩。"

"幼稚。"左肖不理她,率先进了自习室。

慎温洇追上去:"来嘛,来嘛,拉钩。"

"不拉!"

左肖付了钱,一个人先上去了。

还是老位置,慎温洇在他对面坐下,从书包里拿了两本一样的卷子。今天是物理,她晓得左肖更喜欢物理,却从来没有表现出来。

"送你的,就当作是在医院的感谢。"慎温洇说。

左肖瞥了物理卷子一眼,哼了一声:"你送一个学渣卷子,还说是谢谢我?你确定这不是羞辱?"

没等慎温洇回话,左肖的手机响了,他看了手机一眼,示意慎温洇别说话。

"我在网吧里打游戏呢……你别来了,满了……包间肯定安静啊。好了,好了,不说了,游戏开了。"左肖脸不红心不跳地说完了假话,挂断电话后看着慎温洇那张似笑非笑的脸。

"不是你想的那样。"左肖赶紧解释。

慎温洇还是笑,什么都没说。

"真不是那样,我就是怕他们来找我。你别多想……"左肖接着解释。

"我什么都没说呀。"慎温洇收起笑容来,眼睛扫了一眼物理卷子,"真不要?华安科技大学出的,我用我爸的关系才买到的,内部……"

左肖一把拿过了卷子,慎温洇弯了弯嘴角,就知道他想要。

第十二章 左肖,又见面了

两个人埋头做着卷子。

左肖的速度比慎温沺快多了。尽管她是个学霸,又刚从上一个 2013 年回来,但左肖真的聪明,并且刷题速度快,同类型的题他不会做第二次。

看到她停下来的时候,左肖也会注意到她,却并没有下一步行动。慎温沺就主动拉了拉他,问:"能不能给我讲讲?这题挺难的。"

左肖很意外,眼睛里像是有光闪过一样。他拿过演算本,认认真真地给她写着推导过程。

她能从发光的眼睛里看出来,左肖是渴望被认可的,尽管他在掩饰自己的情绪。她撑着下巴,看着左肖认真的样子。他的后面有一盏灯,光圈罩着他的轮廓,他高挺的鼻子上有一圈微乎其微的绒毛。他高高的眉骨、清晰的下颌线,还有凸起的喉结,实在是让人移不开目光。

"听懂了?"左肖问。

慎温沺走神了,怕左肖发现,赶紧说:"懂了,懂了,谢谢左肖同学。"

"那你把这道题做一下,同类题。"左肖用笔圈了一道题推给她。

慎温沺看着这道题如同天方夜谭,迟疑了半秒钟后问左肖:"你是不是发现我走神儿了?"

"发现了。"

"那现在你是在打我的脸喽?"

"没错。"

"你可真诚实啊!"慎温沺咬着牙说。

左肖的嘴角扬了上去:"彼此彼此,慎温沺同学。"

第十三章

舞台上耀眼的你

国庆节放假快结束的时候，中学生竞赛开始了。

比起数学竞赛，唱歌比赛气氛要好许多，在歌剧院举办。出乎意料的是，大家都觉得唱歌简单，一定会有很多人参加，结果却恰恰相反。一共只有十支队伍参赛，慎温油一看，他们还真是有希望获奖的。

大概是因为左肖参加了比赛，信德高中的女生们组织起了应援队伍，沈欣欣就是其中一员。她准备了条幅，还有灯牌，整个观众席上只能看到一片左肖的名字。

慎温油坐在角落里，看着这场景深感欣慰。她冷不丁地一回头，就看到了沈欣欣怨怼的目光。慎温油耸了耸肩，沈欣欣更加生气了。见沈欣欣要过来跟她理论，慎温油就去了后台。毕竟慎温油有工作证，沈欣欣只是个观众。

慎温油隔着老远看着沈欣欣气鼓鼓的样子，觉得非常解气。

后台，信德高中的合唱队已经在准备了。他们演唱的曲目是《送别》，钢琴老早就放在舞台的一侧了，左肖远远地看着那架钢琴，手指在空气里弹奏着。

"紧张吗？"慎温油凑过来问左肖。

"紧张死了。"左肖脸上毫无表情，声音也没有起伏。

慎温油"喊"了一声："电视台有录像，同学，你要上电视了。"

左肖瞥了她一眼："一个初赛，又不是决赛，还有电视台录像？"

"对呗，左大少爷演奏，怎么能没有录像呢？"慎温沺得意起来。

"真有啊？！"左肖终于紧张了，拨开幕帘的一角往外看去，果然看到有人架着摄像机。

"我骗你干吗？"慎温沺把他拽了过来，"你就跟平时一样弹就好了。"

左肖眉头紧蹙，一副坐立难安的样子。

"那钢琴我都没试过几次，等一下弹错了怎么办？"左肖紧张地问。

慎温沺从口袋里拿出手机来，播放了一段钢琴曲，是他们之前练习的时候她录下来的。

"实在不行你就假弹，我都给你想好了。"慎温沺说。

左肖气得不行："真有你的！慎温沺，你脑子里都在想什么啊！"

慎温沺也不生气，冲左肖笑了笑："现在不紧张了吧？"

"好点儿了。"他犹豫了一下又问，"他会看到吗？"

这个"他"说的是左肖的爸爸。

中学生竞赛，电视台的确会来采访，拍摄一些素材，出现在电视上可能只有一秒钟的镜头，拍摄的是谁也不确定。慎温沺求了好几个老师，才找到了熟人，请记者们来拍摄这一场比赛。可左肖的爸爸能不能看到，这谁也无法保证。

慎温沺点了点头，从包里拿出一个DV来："我全程给你录像，做成光碟，回头在你爸的公司租个LED大屏幕，循环播放，他肯定能看到。"

左肖又傲娇起来，板着脸："拉倒吧，你有那个钱还不如给我。你不能总蹭我的自习室吧？"

慎温沺"啧啧"了两声："你还少喝我的花生露了？"

左肖还想说什么，有组织人员过来告诉他们快开始了。

"那我上台了，慎温沺。"左肖深吸了一口气。

"等一下。"慎温沺踮起脚，左肖不明所以，她伸手拉了一下他的领结，"好了，去吧，加油！"

左肖转身上台。他穿着白色西装，身材高挑，一步一步走进了光里。他修长的手指放在琴键上，那一刻他便是光。

一曲结束，评委老师当场打分，他们晋级了。

台下，无数个属于左肖的灯牌一闪一闪的。人群里，沈欣欣声嘶力竭地叫着左肖的名字："左肖！为你痴！为你狂！为你'哐哐'撞南墙！"

舞台上，左肖的拳头硬了。

舞台一侧，慎温油笑喷了。

假期的最后一个晚上，慎温油熬了大半夜，总算把左肖比赛的视频剪辑完了。她刻了一张光盘，又拿了两张左肖做的物理卷子，一起放进了一个袋子里。一切准备妥当，她这才心满意足地睡去。

第二天一大早，慎温油凭借着记忆找到了左肖家的小区外面。她想如果等一下是方叔叔出来就好了，如果是左肖出来，她就假装路过，然后和左肖一起上学。

似乎是听到了她的召唤，地库里开出来一辆车，她定睛一看，果然是方叔叔。她招手拦住了车，对方对她还有一些印象，放下了车窗。

"同学，是你啊？少爷他要等一会儿才出来，我先热热车。"司机说道。

"方叔，我有事请您帮忙。"

司机一脸诧异的表情，慎温油拿出了一个文件袋。

"这是……"

"我是信德高中的学生会主席，其实左肖同学的物理特别好，他的其他成绩……暂时拉分了。我想他或许可以走特招的路子，去做一些研究什么的。家长会上一直见不到左叔叔，所以老师托我跑个腿。这里面还有中学生竞赛的比赛视频，这个高考可以加分的。"慎温油说了好长一串话，生怕漏掉了什么。

司机起先是一头雾水，后来听明白了，这是让他转交东西。

"左肖同学性格有点儿内向，所以……还是请方叔叔帮个忙做个纽带吧。"

司机当然知道，先生和少爷很少见面，哪怕见一面相处气氛也不融洽。时间久了，父亲不会关心儿子，儿子也不知道该如何面对父亲，司机早就想帮忙，可并不知道如何入手才显得自己没有越界，如今正是一个合适的机会，希望一切能往好的方向发展。

"你放心，这个交给我了。先生今天晚上会回家，我亲自交给他。"

"谢谢方叔叔！那我先走了！"慎温油鞠了个躬，扭头跑了。

十五分钟后，69路公交车上，慎温油看到左肖上了车，便挥了挥手："有位子！"

左肖沉着脸走过来，坐在了慎温洄的旁边。慎温洄明显察觉到他不太高兴，连忙问："你怎么了？"

"孟吔要转学过来了……"

左肖话还没说完，慎温洄就激动了起来："孟吔！真的吗？什么时候？哪天啊？！"

慎温洄的声音让晨起坐车昏昏欲睡的人都清醒了过来，她赶紧捂住嘴，压抑自己的兴奋情绪，小声问："真的吗？"

左肖诧异了："你激动什么？你知道孟吔是谁啊？"

这话提醒她了，她此刻不应该知道孟吔是谁。好在他们这段时间相处下来，她总是一惊一乍的，左肖也习惯了。

"我这不是配合你嘛。孟吔是谁啊？"

"我的一个发小。她突然说要转学到咱们学校。"左肖说。

"那不是好事儿吗？你干吗不高兴？"慎温洄心里知道，因为孟吔从小就是别人家的孩子，偶尔还会捉弄左肖，所以左肖这会儿根本高兴不起来。可慎温洄还是得假装不知道这事，直接问出来。

左肖一副欲言又止的样子："你不了解孟吔，她……她脑子有点不太好用。新入学没成绩，八成她要被塞进13班了，到时候在同一个班低头不见抬头见，还不烦死我？"

慎温洄想了想分班考试的事情，趁机说："要不然你这次考试正常发挥，来1班呗？"

左肖扭头看了慎温洄一眼："让我跟你低头不见抬头见？那我还不如在13班呢。"

慎温洄也不生气。她只是很期待，希望孟吔早一点儿来，如果不出意外的话，这次考试自己也会去13班，到时候自己和孟吔就可以顺理成章地成为好友了，她们再抽个时间一起去找陆白，然后还得写日记，把车祸那事儿告诉未来的自己。

日记本！她忽然瞪大了眼睛。

"你在想什么？该不会是生我的气了吧？"左肖见慎温洄许久没说话，开口问道。

"确实生气了,你陪我去买个东西赔罪吧!"慎温汩拽着左肖下了车。

"不上学了?"左肖被一路拽下了公交车。

慎温汩拽着他走了半条街,抬头一看,长宁书店门口。

长宁书店为了配合学生的时间,因此总是很早开门。慎温汩拽着左肖进去,在货架上拿了一本印着风信子的日记本,说:"送给我!"

左肖一脸震惊的表情:"直接要啊?"

"送不送吧?"

左肖无奈,拿了一本日记本去收银台那边:"结账,谢谢。"

他掏出一张50元的钞票来,收银员有些不好意思地看着他:"老板还没来,收银机打不开,同学,要不你买两本?刚好50块钱。"

左肖无奈:"行。"

从长宁书店出来,两个人又坐上了69路公交车,再次前往学校。慎温汩从左肖手里接过日记本,另外一本左肖随手放进了自己的书包里。

这个点路上开始堵车了,他们必然要迟到了。

慎温汩却一点儿也不着急的样子,左肖反倒比她还多了几分担忧。

"好学生要迟到了。"左肖说。

"迟到就迟到呗。"慎温汩满不在乎,"既定事实,没办法改变,那就认了吧。"

学校门口,章超正带着几个学生会的同学在例行检查。

"跟紧我。"慎温汩扭头对左肖说。

他们堂而皇之地走进了学校大门,慎温汩冲章超点了一下头说:"干得不错。同学们辛苦了。"

章超和几个同学明显愣住了,足足过了三秒钟,慎温汩和左肖已经走远了,他们才回过神来。

"慎温汩刚才叫我的名字了?"章超错愕道。

"好像是。"旁边的同学肯定道。

"乖乖,我还以为她不知道我叫什么呢,毕竟她以前一直叫我纪律委员。"有那么一瞬间,章超被感动了,险些热泪盈眶。

第十三章 舞台上耀眼的你

影州像是在一眨眼之间步入了深秋。

慎温油换上了秋天的校服,长衣长裤,等公交车的时候还是觉得有一点点冷。而车上还有许多女同学下半身穿着夏天的短裙。她有时候真的很佩服她们的毅力,因为说不冷都是自欺欺人,全凭一颗爱美的心在勇敢坚持。

今天起得很早,但她还是没来得及吃早餐。她想早点儿去学校做准备。如果没有记错的话,今天是表彰大会,中午就会贴出告示来,左肖要站在舞台上领中学生竞赛的奖杯。慎温油从家里拿了相机,今天要给左肖拍几张照片。

69路公交车在站台处停靠,上来了几个其他学校的学生。慎温油仍旧坐在倒数第二排,车上的人一下子多了起来。慎温油拿起自己的书包,把旁边的位置让出去给人坐。

她刚拿起来,就有个人在她旁边坐下,她一扭头就看到了左肖。他穿着他们学校夏天款的校服,脖子上挂着蓝色的耳机。

"你起这么早上学?"慎温油忍不住疑惑了。

"怎么?学渣就一定要迟到吗?"左肖又怼了她一句。

他有点儿不开心?慎温油仔细观察着左肖的表情。她也是学过微表情的,只是这一门功课成绩一般。左肖一定是遇到什么事情了,八成跟他爸有关系。

"你看我干吗?"左肖被看得有些不自在了。

"看你好看。"慎温油说,"你穿短袖不冷吗?"

提起这个,左肖更生气了,阴沉着脸看着慎温油。

"怎么了呀?"慎温油还没明白过来。

"是啊,现在都秋天了,我上学穿夏天的校服不冷吗?是因为我抗冻吗?"左肖说。

慎温油更加不理解了:"你到底想说什么?"

"某人借了我的校服,说洗干净给我,已经两星期了,什么时候给我?"左肖气呼呼地说道。

慎温油恍然大悟。她想起来了,在医院里,左肖把自己的校服借给她遮挡污迹了,她将校服洗干净以后忘记还了。慎温油瞬间觉得不好意思了。

"对不起啊,我真的忘了,你提醒我呀。"慎温油赔着笑。

左肖不理她,她拉了拉左肖的衣角:"明天给你带来?"她顿了一下又赶

紧说,"今天放学!你跟我去家里拿!我顺便请你吃麻辣烫,好不好?你要是现在冷的话,我把我的校服脱下来给你。"

慎温油说着就要脱衣服,左肖瞳孔微微放大,懊恼又别扭地说:"怎么就冷死我了?你好好穿着吧。"

他这就是消气了,慎温油嘿嘿一笑。她发现现在的左肖脾气特别像一个小孩子,他随时可能生气,但随便一哄就好了。不过他说话的这个语气……

"左肖,你有没有觉得你现在说话阴阳怪气的?"慎温油问。

左肖很坦然地"嗯"了一声:"以前跟你也不熟,现在近墨者黑了呗。"

慎温油瞪起了眼睛,他这是说她阴阳怪气?就在她想理论一下的时候,她的肚子叫了起来。好在车上人多,应该没有人听到吧?

左肖从包里拿出一瓶花生露塞给慎温油。慎温油微微惊讶,瓶子还是热的。

"没吃饭吗?"左肖说。

"车上不能……"

"车上不能吃东西,又没说不能喝水。"

"谢谢。"慎温油拧了一下瓶盖,没拧开,垫着衣服打算增加摩擦力将瓶盖拧开。旁边的左肖翻了个白眼,拿过花生露来一把拧开了瓶盖,又还给了慎温油。

左肖目视前方,看着上下车的人。慎温油嘬了一口花生露,好像比之前她喝的都要甜。

信德高中是整个69路公交车路线上的最后一所高中,学生间流传着一个笑话,69路公交车上的学生,越晚下车就离双一流大学越近,久而久之,这还诞生了鄙视链。

车子到站后,慎温油和左肖前后脚下了车,又一起进了校门。校门口检查的人投来了异样的目光,在一旁窃窃私语:"左肖怎么不迟到了?"

"这慎温油也太可怕了,左肖这个刺儿头都被收服了。"

"慎温油用的什么手段?左肖也不怕老师啊。"

…………

慎温油对这些话左耳进右耳出,反倒是左肖不淡定了,想要过去理论两句,慎温油一把拉住了他。

"淡定点儿,能经受多大的赞美,就能扛住多大的诋毁。"慎温洇说得云淡风轻。

几个女生路过,看到了两个人拉扯着袖子的样子,恶狠狠地瞪了一眼慎温洇,又开始窃窃私语。

"脸皮真厚!"

"她肯定是给左肖下蛊了!"

"倒贴左肖!"

…………

慎温洇本来已经走过去了,听到这里撸了一把袖子准备往回走。左肖一把拽住她,也云淡风轻地说:"淡定点儿。赞美和诋毁,你得扛着。"

慎温洇深吸一口气:"你想多了,我就是想过去告诉她们,下蛊是封建迷信,不能相信。"

慎温洇大大方方地从那几个窃窃私语的女孩身边路过,然后故意转身看着那几个人,吓了她们一跳。慎温洇皮笑肉不笑地说:"哪个班的?在学校宣扬迷信,还讲这么大声,是不是忘了我会告老师这一招了?"

几个女生面面相觑,又尴尬又恼怒,跺了一下脚,绕开慎温洇跑了。慎温洇看着她们跑远的样子,忍不住笑了起来,仿佛是恶作剧成功了一样。

左肖就一直看着前面的慎温洇,她好像在发光,鲜活、灵动似朝阳,照亮了所有阴暗角落。

"左肖,想什么呢?走不走?"慎温洇喊了他一声。

"来了。"左肖跟上。

慎温洇盯着左肖又看了几眼:"你这个头发要不要去剪一剪?下午开表彰大会,有点儿挡眼睛了。"

"什么表彰大会?"左肖不解。

"中学生竞赛啊,你们获奖了,学校要开表彰大会的。到时候你上台,我给你拍照,相机我都带了。"慎温洇说着拍了拍书包。

左肖一副满不在乎的样子:"无聊。"他说完快走了几步。

"哪里无聊了?这可是荣誉!"慎温洇追着左肖,"你的头发弄一弄呀。"

"不弄。"

进了教学楼，拐角第一间教室就是1班，慎温洇跟左肖挥了一下手进去了。左肖微微点头，从1班教室门口路过。

钟情抬头看到这一幕的时候都傻了，慌乱中还拿出手机打算拍一张照片，可惜左肖走得太快了，她将手机打开拍照模式，屏幕上出现的就只有慎温洇的那张大脸了。钟情吓了一跳，手机差点儿掉了。她故意凶巴巴地说话给自己壮胆："你离我这么近干吗？！"

"你偷拍左肖，不怕他知道了找你的麻烦？"慎温洇故意吓钟情。

果然，钟情的手哆嗦了一下，她把手机收了回去，掩耳盗铃一般说："谁偷拍了？"

慎温洇觉得越发有意思了，又说："这要是让沈欣欣知道了……"

钟情急了，跳了起来："我真没偷拍！你别乱说！"

"我有沈欣欣的微信。"

"你到底要干吗？！"钟情急得快哭了。

慎温洇想笑，长大以后的钟情很彪悍，高中的时候却还是个小哭包。慎温洇咳了一声："也不干吗，就是想买束花，没时间去。"

"我去！"

"谢了。十二点之前要。"

慎温洇回到自己的位子上开始准备上课。她扭头看了看钟情那气鼓鼓的包子脸，心里暗爽了一下。她想起长大以后钟情有事儿没事儿就损自己，总算是报了仇。

中午十二点学校公告栏里总算是贴出了公告，中学生大赛，他们学校获得了第三名。

慎温洇站在公告栏前愣了一下，这就没了？小礼堂的颁奖典礼呢？慎温洇反复看了，的确没有。她不相信，跑去办公室问老师。

"什么颁奖典礼啊？现在学业这么重，下午好好上课吧。"老师回答道。

慎温洇愣在了原地，之前明明是有的。他们数学竞赛获奖那一次，明明是有的。

"老师，他们真的需要鼓励……"慎温洇还想说什么，其他老师来了办公室，跟肖主任聊了起来。

无奈，慎温油只好离开了办公室。

她低着头，这跟她知晓的情况又不一样了，为什么过去的事情总是在改变？

"慎温油！"

忽然有人叫了她一声，与此同时，有人抓住了她的后衣领，把她拎了起来。慎温油一惊，这才发现，她已经走到了楼梯的边缘，差一点儿就摔下去了。她扭头看见了左肖，他一脸生气的样子："走路发什么呆啊？摔下去怎么办？"

慎温油想说没事，但是话到嘴边，说不出来了，因为她看到左肖的头发明显修短了，原本挡眼睛的额头碎发已经整齐多了。她觉得心里一阵难过，张了张嘴，红了眼眶。

左肖吓了一跳，赶紧松开手："你干吗哭啊？我又没骂你。"

"左肖……"

"怎么了啊？"左肖有点儿慌了，"肖主任骂你了？"

慎温油低着头说："表彰大会可能没有了。"

"我当是什么事儿呢，没了就没了呗。"左肖松了一口气，"你干吗这么难过？又不是你领奖。"

"我……"我想让大家都赞扬你，想让大家都看到你，想让大家都……记得你。

可最终她没办法将这些话说出口。

"还有十五分钟上课，你回去眯一会儿，我看你脑子不太清醒了。"左肖拍了拍慎温油的肩膀，转身下了楼。

"你干吗去？"慎温油问。

"打球。"

慎温油欲言又止，左肖走得飞快。

回了教室，慎温油看到钟情拿着一束花进来，小小的一捧，钟情塞给了慎温油。

"你让我买的花，一共 42 块钱。"钟情说。

"可能用不上了，没机会送出去了。"慎温油有点儿失望。

钟情急了:"你是不是耍我玩啊?什么叫没机会啊?你创造机会不行吗?42块钱,赶紧给我!"

"创造机会……"慎温油反复念叨这句话,忽然想通了,接过花,抱了一下钟情,"谢谢。自习课我不上了,老师要是来了,你就说我肚子疼。"

慎温油拿起花和书包就跑了,钟情呆愣了半秒钟,然后咆哮道:"42块钱啊!"

第十四章
仪式感

左肖从教学楼上下来。今天的篮球场依旧热闹，他站在围栏外面看着，汤易远冲他招手。

"来啊！"

"不想打。"左肖拒绝了。

"那你来干吗？"汤易远走过来，隔着围栏跟左肖说话，"要不去网吧打游戏？"

左肖又摇了摇头。

"要不你回去上课？你什么也不干，逃课干吗？"汤易远不解。

"是啊，干吗呢？"左肖也不知道了，在旁边坐下，"打你的，我随便看看。"

今天没有左肖要打球的消息，所以篮球场周围都没什么女生来围观，此刻左肖来了，才又有上体育课的女生悄悄来看他。

左肖也不知道自己是怎么回事，早上慎温洲说的表彰大会，他居然隐约有点儿期待，到下午发现自己只是做了一个梦，梦醒了有点儿失落，但也没什么。

微信电话响了，左肖瞥了一眼，是慎温洲打来的。他有点儿惊讶，这个时间，慎温洲应该在上课。

左肖接起电话，语气不佳："你自习课打什么电话？"

"你怎么知道我是什么课？"

左肖回答不上来了。

慎温泗没再追问，接着说："教学楼天台，你快点儿来。"

"什么天台？"

"就是你经常去的那个地方啊，你不是很喜欢在天台上发呆吗？我等你，快来！"

慎温泗挂断了电话，左肖有点儿费解。慎温泗怎么知道自己喜欢在天台上发呆？好像慎温泗真的很了解自己，太奇怪了。更加奇怪的是，自己为什么只是看了一眼1班的课程表就记住了，干吗要去看1班的课程表呢？

他用力摇头，不去想这些事情。他站起身，拍了拍身上的尘土。汤易远老远看见了又叫他："要打？"

"不打。走了。"左肖说。

汤易远看着左肖离开的方向，惊呼："你不会是回去上课吧？"

"比上课重要。"左肖没回头，摆了摆手。

教学楼天台，这个季节这个时间，很少有人会过来。

左肖推开防火门，有一些坏了的课桌椅堆积在角落里。几盆枯萎了的发财树，原本是校长办公室里的。左肖走过石墩，看到墙壁上挂着一条横幅：热烈庆祝左肖中学生竞赛荣获季军。

左肖皱眉，嘴角却有点儿不受控制地往上走。

忽然石墩后面跳出来一个人，那人手里拿着一把花，直接递到了左肖的面前。

"恭喜你！"慎温泗放低花束后，一张笑脸展现了出来。

左肖的眉头舒展开来，插在口袋里的手拿出一只，单手接花。

"真难看。"左肖吐槽说。

"你凑合着看吧。"慎温泗说。

左肖四处走了走，在慎温泗看不见的地方，咧开嘴笑了。

"左肖，你去条幅那里站着，我给你拍照。"

"我不。"

慎温泗瞪眼，拽着左肖的衣服，把他往墙根那里带。

"我斥巨资，还逃课，给你搞了个颁奖典礼，你还敢说不？！"慎温泗拍

第十四章　仪式感

了一下左肖的背,"站好了!"

左肖不耐烦极了,站在那里单手插兜,一手拿花,那花有点儿蔫了,确实不好看。

慎温洇站在距离左肖三米远的地方,镜头刚好把条幅全都拍了下来。

"3、2、1,茄子!"

在她数到"1"的时候,左肖终于笑了出来。

慎温洇迅速按下了快门。

"照片呢?"左肖伸手过来。

"这是数码相机,你以为拍立得啊?"慎温洇吐槽道,"再拍两张,你侧个身。"

"有一张就行了。"左肖嘴上说着,却还是侧身站好了。

慎温洇找了各种角度拍好了照片,在相机里看了看,满意地点了点头。

"你拍不拍?"左肖突然问。

"拍什么?"慎温洇不明所以。

"拍照。过来。"左肖拉了一把慎温洇,让她扶着天台的栏杆,阳光正好从头上扫过来。

"回头。"左肖说。

慎温洇一转头,秋风吹起她的头发,鼻尖被冻得微微发红,阳光洒满了她的周围。

在这一刻,左肖将她的样子记录了下来。慎温洇跑过来:"我看看,拍得行吗?"

慎温洇检查着相机,颇为惊喜:"你这技术、这构图,可以啊!比陆白拍得强多了!"

左肖顿了顿:"陆白是谁?"

慎温洇张了张嘴不知道如何回答。

"朋友?"左肖问。

"我说陆白了吗?"慎温洇开始装傻。

"我像空耳大师吗?"

"一个朋友。"慎温洇不晓得自己怎么了,忽然有点儿心虚。左肖干吗要追问陆白呢?

177

"哦，朋友。你的朋友挺多。"左肖哼了一声。

慎温洄感觉左肖有点儿不开心了，于是岔开话题："要不要出去吃东西？"

"逃课啊？校门锁了。"左肖说。

"不是有后门吗？"

左肖瞪大了眼睛看着慎温洄："你到底都知道什么？"

"多着呢。走不走？请你吃麻辣烫。"

"我不去。"

"走，走，走。"慎温洄拽着左肖。

左肖一顿挣扎，指着那边的墙壁说："条幅！丢死人了！"

慎温洄嘿嘿一笑，跑过去把条幅摘下，卷起来放进包里。

"照片洗出来给我两张。"左肖说道。

"没问题。"

两个人悄悄从教学楼下来，路过各自班级教室的时候，慎温洄拉着左肖弯下了腰，免得被人发现。

"我还需要弯腰？"左肖不屑，"我天天逃课。"

"但你第一次跟慎温洄一起逃课！"慎温洄拽着左肖，两个人贴着墙根，一路小跑。

仓库后面的铁栅栏，拨开层层遮挡物，一个小铁门出现了，左肖在慎温洄的注视下拿出钥匙开了锁。他推开门的一瞬间，实在忍不住了，扭头问慎温洄："你到底是怎么知道的？"

慎温洄笑了笑："这个学校没有我不知道的事。"

左肖顿了顿，打了个哆嗦："真变态啊！"

日记本里提到过的那家麻辣烫店，两个人坐在二楼窗口位置，一抬眼就是整条街的车水马龙。两个人拿着花生露碰了一杯，一起靠在椅子上打了个嗝，然后扭头相视一笑。

"祝贺你。"慎温洄再次说。

"不过就是个第三名而已。"左肖一副满不在乎的样子。

"那也要庆祝啊。"慎温洄仰着脸冲他笑。

第十四章 仪式感

左肖看着慎温洄的眼睛,感觉自己被什么撞了一下似的。从来没有人在乎过的成绩,从来没有人在乎过的感受,从来没有人重视的情感,在这一刻似乎要爆发了。他不懂眼前这个学霸为什么对自己这么好,却在这一刻,终于有了害怕失去的东西。

"谢谢。"左肖轻声说。

慎温洄察觉到了左肖的不对劲,拍了拍他的肩膀,用舒缓的语气说:"有什么事情,不要藏着,讲出来会好一些。我保证不会告诉别人。"

"嗯。"

"那你今天早上为什么不高兴?"

左肖叹了一口气:"我爸把我的钢琴砸了,物理卷子他挺喜欢。"

"对不起,光盘是我拜托方叔叔给的。"慎温洄有些内疚。她怎么也没想到,父子感情这么脆弱。

"没事儿。他也不是完全不高兴,只是让我好好读书罢了。"

"马上分班考试了,你……"慎温洄停顿了下来,依照上次考试的经验,自己是保不住全校第一名的成绩的,也不会留在1班了,那不然就不鼓励左肖好好考了吧?

"13班很好,不想走。"左肖说。

慎温洄松了一口气:"那就好。"

反倒是左肖有点意外了:"你怎么不劝我好好发挥?说不定我能跟你做同班同学。"

慎温洄尴尬一笑:"1班有什么好的?没意思。"

"我有个发小,马上就转学过来了,没有考试成绩,肯定要来13班,我得照顾一下她。"左肖缓缓说道。

慎温洄却忽然激动起来,孟吒要来了!

"你这么激动干吗?你又不认识。"左肖不解。

"你可以介绍给我认识啊,多一个朋友。"慎温洄笑道。

"算了吧,孟吒这个人特别难相处,矫情事儿多,别让她折磨你了。"左肖提起孟吒,又是满脸的嫌弃表情。

慎温洄都开始好奇了,年幼的时候这两个人到底发生过什么事,导致无论哪一次回到2013年见到左肖,他都是这么评价孟吒?如果能去到更早一点儿

179

的时间就好了,她真想知道事情原委。

楼下成群结队的学生路过,慎温洄看了一眼时间,放学了。她拿起书包:"走,去我家给你拿校服。"

二人下楼,站在路边准备打车,左肖拉了一把慎温洄:"坐公交车吧。我出来得着急,钱包忘在教室里了。"

"我的微信里有钱。"慎温洄伸手拦车。

到了慎温洄家楼下,她拿出手机:"师傅,我扫码付款。"

司机愣了一下:"我不会用那个,同学,你有现金吗?"

慎温洄蒙了,她早就习惯了数字钱包的便利,许久不拿现金,这个习惯从2023年带回了2013年。

左肖和慎温洄面面相觑,左肖低头看了一眼自己的手表说:"要不然……"

慎温洄当然猜到他在想什么,一把按住左肖的手腕:"师傅,我把他押在车里,我回家给您拿钱,行吗?"

司机看了她一眼说:"去吧。"

"你等我。"慎温洄松开了手。

"你不会跑了吧?"左肖忽然开玩笑道。

"我是那样的人?!"慎温洄哼了一声,扭头下车,一路小跑上楼了。

慎温洄打开防盗门,一张字条映入眼帘,她爸妈去开学术研讨会了。她没有多惊讶,这次比他们上次去参加研讨会还晚了几天。慎温洄没管这个,到客厅把椅子反过来,摘掉椅子腿上的皮垫,然后扯着一条鱼线,从里面拽出了500块钱。

"对不起了,爸爸。"慎温洄一边说着,一边含泪揣着500块钱下楼了。

楼宇的感应灯亮起来的时候,左肖也跟着笑了。慎温洄推门跑出来,额头上都带了一层细细的汗。她趴在车窗上,伸出手来,掌心里有500块钱:"给你,等一下打车回家。"

左肖一瞬间愣住了,一个慌神后,他从慎温洄的掌心里拿了100块:"够了。明天还你。"

"行!那我回去了。"慎温洄说完站直了。

第十四章 仪式感

"嗯。"

"你到家跟我说一声。"慎温泑叮嘱道。

"知道了。"

慎温泑转身走了,没走两步,左肖忽然叫住了她。

"明天一起上学吗?"左肖问。

"公交车上见。"慎温泑笑着说。

左肖"嗯"了一声,摇上了车窗,一同跟着被摇起来的,还有左肖的嘴角。他从后视镜里看到了那张许久没有笑得这样放肆的自己的笑脸。

左肖回头看了一眼,身后的老式筒子楼,感应灯一层一层地亮了起来。

两个人谁都没想起来,他俩是来给左肖拿校服外套的。

晨起,慎温泑收拾好书包,微红着脸特意带上了昨天忘记的那件校服外套,掐着点儿去了公交车站。装着校服的纸袋子被放在座位上,偶尔会飘过来若有似无的柠檬香。她昨天晚上特意把校服熨烫了一下,还加了香片。她在下意识地摸了三次纸袋子之后,左肖上车了。

慎温泑还没等招手,就看到左肖后面还跟着一个沈欣欣。

他们怎么会一起等车,是偶遇?

慎温泑愣了一下,沈欣欣显然是发现了慎温泑以及她旁边的空座,随着公交车起步,摇晃着走了过来,盯着慎温泑占座的纸袋子。

"有事?"慎温泑先开口了。

沈欣欣因为唱歌比赛憋了一肚子气,此刻总算是抓住了慎温泑的小把柄,她哼了一声,阴阳怪气地说:"车上这么多人,还有人占座呢?"

慎温泑看了看车厢里,因为时间还早,站着的就沈欣欣和左肖两个人。慎温泑刚想说什么,就见左肖过来,扫了一眼纸袋子,直接拿了起来。

沈欣欣见状更加得意了:"瞧见了吧,恶人自有……"她一个停顿,似乎觉得自己说错话了,可还没等修改说辞,就见到左肖一下子坐在了慎温泑的旁边,然后当着两个人的面打开了纸袋子,拿出里面的校服外套穿在了自己身上。

沈欣欣眼睛瞪得老大,像是看见了什么惊天大新闻一样,看了看左肖,又看了看慎温泑,张开的嘴巴能放下一个鸡蛋。

"有事吗?"左肖抬头,看了一眼旁边的沈欣欣。

"你们……你们……我要下车！"沈欣欣一扭头，一跺脚往车门口跑去，刚好公交车进站，司机开门，她直接跑了下去。

左肖满脸不明所以的表情："她发什么神经？"

慎温洇："女孩的心思你别猜。你为什么跟沈欣欣一起？"

"你别误会！"左肖急忙打断了慎温洇的话，"我就在刚才那个路口遇见她，她说什么自己没坐过公交车上学，让我带个路。"

"哦……"慎温洇意味深长地笑了笑。

"你'哦'什么？"

"'哦'也不行？"

左肖皱着眉看着慎温洇："哦。"

这人生气了？慎温洇有些茫然，他为什么又生气了。男孩子的心思比女孩子还难猜。

车上的人逐渐多了起来，慎温洇看了左肖好几眼，左肖都一副欲言又止的样子，好像在憋什么大招一样。

这种诡异的气氛一直到他们下车，左肖跟在慎温洇后面，两个人一起往校门口走去。慎温洇没注意脚下，被一块翻起的地砖给绊了一下。

"小心！"左肖手疾眼快地去拉慎温洇。

慎温洇被绊了一下之后，原本紧急调整了步伐，刚要站稳，却没想到左肖忽然拽她，直接打乱了她的节奏，让她一个趔趄，撞上了前面的电线杆子。又是一瞬间的事儿，左肖已经一个转身，抱住了慎温洇，让慎温洇的头撞上了他的下巴，他的背狠狠地撞在了电线杆上。

她"哎哟"了一声，他哼了一声。她抬头看着左肖的脸，他刚巧低头，眼睛里藏着紧张之色。

长达三秒对视后，慎温洇揉着自己的脑壳说："你拉我干吗呀？"

左肖眼睛里的紧张和柔软之色在一瞬间破碎了，他推了一把慎温洇，让她站好，气得胸口有点儿起伏："我那是为了救你！"

"我本来都站稳了，你一拽我，害我撞电线杆上了。"

"那你撞上了吗？"

"我……"慎温洇一时语塞。

左肖甩了一下书包，径直从慎温洇身边路过。

第十四章　仪式感

"又生气了？这人以前没这么大脾气啊。"慎温汨愣在原地。

"要是我，我也生气，你这神经不比电线杆细。"突然有个人从旁边冒出了一句话，吓得慎温汨打了一个激灵。

她扭头看见是章超："你干吗？"

"检查校风校纪。"章超慢悠悠地说，"刚才你俩抱在一起，好像被肖主任看见了。"

"没有抱在一起！"慎温汨急得跺脚，转念一想，"坏了！"

慎温汨拔腿就跑。

等到她追到肖主任的办公室门口的时候，只听到肖主任吼了一句："你平时逃课打架我不管，但是你别打扰她学习！"

慎温汨正要敲门进去，左肖正好从里面出来了。慎温汨上气不接下气，差点儿撞在门上。左肖随手一捞，把慎温汨扶稳了，然后拽着她去了楼梯间。

"我找肖主任有事儿。"慎温汨喘匀了气才说。

"没事了，我跟他解释了。"左肖说。

慎温汨有一点儿发蒙，指了指左肖，又指了指肖主任办公室的方向。

"回去吧，马上要考试了。"左肖说这话的时候，脸上乌云密布。

她忽然不知道该说什么好。她仔细回想起来，她回到2013年之后，好像并没有给左肖带来什么好的事情，他会被她逼着去参加比赛，被迫接受她一步一步靠近。她没想过，因为她的越界行为，会让左肖挨骂。她有一点儿后悔，没能保护好这个男生。她又有一点儿开心，左肖保护了她。

"别管别人怎么想，左肖的想法一直都很酷。"

"喊。"左肖翻了个白眼。

慎温汨咧着嘴笑起来："肖主任骂人很厉害的，你是怎么让他速战速决放过你的？"

"不该问的别问，下课速速给我送十瓶花生露谢罪。"左肖戳了一下慎温汨的肩膀，试图让她那张充满八卦欲的脸离自己远一点儿。他觉得她靠得太近了，他有点儿分不清是因为楼道里不通风所以这么热，还是其他原因让楼道里这么热。

"马上分班考试了，你有什么打算？"

"没打算，瞎考呗。"

慎温油点了点头，那她就放心了，不出意外，他们会成为同班同学了。

"上课去了。"慎温油转身走了，步伐还有点儿雀跃。左肖看着她离开的样子，愣了两秒钟。

期中分班考试，慎温油打开卷子，跟上次一样，题没变，她也没变。这一次她没有像上次那么慌乱，很坦然地接受了这些题对高中生刚刚好对研究生来说太难了的设定。她选了自己会的题答完了，推测了一下，去13班应该差不多了。

交卷的那一刻，慎温油明显看到钟情松了一口气，整个人瘫软在椅子上。钟情注意到慎温油看自己的时候，明显哆嗦了一下："你看我干吗？"

"看你好看，钟情，其实你是咱们班最好看的女生了。"慎温油由衷地说。

结果钟情那表情活像是吃了苍蝇一样。

"珍惜最后做同班同学的时光吧。"慎温油拍了拍钟情的肩膀。

钟情微微一愣："你刚才看我的卷子了？"

"扫了一眼，离得远也没看太清楚。"慎温油如是说。

钟情神情瞬间萎靡了，手从桌子上垂了下来："完了！"

钟情两眼放空了一秒，然后火速拿出书来，玩命地翻找："哪儿答错了？我哪儿答错了啊？！"

"那个，钟情……"慎温油看着抓狂了的钟情，试图让她冷静下来。

"我要离开1班了？！我不，我不……"钟情突然趴在桌子上哭了。

慎温油："……"

"你别哭啊……"慎温油安慰钟情，"我没说你，我是说我的答案错了。"

谁知道钟情哭得更狠了："慎温油怎么可能答错？你少骗我！"

慎温油手足无措，这人怎么不听真话呢？

教室门口围了不少人，都在对慎温油指指点点。慎温油本来在学校人缘就不好，这下把钟情"欺负"哭了的消息不胫而走，没一会儿沈欣就带着姐妹团来到了1班教室后门口，大有跟慎温油吵一架的架势。

慎温油有口难言，只能拨开人群从前门逃了出去。走廊上有个人拦住了她，她往左，那人往左，她往右那人往右。慎温油十分不解，站直了问："你为什么拦……"

第十四章　仪式感

她惊呆了，眼前的人带着一张全世界都欠了他钱的脸，带了一点点丧气的吊梢眼，他是陆白。

她终于见到了陆白，在黑暗中对她伸出手的陆白。

"教导处怎么走？"陆白问。

"我带你去！"慎温洇拽着陆白的袖子，带着他穿梭在人群里，时不时回头看一眼，确定那真的是陆白。她怎么也想不到，再一次来到2013年，陆白居然成了转校生，他们会以这样的方式再次认识。

"你干吗总看我？你这个样子，好像咱俩认识一样。"陆白忍不住问。

"我叫慎温洇，现在认识了。赶紧走，肖主任等一下要去监考。"慎温洇说。

"谢谢。"

慎温洇拽着陆白穿过走廊，路过13班的教室门口。左肖刚好抬头看了过来，然而慎温洇完全没有发现，她拽着陆白的时候，那种重逢的喜悦之情全都写在了脸上。

"咔"一声，左肖手里的铅笔断了。

旁边原本滔滔不绝的汤易远顿时鼓起了掌："我就说你刚才奋笔疾书有点儿不对劲，咱们是要做一辈子同学的人，你这2B铅笔掰得好！哥儿们陪你！"说着，汤易远也把自己的铅笔掰了。

却见左肖又从笔袋里拿出了一支新的铅笔，汤易远愣了愣："你怎么还有一根？"

"我有很多根，有问题吗？"左肖淡淡地反问。

汤易远深吸了一口气说："你变了。"

第十五章

转校生

早晨起来，家里兵荒马乱，她是被温俞女士强拉起来的。

慎温洇睡眼惺忪地问："怎么了，家里进贼了？"

温俞一脸严肃的表情："我和你爸出差那几天家里是不是进贼了？你爸说他的一篇很重要的学术论文不见了，四点就起来翻了。"

慎温洇一下子睡意全无了，她知道是怎么回事儿。

"我知道在哪儿。"慎温洇爬起来，把她爸叫到了厨房里。

慎西北一脸的焦虑神色，慎温洇有点儿于心不忍，拍了拍她爸的肩膀说："椅子腿里的 500 块钱我拿了，等拿了奖学金还你 600 块。"

慎西北脸上的表情从焦虑变成了绝望，最后是喜悦："此话当真？"

"真的！攒了一年才 500，我要是不还你，我人品得多差！"

慎西北颇感欣慰。

"赶紧跟我妈说，你的论文落在单位里了，今天我还有大事宣布呢。"

慎西北愣了愣："你理由都帮我编好了？"

慎温洇笑了笑，这哪里是她编的，这是上一次她爸自己说的。

一早上的风波总算过去，一家三口坐下来吃早饭。慎温洇吃好了，放下筷子颇为郑重地说："期中考试成绩今天就出了，你们不要太惊讶，我下一次肯定考好。我去上学了。"

慎温洇站起身，收好自己的碗筷，把凳子推进去，背上书包走了。

等到大门被关上，夫妻俩才回过味儿来，今天有哪里不对。

慎西北说："咱闺女不会考了个第二名吧？"

温俞皱了皱眉："我给老肖打个电话。"

公交车上，慎温洇心里有点儿说不清道不明的感觉。

那天她送陆白去肖主任那里之后，陆白就没再出现过。她至今还没见到孟呓，不知道接下来该怎么办。她只是跟左肖的关系近了一些，但至于左肖到底经历了什么事消失了，她还完全是一头雾水。她有些担心，马上出成绩了，她要去13班了。上一次她就是去13班当天回到了2023年，那这一次呢？她抱紧了自己的书包，里面放着那本日记本。

不同的是，日记本上面一个字都没有。

慎温洇深吸了一口气。她的确不想回到2023年了，想就这样继续过下去。

车辆进站，左肖上车了，慎温洇挥手跟他打招呼。

左肖看都没看她一眼，直接在前面找了个位子坐下了。

慎温洇有点儿意外，左肖今天怎么了？哪根筋搭错了，又生气了？

慎温洇给左肖发微信，左肖听到了短信提醒声，但是没拿出手机来，只是戴上耳机听歌。

又过了一站，这一站上来的人多，慎温洇还没看清楚都是谁，就见左肖站起来，朝自己这边走过来了。然后，他不由分说，拿起慎温洇的书包，坐在了慎温洇旁边的位子上。

慎温洇奇怪地看着左肖，左肖还是没理她。

慎温洇再一抬头，车上的座位已经没了，过道里都站着人。下车门的位置站着一个高挑的男生，他单手抓着吊环，一扭头看到了慎温洇，点了一下头，算是打招呼。

"陆白！"慎温洇惊喜，"你今天上学了？"

"慎温洇，对吧？上次谢谢你。"陆白说着，从包里拿出了一盒牛奶，胳膊伸过来，"请你喝牛奶。"

慎温洇伸手去接牛奶，然而还有一段距离。

陆白看了看左肖说:"同学,帮忙递一下。"

左肖抬眼看向陆白,迟疑了有那么三秒钟,然后才说:"她乳糖不耐受。"

"我什么时候乳糖不耐受了?"慎温泊小声问左肖。

左肖没回答,跟陆白僵持着。

陆白看了看慎温泊,又看了看左肖,露出一个意味深长的笑容:"懂了。"

慎温泊更加不明白了:"懂什么了?"

陆白笑了笑,往车头处走去,跟他们保持距离。

慎温泊还在纳闷,看向了左肖。左肖从包里拿出一瓶花生露,拧开瓶盖,塞给了慎温泊:"欠我十一瓶了。"

"我没说我要喝!"慎温泊小声抗议。

左肖没再说话,又戴起了耳机。

信德高中到了。

陆白走在最前面,慎温泊本想叫上陆白一起走,谁知道左肖磨磨蹭蹭,司机都快等得不耐烦了,他才收拾好东西,拽着慎温泊下车。这时陆白早就进校门了。

上了教学楼的楼梯,左肖说:"今天公布成绩,一会儿见。"

"一会儿见。"慎温泊回应道。

成绩出来就要分班了,她去13班没什么问题。

一群人挤在成绩公告栏前,慎温泊从最前面走到了最后面,果然看到自己的名字在13班第一的位置。

没有什么意外的,慎温泊正准备回去收拾东西搬过来,就听到沈欣欣在她耳边尖叫了一声。

慎温泊觉得自己快失聪了:"沈欣欣,你有这么惊讶吗?不就是我们要成同班同学了。"

沈欣欣惊恐地指着公告栏:"左肖去哪儿了?!"

"左肖不是在上面嘛……"慎温泊回头看成绩单,13班一共30人,从头看到尾,真的没有左肖的名字。慎温泊惊了,和沈欣欣一起扒在成绩单上,一个班级一个班级地往前找。

"不会吧,左肖这一次……"慎温泊的心越来越慌乱,她一点点地往前挪动，推开挡着她的同学们。

沈欣欣亦是如此，慢慢找着，生怕遗漏左肖的名字。

忽然间，慎温油看到了左肖的名字，手指放着的位置上写着，第二名左肖。她惊呆了。

"1班？！左肖怎么可能去1班？！"沈欣欣再一次尖叫。

慎温油愣在原地，好像有一盆冷水浇下来，让她浑身打了一个激灵。紧接着有人拽了她一把，把她从人群里拽了出去。她扭头看见左肖一张挂着得意笑容的帅脸："慎温油，以后就是同班同学了。"

"我……"慎温油一时竟然不知道该说什么。

恰好这时候钟情急忙跑了过来："慎温油，肖主任叫你去办公室呢，你怎么考13班去了？这下你……"

钟情看到左肖要杀人的目光，后面的"惨了"两个字硬生生地咽了回去。

"你考去了13班？！"左肖难以置信。

慎温油尴尬一笑："你怎么去1班了啊？"

左肖一副要发火的样子，慎温油趁机赶紧溜了。

慎温油到了肖主任的办公室，还有一群老师在那里。她先发制人，进去先道歉，然后打包票下次肯定考回来，可是这一次没有那么顺利就结束的。

"你和左肖是不是交换卷子了？"在一片成绩分析声中，肖主任开口道。

"没有！这怎么可能呢？！左肖是凭实力考到1班的，我这次是真的没发挥好。再说我们都不在一个教室里考试，怎么可能换卷子啊？"慎温油着急地解释。

"最近你们总在一块儿，是不是他影响了你？"数学老师说道。

"慎温油同学，你是要保送的，不能在关键时刻掉链子啊！不要被别人影响。"英语老师说道。

…………

几个老师七嘴八舌，完全不顾慎温油的意见，好似一场审判，强行给慎温油没考好的事找了一个理由，那就是因为左肖。毕竟在此之前，左肖是差生，是学校里的刺儿头，没有几个老师喜欢这样的学生。

"不是这样的……真的没有……"慎温油一直解释，却没有人听，她急得不行，满头大汗。

"报告！13班怎么走？转校生陆白报到。"忽然有人闯了进来，慎温洇回头看到了陆白，陆白微微点了点头，慎温洇有些感激他。

"找你的班主任呀。"肖主任说。

"不认识。老师，能不能找哪个同学给我带一下路？"陆白说道。

"我带路。"

慎温洇得救了，跟着陆白从办公室走了出来。

"挨骂了？听说你以前全校第一名，现在二百多名。"陆白语气淡淡的，"左肖是谁啊？早上坐你旁边那个吗？你俩早恋了？"

慎温洇一句话也没听。她想既然老师们找她谈话了，那也一定会找左肖谈话，以左肖的性格，他肯定要跟老师们吵起来。绝对不能因为自己，再让左肖受伤了。

"谢谢你帮我，13班在楼梯那边，你自己去吧。"慎温洇说完转身就跑。她边跑边拨通了左肖的电话。

"在哪儿？"慎温洇问。

"篮球场。"左肖回答。

上课时间，篮球场上没人，左肖一个人打着球。篮球和地板碰撞后发出"砰砰砰"的声音，慎温洇一进来，就看见左肖在投篮，可是好几次都没有投进去，或者说他其实是在用篮球砸篮筐发泄什么情绪。

"想说什么？"左肖问。

"老师要是找你说什么，你别往心里去。"

"为什么没好好考试？"左肖猛地砸了一下篮球，篮球不受控制地往慎温洇那边弹了一下。慎温洇吓了一跳，左肖的表情随之紧张了一下，看到篮球滚走了，并没有碰到慎温洇，他又松了一口气，态度也随之好了不少。

"我最近状态不好，看书就头晕，没考好很正常，心理压力大。"慎温洇说了一个看似靠谱的理由。

"现在怎么办？"

"恭喜你。"慎温洇咧嘴笑了起来，"我就知道你学习很好，只要认真考试，一定行。我帮你收拾东西吧，咱们两个换个座位。"

"我不去1班。"

"为什么？"慎温油不解道。

左肖看着慎温油良久，怒气冲冲地说："慎温油，你是猪脑子吗？！"

他说完转身就走，慎温油咬了咬嘴唇没说话。她真的很想告诉左肖，如果有一天她忽然消失了，他不要着急，她一定会努力回到2013年，再次跟他见面。她也很想问问左肖，2023年的他不见了，她要怎样才能让大家都记得他？

左肖不见了。

慎温油找遍了平时左肖喜欢待的地方，天台、篮球场、仓库……全都不见左肖的踪影。

她不晓得左肖在闹什么脾气，但是由衷地替他感到开心。

左肖成了年级第二名，这次成绩是一定会被记录下来的。

到了下午，慎温油回到1班收拾自己的东西。她感觉到几十双眼睛在盯着自己，觉得有点儿诧异，因为在她的记忆里，整个1班只有钟情会关注她的一举一动，其他的那些学霸，只会关心自己的成绩。所以，慎温油这么个不讨喜的人，在1班众人两耳不闻窗外事的环境中，待得还算舒服。但是今天这些学霸怎么了？

慎温油猛地抬头，对上了大家奇怪的眼神。她笑了笑，那些人像是犯错被抓包一样，瞬间埋头苦读。慎温油有点儿想笑，原来八卦是全人类的本能。

但即便被抓包了，还有一双眼睛盯着她，慎温油扭头，看到了钟情。

钟情一副欲言又止的样子，慎温油停下了手里的动作。

"有话要跟我说？"慎温油率先开口了。

钟情似乎下了很大的决心，走了过来，开始帮慎温油收拾东西。1班教室门口不知道什么时候来了不少人，大家似乎都是来看慎温油的笑话的。

"别看了。"一直沉默的钟情忽然说道，"等一下你去13班，沈欣欣肯定要给你难堪，你开门的时候小心一点儿。"

"你干吗告诉我？不怕沈欣欣为难你？"慎温油问。

钟情一边收拾东西，一边小声说："你这个人其实也不坏，好自为之吧。如果可以，早点儿回1班。"

钟情说完回到了自己的位子上，再也没看慎温油一眼。

慎温油背上书包，怀里抱着自己的一堆参考书，从1班教室前门的人群

里挤了出去。

走廊里挤满了人，但只要慎温洳路过的地方，都会有人自动让开一条路，无数异样的目光伴随着她，她站在了13班的教室门口。前门虚掩着，留有一条五厘米的缝隙，她驻足，抬头一看，看到了门框上放着一个水桶。

这手段还真是……低级。

慎温洳摇头笑了笑。她抱着东西，走到了后门处，林一唯和刘紫正拿着抹布在擦门，语气不善地说了一句："好学生走前门，别从后门进。"

慎温洳只能再次回到前门处，又抬头看了一眼那个水桶。

"沈欣欣，沈欣欣，沈欣欣……"慎温洳站在门口喊了几声。

沈欣欣没出来。

慎温洳灵机一动："左肖，你回来啦。"

下一秒，沈欣欣跑了过来，直接拉开了门，脏水将她淋了个彻底。而慎温洳刚巧退后了一步，身上一点儿水都没溅上。

"啊！"沈欣欣尖叫起来，在看到门口根本没有左肖后，怒火中烧，"慎温洳！你故意的是吧？！"

"让一让，我要进教室了。"慎温洳想从沈欣欣旁边过去，却没料到沈欣欣一把推开了她。

"你凭什么进13班？"沈欣欣阻拦她，林一唯和刘紫也跟了过来，一个拿毛巾、一个拿衣服给沈欣欣。她们像三座大山一样挡住了慎温洳的去路。

"我凭成绩。要上课了，老师要来了，别闹了，赶紧把这里收拾一下。"

沈欣欣听了这话直笑，讽刺道："你以为你是谁啊？"

"就会拿老师吓唬我们？慎温洳，你也太可笑了吧！"刘紫帮腔道。

"好学生怎么会来13班？你不是一直瞧不起差生吗？现在自己也变成差生了？"林一唯此言一出，身后的人跟着一起笑了起来。

虽然早就预料到13班没那么好进，但事情真正发生了，慎温洳心里多少有一些不舒服。

"滚回你的1班去，这里不欢迎你！"沈欣欣再次推了一把慎温洳，旁边的刘紫装模作样地拉了慎温洳一把，又笑嘻嘻地说，"人家倒是想回去，但是成绩不允许啊！"

"1班不要你，我们也不要啊！"林一唯大声说。

第十五章 转校生

慎温油被三个女生围着,叹了一口气:"沈欣欣,你要不要去换件衣服?你全身都湿透了,会感冒的。"

"用不着你假好心!要不是你,我会这样吗?!"沈欣欣怒气冲冲地说。

慎温油这是真的冤枉啊,但她懒得辩解,转身往后门走去,正要进教室,却又被一群人给挡住了。

慎温油咬了咬嘴唇,眼睛一瞥,看见了汤易远。汤易远做了一个无奈的表情,又低头去玩手机了。

"如果你愿意给我道歉,我可以让你进去。"沈欣欣抱着肩膀说道。

"地上的脏水得擦了吧?但是没有拖把,只有抹布了,你得跪着擦。"林一唯附和道。

慎温油扭头看着这几个嚣张的人,一字一顿道:"我如果不呢?"

"那你就试试看。"沈欣欣走过来,对上慎温油,一瞬间气氛剑拔弩张。

上课的预备铃响起,原本其他班看热闹的同学不得不回到自己的教室,只有13班还乱作一团,他们从来没把上课这件事放在心上,预备铃对他们来说可有可无,甚至他们从来也不害怕被老师训斥。

与上次地震慎温油被关不一样,那关乎人命,所以她们会上门道歉。但这次只是小打小闹,老师们不会把她们怎么样,所以她们三个才如此肆无忌惮。慎温油想到这一层,今天好像真得能屈能伸一回了。只是擦地板这个事儿,能不能再商量一下?慎温油正想问,忽然有人从后面拽了她一把。慎温油一个趔趄,后背撞上了一个结实的胸膛,紧接着她怀里的东西就被接了过去,她扭过头去,看到左肖阴沉着一张脸。

"左肖,你怎么回来了?"慎温油有些惊喜。

"上课!"左肖回答慎温油,却因看到那几个拦路的人,声音冰冷得让人战栗。

"左肖,你看她弄了我一身脏水……"沈欣欣委屈地说道。

"那你就去一边甩一甩。"

沈欣欣几乎以为自己听错了,瞪大了眼睛看着左肖。左肖拉了一把慎温油,扭头说:"走啦,上课去。"

慎温油被左肖拉着,再次回到了教室前门处。堵门的几个男生看到左肖,

又看了看沈欣欣，左肖一眼扫视过去："滚开！"

几个人如鸟兽散，左肖拽着慎温油进去了。他看了一眼乱糟糟的教室，指着自己的座位："你坐我那儿，爱惜一点儿我的桌椅，期末考试后我要回来的。"

左肖过去收拾东西，桌子下放着一个篮球、一个羽毛球拍，桌洞里放着游戏机和耳机，还有几张CD，和学习有关的东西是一件都没有。左肖收拾完东西，把慎温油的东西放在桌子上，扭头看了一眼坐在旁边的汤易远："上课少跟她说话，别打扰她学习，听见了吗？"

汤易远瞪大了双眼："我有病才会跟她说话，她别打扰我睡觉就行。"

左肖没继续说下去。慎温油知道，这句话不是说给汤易远听的，是说给13班的所有学生听的。他在以他的身份保护着她。慎温油第一次发现，原来像一头狮子一样发威的左肖，也是发着光的。

"谢谢。"慎温油小声说。

"走了。"左肖依旧没看慎温油，转身走了。

左肖走到教室门口，才看到老师早就在门口等待着给大家上课了。左肖冲班主任点了一下头，然后说："过几天我就回来。"

班主任脸上瞬间涌现了五味杂陈的神色，她想了几秒才组织好语言："你是第一个从13班考去1班的人，已经是典范了，要继续保持啊。"

言下之意就是：求求了，你别回来了。

"舍不得老师。"左肖说完，转身走了。

班主任原地叹气，彻底被打乱了上课的节奏。

"苏老师，上课吧。"慎温油大方地打起了招呼。

13班的班主任苏老师这才回过神来，清了清喉咙开始上课。

对慎温油的到来，13班最高兴的人就是这位苏老师了。上一次慎温油回到2013年的时候也是如此，她对苏老师的印象一直不错。

也许是左肖走了，更或许是慎温油来了的缘故，今天上课的苏老师格外起劲，跟上次一样，一直在提问慎温油。好在慎温油都还记得这些知识点，一节课上得生动有趣。慎温油环顾四周，沈欣欣三姐妹去换衣服了，这节课干脆没上，汤易远在看小说。她再一扭头，陆白就坐在她的斜前方，趴在桌子上睡正香。

第十五章 转校生

直到放学铃声响起，陆白才伸了个懒腰，扭头看了一眼慎温洇，颇为惊讶的样子："你怎么来了？"

"以后就是同班同学了。"慎温洇微笑着说。

不知道是不是慎温洇的错觉，她和陆白说话的时候，汤易远似乎是故意站在了两个人的中间。慎温洇歪头，汤易远后退，慎温洇再歪头，汤易远前进。

"汤易远，你干吗？"慎温洇忍不住问。

"不干吗，热热身，左肖叫我打球。"汤易远在说这句话的时候，"左肖"两个字说得格外用力。

"哦，那你快点儿去吧。"慎温洇催促汤易远赶紧走的同时，看到陆白已经站起来走到了门口，慎温洇赶紧叫了一声，"陆白，等等我！"

慎温洇追了上去。

汤易远瞪大了双眼，惊得不行，甚至还有点儿气愤，又拿出了手机，给左肖发语音："她追着那个新来的跑了！我看你都多余让我照顾她，她混得风生水起！"

陆白腿长，走得飞快，慎温洇追到楼下才追上了陆白，陆白回头有点儿惊讶："有事吗？"

慎温洇气喘吁吁："陆白，你有没有想过报考技校？"

陆白愣了愣。

"你喜不喜欢做饭？我觉得学一门手艺是非常有必要的。"慎温洇欲言又止地提醒。

虽然她不知道这次回来陆白为什么成了高中生，但是从陆白今天的表现来看，他真不适合学习，不如去学厨艺，将来他还会遇到名师，传承菜系，开一家有名的餐厅。

在跟陆白成为好友之后，慎温洇才终于知道，"三百六十行，行行出状元"这不只是一句话，而是可以成为现实的。既然未来已经定了，那她没有必要让陆白浪费这个时间。

陆白盯着慎温洇看了两眼："我的事情不需要你管，有病看病！"

说完，陆白走了。

慎温洇没有半点儿意外，也没生气，"啧啧"两声："脾气还是那么大，

还是那么生人勿近啊。"

"你跟他很熟？"左肖的声音在身后响起，直接吓了慎温洇一跳。

"你走路没声音呀？"慎温洇拍着胸口吐槽。

"明明是你盯着人家看得出神。"左肖说。

"今天在1班感觉怎么样？"慎温洇问。

"没去。"左肖回答说。

慎温洇惊讶："那你干吗去了，逃课了？"

"你怎么样？"左肖不答反问。

"挺好的。"

"挺好？！"左肖的音调忽然提高了八度。

慎温洇愣了愣："有什么不对吗？"

左肖哼了一声："没什么。"

"周六一起去自习室吗？"慎温洇问。

"不去。"

"为什么？"

左肖没回答，一个人往前走了，慎温洇只能追上来。两个人到了公交车站。

"左肖，你怎么了？你在跟我生气？"慎温洇大为不解。

恰好公交车来了，左肖上车："懒得生气，我想去就去，不想去就不去。"

慎温洇呆愣住。

左肖站在车门处。

司机催促了一声："同学，走不走啊？"

"走！"左肖回答，然后一把拽了慎温洇上车。

第十六章

终于等到你

和慎温洎设想的一样,她回到家后被父母轮番轰炸,一整个晚上的家庭会议,愣是没找到慎温洎成绩断崖式下降的原因。

最后慎西北和温俞凭借多年教书经验,一拍脑门得出一个结论来:慎温洎早恋了。

"我不反对你有情感诉求,但是成绩要搞上来。你要知道,一个学生如果连最基本的成绩都搞不定,那其他方面也都会是一团乱麻。你承诺的下次考试成绩提上来,不要打自己的脸。"温俞下了最后通牒。

慎温洎松了一口气,她爸妈还是很开明的。

事情逐渐走向了分岔路,慎温洎也需要一点儿时间好好思考。

为什么一直隐藏实力的左肖,忽然在考试中正常发挥了?为什么陆白忽然变成了自己的同学?

一切的一切,都在改变。

还有,无论如何她都没办法忽略的一个点——她在 2023 年那场手术中,到底发生了什么事?为什么又回来了?

她解不开的谜团越来越多,可她目前能做的只有让左肖不要被大家遗忘。

这一次,日记本会不会被公开?距离上一次日记被公开没有几天了。

慎温洎翻开了日记本,写下:

喜欢他。

一连补了十几篇日记，慎温油全是凭借记忆来写的。写到后面，她已经累了，字写得歪歪扭扭。她第一次嫌弃自己以前是个话痨，为什么有那么多话要藏在日记里。她又觉得，自己像是一个即将开学在补作业的学生。

第二天上学，慎温油顶着两个黑眼圈。第一节课是班主任苏老师的课，她照旧被提问了许多次。沈欣欣今天没来，陆白也没来，甚至汤易远都没来。慎温油感觉教室一下子空了不少，这些人都在做什么？上到第二节课时，慎温油忍不住给左肖发了一条微信："你今天来了吗？"

一直到下课，左肖才回复她："上课玩手机？"

慎温油愣了一下，这人吐槽她？她才不跟这些高中生计较。

中午吃饭，慎温油去食堂打饭。她开始回忆当年还发生过什么大事儿，看看能不能让左肖掺和一下。回忆了许久，她想起来的都是一些社会新闻。总不能让左肖去违法乱纪吧？她摇了摇头，继续想别的事。

她想得太入神了，以至于没发现沈欣欣姐妹三个也在食堂里。

沈欣欣一个眼神，林一唯已经起身了，在慎温油旁边转了一圈，回到了自己的位子上，冲沈欣欣笑了一下："姐们儿今天给你出气了。"

慎温油还在思考，社会新闻不行，那就娱乐新闻。她要不让左肖去参加综艺节目？她还没听过左肖唱歌呢，弹琴这个才艺倒是不错。

不，不，不，慎温油又摇了摇头。左肖不是那种爱出风头的人，况且自己没门路又没钱，捧不红左肖。

那还能做什么呢？慎温油绞尽脑汁的时候，忽然有人把她的餐盘推到了一边。慎温油抬头一看，来人是左肖。

"你……"慎温油刚要问为什么，就见左肖把自己的餐盘推到了她面前。

"脑子里是进水了吗？一直摇头晃脑。"左肖说完，端着慎温油原来的那个餐盘走了。

慎温油整个人蒙了，这是什么操作？

算了，她先吃饭吧。慎温油开始埋头吃饭。

第十六章　终于等到你

林一唯眼看着自己的小计谋失败了，气得鼻子都歪了，转过身跟沈欣欣抱怨："左肖什么情况啊？他干吗帮慎温油，不会真的喜欢慎温油吧？"

刘紫咳了一声，林一唯还在吐槽："就算欣欣不高兴，这话我也憋不住了，左肖在想什么呢？正常人谁不讨厌慎温油啊？"

沈欣欣也咳了一声。

林一唯还没反应过来，接着说："欣欣，我真替你不值，那个左肖……"

"别说了……"沈欣欣冲林一唯摇了摇头。

林一唯愣了愣，感觉到有人站在她的身后，正要回头的时候，一个餐盘放在了林一唯的面前，肉眼可见，西蓝花上面有一层粉末。

左肖冰冷的声音响起："吃了。"

林一唯瑟瑟发抖，求救似的看向沈欣欣。

沈欣欣站了起来："左肖，她不是故意的……"

"你确定？"左肖一眼睨了过去。

沈欣欣闭上了嘴。

林一唯拿起筷子，夹了一块西蓝花，闭上眼睛一口吞了。沈欣欣吓了一跳，想要阻止已经来不及了。

"以后不要跟这么蠢的人一起玩。"左肖说完转身走了。

"你快吐了！"刘紫紧张地喊道。

"好咸。"林一唯端起水灌了几口，"早知道不放这么多盐了。"

"你放的是盐？"沈欣欣问道。

"对啊，不然呢？"林一唯一脸蒙的表情。

沈欣欣叹了一口气，收拾餐盘走了，半点儿胃口都没了。

那边慎温油终于想明白了，娱乐圈不行，那就学术界！她要拉着左肖搞科研！反正左肖喜欢物理，那就从物理入手。

慎温油一想到这儿，整个人就满血复活了。下午放学后，她一刻都不敢停留，奔向图书馆找有用的书。她翻了几本文献，忽然看到了一个熟悉的名字——郑垣，左肖读研究生时的导师。

或许，她有办法了。

转眼周六，慎温洇早早来到了自习室，仍旧是那个位置。天气转凉，这个不靠窗、没有阳光的位置，让她感觉到了一丝丝寒冷。偏偏南方的冬天没有暖气，也还没到开空调取暖的时候，没一会儿，慎温洇就觉得自己的手有点儿僵硬了。

左肖一直没来，她想：要不要发条信息问问左肖？但是转念一想，左肖上次也没答应说会来。那她走还是不走？

犹豫了七八次，慎温洇站了起来，却看到左肖上来了。他手里除了书包，还拎着一个塑料袋，袋子里满是零食。

慎温洇笑起来，招手："这里。"

左肖走过来，看见慎温洇的时候愣了一下，问："带纸巾了吗？"

慎温洇掏书包，却因为手太冷了，有点儿笨拙，掏了两次没拿出来。左肖就一把拿过书包来，拿出纸巾，抽出一张递给慎温洇："流鼻涕了。"

"啊？！"慎温洇慌了一下，赶紧拿纸巾擦鼻子。

果然是流鼻涕了，她居然一点儿都没发现。

"是不是很冷？"左肖问。

"还行。"慎温洇嘴硬，但其实她的嘴唇都发青了。

左肖从袋子里拿出了花生露，递给慎温洇："热的，你先喝了，等我一下。"

左肖再一次出去了，慎温洇不解，握在手里的花生露传来了阵阵暖意，她似乎好一点儿了。

十分钟后，左肖回来了，手里多了一个更大的袋子。他从里面拿出了一条毛毯，又拿了十几个暖宝宝，最后又拿出一个"小太阳"来。

"自己贴。"左肖把暖宝宝给了慎温洇，转身去找电源插"小太阳"。

"不是，你这个'小太阳'……"慎温洇赶紧站起来，小声提醒他，"这样不好吧？万一……太刺激了吧？"

左肖一脸看傻子的表情："我刚才打过招呼了，'小太阳'加收20元电费。"

慎温洇这才松了一口气。左肖终于找到了插座，将"小太阳"打开，暖光照了过来。

"还冷吗？"左肖问。

慎温洇有一点儿愣神儿。

第十六章 终于等到你

"冻傻了?"左肖又问,弯腰靠近慎温沺,想看看她到底怎么了。

慎温沺回神,跟左肖的视线交织在一起。他离她很近,近到她能从他的眼睛里看见自己。她不知道是不是"小太阳"的缘故,总之她红了脸,赶紧别开了目光,小声说:"才没有。"

左肖笑了笑,站直了,找地方坐下,扫了一眼桌子上的参考书:"你什么时候这么喜欢物理了?"

"我给你找的。我觉得这个教授很厉害。"慎温沺又从书包里掏出了一份打印纸,上面是郑垣教授的几篇学术论文,"这几个观点都很有趣,关于量子和粒子研究的,或许真的有平行世界。"

左肖在扫了一眼论文之后眼睛彻底亮了起来。他又看向慎温沺,眼睛里充满了对未知的渴望,以及对慎温沺的惊喜之意。

"谢谢,我会全部看完的。"左肖说。

慎温沺笑了起来,仿佛一块巨石落地一样安心。

一整个宁静的下午,他们都在一起看书,慎温沺又吃掉了左肖带来的一大包零食。她把高中数学从头看了一遍,对这块的记忆恢复了七七八八,感觉下次考试应该能答个130分左右,但这样肯定回不去1班。

左肖一直看着慎温沺。她已经发了几分钟呆了,圆珠笔在纸上来来回回地画圈,就是一个步骤都没写。左肖忍不住握住了她手里那支笔,带着她的手在几何图形上画了一条辅助线。

"现在会了没?"

慎温沺扭头,左肖刚好抬起眼,他的睫毛上有一层光,他的掌心贴着她的手背,传递过来的温度好像比"小太阳"的温度还要高。慎温沺的目光从他的睫毛上移开,落在了他的喉结上。

她听到自己的心跳怦怦怦地在加速,大脑停止了思考,动作也比脑子快一步,她的手已经放在了左肖的喉结上。左肖的喉结恰好在这个时候动了一下,她感觉到他的喉结在自己的指腹上滑过。她觉得浑身的细胞都像是被激活了一样,血液冲向了大脑,随之而来的是一阵心悸感。

恰在这时,左肖的手机响了,打破了仿佛静止一样的时间。慎温沺慌乱地收回手,埋头开始写题。她懊恼至极,怎么就没管住这只手?他还只是个高中

201

生,她到底在干什么?

"你刚才……"左肖开口。

慎温汕觉得自己的瞳孔都变大了,大脑再一次不听使唤地说出:"你的脖子上有一只蚊子!我帮你赶走了!"

左肖轻笑出声:"谢谢你。"

"不客气!"慎温汕在纸上唰唰唰地写着题。

左肖凑过来看了一眼,在慎温汕的耳边轻声说:"数学卷子就别写文言文了吧?"

救命!她想过无数种死法,但绝对不是"社死"啊!

"看你的手机!"慎温汕从牙缝里挤出这句话来。

左肖拿起手机看了一眼,声音里带着喜悦之情:"孟吃明天来学校报到。"

慎温汕抬起头:"真的吗?真的吗?"

左肖点了点头。

"耶!"慎温汕尖叫出声,引来了周围人的注意。她又充满歉意地冲大家点头,捂住了嘴巴。

左肖奇怪地看着慎温汕,慎温汕小声跟左肖说:"明天几点啊?"

"慎温汕,我的发小要来了。"左肖说道。

"我知道啊!"

"你懂发小是什么意思吗?"

"青梅竹马啊。怎么了?"

"你没有什么想跟我说的?"左肖皱着眉问,音调已经有些不太一样了。

慎温汕听了之后欣喜地点头:"能不能介绍我俩认识?!"

左肖拿手指戳了戳慎温汕的脑袋:"学习学傻了。"

慎温汕又失眠了。

星期日晚上她怎么也睡不着,脑海里飞速想起了许多事情。一直到次日早上,慎温汕也没有半点儿睡意。她真的不困,只有满满的兴奋感。她换好衣服,整个人精神焕发地出现在餐厅里,她爸妈看到了都有一点儿诧异。

"早上好!"慎温汕打招呼,坐下吃早饭,甚至比以前还多吃了半碗粥。

直到慎温汕出门了,慎西北才跟温俞说:"瞧着她这个状态不错,她应该是要发愤图强读书了。"

温俞冷哼了一声："我真是看不懂你闺女，1班不想待，非要去13班。"

"13班怎么了？"

"全是学渣。"

慎西北闻言放下了筷子："温俞同志，你也是高级教师了，这我就要批评你了。学生没有好坏之分，什么学霸、学渣，都是谬论。"

"但是成绩有好坏之分，高考看的是成绩！离录取分数线差一分都不行！"温俞怼得慎西北哑口无言后，推开碗筷，"今天你洗碗。"

慎温洇早早来到学校，校门口检查校风校纪的章超已经在了。章超想躲，慎温洇却十分大方地打了个招呼。

"辛苦了！"

章超愣住了："主席……"

"校风校纪的事情，你多费心。"慎温洇径直走过。

章超松了一口气，却又有些佩服慎温洇了。

旁边一起检查的同学却摇了摇头："这假装的坚强呀！肖主任停了她学生会主席的职务，她心里哭呢吧。她今天来这么早，肯定是怕看见咱们尴尬。"

章超白了那人一眼："胡说什么呢你？人家坦坦荡荡的！"

慎温洇是第一个来到班级教室里的人，整个人还在激动情绪之中。

第一节课、第二节课、第三节课……

她始终瞪大了双眼，时不时看一眼走廊。

那边歪着头看慎温洇的沈欣欣，在看了三节课之后，终于忍不住了，给林一唯使了个眼色。林一唯站在了慎温洇的跟前。

正好是下课时间，走廊上人来人往，慎温洇的视线被挡住了，她抓拉了一下林一唯。

"你！"林一唯刚想发火，就听到慎温洇用更加不耐烦的语气反问："你什么你？！"

林一唯被噎了一句，扭头看向沈欣欣，沈欣欣火冒三丈，也站了过来，抱着手臂看着慎温洇："你对同学就是这个态度吗？"

慎温洇等了一上午，心急如焚，抬起头，皱着眉，眼睛里没有半分温柔

之色："有事儿？"

"你看什么呢？"沈欣欣问，"上课也看，下课也看。"

"你怎么知道的？你上课看我干什么？"

沈欣欣怒目圆睁。这是慎温沺在向自己宣战，自从慎温沺来了13班，所有人都在等着沈欣欣收拾这个大家最讨厌的人。此时更是有不少人听到消息，已经等着看热闹。沈欣欣骑虎难下，猛地拍了一下慎温沺的桌子。

慎温沺意识到周围有人在看她们，沈欣欣像个一点即燃的爆竹，慎温沺没有把这个情绪顶上去，反而冲沈欣欣笑了笑，说："下节课上英语，老师让读课文，你口语好，你领读呗？"

沈欣欣还没说话，旁边的林一唯就怒了："你是什么意思？！"

"你不要以为左肖给你撑腰，你就可以在13班为所欲为了。"沈欣欣低气压地说道。

慎温沺浅笑。

门口再次骚动了起来。

慎温沺眼睛的余光看到一个穿着白色毛衣裙的女孩走了过去，女孩及腰的长发如墨一般。慎温沺扭头看过去，眼睛一下就亮了起来，她站起身，不顾一切地追了出去。

"慎温沺！话还没说完呢！"沈欣欣猛然拉了一把慎温沺。

"我有事，有什么话改天再说！"慎温沺挣脱，沈欣欣再次拉住了她。

两个人一拉一拽的工夫，门口的人也散去了。慎温沺已经看不到那个穿着白毛衣的影子了。她急了，狠狠一推，沈欣欣跟跄两步，差点儿摔倒在凳子上，还好林一唯抱住了沈欣欣。

慎温沺顾不得道歉，已经追了出去。

沈欣欣茫然了："她干吗啊？"

刘紫刚刚从外面回来，过来一边拉沈欣欣起来，一边说："刚才左肖过去了，还带着一个女的。"

"女的？！"沈欣欣皱着眉，"难怪这死丫头这么着急，看看去！"

慎温沺跑过了长长的走廊，始终没能追上人。她边跑边看，心里急得不行。她给左肖打电话，却一直没有人接听。她跑到主任办公室，也没有看见左肖他们的身影。她甚至怀疑自己是不是看错了。

难道她真的看错了？慎温洇问自己，转过身，撞上了一件白色毛衣，身体向后仰倒。

"小心！"慎温洇的腰被人托住，那人满眼的紧张和担心之色，"你没事吧？有没有哪里受伤？"

慎温洇的眼睛却在一瞬间模糊了，她摇头，又点头。

"同学……"

慎温洇用力地抱住那人，"呜呜"地哭了起来。

"孟呓！你欺负她了？！"

左肖忽然出现，手里刚领的教材掉了一地。

孟呓低头看了看自己被蹭上大片眼泪的白毛衣，十分委屈："我没有啊！"她低头戳了一下慎温洇："同学，你还好吗？"

要理智，要理智，要理智！

慎温洇在心里默念了三遍，才勉强收拾住心情。她抬头悄悄看着孟呓，试图从孟呓的眼神中得到一些信息，但是孟呓好像不认识她一样，一副两个陌生人见面的礼貌客气样子，还有点儿谨慎小心。

慎温洇有点儿失望，却还有一点儿侥幸心理，万一孟呓也跟自己一样在试探呢？

虽然这种可能性不大，慎温洇也知道，在过去遇上未来的人，这种概率十分小，但是慎温洇很渴望眼前的孟呓就是在十年后来找自己的孟呓。

她太需要有一个人可以倾诉了，太需要有个人可以依靠了，慎温洇觉得自己太难了。

"慎温洇，你脑子被撞坏了？"左肖拉了一把慎温洇，把她从孟呓的跟前拉到了自己的跟前。

"你脑子才被撞坏了呢。"慎温洇回过神来就怼了一句，接受了眼前的现实，戳了戳左肖，"不介绍一下？"

"孟呓，我的发小。"左肖指了指孟呓说，又指了一下慎温洇，"我……"

左肖一个犹豫，慎温洇就抢着说了："我是他的好朋友，你好，你好。咱们加个微信吧。"慎温洇说着就拿出了手机，凑到了孟呓的跟前。

孟昰显然是没有见过这么热情和自来熟的人,有些不知所措,看了一眼左肖,左肖摆着一张臭脸。

"你有微信吧?"慎温洇星星眼地看着孟昰,"学校我很熟的,你有什么都可以问我的。加个好友啊。"

"哦,好。"孟昰拿出手机来,跟慎温洇扫了码。

慎温洇内心激动无比。她加上了孟昰的好友。

上课铃声响起,慎温洇还美滋滋地站在原地。

"上课了,别发呆了。"左肖又碰了一下慎温洇的胳膊。

"你哪个班啊?"慎温洇绕过左肖,直接问孟昰。

"我13班,今天刚转过来。"孟昰回答道。

"我也是!那你跟我走吧。"慎温洇直接拉起了孟昰的手。孟昰起初有点儿抗拒,想要缩回去,慎温洇却直接拽了孟昰一把,往前走了一步,扭头朝左肖伸出手来。

左肖显然愣了一下,迟疑了半秒,也伸出手来,就在左肖要握住慎温洇的手时,慎温洇打了一下左肖的手背:"她的书给我,我给她拿过去,你回去上课吧,1班挺远的,别迟到。"

慎温洇几乎是从左肖手里抢过了孟昰的教材,拿在手里还有点儿沉,一撂书差点儿掉了。孟昰手疾眼快地接住了,单手拎着四本书的书脊。

"那麻烦你了。"孟昰说。

慎温洇看了看孟昰拎着书的手,指节分明,手指修长有力,露出来的手腕处有一块老茧。慎温洇盯着孟昰的手看了许久,看得孟昰有一点儿匪夷所思。孟昰扭头看了看左肖,左肖站出来,挡住了慎温洇的目光,却没想到,慎温洇一把推开了左肖,拉住了孟昰的手。

这让孟昰也吓了一跳,她被慎温洇一拉,往前走了半步。慎温洇拉着孟昰的手反复看,眼里满是惊讶的神色。孟昰除了手腕上有老茧,手掌也有些许粗糙,骨节修长。

"你怎么了?"孟昰忍不住开口问。

慎温洇感觉到浑身发冷,身体有些颤抖,勉强让自己镇定下来,问道:"你练田径?体育生?"

第十六章　终于等到你

"你怎么知道？他们都说，我这体格不像体育生。就连左肖也不相信我练体育，你一眼就看出来了！"孟呓感到十分高兴，顺势搭上了慎温洍的肩膀，感觉到她在颤抖之后，又问，"你是不是冷啊？咱们快去教室吧。"

"你怎么了？"左肖低头看着慎温洍，眼睛里带着关切和怀疑之色。

慎温洍不知道该说些什么。

变了，以前的事又变了。

她记忆里与孟呓第一次相遇，孟呓是那样明媚，像一个瓷娃娃一样，柔弱得引起了她的保护欲。她记得孟呓是艺术生，孟呓说话的声音都不曾大过。而出现在她的婚礼上的孟呓，虽然有些神经兮兮的，却是大胆的。带着她在街头奔跑的孟呓，一连为她拧开十几个瓶盖的孟呓，与眼前的孟呓逐渐交叠在一起。

一切细节，都指向了一个答案——她眼前的孟呓，才是她十年后在婚礼上见到的那个孟呓。她的记忆再次出现了偏差，一切就好像是平行世界，她的出现打乱了这一切。慎温洍努力回忆着孟呓跟自己回家后讲述的她所不知道的那一部分故事。

孟呓说，自己和左肖带她去了一家牛肉面馆认识了在那里打工的陆白，然后自己和左肖上了同一所大学，她们两个经常通电话。

可这跟现在的情形又不一样了，陆白已经转学过来了。难道未来是可以改变的？

"慎温洍你过来。"左肖拉着还在发呆的慎温洍，走了几步，进了楼梯间。

"你干吗？"慎温洍蒙蒙的。

楼梯间的感应灯亮着，映衬着左肖有些绯红的脸，他打开书包，从里面拿出一个粉色的包装袋，迅速塞给了慎温洍。

"你神经兮兮的，快拿去……"左肖说完顺着楼梯往下跑了。

慎温洍低头一看，手里是一包卫生棉。

整个楼梯间响彻着左肖"噔噔"的脚步声，她一个没忍住笑了。往下望去，虽然已经看不到左肖，却总能想起刚才他那紧张的样子。

没一会儿，孟呓进来了，探着半个身子问她："怎么了？左肖呢？"

"他大概是回去上卫生课了吧。"慎温洍笑了笑，把左肖给的东西塞进校

207

服口袋里，幸好这校服足够大。难道在男孩子眼中，女孩的"大姨妈"是一直都在的吗？

孟吔还有点儿迷糊，慎温洇拉了她一把："回教室吧。"

第十七章

她是不是暗恋我

　　回到教室，上课铃已经响了，慎温洇和孟呓迟到了，但对13班来说，迟到也不算什么，更何况孟呓还是转校生，慎温洇又是老师重点培养的苗子。因此跟班主任打了个招呼后，两个人就回到座位上去了。

　　孟呓就坐在慎温洇的前面，再往前三个位置就是沈欣欣。她回头看着慎温洇的眼神，总是带着怨怼之意。孟呓因为个子比较高，总是能接收到这怨怼的眼神。过了十来分钟，孟呓忍不住回头问慎温洇："你和前面那个斜眼的女人有什么过节？"

　　慎温洇原本正扭头看陆白的位置，陆白今天又没来上课，他难道去牛肉面馆打工了？正疑惑的时候，孟呓的话入了她的耳朵，慎温洇抬头看去，果断地接收到了沈欣欣的目光，没忍住笑了。

　　沈欣欣看慎温洇笑了，立刻举手："老师，慎温洇上课交头接耳。"

　　正在写板书的班主任头也没回地说了一句："管好你自己。"

　　沈欣欣气得狠狠摔了笔袋，慎温洇面色无辜地对她耸了耸肩。

　　慎温洇小声跟孟呓说："没过节，不过她喜欢左肖。"

　　孟呓再次打量了一眼沈欣欣，然后冲慎温洇小声说："难怪左肖一定要我来13班，这个女人，浑身上下都透露着反骨的性子。"

　　慎温洇微微吃惊："他叫你来的？"

　　"对啊，看了我之前的成绩单，校长说除了前三个班级，别的班级我可以

随便选,但是左肖说13班好,我就选了13班,看来他是另有目的,我得问他要双球鞋。"孟呓说这话的时候,下课铃响了,沈欣欣听到了左肖的名字,人直接过来了,孟呓就直接瞪了她一眼。

"新来的,我劝你最好离这个慎温洇远一点儿,她最爱打小报告。"沈欣欣看向慎温洇的眼睛里带着鄙夷之色。

孟呓站起来,比沈欣欣高了半个头,俯视着沈欣欣:"刚才报告老师的人不是你吗?"

沈欣欣脸色一白:"我是为你好!以后你被她卖了都不知道。这女的,千方百计地来我们班,想接近左肖,没想到左肖扭头走了,计划落空了吧?"

沈欣欣越过孟呓对慎温洇挑衅,慎温洇还没回嘴,就听孟呓又说:"你大概还不知道我是谁。我自我介绍一下,我叫孟呓,是左肖的青梅竹马。"

沈欣欣更加来劲了,对着慎温洇就说:"听见了吗?人家是青梅竹马。你没戏了!"

"她有没有戏我不知道,你反正没有。"孟呓瞧着沈欣欣,"啧啧"了两声。

"新来的,你是什么意思?!"

"左肖不喜欢胸大无脑的人。"

沈欣欣的火"噌"的一下被点绕了,她的两个跟班小姐妹也围了过来。

"我是体育生。你们欺负别人那一套,别用在我身上。"孟呓说完,拽着慎温洇往外走,"走!去洗手间。"

慎温洇看着孟呓的背影,这当真是跟过去的孟呓不一样了。

从洗手间出来,孟呓洗完手,随便甩了甩手就要走。慎温洇拉住孟呓,递给她一张纸巾。孟呓擦干了手,慎温洇又给她挤上了一大坨护手霜。

"这……"孟呓一时语塞。

"冬天了,你的手不干吗?"

"我不爱用这个,黏糊糊的。"

"这个很好推开的。"慎温洇说着帮孟呓抹开手上的护手霜,每一根手指的指缝都帮她按摩了一遍,然后又把自己刚拆封没用多少的护手霜装进了孟呓的口袋里,"送你了,记得用。"

路过走廊的章超看见慎温洇,招了招手:"主席,肖主任找你说元旦晚会的事,恭喜你,复职了!"

"下节课自习,我应该不回来了,你自己上课小心沈欣欣。"慎温洇拍了拍孟呓的手,然后朝着章超走去。

孟呓愣在原地,举起自己的手朝着灯光看了看。因为刚刚涂过护手霜,她这双在入秋以后就干得有些难看的手,现在呈现出一种白嫩的错觉。她再看向慎温洇,慎温洇刚好扭头冲她笑了笑,然后才消失在走廊的尽头。孟呓叹了一口气……

肖主任叫了慎温洇以及学生会的干事,把元旦晚会的事情交代了下去。

慎温洇对这个晚会有一些不太好的印象,这是她高中生活中为数不多的悲剧之一。她记得,在这次晚会期间,学校有一个女同学被冻死在了某个冰库里,调查结果是意外。关于那个女同学的信息不多,当时转校离开的又有几个同学,以至于到底死去的同学叫什么,谁也说不上来了。

这一次,她不知道悲剧是不是还会重演。

"主席?"

"啊?你说。"

学生会干事开会,慎温洇已经发呆半分钟了,章超忍不住了才叫她。

"应该是你说啊,接下来工作怎么安排?"章超代表大家问道。

慎温洇看着十几双眼睛盯着自己,不得不回过神,拿开笔记本,迅速安排起来:"这次还是高一、高二参加表演,高三的学长学姐会来看演出。文艺部组织节目,每个班至少一个,硬性指标,最终节目筛选由我们投票决定。"

文艺部部长领了任务。

"场地选择学校的大礼堂,组织部去协商。外联部调动一下,去拉一些赞助回来,可以搞一个抽奖的活动,大家凭票根兑奖。"慎温洇一通安排,最后顿了顿又说,"大家一切小心……尤其外联部的,冷库之类的赞助,我们不要。"

外联部部长听了这个要求之后,一头雾水,小声嘀咕着:"冷库没事儿赞助我们干吗?……"

散会后,慎温洇才想起来布置会场的事情没安排下去,决定去学校仓库看看。去年联欢会应该剩了不少拉花,今年或许能用。

仓库门虚掩着,慎温洇看着挂在门上的锁。

是谁忘记锁门了,还是有人进来了?

慎温洇进入仓库:"有人吗?"

她如此喊了三声,没有人回应。她笃定是有人忘了锁门了,回头得查监控视频看看谁这么不负责任。忽然有人从旁边的纸箱子上坐起来,动作迅猛到掀翻了旁边的一排箱子。

"吵什么?"那人语气不善地开口。

慎温洇走过去,箱子中间坐着的正是逃课的陆白。

"陆白?你怎么有仓库的钥匙?"慎温洇问。

"那破锁,我用一根发卡就开了。"陆白边说边站起来。

慎温洇又追问:"你一个男生,哪里来的发卡?你谈恋爱了?我跟你说,不行哦!"

陆白像是看神经病一样看着慎温洇:"你怎么这么八卦啊?"

也是,她这会儿跟陆白还不太熟悉,不能这么冒进。她又想起了牛肉面,得想个办法让陆白和孟吔尽快见面才行。

"你怎么不上课?"慎温洇追着陆白问。

陆白跳下纸箱子,正准备走,又听慎温洇追了上来。

"我上不上课跟你有关系吗?"

"虽然没关系,但是我有个不成熟的小建议。"

"我不听不成熟的建议。"

陆白转身要走,慎温洇生怕一眨眼这人又消失了,于是拦住他说:"你要不要学厨艺啊?你这双手,不学炒菜可惜了。"

陆白还是第一次听到有人这么说,举起自己的双手给慎温洇看:"我不开挖掘机也可惜了。同学,咱俩不熟,虽然你之前帮我指过路,但是现在你明显越界了。"

"我想跟你成为朋友。"

"我最不需要的就是朋友。"

慎温洇十分无奈。她是真的搞不清楚陆白这个人,他这人重情重义,但前提是,你得成为他认可的人。上一次他们是怎么得到对方的认可的来着?慎温洇记得,好像是陆白和孟吔对对方都有好感,而孟吔要被家人送出国。她跟左

第十七章　她是不是暗恋我

肖因为孟呓造成了无法解释的误会，她失落地离开机场，陆白兴冲冲地进了机场，两个不被原谅的人，就在这时候惺惺相惜了。

一个晃神的瞬间，慎温油抬起头，看到仓库顶上老旧的风扇摇摇欲坠，正是陆白站着的地方。

"小心！"慎温油冲过去，一把推开陆白，陆白却身手敏捷，扭头看到了落下来的风扇。慎温油眼看着风扇要砸着自己，下意识地抱住了自己的头。千钧一发之际，陆白拽了她一把，扇叶被陆白抬起的胳膊挡了一下，落在了一旁。

"你不要命了！"陆白吼道。

"我……我……"慎温油被吓傻了，一扭头看见陆白的校服渗出血来，"你受伤了！"

陆白刚要扭头去看受伤的地方，就被慎温油一下子捂住了眼睛："你别看！你晕血！"

"你……你怎么知道的？"陆白诧异道。

"我帮你按住伤口，你打120。我现在松手，你别看伤口。"慎温油冷静地说。

慎温油松开手，陆白下意识地就要扭头，慎温油一巴掌拍在他的脸上，吼道："打电话！你的手不能出事！"

"我来打。"左肖出现在门口，看了一眼慎温油，又看了看受伤的陆白，拨打了电话。

慎温油帮陆白把外套脱下来，检查了他的伤口。伤口十分狰狞，血流不止，她拿自己的手帕帮陆白勒住伤口，不断念叨着："没事的，没事的，陆白你别怕。"

"我不怕，你别搞得像要死人一样。"陆白怼了一句。

"打电话了吗？"慎温油盯着左肖问。

"打了。"

"那就好，你去买瓶水过来，要纯净水！"慎温油又吩咐了一句。

左肖没说什么，转身出去，不一会儿就回来了。慎温油拧开一瓶水，将水倒在陆白的伤口上，陆白疼得惨叫："慎温油！你谋杀啊！"

"扇叶灰尘太多了，不洗干净伤口不行。"慎温油说完，愣了一下，"你知道我叫慎温油啊？"

"废话。"

十分钟后,救护车来了。

"我懂急救,是学生会主席,让我一起去吧。"慎温洇说着一起上了救护车,扭头又对左肖说:"你回去吧,这边没事的。"

左肖拉着车门的手垂了下来。

眼看着救护车从自己眼前开走,他又看了一眼一片狼藉的学校仓库,用力踢了一脚地上的纸箱子。

孟呓恰好在此时出现:"干吗拿纸箱子撒气?"

"你怎么来了?"左肖皱着眉问。

"听说仓库这边出事儿了,我来看热闹,我这腿脚比一般人都快。"孟呓笑嘻嘻地说着,忽然觉得手干,想起刚才洗完手没涂护手霜,于是拿出慎温洇给的护手霜,挤出来一点儿,胡乱地抹开。

"什么时候还用上护手霜了?"

孟呓想起今天的事情,神神秘秘地过来问左肖:"你说,慎温洇是不是暗恋我?她对我可真好。"

"有病!"左肖瞪了孟呓一眼。

孟呓看着左肖生气的样子,觉得开心极了。

医院里,伤口经过医生处理之后,陆白被护士送了出来。慎温洇看着他胳膊上的纱布,没来由地心里"咯噔"了一下,这个位置……

"缝了几针?"慎温洇问。

陆白有点儿被她的目光吓到了,往后退了两步,不敢和慎温洇对视,不自在的转过头往四处闲看。等慎温洇问第二遍的时候才说:"我哪知道,我全程闭着眼。怎么了?"

慎温洇不顾一切,拆开了他胳膊上的纱布,看到了那缝了二十针的伤口。这和十年后她和陆白一起出车祸时的伤一模一样。

"你神经病呀!"陆白尖叫着。

慎温洇回过神来,拍了拍陆白的肩膀:"重新包扎一下吧。陆白,以后咱俩就是最好的朋友了。"

陆白骂骂咧咧："老子才不跟你做朋友呢！"

为了元旦晚会这件事，慎温泅做了几个方案，本以为事情是会很顺利地进行的，却没想到频频受挫。

先是场地，需要修缮，组织部部长急得头发都掉了一把。然后是外联部拉赞助并不顺利，外联部的几个同学上课期间出去，被老师抓个正着，差点儿让学校取消了这一次元旦晚会。

几个学生会的干事拉着慎温泅开会，全都是愁眉不展的样子。

整整二十分钟过去，她只听到了大家的叹息声，却没有人有办法。

"怎么办啊？再这样下去，元旦晚会就真被取消了。"组织部的同学满脸焦急之色，"主席你想想办法啊！"

取消？慎温泅觉得，或许一切问题的解决方法，就是取消这一次活动。她正要开口说服大家，就听章超发言："取消是不可能取消的！我们一个学期也没有几个活动可以办，比起其他高中，我们在社会实践这方面没有什么优势。进入大学以后，这更是我们的短板！输在起跑线上怎么能行？我们可是全市最好的信德高中！主席，你刚才想说什么？"

慎温泅被堵得胸口痛，笑了笑，说："没什么，全让你说了。"

慎温泅喝了一口花生露，嘴里却一点儿甜味都感觉不到。

"元旦晚会结束就是期末考试，大家对学习也不要放松。有什么困难，尽管提出来，主席会帮我们解决的！"章超又补充道。

慎温泅又喝了一口花生露，这次纯是压惊。她真想撬开章超的脑袋看看里面装的到底是什么。章超不提成绩还好，提起来慎温泅都跟着惆怅了。她现在还在13班，之前答应过父母要在期末考试重回1班的，现在该怎么办？

"要不散会吧。"慎温泅说。她有点儿怕章超等一下再说什么自己兜不住的话，自己会忍不住打他。

"主席……"外联部的同学站了起来，似乎鼓足了极大的勇气，"这次活动的赞助费，能请主席想想办法吗？我们外联部真的没办法了。"

慎温泅顿了顿，在心里计算着。

只听那边章超开口了："没问题！主席肯定可以的。主席你说呢？"

慎温泅看了章超一眼，眼神极为复杂。她忽然觉得，章超是不是想篡位？

"行。"慎温洇咬牙答应下来,外联部的几个人如释重负。

会议结束,慎温洇走在学校的林荫路上,顶着寒风前行着。她满心都是元旦晚会的事情,身后急促的自行车铃铛声,她完全没有在意,以至她还走在路中间,等她听到声音的时候,那辆自行车的主人已经在她面前了。

"慎温洇,发什么呆呢?你干吗不让路?"

慎温洇抱着书后退了半步,看清眼前的人是左肖之后,放松下来,反驳道:"这路很宽呀。"

"路宽是你走路发呆的理由吗?"左肖反问,语气不善。

慎温洇又愣了愣:"谁惹你了?"

"没有啊。"

"那你干吗冲我发脾气?"

"我只是提醒你,一个人走路要小心一点儿。"

"我谢谢你啊。"慎温洇一个人继续往前走去。

左肖放慢骑车的速度跟在慎温洇的身边:"你生气了?"

"我生气了。"

"你为什么要生气?"

慎温洇扭头看向左肖,觉得今天左肖也太奇怪了。

"那你为什么问我是不是生气了?你不是已经感觉到我生气了吗?你问了,我就回答了。哪里来这么多为什么?"

左肖明显不解:"你在跟我说绕口令?"

"你找我有事?"

"那天,你俩后来怎么样了?"

"哪天啊?"慎温洇一下子没想起来。

"仓库那天。"

慎温洇想起来了。那天陆白受伤,还是左肖帮忙叫的救护车。她后来忘了跟左肖说了,那件事已经过去一星期了,这是他俩第一次遇上。

"他没事了,谢谢你。"

"你现在干吗去?"

"去商业街。"

第十七章 她是不是暗恋我

"买东西?"

"拉赞助。"慎温洄回答道。

"为了元旦晚会?其实我可以……"

"你可以陪我一起去?太好了!你这张脸,拉赞助最有用了!"慎温洄心中大喜,直接挥了挥手,"你下来,我骑车载你!"

左肖直接愣住,停顿了两秒钟才不情不愿地从自行车上下来,嘴里念叨着:"我是说我可以赞助你们,谁要去拉赞助了?"

慎温洄骑上左肖的自行车,卖力踩着脚踏板。前方上坡路,她踩得十分吃力,吃奶的力气都用上了。

"你行不行呀?"左肖问。

"你是不是胖了?"慎温洄咬着牙问。

"是你太菜了,下来,我载你。"左肖拍了拍慎温洄的背。

"你哪里会载人?我记得上次就是我载你。"慎温洄没多想,随口说道。

后面的左肖笑出声来:"你是不是学习学傻了?我怎么可能不会载人?你停车。"

慎温洄停下来,跟左肖换了个位置,迈腿跨坐上车。左肖皱了皱眉:"下去,重新坐。"

"又怎么了?"慎温洄不理解。

左肖一脸嫌弃的表情:"哪里有女孩子像你这么坐的?你侧着坐。"

慎温洄很不情愿,一边侧坐,一边小声嘟囔:"侧着坐很不合理的,上身扭曲,很容易累……啊!"

慎温洄尖叫了一声,左肖突然起步,过了上坡路之后,是一段很长的下坡路,左肖的自行车"嗖"的一下蹿了出去。慎温洄吓得一下子搂住了左肖的腰,脸紧紧贴在左肖的背上,感觉随时能掉下去的样子。

"你慢点儿!"

"别紧张。"左肖虽然是满不在乎的口气,却还是捏了刹车,让车速降下来。

慎温洄这才调整了坐姿,离他稍微远一些。

路平坦了许多,风却比刚才大了一些,慎温洄觉得手冷,手缩成了一个拳头,眼睛却亮晶晶地盯着左肖的后背。

"冷就把手放我的口袋里。"左肖说。

217

那她就不客气了。她找到左肖的口袋,直接将手塞了进去,结果碰到了什么东西。她拿出来一看,是一张叠成爱心形状的信纸。

"有人给你写情书?"慎温沺拿着信纸晃了晃。

左肖明显紧张了一下,但很快又恢复如常:"我收到情书不是很正常?你放进去。"

"不正常。"慎温沺分析道,"要是平时,你肯定就扔了,还会放进口袋里一直带着?谁写的?"

"你怎么这么八卦啊?"

"说说嘛。"

"孟呓。"

如果不是她太了解孟呓的话,她都要信以为真了。慎温沺没忍住笑了。

"笑什么?你不相信?"

"我为什么要相信?孟呓怎么可能给你写情书?"

"青梅竹马,怎么不能写情书了?慎温沺,孟呓要是真喜欢我呢?"

"你要这么说,我还说陆白喜欢我呢!"

慎温沺自顾自地笑起来,却发现左肖忽然停了车,她因为惯性,差点儿再一次撞到他身上。

"陆白真喜欢你?"左肖回头,严肃地问。

慎温沺没有意识到问题的严重性,本来是开玩笑的,因为在十年后,她和陆白是可以相依为命的朋友。她现在这么说,的确会让人误会。

慎温沺张了张嘴,在犹豫着如何解释的时候,他们身边飘过去一个人,那人回了一句:"我喜欢她?还不如让我去死。"

插话的正是陆白本人,慎温沺半点儿没生气,反倒是觉得他这样给自己解围了。她在心里告诫自己,再也不能口不择言了。

左肖看着远去的陆白,却问了慎温沺一句:"他是谁啊?"

"他是陆白啊。"慎温沺心想,左肖真忘了?

"不认识。"左肖再次骑上车,从陆白跟前超了过去。

两个人出了校门,到达商业街。

这是慎温沺拉赞助的主要地点,周边的这些店,全靠他们学校的学生来消费。她将目光放在了几家新开的店上,带着左肖进去,对方虽然接待了他们,

第十七章 她是不是暗恋我

他们却是接连碰壁。

夜色降临,慎温油实在走不动了,跟左肖一起在面馆里发呆。

"你在 13 班还习惯吗?"左肖问。

慎温油点了点头:"你在 1 班呢?"

"我还行,就是你们的老师,都快两个月了,他还不太习惯。"左肖回答说。

"你上课睡觉了?"慎温油惊讶地问。

"那不然什么时候睡?下课多吵啊。"左肖回答得理所当然。

慎温油忍不住笑了。

左肖看了一眼货架,上面没有花生露:"我出去买花生露,等我一下。"

左肖刚走,面就被端上来了。

浓汤白面,上面撒了一撮绿油油的香菜,香菜下面露出了五六块牛肉。慎温油内心"哇"了一声:老板今天真是良心发现了。

"老板,有勺子吗?"她抬头,看见陆白站在自己面前,手里还拿着一个汤勺,顺手就放在她的碗里了。

慎温油看了一眼陆白身上的工作服,瞬间明白过来了:"你在这里打工?"

"随便看看。"陆白说着,又放下另外一碗面,这一碗没有香菜。

慎温油心中一喜:"我就说你是这块料!你好好学,你来几天了?"

左肖买了饮料回来,一推门就看到慎温油跟陆白聊得火热。陆白冷着一张脸,慎温油笑得跟花一样。左肖心里没来由地就有些不爽,拉凳子的力气也有些大了,狠狠地磕了一下桌子腿,过满的牛肉面摇摇晃晃,洒出一口汤来。

"呀!"慎温油惊呼了一声。

陆白顺手拿纸巾擦了汤汁。

"慎温油,你怎么劝人逃课?"左肖问。

"你们慢用。"陆白在接收到左肖不太善意的眼神之后,转身回了后厨。

慎温油立刻凑上来说:"他跟你情况不一样,你是学习的料。"

"你是专家吗?看一眼就知道别人是什么料?"左肖一边说,一边拧开花生露,递给慎温油。

大门又响了,从外面进来一个女生。她摘下帽子,甩了一下长发。慎温油眼睛一亮,立刻站起来挥手:"孟吃!"

219

孟呓循着声音看过来，发现了慎温洇和左肖，笑了笑，过来，在慎温洇旁边坐了下来。

"这么巧，你也来吃牛肉面？"慎温洇笑着问。

"刚练完扔铅球，好饿！"孟呓的尾音微微上扬，甚是好听。

"你先吃！"慎温洇把自己面前那碗面推到了孟呓面前。

"不用了，我点一碗……"孟呓说着将面往回推。

"我不怎么饿，你就先吃吧。"慎温洇又推。

左肖把慎温洇的那碗面推回去，又把自己的推给孟呓："她不爱吃香菜，吃我的吧。"

孟呓看着面前这碗面，愣了许久："你吃错药了？干吗突然对我这么好？"

左肖瞥了一眼慎温洇说："我不是一直都对你这么好吗？"

孟呓满脸问号："你是不是记忆混乱了？"

"你是不是失忆了？"左肖警告道。

孟呓哼了一声，刚举起手准备叫老板，就看到陆白端着一碗面出来，将面放在了她面前。

面上面铺着两片生菜，生菜旁边切了半碗牛肉。

"老样子。"

"谢了！你怎么知道我这个点来？"孟呓看着这一大碗面，伸手要餐具，陆白又递上了小碗和汤勺。孟呓就将面条捞出来，放进小碗里，这样凉得快一些。

"你慢用。"陆白说完走了。

慎温洇隔着五米远，还能看到陆白耳朵根在发红。她撑着下巴看着孟呓那碗牛肉面里的牛肉，再看看自己这五六块牛肉，脸上露出了"姨母笑"。

"孟呓，你跟陆白是什么情况？"

"陆白？陆白是谁？"孟呓问。

"就刚才那个。"

"原来他叫陆白啊！我就是这几天来吃牛肉面，店里都是这个服务员在。"

"你俩不认识？他是咱们班同学。"

这回轮到孟呓惊讶了："他跟咱们一样大，就会做这么好吃的牛肉面了啊？好厉害呀！"

"是啊！陆白在厨艺方面特别有天赋！"慎温洄顺势夸奖道。

两个人又聊了几句，孟呓猛然一低头发现，自己的牛肉面里加了两勺辣椒。她抬头瞪着左肖："你要死啊！你明知道我不吃辣！我要饿死了！"

"我以为你光夸人就饱了，不用吃饭的。"左肖慢悠悠地回答。

"慎温洄也夸了啊！"孟呓扁着嘴说。

"做人不要太攀比。好好吃面。"左肖说。

孟呓悄悄跟慎温洄说："他可真幼稚！以后你交男朋友，千万不要找这么幼稚的人。"

慎温洄捂着嘴笑，孟呓说完了又去拿桌子上的醋瓶子，打算解辣，就见左肖抢先拿起醋瓶子，假模假样地倒了一点儿之后，用力拧紧了瓶盖。

孟呓捏紧了筷子，气得牙痒痒，正打算撸袖子跟左肖打一架的时候，慎温洄赶紧从隔壁桌子上拿来一瓶醋递给孟呓："吃饭，吃饭。"

第十八章

我们之间的缝隙

第一天拉赞助失败了，慎温洄总结了一下经验，或许不是方法的问题，就是人的问题，因为左肖从上到下都透露着很有钱的样子。第二天慎温洄决定自己一个人去拉赞助，目标还是那条商业街的商户。

慎温洄是提前几分钟走的，生怕等一下左肖又来找她一起去。她想今天一定得成功，不然还得再跑几次。她计算着期末复习的时间，又规划好搞活动的时间，可以说是非常紧张。

慎温洄连着走了几家超市和化妆品店，都没能达到自己想要的目的。

她想，是不是地方不对，要不要去再远一点儿的地方？

她正发呆，对面一家沙县小吃里面走出来一个人，那人穿着厨师的衣服，戴着厨师帽，脸上还是那种"你欠我钱"的表情，一张嘴就是欠揍的语气："你是柱子吗？一直戳在这儿。"

那人赫然就是陆白。

慎温洄有些惊讶："昨天你是在牛肉面店打工？今天就改沙县小吃了？"

陆白不慌不忙地说道："牛肉面学了三天，会了。'沙县'今天刚来的。"

慎温洄由衷地感到惊喜："陆白，你也太牛了吧！天赋异禀！我就说你适合当厨子！接下来你打算去哪儿接着学？"

陆白看到慎温洄手舞足蹈，往后退了一步："你怎么不劝我学习？"

"我劝你学习干什么？术业有专攻，行行出状元，你爱这个，肯定能做得好。"慎温油解释道。

陆白冷笑了一声，也不知道是笑自己，还是笑慎温油："赞助一分钱没拉到吧？"

"这么明显吗？"

"写脸上了。"

慎温油拍了拍自己的脸，默念了一句"赶走霉运"。

"你都去哪儿了？"陆白问。

"商业街快跑遍了。"慎温油拿着地图给他指了指。

"餐厅都去过了？学校食堂的餐那么难吃，如果能送餐的话，应该有人愿意赞助吧。"陆白缓缓说道。

一语惊醒梦中人，慎温油已经习惯了点外卖的生活，忘记了现在是外卖软件还没有那么发达的时候。她"噌"的一下站了起来，陆白一伸手就抓住了她的书包。

"你干吗？"慎温油问道。

"我跟你一起去。"陆白说。

慎温油眼睛一亮："不愧是我的好朋友，看我一个人太辛苦了是吧？"

陆白翻了个白眼："我想看看哪家的菜能学一下，'沙县'感觉不太适合我。"

慎温油等了陆白一会儿，他跟老板辞了职，换好衣服出来。两个人并肩走在学校外面的商业街上，虽然都穿着校服，陆白却怎么看都不像个学生，又或者是因为她从内心就认定了陆白未来要走的路。

"你看路，看我干吗？"陆白凶了慎温油一句。

"我没看你。"慎温油回怼，但还真是没看路，下一秒就撞到了一个人。那人老早就发现了慎温油的路线，却一动不动地等着她撞上来，然后在慎温油马上要摔倒的时候，一个侧身让开，再用力一拉慎温油的书包袋子，成功地把她给拽住了。

慎温油就像一只小鸡崽子一样被揪住。她扭头看了一眼，只看到他限量款的球鞋。

"左肖？"慎温油问。

"你走路不看路的吗?"左肖拉了她一把。

慎温油从倾斜的角度一下子被拽直了,她的头发更加杂乱无章了。她顶着鸡窝一样的头发,从夹缝中看左肖:"你怎么来了?"

"路过。"左肖说着,就站在了慎温油和陆白的中间。

"你等一下有事吗?"左肖问慎温油。

"拉赞助。"

"那一起吧。"左肖说完看向陆白,"你今天不忙吗?"

"我也一起。"陆白说。

"那走吧!今天还有晚白习呢,抓紧时间!"慎温油快速走了好几步,回头发现那两个人根本没动,还在对视,于是无奈地又走了回来,"你俩去不去啊?"

"去!"左肖说。

"去呗。"陆白语气很轻,这本来就是一件很小的事情,他没有放在心上。

"去就快走!"慎温油再次发出指令,那两个人这才迈开步伐。

只是,慎温油的路越走越窄,明明是一条宽敞的马路,慎温油却觉得自己的前方只剩下灌木丛了。她终于忍不住,推了推左肖:"你干吗挤我?"

"谁挤你了?那里有盲道,我得让出来。"左肖说。

慎温油看了一眼,左肖和陆白之间说是隔着一个银河也不过分,他俩中间还能再走两个人,她这边却是一点儿空间都没有了。慎温油想了想,说:"那我跟你换个位置。"

"不换。"左肖说完继续跟陆白保持着十分礼貌的社交距离,走了几步,问慎温油,"喝不喝花生露?"

"不渴。"慎温油回答说。

又走了几步,左肖又问:"吃烤肠吗?"

"不吃。"

"吃不吃糖葫芦?那边有卖的。"

"不吃。"

又走了几步,左肖再次想开口的时候,慎温油忍不住了:"咱们不是来春游的。"

第十八章　我们之间的缝隙

慎温汩说完，又跟陆白凑到一起，研究哪一家小餐馆比较好下手。左肖在一旁倒是显得格格不入了。

"我觉得这家麻辣香锅可以，我顺便应聘一个学徒。"陆白说。

"你学什么麻辣香锅啊，你学私房菜啊！"慎温汩想了想又说，"什么高端你就学什么。"

两个人你一言我一语，似乎已经忘了有左肖这个人存在。

过了许久，左肖开口道："明天周六还去自习吗？"

慎温汩这才从和陆白的交流中抽离出来，想了想说："周六有事，我就不去了，下周再去吧。"

"慎温汩，你是不是有病？你以前劝我参加数学竞赛的时候怎么说的？现在有事儿就不学习了？爱学不学。"左肖说完转身走了。

走出去三米的时候，左肖就后悔了。他是不是有病？慎温汩学不学习关他什么事？

慎温汩却直接愣住了，左肖好像生气了。

"左肖脾气有点儿大。"陆白开口说道。

"你脾气才大呢！"慎温汩回头瞪了陆白一眼。她总算知道怎么回事儿了。她怎么能犯这种低级错误？

"今天谢谢你，后面几家我自己跑，先走了！"慎温汩拿上书包，飞奔而去。

慎温汩一路朝着左肖的脚步追逐着，人群里却并没有看到左肖的身影。她在放学后的晚高峰人群里穿梭着，狭窄的步行街上挤满了人，汹涌人潮裹挟着她，她四处张望，却没有一个是左肖。

慎温汩跳起来往前看，似乎有一个高高瘦瘦的男生进了一家超市。她当即大喊了一声："左肖！"

那个人却没有听见一样，径直进去了。

"左肖！"慎温汩一边叫着，一边蹿过去，"麻烦让一让。"

慎温汩被三个并排走着的女生拦住了。她往左，她们也往左；她往右，她们也往右。

这熟悉的气场，她看都不用看也知道这三个人是谁。

"慎温油？你干吗呢？"沈欣欣趾高气扬地看着慎温油，旁边还站着她的两个好姐妹——林一唯和刘紫。

看来钟情是彻底不跟她们玩了，慎温油想到这点还有点儿高兴，于是说："没干吗。你们干吗？手拉手轧马路啊？"

"我回家。"沈欣欣说。

"你家在这附近？"慎温油问。

"欣欣家里开连锁超市的你不知道吗？这附近好几家超市都是她家的店。"林一唯抢着说了。

慎温油在脑子里过了一圈，以前她跟沈欣欣的确属于不太熟的行列，没了解到沈欣欣的家庭背景，这么一看，条件还是不错的。她转而又一想，心里就有点儿不痛快了："家里开超市的，上次去医院看我，就带那么点儿东西？"

"你有病吧！"沈欣欣气得在大冬天里用手扇风。

旁边的刘紫也帮腔："欣欣别生气，这个慎温油就是追不到左肖，所以拿你出气。"

慎温油略一分析这句话，觉察出不对劲儿来，"啧啧"了两声："你这人说话阴阳怪气的。你点谁呢？"慎温油说完，还故意朝沈欣欣看了一眼。

这下沈欣欣气得原地跺脚，再次吼了一句："你有病吧！遇见你我真是倒了大霉了！"

沈欣欣转身就走，林一唯和刘紫也不好再留，转身追上沈欣欣。

慎温油这个人，平时脑子糊涂，但是只要遇上这几个姐妹，脑子一准就灵光起来了，怼人谁不会呀？！

"糟了！"慎温油再想追左肖，人群里早就找不到左肖的身影了，"又给他跑了！"

慎温油懊恼地跺脚，却听到后面有人说："谁跑了？"

慎温油喜出望外，转身就看到左肖拿着两瓶花生露看着她。他问了一句："真不喝？"

"喝！"慎温油伸手去拿花生露，却发现怎么都拧不开，"这瓶盖焊上了？"慎温油甚至张嘴打算用牙齿咬，被左肖拍了一下。

第十八章 我们之间的缝隙

"脏不脏？给我。"左肖拿过瓶子，用力一拧拧开了，又将花生露递给慎温油，"这不是有我嘛，干吗用牙咬？"

"我这不是怕你生气了嘛。那你现在还生气吗？"慎温油笑嘻嘻地问。

左肖故作大度："谁生气了？"

"我有点儿饿了，要不咱们去吃麻辣烫？"慎温油提议道。

左肖刚准备回话，手机响了，他看了一眼来电，微微皱眉，走到一边接起了电话。慎温油没听到说什么，只是看左肖脸色不太好。

几分钟后，左肖回来："我家里有点儿事。"

"那不吃了！回家吧……"她顿了一下又说，"需要我帮忙吗？"

"不用。"

"那你先走吧，我自己坐公交车回去。"

左肖犹豫了两秒，终于点了点头，转身跑开了。

会是什么事呢？慎温油看着左肖着急跑走的样子想。

周六，下午。

慎温油还是去了自习室。虽然她没跟左肖说，但是按照先前他们的约定，左肖是会过来的。

慎温油还在老位置等待着左肖。

可是一直到太阳下山左肖也没来，她开始觉得是不是左肖家里出了什么棘手的事情。她给左肖发了几条信息，都没得到左肖的回复。

她想了想，又给孟吒发了微信，问左肖的消息。

没多久，孟吒打来电话："我在训练，等会儿去左肖家看看，你别着急。好像是左叔叔昨天回来了，所以他今天没出来吧。"

慎温油却还是觉得哪里不对，为什么左肖没回她消息呢？

"嘀嘀——"她的手机响了，她还以为是左肖来电，却发现是一个陌生的座机号码打来的电话。她本着怀疑的态度接了起来。

"你好，是你们需要赞助是吧？"

慎温油本能反应就挂断了电话。这不是电信诈骗吗？她可太熟悉这套流程了，见多了这种案例。

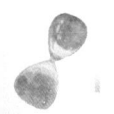

可对方又打了电话过来:"刚才信号不好,是不是你们学校元旦晚会要赞助啊,同学?"

大脑死机了一秒,慎温洇迅速重启,满脑子"钱来了"的想法!她发出去的那些小广告,终于有了回报!

"你好,你好……那我们当面谈吧,我这就过去。"挂断电话,慎温洇强压着心里的喜悦之情,离开了自习室,临走前写了一张便笺说下周不见不散,交给前台工作人员,叮嘱说如果左肖来了就说她来过了。

慎温洇回到学校附近的商业街,给她打电话联系她的是一家超市,她上次去超市的时候店员说经理没在,本以为就没了下文,却没想到这是唯一给她下文的一家。

慎温洇很紧张,甚至比她第一次去面试的时候还紧张。见面的地点就在超市。这是一家新超市,还在整理货物阶段,预计下星期才开始正式营业。慎温洇总算明白了,为什么这家超市愿意联系她赞助他们了。她连着喝了三口水,做了个深呼吸,才一口气把自己想说的话说了出来。

"虽然看起来给我们一个高中的活动赞助,并没有什么即时效果,但是我们学校的学生基本都是本地的,涵盖了几千个家庭。福袋小礼包里可以放一些你们的优惠券进行促销,我觉得这是非常能够拉动消费的。"慎温洇又一番劝说。

对方是个三十多岁的女人,是这个超市的经理,听了这话之后频频点头:"我了解过了,所以才给你打电话。同学,你看看你们这个活动,大概要多少赞助费?"

"组织部会做一个预算表出来,如果您能全包的话,我们就不再找其他赞助了,您就是唯一冠名的赞助商。"

慎温洇这话一出,对方被逗笑了:"你这个小姑娘,看起来年纪不大,说话一套一套的。"

一股风灌进来,玻璃门开了,进来一个男青年,他戴着工作手套,还穿着制服:"王姐,货到了!卸哪儿啊?"

"什么货啊?"

"冷货。"

第十八章　我们之间的缝隙

被叫作王姐的超市经理明显有些不悦："后面冷库没人吗？"

"就一个小刘看大门，里面的库房门没人看。姐，这货卸不卸？"

王经理为难起来，现在店里只有她和慎温洇两个人，其他两个店员轮班吃饭去了。显然慎温洇留下来看店不合适，她现在又有求于人，慎温洇想了想，主动站起来说："王姐，里面那个仓库门，如果方便的话，我帮您看一下？"

王姐一听这话眼睛都亮了，一把抓住了慎温洇的手说："太好了！你看着，让他们往里面搬东西就行了，一共订了400箱货，只要数对了就行。我在前门也盯着点儿。"

"箱子对了就行吗？"慎温洇又确定了一遍。

"没错，老供货商了，东西错不了，就看看数量，这些人有时候粗心。辛苦你了啊，小同学。"王姐拿了一个笔记本递给了慎温洇，"在这上面记录。"

"好。"慎温洇接过本子。

送货的人又催了一遍，慎温洇就跟着过去了。她以前也帮陆白的餐厅清点过货物，也算熟悉这个流程，一般就是陆白在前面粗略核一遍，她核一遍，根据送货单一对就行，基本上不会出错。

慎温洇走到后院，没想到这片区域还挺大，有一个专门的大仓库，大概有他们学校的篮球场那么大。她看这超市的规模也不大，怎么弄了这么大一个仓库？难道后面要做批发？慎温洇有一些不解，如果超市后面做批发的话，给他们学校赞助这个举动就没什么必要了，毕竟他们学校的学生群体和家长群体，都不算是这家超市的对口客户。

她虽然想不通为什么，但是答应了的事情还是照做了。慎温洇在冷库门口，看着工人一箱一箱地搬东西，核查着数目。过了二十多分钟，一开始那个男青年过来跟她打招呼："搬完了，你跟王姐说一声吧。"

慎温洇看了看自己记录的本子："好像是397，少了三箱。"

"怎么会呢？我们的出货单上都写了400，不会点错的。"

"可是……"慎温洇还要解释。

工人开始催促了："肯定是你漏了，我们还得给别家送货呢，你快跟王姐说一声吧。"

她不可能漏掉了，本子上都有记录的。慎温洇犹豫再三："你等一下，我

再数一遍。你不要走啊，等我！"

慎温泗转身进了冷库。

"哎！不用了吧！"男青年无奈地摇了摇头。

司机打完水，拎着烧水壶过来问他："怎么了？"

"没事，找王姐去吧。"男青年率先走了。

司机看了一眼，也不知道发生了什么，一甩水壶，水壶"当"的一声碰到了门口立着的木棍。他瞧了一眼自己的水壶，心里庆幸幸好没撞坏。他弯腰扶起木棍，转身走了。

在他转身走远不久后，木棍再次倾斜着倒了下来，冷库的门缓缓关上了。

看大门的小刘交班去吃饭，看到冷库门虚掩着，暗暗骂了句这几个人太粗心了，然后顺手将冷库门上了锁。

送货男青年去前面找王姐，恰好老板的女儿也在，他是见过老板的女儿几次的，那是一个上高中的小姑娘。

"王姐，货卸完了，我们的出货单上是400，刚才那小姑娘说是397，你看……"工人说。

没等王姐发话，司机补了一句："397没错啊，三天前送了3箱过来试卖。"

"我休假那天？"男青年问。

"是啊！"司机说道。

"好像是有这么回事儿，我记得。数量对就行了。"王姐拿过单子签了字。

"那个小姑娘说要再数一遍，还挺负责的。王姐，那辛苦你告诉她一声，我们先回去了。"男青年拿着单子走了。

王姐看了看店里，还是只有自己一个人看店，于是把目光投向了来店里玩的老板的女儿："欣欣，帮阿姨一个忙呗。你那个同学在仓库里呢。"

一直坐在收银台后面玩手机的女孩总算抬起了头，仍然是染着不符合高中要求的头发，笑了笑说："行，我去吧。那我一会儿就不过来了，王阿姨。"

沈欣欣从后门出来，直接走了，看都没朝仓库那边看一眼。她一想到慎温泗傻呵呵地在那里数数就觉得很好笑。她甚至笑出了声，强忍着去拍照留念的想法。她就是故意让王姐叫慎温泗来的，打算过几天再告诉慎温泗不赞助了。她知道慎温泗在拉赞助，谁让慎温泗昨天奚落自己，今天就是要让对

第十八章 我们之间的缝隙

方白跑一趟。

"刘紫,你叫上林一唯,一会儿吃火锅,我请客!"沈欣欣打电话的声音都透着愉悦感,她想了想又说,"问问钟情,到底还要不要一起玩,不来就算了。她跟着慎温泂有什么前途?慎温泂就是一个傻子!"

沈欣欣挂断了电话,已经走出了自家仓库的后院。她看了一眼,慎温泂数几遍应该就走了吧?这人也没那么傻吧?

冷库里,慎温泂拿着记号笔,十个十个地标记,的确是397箱,她没有数错。慎温泂搓了搓手,还好她今天出来穿得多,不然肯定要被冻感冒了。她转身往外走,发现冷库门不知道什么时候关上了,她推了一下,门纹丝不动。

慎温泂慌了一下,用力拍着门。

"有人吗?送货师傅!王姐!"慎温泂大声喊着,外面却没有人回应她。

慎温泂忽然从心里开始发凉,她明明认真地和送货师傅说了不要走开,让他等着自己,怎么还会出错呢?慎温泂意识到如果没有人帮她打开这扇门,那么她的记忆里那个被冻死的高中女生,就是她自己?一阵眩晕感袭来,慎温泂感觉自己有些站不稳,手开始发抖,恐惧感在这一瞬间比寒冷还要浓烈。她再一次用力撞门,门仍然纹丝不动,冰冷的铁门不知道是不是还能隔音。

王姐没见到自己,真的不会来看看吗?她想把希望寄托于这个只见过一面的王姐身上,却又觉得这样不现实。她看了一眼手机,低温已经导致手机关机了。

她不能这样干等下去,不想成为那个被冻死的人。她还没有让所有人记住左肖,怎么能够先消失?慎温泂将衣服的拉链拉紧,牢牢地卡在脖子上,开始观察冷库。冷库里存放的东西都是冰鲜食品,没有能够取暖的东西。

门口的箱子上有一双毛线手套,有一些旧了,应该是平时工人用过落在这里的,她也不管脏不脏,立刻将其戴在了自己的手上。

她巡视了一圈,没有其他的出路,只有头顶上有一个通风管道。她或许能够从这里出去?慎温泂开始搬箱子,将箱子垒高。尽管冷库里气温低,但因为一直在活动,她暂时没有觉得冷,反而身上出了汗。她有些害怕等一下体温降下去,这些汗很可能就会加快她被冻僵的速度。她不敢再这么剧烈活动,尽量放缓速度,保持着身体发热,却不会出汗。

没有钟表,她不知道时间的流速,却觉得今天比以往的每一天都要漫长。

她渐渐没了力气,箱子的高度却还离通风口有一段距离。她累了,疲惫感逐渐袭来。

慎温洇坐在新送来的纸箱上,心想,只是靠一下,休息几分钟就好……

第十九章

有个人喜欢你很久很久

"阿慎!"

忽然有人大喊了一声,慎温油觉得眼皮似有千斤重,努力睁开一条缝隙,看着眼前叫自己的人。她呆愣愣地看着他:"左肖?"

"阿慎别睡。"他拥抱住了她。

慎温油似乎感觉到有液体顺着她的脖子流进了她的心口,木讷地问他:"左肖,你哭了?"

他抱她抱得更紧,似乎要把她揉碎一样,用自己的羽绒服和体温温暖着她:"阿慎,别怕,我来了。"

"你是怎么进来的?"慎温油哆嗦着问左肖。

"从通风口。"左肖边说边给慎温油搓两条胳膊,"起来,别躺着。"

左肖拉慎温油起来,慎温油却站不起来了。她刚才似乎睡着了,整个人冻僵了一样。

"左肖,我站不起来。"慎温油有点儿绝望。

"那你靠着我。"左肖换了个姿势,把慎温油抱在怀里,"手给我。"

慎温油的手上还戴着那双手套,她试图摘下来,却发现手套上结冰了。她用力一拉,发现她的手不知道什么时候被割破了,手套上已经浸满了她的血。慎温油还没反应过来,左肖就用一只手捂住了她的眼睛,在她耳边轻声说:"阿慎,别怕,我帮你包扎。"

慎温油感觉自己像是被电了一下，慢吞吞地回应他说："我不怕。"

"那你闭上眼睛。"

慎温油闭上了眼睛。左肖从自己衣服上撕下一块布来，轻轻地帮慎温油处理掌心的伤口。一条横着的、狰狞的伤口，足足有五厘米那么长，左肖皱着眉，握着她的手不知道该如何下手。

慎温油有些疑惑，左肖怎么没有动作？她悄悄睁开眼，刚好看见左肖握着自己的手正在发呆。他低着头，碎发挡住了他的眼睛，她却看到他掉了一滴眼泪。她觉得左肖有点儿怪怪的，他怎么就哭了呢？

"喂。"慎温油出声叫他。

左肖回过神来，包扎动作十分利落。

"你今天有点儿怪怪的。"慎温油说。

"哪里怪？你可别说怪好看的。"左肖反驳了一句。

慎温油听了轻轻地笑了。她没想到，平时总是喜欢怼她的左肖，今天竟然有点儿可爱。

"我今天去自习室等你了，你没来。"慎温油说，"我还给你留了字条。"

"等我很久吗？"

"也还好吧。家里的事情解决了吗？"慎温油又问。

"解决了吧。"左肖回答。

"这听起来不像是解决了。"

"我们想办法出去吧。你不能躺着，得站起来。"左肖说。

慎温油又试了一下，真的站不起来了。她推了推左肖："我靠一下，缓一缓就起来。"

左肖想了想，说："那你先坐一下，我找找从哪里能出去。"

左肖站起来，把羽绒服留给了慎温油，他里面只穿着一件衬衣，还缺了一块，缺的那块在慎温油的手上。

"衣服给你。"慎温油刚要动，左肖按住了她的手。

"我不冷，你跟我说说话。我很喜欢……听你说话。"他说完别开了目光，去寻找一些能用的箱子。

慎温油拉了拉身上的衣服，能闻到属于左肖的淡淡的味道。他在冷库里忙前忙后。不知道为什么，慎温油总觉得今天的左肖跟昨天的左肖不太一样。但是他明明就是左肖,那么是什么变了呢?她还在发呆,就又听到左肖叫她。

"阿慎,你怎么不说话?"

"啊!我在。"

那边正在忙碌的左肖冲慎温洇笑了笑,没再说话。

慎温洇有那么一瞬间,觉得好像也没那么冷了。

冷库里的温度始终保持在零下18℃,她不知道自己被关了多久,已经饥肠辘辘。她提起一口气,跟左肖说了一句:"元旦晚会你表演个节目吧。"

"好啊,你想看我表演什么?"左肖满口答应着,在冷库里四处找着应急措施。一般来说,冷库里都应该有应急按钮可以打开冷库门的,然而这间冷库有些陈旧,左肖并没能找到应急按钮。他又去门口看了看,试图将门上的折页拆掉。然而这一切折腾完了,他发现,似乎只能从通风口进出。于是他开始搬箱了,接着进行慎温洇没完成的工程。他爬上箱子搭起来的阶梯第三层,将箱子放下,然后又爬下来,继续去远处拿更多的箱子。

他用的是下午送来的那397个箱子,虽然不知道里面装的是什么货物,但多亏了这些箱子,不然原本那些带鱼之类的水产根本没法搭建楼梯。

"你怎么这么容易就答应了?"慎温洇听到左肖的回答之后,有一点点惊讶,原本无精打采的眼睛也微微睁大了点。

"我干吗要拒绝?反正就算我拒绝了,你也要软磨硬泡地让我答应的,那我还不如一开始就答应了。"左肖说完,放下一箱货物,看向慎温洇,"你不是会轻易放弃的人,是吧,阿慎?"

她听了这话以后点了点头:"今天真聪明。"慎温洇忽然想到昨天还气鼓鼓的左肖,又想逗逗他:"那要是陆白也表演呢,你俩合作吗?"

左肖随口问了一句:"陆白也来了?"

"他没来啊,我是说晚会,你们合作表演,你愿意吗?"慎温洇继续逗他。

左肖愣了一下,放下手里的箱子走了过来,蹲下认真地看慎温洇,想了一下说辞之后问道:"陆白表演什么?他……算外援吗?"

慎温洇略一思索,觉得还挺有意思的,声音有些发抖地说:"要是你们两个真的一起表演,那肯定能被很多人记住。"

"很多人?也包括你吗?你也会记很久吗?"左肖看着慎温洇的眼睛,在迫切渴望着得到什么答案,却又害怕轻易说出的答案只是敷衍。

慎温油却在这种目光之中，有一些心疼，用颤抖的声音坚定地说："我会，就算所有人都忘记了你，我也会记得有一个人叫左肖。但是，我不会让他们忘记你的。"这是她一直以来的目的，她要让她喜欢的这个优秀的男孩子，不仅仅存在于自己的记忆中。她想在十年后，信德高中的荣誉墙上仍然挂着左肖的战绩，学校的论坛里仍然有左肖的传说，同学聚会的话题仍然是这个拥有万丈光芒的人。

"好，那我听你的。等我们出去了，一起去吃烤肉。"左肖再次搓了搓慎温油的手。

慎温油点了点头，快要死机了的大脑猛地反应过来："你不是不爱吃烤肉吗？"

"谁说的？我很喜欢，而且我很擅长烤肉。"

"可是上一次……"她欲言又止。

"你肯定是被冻傻了，虽然想让你休息，但我觉得你现在必须起来活动活动了。"左肖再一次拉慎温油起来。

她借着左肖的力勉强站了起来，活动了一下关节，身上僵硬得很。她跺了跺脚，往日里学过的一些知识，在这一瞬间都凝固了，她就只剩下了本能的跺脚动作，让自己的血液循环起来。左肖看她开始活动了，于是放下心继续去搬箱子。

慎温油挪动着到了左肖的旁边，他已经搭起了五层箱子，最上面的一层有一米宽，足够两个人站上去。他举起胳膊的时候，慎温油看到，他的胳膊肘受伤了。

慎温油有些紧张，指了指他的胳膊，问："怎么弄的？"

左肖瞥了胳膊肘一眼，没当回事："可能是刚才跳下来时不小心弄的吧。阿慎，咱们能出去了。"

他转头看着慎温油，脸上的笑容像暖阳一样灿烂。慎温油没来由地觉得心跳快了起来。左肖伸出手："阿慎，别发呆，我扶你上去。"

慎温油握住了左肖的手，却没什么力气了，左肖拉着她上了第一层箱子。上第二层箱子的时候，慎温油脚下一软，整个人后仰，还好左肖及时抱住了她，他轻声叮嘱着："慢点儿。"

"左肖，谢谢你。"她由衷地说。

"谢什么？"

"谢谢你发现了我一直没回去，谢谢你来找我，谢谢你找到了我。不然我真的……"她说着眼睛里已经蓄起了泪花。她又想起了自己知道的那个新闻，高中那年冻死了一个女生，如果没有左肖出现，那个人就是自己。

"笨蛋，我就是为你来的啊。阿慎，我要让你一辈子都平安快乐。"左肖将手放在慎温洇的腋下，将她拎上第二层箱子。

慎温洇整个人却呆住了。这一刻的左肖，真的是自己每天都见到的那个左肖吗？她看向正在努力拉她上去的那个人，一种陌生又熟悉的感觉瞬间回来了。这好像才是她的日记中的那个人，她心心念念的左肖、像光一样照耀过她的左肖。可她又十分确定，眼前的左肖，绝对不是昨天那个一定要走在她和陆白中间的幼稚鬼左肖。

"你到底是谁？"慎温洇看着他问。

"我是左肖。"左肖说，语气很平静。

慎温洇还想继续追问，左肖已经催促她了："咱们真的得出去了。我刚才看了，这些箱子里装的东西都是塑料壳包装，冷冻时间长了会很脆，不结实的。"

"好。"慎温洇手脚并用，总算爬上了最高一层箱子。她伸手拉左肖上来，两个人一起站在一平方米见方的箱子上，箱子摇摇晃晃的，他们努力保持着平衡。

头顶上就是一个通风口，左肖下来的时候，已经打开了铁丝网。

"你先上去。"左肖架着慎温洇。

"要不你先上去，然后拉我吧。"慎温洇建议道。

"你脚下没力气，等会儿上不来的。听话，你先上去。"左肖抱着慎温洇的腰，努力举起了她。

慎温洇不再扭捏，抓住了通风口的边缘。左肖松开放在她腰上的手，两手搭着，让慎温洇踩在自己的手上借力。慎温洇拼尽了全力，终于爬上了通风口，通风口只有五十厘米高，她只能在里面趴着。左肖说得对，她脚上真的没力气，如果不是左肖在下面垫着，即便有人拽她，她也上不去。

慎温洇调整好了角度，朝下面的左肖伸出手："我拉你上来。"

"我自己可以。"左肖跳起来，指尖擦过了通风口。

他再次尝试，仍然是擦过。慎温洇有点儿担心了，左肖可能是没力气了。她果断地伸出了手："你拽着我的胳膊用力爬上来。"

左肖犹豫了一秒，大概是在估算自己会不会把慎温洇拽下来。

"快呀！"慎温洇大声说道。

"好。"左肖伸出手。

可就在左肖马上要握住慎温洇的手的那一秒，脚下摇摇欲坠的箱子轰然倒塌。

慎温洇瞪大了眼睛，快速地伸手捞了一把，却只能跟左肖的指尖擦过。她眼睁睁地看着左肖跌了下去。

"左肖！"她大叫了一声。

箱子滚落，发出轰隆隆的声音，左肖淹没在箱子当中。

慎温洇急了："左肖！左肖！"她的声音很尖锐，像是要刺破这铜墙铁壁一般。

慎温洇没力气再喊，只能拍打着通风口的铁皮发出声响，焦急地看着下面的一堆箱子。她很后悔，如果她不来拉赞助就好了，如果她刚才速度快一点儿就好了，如果她没有跟左肖走这么近就好了……为什么她不能远远地看着左肖？为什么要靠近他？为什么要让他来救自己？

慎温洇趴在通风口处无声地哭了。她恨自己，她讨厌自己，她想打自己。

"阿慎……"

慎温洇猛然一惊，迅速朝下面望过去。

箱子堆里，左肖微微坐了起来，冲慎温洇笑了笑："我没事，阿慎。"

慎温洇大喜，冲左肖用力点头："那你快上来。"

左肖还坐在箱子堆里，缓缓摇头："再搭一次不现实，你先走，找人来开门。"

"好，我马上去。"慎温洇听话地点头，脱下左肖的羽绒服，连带着自己里面的那件毛绒外套，用力地丢向了左肖，"你穿着，等我回来！一定要等我回来！"

衣服降落的地方离左肖有一米远，左肖没有立刻去拿衣服，"嗯"了一声说："你小心一些。"

"我很快！"慎温洇扭头要爬走。

"阿慎!"左肖急促地叫了她一声。

慎温泅扭头看向他:"怎么了?"

左肖望着慎温泅,眼睛微微泛红,轻轻张口,却是用尽了全部的力气:"阿慎,我喜欢你,很久很久了。"

慎温泅满目震惊之色,僵在原地,明明浑身冰冷,却觉得胸口异常火热,心脏怦怦地跳动异常,就要一跃而出了。

"去吧。"左肖又说。

"我……"

"快走!"左肖催促她。

慎温泅决定不再耽搁,左肖在里面多待一秒就多一秒的危险。慎温泅用力点头,手脚并用,在通风管道里快速爬行起来。

陈旧的通风管道里十分脏乱,却有一条左肖进来时留下的痕迹,他就是这样一点点地爬进来找自己的。黑暗中,她忽然摸到了什么东西,吓得一阵心惊,却不敢去看,也不敢耽误片刻,只能往前爬。她要出去,她要救左肖!

终于,慎温泅感受到了外面的风,顺着管道滑下来,坐在了一堆货物上,这应该是左肖进来的时候踩过的东西。

外面已经是深夜,超市因为没有正式营业,已经关门,整个院子里只有外面的路灯亮着。

"有人吗?!"慎温泅颤抖着声音问,却没有人回答她。

寒冬的夜里,室外的气温并不比冷库里暖和多少,她感觉身上的血液再次凝固了,却又顾不得那么多,她还要救左肖。

慎温泅到处找着钥匙,从库房门口的墙壁上拿下了一串钥匙。

"我找到钥匙了!左肖!"她有些兴奋,开始一把一把地尝试。

一把、两把、三把……最后一把,这些却都不是冷库的钥匙,慎温泅急哭了,却不能停下来。她看到门口有一把斧子,举起来劈向了冷库门上的锁,却不知道是她力气不够,还是这把锁太坚硬。

"左肖,左肖……"慎温泅一声一声地叫着左肖的名字,一下一下劈着门上的锁。

她手上的伤口被震裂,血再一次流得满手都是。门仍然未能被打开,她整个人六神无主,强迫自己冷静下来,看向了院子的大门。她提起斧头,狠狠劈

239

了下去，顾不得许多，破门而出，奔向了路边的电话亭，快速拨打了119。

"救人，救救他，救救他……"她几乎是胡言乱语一样说全了地址，反复祈求着对方快来。她再次回到院子里，找到整个院子的电表箱，再一次抢起斧子，准备砸碎电表的时候，终于有人来了。

"快住手！"看仓库的小刘打牌回来，看到这满院子的狼藉景象，正准备报警，就看见一个拎着斧头的人走来。他先是吓了一跳，确定对方只是个女孩以后，才站出来。

慎温沺看到小刘像是看到了一棵救命稻草一般，不顾一切地冲过去，笨拙地绊倒了自己也毫不在意，连滚带爬地抓住小刘："开冷库，里面有人，有人！"

小刘瞬间瞪大了双眼，从口袋里摸出钥匙，飞奔过去开门。

"快点儿，再快一点儿！"她不断催促着，扣在一起的双手早就血肉模糊，"求您了……"

小刘匆忙打开了冷库的门，慎温沺瞬间冲了进去。

"左肖！我来救你了。"慎温沺跑进去，在一堆箱子中间找到左肖。

她看到她丢下来的衣服还在原地，左肖根本就没有拿去穿上。她的心里"咯噔"了一下，有一种不好的预感。她再往前走了几步，腿被划伤了也完全没有感觉似的。身后的小刘看到这一幕，也跟着急了，赶紧进来找人。

"你说谁在这里？左肖是谁啊？"小刘问道。

慎温沺顾不得回答，翻开两个破碎的箱子，见到了一片猩红的血迹。她无法相信眼前看到的场景，发了疯一样把箱子推开，终于在一片狼藉之中，握住了左肖的手。

"真有个人！"小刘惊呼一声，迅速挪开了几个箱子。

被掩盖在狼藉之下的左肖安静地躺在那里，头发上结了冰雪，眉毛和睫毛已经泛白，嘴唇毫无血色。他紧闭着双目，手冰冷得僵硬，洁白的衬衫上开出了一朵暗红色的花，痕迹蔓延到了他的整个腹部。一块锋利的塑料盒碎片从他的腰部贯穿了进来。慎温沺伸手摸了一下，血顺着她的手指，滴落在他的伤口上，跟他暗红色的血逐渐融合。

慎温沺再也听不到其他的声音，整个人也动弹不得，此刻的恐惧与绝望感，比她被关在冷库里叫天天不应的时候还要强烈。她推了推左肖，把他抱在怀里，

第十九章 有个人喜欢你很久很久

用不灵活的手搓着左肖僵硬的手。她反复用力,一遍遍地问着自己:"为什么不热呢?"

"小姑娘,报警吧!"小刘在一旁劝说,试图拉慎温泂出去。

慎温泂用一股蛮力甩开了小刘,继续抱着左肖,给左肖搓手,把他的手放在嘴边哈气:"左肖,醒醒。你不是喜欢我吗?你还没听到我的答案呢,醒醒啊,左肖。求求你了,醒醒好不好?跟我说一句话好不好?我想听你叫我的名字,左肖,我在叫你啊,你为什么不回答我?左肖,左肖,左肖!"

她的声音响彻整个冷库,久久回荡在寒冷的空气之中,而她怀里的左肖,再也没能回应她一个字。

慎温泂想起她的记忆中第一次跟左肖见面的样子,她被锁在柜子里,是左肖打开柜子,发现了她。她记忆中第一次见面时左肖拥抱了她,尽管她不明白,作为陌生人的两个人,他为什么要拥抱她。她还记得她回到2013年的时候,左肖打开柜子,发现了她,她拥抱了左肖,左肖吓了一跳。突如其来的地震让左肖惊慌失措,她安慰着左肖,从那以后他们成了朋友。

她记得跟左肖一起参加数学竞赛,他用他自己特殊的方式鼓励着她,虽然看起来像是在嘲讽她,可那方法对她的确有用。她还记得,她差点儿从楼梯上滚下去,是左肖救了她,她害得左肖摔断了手臂。

她又想起,她和左肖一起骑自行车,她和左肖拍的第一张合影……

她记忆里的左肖越来越清晰。

她对左肖所有的爱慕之情,都写在了日记本里,她为什么没能亲口告诉左肖?

如果她早一点儿知道左肖也是喜欢自己的,那该有多好?

可是现在,什么都没有了。

她的呼吸越来越慢,她的身体越来越冰冷,她抱着左肖,再也不想松开了。

上一次她睡着,是左肖叫醒了她,而现在她怎么都叫不醒左肖。

她很累。

她在一片嘈杂声中闭上了眼睛,怀里仍然死死地抱着左肖。

如果明天不再醒来,她也依然跟左肖在一起。

如果明天所有人都忘了左肖,那么请将她也一起遗忘了吧。

因为慎温泂回来的所有意义,只是因为左肖。

第二十章

他曾存在过

"嘀嗒、嘀嗒……"

她听到,这是挂水的声音。慎温洇觉得自己的听力变得格外好了,还听到有人坐在她跟前叹气,时不时有人拿了毛巾给她擦脸。

过了不久,有人在轻轻地抽泣。

可她就是没有睁开眼睛看看这一切,尽管她对周围是有感觉的,她本能地想要逃避醒来。

但是,她又能逃避多久呢?她并没有跟随左肖一起离开,她还活着。

慎温洇无可奈何,睁开了眼睛。

温俞看见女儿醒了,惊呼一声,冲过来握住了慎温洇的手:"洇洇,你总算醒了!你这孩子,吓死妈妈了。"

慎温洇看到了温俞鬓角发白的发根,显然是被染过的白头发长出了新的。她扭头看了一眼周围,她在医院里,床头柜子上放着的是 2023 年的新款手机。她挣扎着坐起来,窗帘、壁纸、装饰,一切的一切都是崭新的。

"洇洇,你怎么不说话啊?"温俞吓了一跳,抓着慎温洇的手摇晃了一下,"有没有哪里不舒服?"

慎温洇的眼睛许久之后才对焦,她看向了温俞,声音沙哑着问:"现在是 2023 年?我在医院里?我怎么了?"

"你昏迷了一星期了。你上周回母校参加活动,晕倒在了资料室里,又赶上影州市地震,你们学校资料室年久失修,你就……"温俞说着哭了起来,"被埋在废墟里,妈妈吓死了。你总算是醒了。"

慎温沺瞠目结舌。她为什么会在学校的资料室里被找到?

如果这一次回到 2013 年是一场梦的话,那么她记得在做这场梦之前,她进了手术室,要给小温移植肾脏。

是她的记忆发生了错误,还是过去的事发生了改变?这到底是怎么回事?

但如果过去的事发生了改变,那左肖呢?

慎温沺一把抓住温俞,突如其来的紧迫感,吓了温俞一跳。慎温沺却顾不得许多,紧张地问:"妈妈,左肖呢?"

温俞蹙眉,似乎是在回忆这个名字,停顿了一秒之后,问道:"左肖是谁啊?"

这个答案虽然不陌生,但慎温沺到底还是失望的,她妈妈仍然不记得左肖。

"一个很重要的人。"慎温沺回答说。

"那以前怎么没听你跟妈妈提起啊?"温俞追问,"是你喜欢的男孩子?"

慎温沺"嗯"了一声,眼睛里似乎有一种温暖的情绪。她望着窗外,仿佛和左肖看着同一片天空,就算是见到了左肖一样,缓缓地说:"我很喜欢他,可是错过他了。"

温俞再也笑不出来了。她一改往常喜欢数落女儿的毛病,抱紧了慎温沺,而慎温沺终于在这一秒放声大哭。

她的左肖,到底被人忘记了。

她哭累了,发现门口戳着陆白,他不知道什么时候来的,手里拎着保温饭盒。

"阿姨,慎温沺醒了啊。"陆白放下饭盒,"那吃饭吧,今天带的两人份的,总算没有浪费。"

陆白是有一些高兴的,但他平时嘴贱,容易让人忽略他其实是一个会关心人的人。温俞见陆白来了,主动让出了位置:"你们俩聊聊,我回家一趟,你们吃。"

温俞出去了,换陆白过来坐。

慎温沺看了一眼陆白,他递给她一包湿纸巾。

"擦擦,脸上跟花猫一样。"陆白说。

慎温油抽出一张湿纸巾擦了两下脸，眼泪跟着再次掉了下来。

陆白有点儿慌了，拿起湿纸巾的包装看了一眼，纳闷地说："也不含酒精呀，怎么给你熏哭了？"

慎温油知道陆白在逗自己开心，但是她一点儿也开心不起来。她深呼吸了一口气，鼓足了勇气跟陆白说："我又回到了2013年，想让所有人都记住左肖，可是左肖为了救我，死在了冷库里。左肖他死了……"

陆白脸上带着心疼和一些疑惑之色，他给慎温油擦了眼泪，迟疑着问："左肖是谁？"

慎温油猛地抬头看向陆白，脸上的震惊神色难以言表。她紧紧地抓住陆白的胳膊："你说什么？"

"我说错话了？我第一次听你提起这个名字，他是谁啊？"陆白有些谨小慎微，缓了缓又问，"我应该认识他吗？"

这句话像是一个惊雷，在慎温油的脑海里炸了。

在此之前，陆白是记得左肖的，为什么忽然就连陆白也不记得左肖了？这不可能，她不相信。

"左肖啊，就是我高中一直喜欢的人啊！咱俩结婚那天，你还跟我开他的玩笑呢，你忘了吗？"慎温油拿出自己的手机，慌乱之中手机差点儿掉在地上，陆白捡起来给了她。

"你别急，慢慢说。"

"小温！小温呢？不是左肖帮你找到小温的吗？你怎么会不记得左肖呢？你怎么会呢？那是左肖啊！"慎温油一边声嘶力竭地哭喊，一边打开手机翻找左肖的照片，她手机隐藏相册里那张跟左肖的合影，却消失了。

慎温油再也忍不住了，跪在地上吼了起来："为什么你们不记得左肖？！为什么？！"

陆白抱住了慎温油，轻轻地拍打着她的背："你别着急，无论怎么样，我帮你，只要是你说的话，我都相信。"

慎温油哭着再一次昏睡了过去。

慎温油再次醒来时，仍然在医院里。这一次不光是陆白，慎温油的爸妈也来了，还有陆白的父母。慎温油现在唯一能确定的是小温还在，可是带小温来找陆白的人已经不是左肖了，她和陆白还是因为小温的病准备结婚，还有她留院的名额也在。

一切的一切，都跟过去没有什么区别，可又有着天差地别。

"我没事，我想跟陆白待一会儿。"慎温洇说。

温俞看着女儿憔悴的样子，心疼不已。慎西北想陪陪女儿，却被老婆拉了出去。只有陆白的父母很是欣慰，觉得儿子和未来儿媳妇的感情好了不少。

病房里再一次只剩下了陆白和慎温洇，慎温洇看向陆白。

"我要出院。"

"祖宗，你脑震荡还没好呢，下午你哭晕过去了，你……"

"你不带我走，我就自己走，到时候，他们四个骂死你。"

陆白看着慎温洇，确定她是认真的，无可奈何地松口："服了你了。"

医院停车场里，慎温洇穿着陆白的外套，陆白穿着一件衬衣冻得瑟瑟发抖。她扫了一眼陆白的白衬衣，猛然又想起了冷库里左肖的那一件，想起左肖叫她阿慎，他让她别怕。

"去哪里？"陆白问。

慎温洇回过神来，说："你最近见过孟吒吗？"

陆白顿了一下，装作若无其事的样子说："好端端的提她干吗？"

"我要见她。你上次见她是什么时候？"慎温洇又问。

"她把我的车撞了，我去拿车。"

"你知道她现在在什么地方吗？带我去找她。"

陆白有些为难，迟迟没有发动车子。

慎温洇注意到，问："怎么了？这辆车你还是不熟悉吗？"

"孟吒住院了，我们这时候去，见不到她。"陆白的语气有些心疼。

慎温洇微微惊讶："她病了？什么病？"

"明天我试着联系看看，看能不能带你去看看她。那现在去哪儿？"陆白发动好了车子，却又避而不答。

"回我家吧。"慎温洇叹了一口气，窝在座椅上睡了。

慎温洇的小公寓有半个来月没人住了，一进门有一股霉味儿，陆白憋着一口气去开窗。

"你家这个下水道真是不太好，总是反味儿。"陆白深呼吸。

慎温油进屋之后，就开始翻找自己的杂物。她将高中时的东西全都翻了一遍，陆白好奇地围了过来："找什么？"

"同学录。"慎温油说。

"我帮你。"陆白跟着慎温油一起开始翻箱倒柜。

两个人没再多说什么话，分别将这个不大的房子里的每一个角落都翻遍了，终于在床底下的整理箱里找到了她的高中同学录。她如获至宝，快速翻阅着。

"不可能。"她从头翻到尾，没有看到左肖的名字。她不相信，又翻了一次。

"这不可能！"慎温油一遍遍翻着同学录，手指被划破了也毫不在意，仿佛只要她不停下来，就一定能找到属于左肖的那一页。

"慎温油，停下来。"陆白抓住了她的手腕，强迫她不要再去碰那本同学录。

慎温油怒视着陆白："放开我！"

"能不能告诉我，到底发生了什么事？你为什么一定要找左肖？左肖跟你到底有什么关系？"陆白并没有放开慎温油，觉得她现在整个人的状态都不太对。他担心慎温油是真的被撞坏了脑子。

慎温油没有回答她，猛然又想到："我的日记本呢？就那个紫色的笔记本，在哪里？我的小羊皮箱子！回家，回我爸妈家！快点儿！陆白！我需要那个日记本！求你了！陆白！快带我去！"

陆白十分无奈："好，我带你回去，但是到你爸妈家，你不能再这样了，他们会担心你的。"

慎温油听话地点了点头："走吧！"

两个人驱车去慎温油的爸妈家，她在路上不停地催促，总是克制不住搓手，一双白嫩的手已经被她搓红了。陆白看了一眼，心里有些担忧。

"慎温油，你在干吗？"陆白问。

"手冷，很冷很冷，怎么搓都搓不热。"慎温油说着还将手放在嘴边哈气。

陆白看了一眼窗外绿茵一片的景致，试着问："现在是9月，慎温油，你真的觉得冷吗？"

慎温油点了点头："冷，真的很冷。"

陆白无奈，只好将暖风打开。慎温油把手放到出风口处，却还是觉得冷，一种打从心底里涌出来的寒冷。

第二十章　他曾存在过

到了慎温洄的爸妈家，慎温洄打开门就冲了进去，弄得她爸妈愣了愣。陆白赶紧跟过来解释。

慎温洄冲进自己的房间，踩着凳子从柜子上面拿下了小羊皮箱子。她忘了带钥匙过来，直接将箱子往地上一摔，试图摔坏那把锁。陆白闻声赶紧进来，把门关好，生怕慎温洄的父母听见动静。

"你在干吗？"陆白问。

"开锁。"慎温洄说着又要摔箱子。

陆白一把接过箱子说："我来。"

陆白转身出去，找了个钳子，硬生生地夹断了这把锁。慎温洄"嗖"的一下拿出了里面的笔记本，坐在床边开始翻看。

一颗悬着的心总算是放了下来。她的日记还在，她对左肖的喜欢都还在，这就说明左肖还在。

陆白看她松弛下来的样子，总算是放了心，轻声问她："现在是不是能说说，你到底怎么了？"

"你如果已经忘记了，我跟你说什么，你都不会相信的。陆白你别问了，帮我见到孟呓就行了，她肯定不会忘记左肖的。"慎温洄抱着日记本，轻声说道。

陆白瞥了日记本一眼。慎温洄的日记本里第一页就写着几个大字：

我喜欢左肖。

陆白开始怀疑左肖到底是不是真的存在，在来这里之前，他跟慎温洄的父母一样，听医生的推测，左肖这个人是慎温洄在地震受伤昏迷以后做的一个梦，是一个并不存在的虚拟人物，只是慎温洄可能从某个地方听到的一个名字，然后编出来了一串故事。但是现在看来，左肖是很久之前就存在的。

又或者说，她从很久以前就幻想出了这么一个人？陆白陷入了深深的怀疑当中。还是说，真的有过这样一个人，只是他们都忘记了？

明天他们见到孟呓，又能说明什么呢？陆白不忍心告诉慎温洄孟呓的情况，叮嘱她："今天好好休息，就在家里吧，明天我来接你。"

慎温洄"嗯"了一声，抬头对陆白笑了笑："陆白，咱俩是最好的朋友，你一定要相信我。"

陆白怔了怔,缓缓点头。

第二天一大早,慎温沺就一直给陆白打电话叫他来接自己。

陆白看了一眼墙上的时钟:"才六点,你是不是因为咱俩结婚那天你早起,就报复我啊?"

"快点儿起来!"慎温沺又催促了一句。她知道陆白在跟自己开玩笑缓和气氛,但就是开心不起来。

早上八点,慎温沺和陆白出现在一家私人疗养院里,慎温沺有些奇怪。

"孟呓到底怎么了?"慎温沺问。凭借自己在医院实习的经验,她怎么会看不出,这里虽然叫疗养院,实际上住着的都是精神疾病患者?

陆白无奈道:"她的家人送她来的,说是她不太正常。"

就在这时,护士来告知他们可以去会客室了。

怀着忐忑的心情,慎温沺跟在护士后面进入会客室。孟呓坐在桌子里侧,旁边还有一个医生陪护着。

孟呓低着头,没什么精神的样子,见到慎温沺也没什么反应。

慎温沺看了一眼陆白,陆白对这种情况已经见怪不怪,看样子不是第一次来。

"可以跟她单独聊几句吗?我是孟呓的高中同学,同时也是一名心理医生,跟我聊聊,或许对孟呓有好处。"慎温沺从包里拿出自己的工作证递给对方。

对方看了一眼工作证之后,在内心权衡了一下。陆白又赶紧站出来说:"我这里有李教授的推荐信,他是这方面的专家,孟呓的家属也同意的。"陆白拿出他一早准备好的资料,总算是蒙混过关,对方终于点头,将这间会客室留给了他们,临走前叮嘱:"千万不要刺激到她。"

"谢谢。"慎温沺送走了医生。

房间里只剩下了孟呓和慎温沺。

孟呓看起来精神状况不太好,比慎温沺上次见到的时候还要紧张一些。她会突然盯着一个地方发呆,却不会那么热情地跟人说话。她很安静,像一个漂亮的洋娃娃。

"孟呓,我是慎温沺。"慎温沺开口道。

第二十章 他曾存在过

孟吂没什么反应，继续盯着墙角看。

慎温洇知道时间紧张，她看到了后面的监控，只能拣重点说："我见到了左肖。"

正在抠手的孟吂停顿了一下，然后继续抠着手，好像并没有听到这话一样。

"在过去，我真的见到了左肖，他遇到了危险。我需要你告诉我一些其他的信息。你知不知道左肖在哪里？又或者说，他可能去过的地方？"慎温洇拉着孟吂的手问。

孟吂将手从慎温洇的手心里挣脱了，继续抠手。

慎温洇有些着急，按住孟吂的双手，紧张地问："你知不知道他们都不记得左肖了？就连陆白也忘了左肖，现在左肖只有你和我了。你给我的日记本还在。你还有没有能告诉我的别的信息？孟吂……"

"左肖是谁？"孟吂终于看了慎温洇一眼。

可这话，让慎温洇的心跌入了谷底，她再也顾不得许多，冲到孟吂面前，按住孟吂的肩膀，强迫孟吂看着自己："左肖是你的青梅竹马，是你最好的朋友，你说过他是我的男朋友，你怎么能忘了左肖呢？"

孟吂摇了摇头，仿佛听不懂这话的样子。

慎温洇几乎要疯了，带着哭腔，拿出自己的日记本："你拿着它来找我，破坏了我的婚礼，让我帮帮左肖，现在怎么能说不认识左肖呢？你看看啊，孟吂，那是左肖啊！你知不知道，左肖死在了2013年！我这次见到左肖，他死了，他死了！你赶紧想想，有没有什么能找到他的方法。不然他真的会死在过去的！"

"啊！"孟吂捂住耳朵，发出了一声尖叫，摇着头，"我不认识左肖，没有左肖，都不认识左肖，没有左肖。我不找了，不找了，让我回家吧，我真的不找了，我不找了……"

孟吂蹲在地上大喊大叫起来，全身都在发抖。

"孟吂？"慎温洇想上前扶她，门外的医护人员冲了进来，一把拉开了慎温洇。

医生皱着眉，态度严厉："怎么回事，不是让你不要刺激她吗？"

慎温洇看着地上蹲着的孟吂。孟吂在痛苦地尖叫，想要挣脱束缚，有人拽她被她狠狠推开，她看了一眼门，想要冲出去，又被护士抱在了怀里。

249

慎温洄吓坏了，身后的陆白看着眼前的孟呓，眉头皱在了一起。他握紧拳头，极力克制着自己，一步也不能靠前。他看着别人拽孟呓，强忍住过去推开那些人的冲动，转过身，闭了闭眼睛，对慎温洄说："我们走吧。"

"我……"慎温洄渴望地看着孟呓，似乎也只能离开了。

孟呓还在挣扎，护士拿出镇静剂，要给孟呓打一针。孟呓再一次尖叫，一把推开护士，跑到慎温洄跟前，狠狠地抓着慎温洄的手。慎温洄一惊，感受到掌心里被塞了一个小字条，她看向孟呓。

孟呓的眼神异常坚定："忘了吧。"

慎温洄还想再问什么，孟呓就被拉走了。那个医生满脸不悦地冲慎温洄说："请离开吧。"

陆白拉着慎温洄走出去，慎温洄再次回头想看看孟呓，无意间扫到了那个摄像头。她似乎明白了。孟呓没有忘记左肖，只是她被当成了神经病，没有办法再提起左肖。慎温洄笑了。她就知道，左肖没有真的被遗忘，是有人记得的，哪怕只有她和孟呓两个人记得，左肖也是真实存在的！

两个人离开疗养院，再次坐在车上，慎温洄打开了孟呓交给她的小小字条，上面写着一个地址——民主街45号77号楼1404。

慎温洄愣住了。陆白瞥了字条一眼，也有些惊讶地说："这不是你家那栋楼顶层？"

"送我去。"慎温洄说。

她觉得，有什么真相正在呼之欲出。她想起孟呓说过，左肖寄出了一个快递，发件地址就在她家附近，那个寄给孟呓的快递就是这本日记。她现在有理由相信左肖一直在她的周围，所以他拿到了自己的日记，然后寄给了孟呓。他一定是要告诉自己什么，一定是发生了什么事情，过去的事一定被改变了，她的记忆也被覆盖了。

左肖，她一定要找到左肖。

无论是在过去还是未来，她绝对不会让左肖一个人面对危险，她一定要救他。

到了楼下，慎温洄拦住了陆白。

第二十章　他曾存在过

"我一个人上去,你不要跟过来。"

陆白有些不放心:"我在门口。"

慎温洇摇了摇头:"不要,我想一个人看看,左肖一定给我留了什么东西。"她十分坚定,因为她觉得一旦进入了那个房子,她会再一次消失,回到2013年。如果让陆白亲眼看到自己消失,那一定很麻烦,所以她只能一个人上去。

陆白沉默了一会儿,终于松口:"那你有事就打电话给我,我随时都在。"

慎温洇点了点头,搭乘电梯上了楼。

慎温洇站在1404的门口,走廊的尽头,就是通往天台的铁门。她看着门上这把挂锁,就跟信德高中仓库后门的那把锁一样,她的心跳越发快了起来。这是左肖的手笔,左肖一定在这里,慎温洇很笃定。

门口的地垫有些陈旧,边已经卷了起来。窗台上放着一个花盆,里面种的大概是薰衣草,不过已经枯萎了。她将花盆倒扣下来,花土散落一地,一把橙黄色的钥匙掉了出来。慎温洇心中一喜,拿起钥匙,将其插进了大门的挂锁上。

她深呼吸,开锁,"咔嗒"一声,锁开了。她推开门,迎面吹来了薰衣草的气息。

"左肖!"她叫着左肖的名字,迈进了1404。

这是一间一居室的房子,客厅有着明亮的窗户,阳光透过窗帘的缝隙照在地上。地上铺着原木色的实木地板,人踩在地上会发出轻微的声响。房间里的门窗紧闭着,一个开放式的厨房,厨具一应俱全。屋子的装修风格是那种很老式的,弥漫着陈旧的气息,不像是一个年轻人的房子,却符合这个小区的老旧调性。

卧室的方位正好在慎温洇家她的卧室的正上方,门也开着,她能看到一张单人床,床单是灰色的,上面一点儿褶皱都没有,显然是没有人睡过。

慎温洇打开客厅的灯,暖白色的灯光照亮了整个房间。她在客厅里转了一圈。客厅里只有一张两米长的办公桌、一把人体工程学椅子,再没有其他的家具或者是家电。窗户正对的那面墙壁,被一整片帘子挡住了,乍一看以为这房间的两面都是窗户。她走近,拉开遮挡墙壁的帘子,滑轨发出"吱吱呀呀"的声响,慢慢地一整面墙展露了出来。

如果在此之前,慎温洇还在怀疑自己是不是走错了房间,那么这一秒她确

定了，这就是左肖住过的房间。

因为她看到了一整面墙上，密密麻麻地贴满了照片，每一张照片上都是她不同时期的样子。

每一张照片的旁边，都标注着一句或长或短的话，记录着她生活的每一天。

她在高中上课的样子，她在大学食堂里吃饭的样子，她工作了在小区里徘徊的样子……

慎温油抚摩着墙上的照片，手指滑过左肖写过的文字。

2013年，阿慎救了我。她是个高冷的人，我只能远远地看着她。
2014年，他们诬蔑阿慎，沈欣欣的死根本就跟阿慎没有关系。
2014年，阿慎走了，我是不是再也见不到阿慎了？
2016年，阿慎考上了大学，我很高兴。我就在她隔壁的学校。
2017年，阿慎今天很高兴，她专业课考了满分，我的阿慎很棒。
2018年，我进了实验室，很想念阿慎。
2019年，今天去学校看阿慎，差点儿被她发现。我知道阿慎并不想见到我。
2020年，弄到了一箱口罩，放在了阿慎的快递堆里，阿慎安全了。
2021年，曲教授终于答应带阿慎了，希望她能够保密，不要告诉阿慎我的存在。
2022年，阿慎今天哭了，我很想抱抱阿慎，可是我和阿慎已经这么久没见了，我突然出现会不会吓到她？
2023年，沈欣欣的家人找来了，我的阿慎不要听他们的。一切的一切都不是你的错，你不需要为沈欣欣赔命，我会帮你。
2023年，我永远地失去了阿慎，她从顶楼跳了下去，我没能抓住她。或许只有回到过去，我才能救你，阿慎。如果再次见面，你能认出我吗？

这一段段文字，从2013年到2023年，整整十年，原来左肖一直都在她的身边，她每一次感觉到有人跟着的时候，原来都不是自己的错觉。她每一次去食堂吃饭，都刚好有一个位子；每一次去图书馆看书，都能很快找到自己想看的书；每一次丢失东西，很快会自己出现……

每一次她都以为是自己幸运，却是有一个人，一直一直在看着自己，在帮着自己。她以为他们很久没见，可是在她看不见的地方，他一直都在。而她从来都没有回头去看一看，只要她仔细看看，就能发现那个男孩是在的。他用尽力气在照顾着她，而她为什么没能发现？

慎温洇看着这些文字和照片，跪坐在地上泣不成声。她的左肖，她暗恋的左肖，原来也是喜欢自己的。

"左肖，你到底在哪里？"她轻声问着，希望这一次只要她回头，就能看到一个成年后的左肖。她真的很想跟左肖说一声：好久不见，我也很喜欢你。

可是，左肖呢？

可是，她的左肖呢？

"左肖！"慎温洇大喊了一声，抑制不住地痛哭起来。她觉得整个心都揪在了一起。她再看墙上的文字，模糊的视线忽然变得清晰了，她发觉到了不对的地方。

2023年沈欣欣的家人来找她？2014年沈欣欣死了？

不！这不是她的记忆！

慎温洇立刻爬起来，反复看着这两年的记录，发现了偏差。在她现在的记忆里，沈欣欣还活着，自己也没有自杀。那么左肖为什么会留下这样的信息？

一个大胆的猜想从慎温洇的脑海中蹦了出来：是平行时空，就像是她回到了过去一样，改变了一些往事，引发出了后面的一系列改变。

她再一次去看2013年的消息。从左肖的描述中她看出，那时候的自己是冷静的，沉着的，左肖描述的自己并不像一个高中生。那么会不会，那时候左肖见到的自己，就是现在的自己呢？那是她上一次回到过去时候的自己？

慎温洇吓了一跳，一切的一切似乎看起来能够解释得通了。

为什么有的时候她觉得左肖幼稚而有的时候左肖又那么成熟那么温柔。为什么记忆中的左肖一会儿喜欢吃烤肉一会儿又不吃烤肉，为什么记忆里的左肖有的时候记得自己的喜好有的时候又什么都不知道。

她明白了，原来她在过去见到的左肖，也是两个左肖。一个是17岁的明媚少年左肖，另一个却是27岁的成熟左肖。

而他们的区别在于，27岁的左肖会叫自己"阿慎"，17岁的左肖却总是叫自己的全名。

她早该想到的。自己能回去，左肖为什么不能？

但是为什么有的人忘记左肖了呢?

是因为这一次左肖死了吗?

如果她再次回去,能不能改变这一切?她每次回去的条件又是什么呢?

慎温泇有些想不明白,继续盯着这面墙壁,希望能够找到一些线索和答案。

"左肖,我会找到你!"慎温泇微笑着,无比相信,已经回到过去的左肖,此刻也在努力找自己。她相信,总有一天,她和左肖会再次相遇,无论是过去还是未来。

忽然之间,地面开始摇晃起来,头顶的吊灯也摇摇欲坠,慎温泇吓了一跳,难道是地震了?

她紧急找东西作掩护,刚迈出一步,却发现地面发生了变化,原木色的地板在一点点变成深灰色的地砖。看着眼前贴满了照片和写着文字的墙在一点点消失,她被眼前的这一幕震惊到了。

"不可以消失!"她扑过去,想要按住正在消失的照片和文字,可是它们"哗啦哗啦"地掉落下来,然后在空气中消失了。她来不及害怕眼前这种非自然的现象,转过身,看到整个房子都在变,单门冰箱变成了双开门,开放式厨房变成了封闭式,空荡荡的客厅正在"长"出家具来。她连连后退,脚下的木地板彻底变成了地砖。她再一转身,整个房子变成了现代化的装修,单人床变成了双人床。

她不明白这是怎么回事,但是隐约觉得,左肖的痕迹正在消失。

"不可以,不可以……"她拿起笔,在墙上描左肖的字,可是写上去的瞬间字又不见了。

又是一个剧烈摇晃,整个房子倾斜,慎温泇坐在地上滑到了角落里,再一个倾斜,慎温泇又滑了过来。她爬起来,拿着笔去墙上写字,可是这一秒,什么都没了。

她看着周围陌生的一切,不再有左肖的任何痕迹,看着怎么也写不上字的白墙,看着木门变成了防盗门。

有人拧开了锁,一个戴眼镜的年轻男人出现,看到客厅里的慎温泇吓了一跳。

"你是谁?你怎么进来的?!"男人问。

慎温泇呆愣愣的。

第二十章 他曾存在过

"报警!"男人拿出手机报警。

慎温洇没有理他,开始翻找,试图在这个房间里找到一些刚才的痕迹。男人见状立刻过来按住她,慎温洇反抗,尖叫、嘶吼着。

男人吓坏了:"你神经病啊!"

慎温洇疯了一样挣扎着,像一头发疯的小狮子。

男人被慎温洇的蛮力掀翻,眼睁睁地看着慎温洇冲进了房间。他大叫了一声,过去拽慎温洇。

"放开我!这是左肖的房子,我要找左肖!"慎温洇大叫。

"你神经病啊,这是我家!"男人大骂。

陆白在这个时候破门而入,一把拉开了那个男人,把慎温洇拉过来挡在身后。

"抱歉,这里面有误会,我先带她走。这是我的名片,有什么损失,联系我。"陆白放下自己的名片,拉着慎温洇出去。

慎温洇还是不肯,推陆白,咬陆白,怒视着陆白:"我不能走。"

"听话!慎温洇,你听话!"陆白直接扛起了慎温洇,带她离开。

慎温洇看着这间秘密房子离自己越来越远,就好像左肖离自己越来越远。她趴在陆白的背上,无尽悲伤,用沙哑的声音哽咽着告诉陆白:"我把左肖弄丢了……"

第二十一章

当你危险时

再次醒来，慎温沺又回到了医院里。她对这家医院很熟悉，这是她工作的地方。她看着正在注入自己的身体里的点滴，猛地拔掉了针头。

这时候，医生进来了，刚好看到这一幕，身后跟着的还有她的导师曲教授。

对她拔掉针头这件事，医生原本是想说些什么的，但是曲教授拦住了她。

"老师……"慎温沺打了个招呼，觉得自己并没有什么异常。

曲教授点了点头，跟医生说："我跟她聊几句。"

病房里只剩下了师生二人，慎温沺有点儿局促，却很冷静。她分析着自己为什么会在精神病科，这一次的举动的确有些激烈，以至于大家误会了她。一定是这样。

"感觉怎么样？"曲教授和蔼地问。

"曲老师，我没病。"

曲教授用更加和蔼的语气说："我知道，有什么想法，你跟老师说。我听陆白说，你见到了一个叫左肖的人，能跟我说说吗？"

这种话术慎温沺太了解了，她跟了曲教授几年，每一次对待病人，老师都是这样的。慎温沺笑了笑，有些无奈。她握住曲教授的手，搭在自己的脉搏上："老师，我真的没病。我此刻是平静的，之所以会失控，只是因为我难过。我记忆里很重要的一个人，正在被这个时代抹掉痕迹。我没办法让你们理解，但是老师你是了解我的，可以相信我的判断吗？"

"你想做什么？"曲教授问。

"想出去。"

"好，我签字，但是你要保证不可以失联。"

慎温洇用力点头，眼睛里不知不觉已经蓄了眼泪，果然最懂她的人是她的老师。

下午，慎温洇离开医院，没有告诉任何人。她的手机里有一长串家人的叮嘱，所有人都认为是她压力太大了，以至于幻想出了一个叫作左肖的人为她披荆斩棘，为她铺平了道路。可是她知道，左肖不是幻想出来的，左肖就是真实的。

慎温洇回到自己的公寓，拿上了那本笔记本，里面是她所有的日记。她一遍一遍地翻看，并没有出现什么新的信息。她该去哪里找左肖呢？或许，她再去见一次孟吆？孟吆既然能给自己左肖的那个地址，也可能还知道一些别的消息。

她现在理解了，孟吆就是因为一直念叨着左肖，才被所有人以为得了精神病。她得想个办法，把孟吆弄出来。

慎温洇想了想，到底怎么把孟吆弄出来呢？找曲教授帮个忙？或者让陆白去偷人呢？

就在她一筹莫展，甚至准备犯法的时候，一个陌生号码打来了电话。

"我是孟吆。"

慎温洇惊得手机差点儿离手，她好不容易抓住，赶紧问："出来了？"

"信德高中见。"孟吆挂断了电话。

慎温洇再一次踏上了旅途。长途车上，她抱着自己的日记本，陷入了沉沉的昏睡之中。梦里面，她再一次回到那个冷库里，一次次打开门，一次次看到左肖躺在血泊之中。

大巴车猛地摇晃，慎温洇总算从噩梦中惊醒了。前方到站影州市信德高中。

慎温洇拿起包下车，外面阴雨绵绵，她没带伞，只好把衣服的帽子戴起来挡雨。一把雨伞就在这时候挡住了她头顶的雨水，慎温洇扭头，看见孟吆撑着伞，白色的连衣裙外面套着一件浅蓝色的毛衣外套。

257

"孟吖,你怎么来了?"慎温洇扭头拥抱住她。

孟吖轻轻地拍了拍慎温洇的背:"因为我答应过左肖,要一直照顾你,怎么能让你淋雨呢?"

她说左肖的时候,慎温洇再也忍不住了,豆大的眼泪砸了下来,孟吖一颗一颗地帮她擦掉。

"阿慎,哭鼻子好丑。"孟吖笑着说。

慎温洇终于破涕为笑,再一次拥抱了孟吖:"我就知道,你不会忘记左肖的。"

"去吃东西。"孟吖拉着慎温洇漫步在雨里,一扭头,就能看到他们的母校信德高中。

学校附近的商业街上,一家牛肉面馆里,两个人面对面坐着,各自面前有一碗热气腾腾的牛肉面。

孟吖看了看四周,一股回忆涌现,她深呼吸了一口气:"好久没来了,还是老样子。"她看着周围陈旧的装修,想起了过去,"还记得我们三个之前在这里吃面吗?陆白在这里打工,一下子过去那么久了。"

可对慎温洇来说,这段记忆是崭新的,是她刚刚经历过的。她掰开筷子,犹豫着,终于说了出来:"其实,我回到了过去,见到了左肖,这家店对我来说是刚刚来过。"

孟吖脸上的笑容凝固住了,她看慎温洇的眼神有一点点奇怪,她甚至伸出手摸了摸慎温洇的额头:"没发烧吧?"

"我说的是真的!我和左肖之间发生了很多事情……"

孟吖打断她的话说:"其实我这一次叫你来,是想告诉你,忘了吧。"

慎温洇有些发愣:"忘记什么?"

"就当左肖没存在过,就当一切只是做梦,我们开始新的生活。"孟吖说。

"你如果只是要我忘记,约我来这里干什么?"慎温洇十分不解。

"因为从这里开始的,也要从这里结束。阿慎,我很抱歉打扰你和陆白的婚礼。我希望你就当我没有出现过,就当没有左肖这个人,我们向前看吧,过好未来的生活。"孟吖伸手去握慎温洇的手,却被慎温洇用力甩开了。

"你在说什么?如果我们都不记得左肖,不去证明他是真实存在的,那左肖不就真的消失了吗？孟吆！你知不知道，我回到了过去，左肖他死了，他为了救我，死在了冷库里！就在这条街街尾的后院里，他一个人死在了17岁！我要回去救他！我不要向前看，我要左肖……"慎温油再一次不可抑制地大哭起来，孟吆将慎温油紧紧地抱在怀里。

孟吆能够感觉到慎温油整个人都在颤抖，但是慎温油的每一句话，都是铿锵有力的。

"可是我努力了很久，除了被当成神经病，真的没有什么线索。阿慎，我不知道我还能不能坚持下去。"孟吆小心翼翼地诉说着自己这几个月来的经历，慎温油预见到，或许自己未来也会跟孟吆一样，被怀疑，被送去治疗，可是她绝对不会退缩。

"孟吆，你保护好自己，其他的事情交给我来做。你只需要记得有左肖这个人就好。我上次回学校，就是从资料室回到了过去，我想试试，你得帮我。"慎温油说道。

孟吆点了点头："我有一个秘密，初三期末考的数学卷子并不是丢了，被我埋在奶奶家院子的桃树下。如果你真的回去了，只要你说出这个秘密，我就会无条件地相信你。这只有我一个人知道。"

慎温油浅浅一笑："好。"

"还有……"孟吆顿了顿，又说，"如果可能，请告诉高三的陆白，等我回来，不要跟别人在一起了。我一定会回来找他的，孟吆这辈子，唯一喜欢的人只有陆白。"

"我知道了。我一定告诉他。"慎温油抹了一把眼泪，深吸一口气，拿起筷子，"吃面吧。"

孟吆"嗯"了一声，两个人开始大口吃面。牛肉面跟她们记忆中的味道无限接近，她们却总觉得并不是当年的那种味道了。

学校的保安仍然是章超，这一次，孟吆绊住了章超，慎温油一个人进去了。

周末学校没什么人，慎温油顺利地潜入了资料室。上一次她打开资料室的门就回到了过去，那这一次，是不是也可以？

慎温油抓住门把手，闭上眼睛，用力拉了一下门，再睁开眼睛，眼前的景象没有变化。她再一次尝试，仍然没有变化，如此反复了十几次，她仍然在

2023年。

到底是哪里出了问题？慎温汩坐在资料室的地上，开始仔细回想。

第一次回去是车祸的时候，她看到日记预警，系了安全带。她想起那是在2013年，她和左肖一起吃麻辣烫的时候，左肖写上去的日记，左肖救了她。

第二次，她在资料室里，架子即将砸下来，她又回到了过去。

第三次，手术过程中，她失去了意识，回到了过去。

"或许，是危险？"慎温汩内心萌生了这个想法。

她每一次有危险，都有左肖在过去悄悄帮她改变了结局。那么如果这一次，她又遇到了危险，是不是能够再一次回到过去，见到左肖？

慎温汩想到这里，看了一眼资料室的窗户。这里是二楼，她推开窗户，抱紧日记本，深吸一口气，迈上了窗台。

她朝下面看了一眼，因为教学楼的层高很高，所以二楼看起来就跟三楼半没什么区别。

"喂！干什么呢？快进去！危险！"楼下有保安路过。

慎温汩闭上了双眼，纵身一跃。

左肖，这一次一定要见到你，我不会让你一个人留在17岁那年，不会让你在冰冷的冷库里结束自己的生命，不会再弄丢你了。

左肖，我来了。

"当当当——"有人敲击桌子，震得慎温汩耳朵疼。

她猛然醒过来，发现肖主任的脸就在眼前。他不悦地看着慎温汩，小声提醒："考试呢。"

慎温汩又看了一眼，自己面前是一张理科综合卷子，她又对上了肖主任的脸，问："2013年？"

肖主任像是被气到了的样子，正要发作。慎温汩瞥了一眼，留意到卷子上写着高二上学期期末考试。她回来了。

"耶！"慎温汩欢呼了一声。

"慎温汩，你怎么回事？！"肖主任压低声音警告道。

"对不起！老师，我交卷！"慎温汩拿起卷子，飞快地跑到讲台前，将已经答完了的卷子放下，转身跑了。

"慎温汩!"肖主任还想说什么,慎温汩已经不见踪影了。

她在走廊里奔跑,从1班跑到了13班的教室门口,走廊上最远的一段距离,却是她离左肖最近的一段距离。她冲到了教室后门处,盯着正在答题的左肖。

慎温汩的出现,引来了教室里的一阵骚动。

沈欣欣第一个发现了慎温汩,扭头瞪了她一眼。这一刻,对慎温汩来说,这样的白眼也可爱了起来。她冲沈欣欣笑了笑。就在这个工夫,左肖回过了头,刚好看到了慎温汩这明媚的笑容。

有那么一瞬间,他愣住了,原来慎温汩可以笑得这样好看。他想,如果慎温汩是对自己笑,那该多好呢。

慎温汩的目光对上了左肖的目光,二人交换了眼神,她挥了挥手,指了指外面,用口型说:我等你。

左肖点了点头,埋头又写了几道题,然后起身交卷。

13班的班主任在看到左肖写满了一张卷子的时候,惊得下巴差点儿掉下来:"太阳打西边出来了,左肖不装学渣了?"

左肖一路奔跑。

慎温汩看到楼梯上下来的左肖,迎了上去。她看着左肖,两个人气喘吁吁地相遇。慎温汩的眼泪不争气地落了下来,左肖一阵惊慌失措。

"你怎么哭了?"左肖不知如何是好。

慎温汩一把抱住了左肖,狠狠地埋在他的怀里,感受着他的体温,鼻间充斥着的是左肖的气息。她终于再一次见到了左肖,终于回来了,一切都还来得及,真好。

左肖吓了一跳,整个人僵硬了,有些别扭地说:"慎温汩,你搞什么?你不是跟陆白关系好吗?这是干吗?"

慎温汩扑哧一笑,仰起头看着左肖。左肖瞥了一眼自己的校服,黑了脸:"又弄脏了我的校服。"

"我给你洗。"

"这一次打算洗多久才还给我?"

慎温洄咧着嘴笑。

忽然身后有老师路过："哪个班的？！早恋是不是？！"

慎温洄大惊，拽着左肖的手："捂脸，快跑！"

左肖满不在意，慎温洄却使出一股蛮力，拽着他跑了起来。身后老师在追，左肖看慎温洄跑得吃力，突然发力拉着她一路疾跑。

慎温洄看着左肖狂奔的样子，感受到心脏正在跳动。一切的一切，都是那么刚刚好。

两个人成功甩掉了老师，在学校后面的仓库前休息。

"你刚刚怎么出来得那么慢？"

"我多写了两道题。"左肖回答说。

慎温洄气喘吁吁地问："突然认真考试了？"

"这样就可以跟你一个班级了，我应该比你少 60 分，排在年级第二名。"左肖自信地回答。

慎温洄愣了愣："没写作文？"

左肖"嗯"了一声："慎温洄，下学期，我们就是同班同学了！"

慎温洄笑了笑："左肖，谢谢你。"

"谢什么？谢我不写作文？"左肖笑着问。

慎温洄摇了摇头："谢谢你的每一次保护，谢谢你的……"——喜欢。

左肖凝视着慎温洄，忽然觉得好像有什么秘密被发现了一样，有些不好意思。他抬手敲了一下慎温洄的头："没头没尾地说什么呢，走了！"

左肖站起来，冲慎温洄伸出手来，慎温洄握住那只逆光而来的手，仿佛是将她拉出泥潭一般。

"去吃麻辣烫吗？我请客！"慎温洄说。

"不去了。"左肖叹了一口气，"你要是有空的话，就陪我去拉赞助吧。"

慎温洄脸上的笑容瞬间僵硬了，她有些紧张地问："什么赞助？"

"你忘了？元旦晚会的赞助啊。"左肖说。

"这工作怎么给你了？"慎温洄觉得不可思议，这一次回到 2013 年又有一些不一样了，她隐约觉得是 27 岁的左肖又改变了什么，这一次是为了不让自己因为拉赞助被困冷库吗？

"是不是有人让你接这个差事的?"慎温洄又追问了一句。

"没有啊,我自己想的。"左肖脸上闪过一丝慌乱,被慎温洄看在眼里。

"我跟你一起吧。"慎温洄主动说道,"咱们去夜市拉赞助吧。"

左肖皱了一下眉头:"你傻了?夜市都是小生意,怎么会赞助我们学校?"

"那就去商场!总之远远的!"慎温洄坚定地说。

左肖戳了一下慎温洄的额头:"你今天不对劲,你老实说……"左肖靠近慎温洄盯着她的脸看了一会儿,看得慎温洄脸颊发烫、有些不好意思的时候才说,"你是不是想去夜市吃东西,你饿了?"

"啊?我不是……"慎温洄想辩解两句。

没想到左肖接着说:"那走吧。今天不拉赞助了,一起去。"

"去骑车。你吃什么我请!"慎温洄大手一挥说道。

左肖颇为嫌弃:"你转性了?之前每天都躲着我,今天忽然一下子还要请客。慎温洄,你到底在搞什么鬼啊?"

"我躲着你?我干吗躲着你啊?"慎温洄小心试探,不太确定这个时空跟左肖发生过什么事情,但是现在看来,两个人关系不错,是朋友,那其他的事情跟自己之前经历过的一样吗?

慎温洄和左肖骑上车,慢悠悠地出了校门。太阳落下,月亮升起,路灯在一瞬间点亮了城市。她裹紧围巾,影州的冬天真冷。

她看了看认真骑车的左肖,问了一句:"孟吖呢?"

左肖诧异地看过来:"你还认识孟吖?你怎么认识的?"

慎温洄微微一愣,看来这个时空孟吖还没来,但是陆白已经来了。她笑了笑:"不认识啊,之前听你提起过。有点儿好奇。"

"嘻,我还以为你见过呢!"左肖带了一点儿嫌弃的口吻说,"她说是过几天回国,要让我带她到处转转。"

"那我一起呀!"慎温洄笑嘻嘻地提议。

左肖更加怀疑了:"你干吗忽然这么热情?"

"没有啊!我就是想一起,不行吗?"

"行。你俩一起吧,别带我。"

左肖说完,一个人骑着车走在前面,慎温洄看着他的背影,只觉得移不开

目光。

　　元旦晚会赞助的事情，慎温洇放在心里了，有了上一次的经历，她现在随身带着一些急救包，生怕一个不留神又被锁在了什么地方。她在校门口的牛肉面馆里看着人来人往，戳了戳面条，觉得索然无味。赞助的事情到底怎么办？

　　陆白端着一盘碎牛肉过来，放在了慎温洇的面前，态度有些不悦地说："不想吃就不吃，你戳它干吗？"

　　慎温洇抬头看了一眼陆白，想起昨天左肖说的话，这一次她和陆白还是挺熟的。她在学校没发现陆白的名字，看来他们不是同学了，陆白现在是单纯在餐厅里打工了。她和陆白是怎么熟悉起来的她无从得知，但是从眼前这盘牛肉来看，他们关系是真的不错。她猛然想到，陆白的这个手艺，不用白不用。

　　"陆白！"慎温洇忽然叫他。

　　正要回后厨的陆白被突如其来的叫声吓了一跳，扭头就瞪了慎温洇一眼："你别一惊一乍的行不行？"

　　慎温洇赔着笑脸，拉陆白回来坐下，思虑片刻，开始游说陆白。她说了一箩筐的创业好处，陆白越听脸色越不耐烦。

　　十分钟后，陆白直接捂住了慎温洇的嘴："别说了！不就是跟你一起去夜市摆摊吗？我去还不行吗？！"

　　慎温洇嘿嘿一笑，疯狂点头，陆白这才松开了手。慎温洇给陆白比了一个赞："我就知道你这个朋友靠谱！"

　　"倒霉！"陆白翻了个白眼。

　　两天后，慎温洇和陆白推着小吃车，在夜市里搞了一个摊位卖麻辣烫。

　　"再重复一遍！"慎温洇看了一眼陆白。

　　陆白没精打采地说："所得收入，全部捐给信德高中学生会，用作元旦晚会专项款。"

　　"没错！陆白，你趁着这个机会好好练一下手艺。"慎温洇抖了抖围裙，"开工！"

　　冬季的夜市人来人往，卖麻辣烫的人不少，但是慎温洇对陆白的配方有信心，毕竟陆白以后是要做大厨的人。再加上她特意给陆白买的透明防护罩、陆白那张帅气的脸，就是这麻辣烫的活招牌。不出一小时，他们的摊位就火了起来，还有人特意来给陆白拍照。

慎温油躲在一旁偷偷数钱，躲避陆白投递过来的一个又一个白眼。

夜市的另一头，孟吆拉着左肖一路吃一路逛。左肖静静地陪着她，却全然心不在焉，时不时看一眼手机，思考着手机是不是坏了。一向话多的慎温油，今天怎么没发微信？

"前面好多人，去看看。"孟吆拽着左肖往前走。

左肖有点儿不情愿，说："不就是夜市吗，有什么好逛的？"

"我都好几年没回来了！多有意思啊，快点儿，快点儿。"孟吆催促着。

两个人终于挤到了人群前排，看到前面是一个自助麻辣烫的摊位。

慎温油正给排队的人发一次性餐盘。她快速地走过人群，完全没有注意到一道目光正在注视着自己。她发完了餐盘，正要回去，忽然被人抓住了手腕。慎温油一惊，猛然抬头，就看到了左肖。

慎温油瞪大了眼睛，脑子里飞速思考着。自己这全副武装的样子，左肖应该认不出来吧？

然而，下一秒她就听到左肖问："慎温油？你在干吗？"

慎温油只好摘下口罩，笑了笑："创业啊。"

"你一个高二的学生创业干吗？我就说你前几天一直念叨着夜市，原来是想跟陆白一起啊。"

"没有！"慎温油极力否认。

那边的陆白听到自己的名字看过来，却刚好看到了正在围观左肖发脾气的孟吆，她脸上带着一丝浅浅的笑容，被路灯照得发光的发丝正在夜风中轻轻飘扬，鼻尖微微发红，白皙的脸上带着一点点病态的柔弱气色。

陆白就在这一瞬间移不开目光了，紧接着心脏狂跳了起来。

那边孟吆看好戏一样，眼神一扫，发现了这边正盯着自己看的陆白，大方地朝他笑了笑。

陆白手一抖，原本要加进锅里的高汤，一下子倒在了自己的手上。他吃痛地甩了甩手。孟吆却是一惊，走了过来，关切地问："你没事吧？"

陆白点了点头，又赶紧摇头，在这一刻居然说不出一句话来。

孟呓看到陆白的手背红了一片，赶紧抓起旁边的矿泉水，拉过了陆白的手，帮他冲着冷水。

"有没有好一点儿？"孟呓问。

陆白发呆了一秒之后，"嗯"了一声："好多了。谢谢。"

孟呓笑了笑，陆白要缩回手去，孟呓又抓了他一下，说："还是得搽一点儿烫伤药的。"

"好。我现在去买。"陆白柔声说，转身冲慎温洇喊了一句，"过来看摊！"

慎温洇正在跟左肖进行极限拉扯，忽然听到陆白中气十足的一声怒吼，吓得打了一个哆嗦。她扭头发现陆白身边站着的人居然是孟呓。她刚才只顾着看左肖，居然没发现孟呓也来了。她强忍着内心的激动情绪，正要过去，却又被左肖一把拽住。

"怎么了？"慎温洇问。

"我跟你一起。"左肖说完又冲孟呓喊了一句："孟呓，你别乱跑。"

不知道是不是故意的，慎温洇感觉到，左肖叫孟呓的这一句，比刚才陆白叫自己的那一句还要凶一点儿。她觉得有点儿好笑，为什么这两个人总是要较劲？

陆白看了一眼身旁的孟呓，默默记下了她的名字。

慎温洇和左肖一起煮麻辣烫，孟呓找了个位置坐着。

自助麻辣烫，客人都是端着餐盒坐在小马扎上吃的，就餐环境本来就一般，大家都是冲着陆白来的，陆白走了，客流量却并没有减少。慎温洇瞥了一眼才明白过来，现在大家是冲着左肖来的了。她心里笑开了花，扭头瞥了一眼正在煮菜的左肖，他果然帅气。

而这么帅的人，喜欢着自己。她一个没忍住笑出了声。左肖看了过来："我脸上有东西吗？"

"没有啊？"

"那你看我干什么？你又在笑什么？"左肖一本正经地问道。

"因为你好看，左肖，你真好看。"慎温洇说完了还直勾勾地看着左肖。

这让左肖彻底脸红了，他转身找了个口罩戴好，遮挡住那张害羞的脸，咳了一声说："好好干活。"

第二十一章 当你危险时

  忙碌了一整个晚上,等到没什么客人来之后,四个人才围着小桌子一起坐下来。左肖还是对陆白看不顺眼的样子,慎温泂却已经跟孟呓混熟了。
  慎温泂看着眼前恬静美好的孟呓,没有说出孟呓告诉自己的那个秘密。她不想把孟呓卷进来,她可以靠自己一个人慢慢改变过去。

第二十二章

我想要改变过去

元旦晚会越来越近,赞助的钱远远不够,慎温洇着急上火到甚至喉咙发炎了。

她拉着陆白摆摊这件事也搁浅了,因为他俩没有营业执照,还被罚了两百块钱,这让本就不富裕的她雪上加霜。

左肖知道这件事之后,倒是给慎温洇发了一个红包慰问,但是这仍然杯水车薪。

自习室里,左肖看着意志消沉的慎温洇,忍不住问她:"你是不是想买什么东西,所以这么拼?"

"没有啊,我就是想赚钱。"慎温洇操着沙哑的嗓音回答道。

"赚钱干吗?"左肖又问。

"元旦晚会啊。我不是说了,你不让拉赞助,我可以想办法。"

左肖没忍住笑了:"你说的办法,就是打工?"

"正当来钱之路,不可取吗?"慎温洇没明白左肖的笑点在哪里。

左肖收敛了笑容,正色道:"这件事我可以解决,你不要再折腾了。"

"你怎么解决?找你爸要钱不合适吧?"慎温洇试探着说,因为在上一次拉赞助的时候,左肖是提过这点的。

"已经有一家超市联系我,愿意赞助了。"

"不要去!"慎温洇忽然激动地大叫了一声,引得自习室里的其他人侧目。

左肖扭头跟大家说了一句"抱歉",拿起一瓶花生露塞给慎温泗,她技术性地喝水掩饰自己刚才的尴尬。

"来不及了,今天他们约我去聊聊,待会儿自习完了,你先回家吧。"左肖说道。

上一次她回到2013年的那一幕再一次涌现了出来,那种寒冷的感觉让她忍不住颤抖起来。

"你怎么了?"左肖握住慎温泗一直在抖的手,轻声问她,"是不是冷?我给你拿'小太阳'来。"

慎温泗反手抓住左肖的手:"我陪你一起去,我不回家。"

她热忱的眼神,让左肖无法拒绝。左肖点了点头:"那晚上一起吃饭。"

慎温泗点了点头,摸了一下自己背包里放着的急救包,心里忐忑不已。她再也没心思学习了,心里全然都是左肖。

超市里,那个王姐拉着左肖聊得眉开眼笑,不停地夸赞左肖。这一幕幕看得慎温泗胃病都要犯了,她的五官扭曲在一起,对王姐露出了讨厌的神色。

"左肖,你想喝什么?姐给你拿饮料去。"王姐说道。

"热水可以吗,王姐?"左肖问。

王姐笑了笑说:"行!你这么大的小孩,还喜欢喝热水,真是不错,不像我家那个小兔崽子,天天就是可乐。"

王姐边说边笑着去了后面。

慎温泗目送王姐离开,默默地"喊"了一声,左肖转过来看向她,她不明所以:"怎么了?"

"你好像不太喜欢王姐。"左肖肯定地说道。

"这么明显吗?"慎温泗扭头看了一眼柜台里的镜子,镜子里的自己果然是一张臭脸。

"你跟王姐有过节?"左肖问。

慎温泗回答不上来。理论上说,她们是第一次见,但实际上她的确是恨着王姐的。如果当时王姐能去仓库里找一找自己,那是不是不会有后来的悲剧?幸好一切重来了,她不要再发生这种情况了。

"慎温油……"左肖忽然凑近了,"你该不会是吃醋了吧?"

"吃醋?我吃什么醋?王姐的醋?你在搞笑吗?"慎温油像是一只被踩到尾巴的猫咪,站起来反抗。

左肖轻声笑了:"不是就不是,你反应这么大干什么?还是说被我说中了?"

"才没有!你别乱说!"慎温油继续否认。

左肖"嗯"了一声:"我逗你呢。这怎么可能。"

她愣了一下,不知道左肖口中的不可能指的是什么,是跟王姐不可能,还是她吃醋不可能?

慎温油愣神的工夫,王姐回来了,一同赶过来的还有沈欣欣。沈欣欣似乎知道左肖在这里,所以见到左肖一点儿都不意外,拢了一下头发说:"左肖,这么巧啊,你来我家新开的超市……"她扭头看到左肖旁边还有一个慎温油,语调立刻就高了八度:"你来干什么?!"

"陪他。这超市是你家的?"慎温油问。

"对啊。"沈欣欣回道。

慎温油好像明白了,一家做批发的超市要给他们学校赞助,原来是因为沈欣欣。她不太确定沈欣欣是不是知道当时自己在冷库里、是不是故意要针对自己,可是此刻得打起精神来。

王姐放下两杯热水,左肖拿起一杯递给慎温油:"你的手很冰,拿着。"

慎温油回过神来,握住了左肖递过来的杯子,抿了一口水,稍微平静了一些。

"谈得怎么样了?"沈欣欣问左肖,"我带你到处转转吧,我家超市后面有个院子。"

"不是很方便,你家后院挺忙的。"慎温油抢着说道。

沈欣欣瞪了慎温油一眼:"你又知道了?"

慎温油看了一眼表,在心里倒数"3、2、1",门口推门进来一个男青年,大喊了一声:"王姐,货卸哪儿?"

"放冷库里!"王姐回道。

"王姐,你来点一下货吧。后院没人。"男青年又补充了一句。

王姐犯难了，看向了沈欣欣："欣欣，你看店行吗？"

沈欣欣看了看左肖，又看了看慎温油，然后说："王姐，你带慎温油一起去吧，我看店，赞助的事情，左肖，你跟我说就好了。"

慎温油哼了一声。她才不要给沈欣欣家打工。

"一起吧。"左肖站了起来，跟在王姐后面，又拉了拉发呆的慎温油，"我觉得这件事还是继续跟王姐谈比较好，不如一起去。"

尽管沈欣欣表现出了极大的不情愿的样子，还是被留下来看店了。

后院仓库里，王姐跟男青年清点着货品。慎温油站在冷库的门口，却觉得腿开始发软。左肖不明所以，问她："你怎么了？"

"左肖！别进去了！"慎温油摇了摇头说。

"得进去看着点儿，你怕冷的话，在外面等我。"左肖拍了拍慎温油的肩膀，一个人进了冷库。

"左肖！"慎温油一阵心慌，咬了咬牙，跟在左肖身后进去了。

左肖对照着发货单认真清点着，皱了皱眉说："怎么是397箱？发货单上是400箱。"

"我们出去找人问问吧。"慎温油越看越觉得这个冷库可怕。

"你好像很害怕，怎么了慎温油？"

慎温油摇了摇头："走吧，我们走吧。"

内心的恐惧感袭来，反正工作已经完成，慎温油再也顾不得那么多，拽着左肖往门口走去。就在他们马上要出去的时候，沈欣欣跳了出来，紧接着大门关上了。

原来沈欣欣在进来的时候，不小心踢掉了门口挡着门的棍子。沈欣欣看着紧锁的大门，发出了一声尖叫，然后就朝着左肖扑了过来。

"低级。"慎温油嫌弃了一句，然后把左肖拽到了一旁。沈欣欣由于惯性，还在往前冲，直接撞在了箱子上。她"哎哟"一声，扭头就骂慎温油："你故意的吧？"

"别说没用的，现在怎么出去？你家的超市，你总是有办法的吧？"慎温油跟沈欣欣针锋相对起来。

沈欣欣一副不慌不忙的样子："放心，王姐肯定要来找我的。真倒霉，怎么跟你被关在这里？"

沈欣欣打了个喷嚏，看向左肖，有点儿撒娇地说："左肖，我好冷。"

"你冷吗？"左肖问慎温油。

慎温油摇了摇头。

"那我把衣服给她穿，你会生气吗？"左肖又问，"总不能真的不管她吧？"

尽管慎温油不愿意，但她心里的左肖不是那种自私的人，他是一定会不管沈欣欣的。所以慎温油点了点头说："不会，你给她吧。"

左肖脱下外套，递给了沈欣欣。

沈欣欣却半点儿也开心不起来，执拗地躲开了："我不冷了。"

左肖看着只穿了一件毛衣的沈欣欣，还是将外套披在了她身上："不要拿自己的身体赌气。"

沈欣欣红了眼睛，看着左肖短暂地关心了自己一下之后，又立即走向了慎温油，再也绷不住了。她快走两步，拉住左肖的手，急切地问道："你是不是喜欢慎温油？"

左肖整个人僵住了，慎温油一拍脑门，小声说："都这个时候了就别来助攻了吧……"

"从前你不是看不起她这种爱打小报告的人吗？为什么现在总是跟她在一块儿？你明知道我喜欢你，却总是对我冷冰冰的。你明知道我讨厌她，却总是对她那么好。左肖，你为什么要这样？！"沈欣欣说着说着激动了起来，开始大口喘息，无法平复的样子。

"我对谁好，跟谁在一起，不需要跟你汇报吧？我们只是同学而已，沈欣欣，不要越界。"左肖认真说完，不再看沈欣欣一眼，走回到慎温油的旁边。

慎温油在这一刻觉得他带着光，有些话不需要说明，她也知道他的心意，因为她早就已经读懂了他的眼神，藏着满满的偏爱。

"傻笑什么？想办法出去啊。"左肖敲了一下慎温油的头。

慎温油这才回过神来，从书包里拿出自己早就准备好的急救包，里面不光有药品，还有开门的工具、手电筒等。

"你出门带这些东西干吗？"左肖诧异地问。

第二十二章 我想要改变过去

慎温洇傻笑着说："我是个防患于未然的人。"

"每天带着，不沉吗？"左肖挑选了工具，拿起一把锤子在手上，一边掂量一边说。

"不沉，我力气大。"慎温洇笑了笑。

背后的沈欣欣看着这两个人有说有笑的样子，感觉像是被推入了谷底、判了死刑。她最喜欢的人，怎么就跟自己最讨厌的人在一起了呢？她想不通，无法想通。沈欣欣越来越激动，渐渐觉得呼吸困难。她张大了嘴，喘息着。

慎温洇冷不丁地回头，看到了呼吸困难的沈欣欣，登时警铃大作。她冲过去，扶助马上要晕倒的沈欣欣："你是不是有哮喘？"

沈欣欣回答不上来，抓着自己的领子，用力地扯着，痛苦之色布满整张脸。

"你的药呢？带药了吗？哮喘病患者不是随身都带着药的吗？放哪儿了？"慎温洇一边问，一边翻沈欣欣的口袋。

沈欣欣颤巍巍地指了一下裤子，慎温洇立刻从她的裤兜里掏出一瓶药来，迅速打开递给她。沈欣欣如同抓住救命稻草一般，狠狠地吸了起来。

良久，沈欣欣终于平复下来。慎温洇松了一口气："吓死我了，你干吗那么激动啊？"

沈欣欣别扭地转过头："要你管。"

慎温洇悻悻的，转身去帮左肖的忙，却在这时候听到了一句："谢谢。"

慎温洇快速转身，看向了沈欣欣："不客气。"

沈欣欣别扭地不去看慎温洇，慎温洇笑了笑。她想如果真的跟沈欣欣化干戈为玉帛也还算不错，她们两个本来就没有什么本质上的矛盾，只是看不上对方而已。

冷库的大门在左肖一下又一下的敲击之下，终于引来了外面的人，有人打开了大门。

王姐看到沈欣欣也被关了进来，吓了一跳，连忙将三人迎了出去。

三个人盖着毯子，烤着"小太阳"，每人手里一杯热茶。

慎温洇看着左肖一口一口喝茶的样子，心里总算是踏实了一些，那个噩梦过去了。

左肖发现慎温洇正在看自己，扭过头去问她："你干吗看我？"

"左肖,明天一起去学习吧?"

"好。"

寒假来临。

期末考试的成绩要在新学年开学后公布,因此,所有的学生都能够过一个好的寒假。

慎温沺没有掉以轻心,和左肖每周约三次去自习室学习。她给左肖带了郑垣教授的书,潜移默化地让左肖继续去搞科研。左肖也非常喜欢她每次带去的物理卷子,越发认真努力学习。一切都在朝好的方向发展,她那颗悬着的心总算是放下了不少。

偶尔,孟吃也会加入他们的学习小组,三个人在自习室里看书。孟吃这一次是艺术生,在研究着考艺校的事情。她文化课比较薄弱,左肖没耐心给她补课,这个任务就落在了慎温沺的头上。

但是慎温沺一个大学生,哪里补得了高中的课。

慎温沺硬着头皮给孟吃讲着数学题:"这道题应该选择 D。"慎温沺一番验算之后,笃定地说。

"真的吗?"孟吃有点儿怀疑。

"真的!"慎温沺越发肯定了。

左肖咳了两声,慎温沺开始心虚了,看了看左肖,把题稍微往他那边推了推,带着不确定的语气问:"不对吗?"

左肖一脸茫然的表情:"对啊,选择 D。怎么了,你不会吗?"

慎温沺眯了眯眼睛,觉得左肖是故意的,闷闷地说:"那你咳什么?"

左肖的嘴角微微上扬:"我喉咙不舒服。慎温沺,你可是学霸,这么不自信吗?"

慎温沺哼了一声,继续去辅导孟吃。左肖看着慎温沺吃瘪的样子,觉得煞是可爱。

三个人学习到下午,陆白带了爱心便当过来,孟吃吃得不亦乐乎。左肖每一次都说不饿,毫不领情,可是慎温沺把筷子伸过去的时候,左肖就夺走她手里的筷子。慎温沺委屈地看着左肖,左肖反倒是一脸义正词严的表情:"人家

第二十二章　我想要改变过去

给孟呓做的。"

慎温洇从这语气之中嗅到了一丝撮合的气味，孟呓听了红了脸，把红烧肉往慎温洇面前推了推："一起吃吧。我一个人吃不完的，陆白是给我们三个人带的。"

"两个人。"陆白补充说，"你和慎温洇。"

左肖扭头去看陆白："你的厨艺，我瞧不上。"

慎温洇和孟呓对视一眼，笑出声来。

"笑什么笑？带你吃烤肉去。走。"左肖伸手拽慎温洇，慎温洇眼看着就要把一块红烧肉放进嘴里了，如此一来又失败了。她被左肖拽出了大门，还在一步三回头地看那盘红烧肉。

慎温洇站在门口，气鼓鼓地说："我就吃一口，你干吗呀？！"

左肖伸手过来，慎温洇以为他要打自己，本能地后退，但他一把按住了她的后脑勺。离近了她才看到他的手里还有纸巾，他认真地擦着慎温洇的嘴角，语气有一点点埋怨："就那么好吃吗？口水都流下来了，慎温洇，你脏死了。"

"有吗？"慎温洇慌乱地想抬手去擦嘴。

"别动。"左肖再次按住她，柔软的纸巾擦过她的嘴角，抬起头看着她，"好了。"

慎温洇低头笑了笑问："去哪里吃烤肉啊？"

"去心愿烤肉，新开的。"左肖说。

"新店打折吗？"慎温洇问。

"不打折。"左肖说。

"那远吗？"

"不近。"

"不打折又不近，咱们为什么要去？"慎温洇表示不理解。

左肖招手拦车："去了你就知道了。"

一辆出租车驶过来，司机开出了一个弧线，差一点儿刚蹭到了路边的慎温洇，左肖猛地拉了她一把："小心。"

慎温洇整个人失去平衡，跌入了左肖的怀里。她仰起头能看到左肖的喉结，他恰好低头来看她，轻声询问她："你没事吧？"

她一瞬间有些慌乱，他的嘴唇离她那么近，她觉得只需要踮一下脚，她就

275

能碰到他的鼻子。她看到左肖的喉结动了一下,他的耳朵、他的脸、他的脖子,在这一瞬间红了。

左肖摸索着打开了车门:"上车。"他红着脸说,然后一个转身,坐上了副驾驶座。

他这是要保持距离?慎温洇看着左肖的背影,没忍住笑了。

心愿烤肉店还在试营业阶段,但是烤肉店里的人很多,大部分是学生。慎温洇和左肖来的时候,只剩下最后一桌位置了。烤肉店有一面墙壁上框出了一棵大树的装饰,上面贴了一些便利贴。

左肖拿了两张心形的便笺过来:"把你的愿望写上。"

慎温洇明白了,原来心愿烤肉是这个意思。她拿起笔,准备随便写什么,左肖出声提醒道:"写点儿实际的愿望,老板每过一小时会抽一张心愿便笺,实现愿望。"

"真的吗?"慎温洇眼睛都亮了。

"当然。不然你以为,这里为什么这么多人?"左肖说完开始写自己的愿望。

慎温洇想看左肖写了什么,左肖还故意遮挡住不让她看。

"这么神秘?"慎温洇小声吐槽,写下了自己的愿望。她希望——送两盘顶级牛肉。

她很满意,写下了日期和自己的桌号,将便笺贴在了墙上。

左肖也写完了,神神秘秘地去贴上了。

"你写了什么?"左肖回来以后问慎温洇。

"很好实现的愿望。"慎温洇说。

点餐后不过二十分钟全部上齐了,左肖开始烤肉,却总是被油烫到。

"要不我来?"慎温洇问。

左肖挥手:"我来!"

慎温洇笑了笑,男孩子这该死的虚荣心啊!她喝着汽水,看他手忙脚乱地烤肉,想起他们上一次一起吃烤肉的情形,又想起了那个会熟练烤肉的27岁的左肖。他应该是练习过很多次,才能烤得那么好吃吧?

烤肉店里响起了一阵音乐声，老板带着几个气氛组服务员开始了抽奖活动，慎温汩的注意力被吸引了过去。

"鱿鱼好了。"左肖提醒道。

"我有一种强烈的预感，我能中！"慎温汩郑重地说。

慎温汩盯着老板，给自己非常强烈的心理暗示。老板闭着眼睛去墙上摸便笺，摸到了一张粉色的。慎温汩的心跟着颤了颤，她的便笺就是粉色的。

"43号。"老板念出了桌号。

慎温汩快速扫了一眼自己的桌号，然后欢呼起来："中了！左肖！中了！"

左肖也颇感意外："你写了什么愿望？"

慎温汩故作神秘，比了一个"2"的手势。

"打两折？"左肖试探着问。

慎温汩愣了一下："还能许这种愿望吗？这也不够朴实无华啊。"

就在此时老板端着两盘牛肉过来，慎温汩瞪大了眼睛："谢谢老板！"

"恭喜恭喜！"老板放下牛肉走了。

慎温汩亲自烤肉，牛肉放在炭火上发出"嗞嗞"的声响，悦耳极了。她分了一半给左肖："尝尝！战利品的味道。"

吃完饭，左肖去吧台买单，慎温汩在店里闲逛。她又走到了许愿树前，发现了左肖的那张便笺，他的字她总是能一眼就认出来。她悄悄看了一眼，上面写着：

一起考上青耀大学。

她回头看了一眼左肖，默默记住了这个愿望。左肖结账回来，两个人一起往外走。

冬日的影州，寒风里还有海的气息。

慎温汩拉了拉围巾，随口问道："你大学想去哪里？"

"没想过。"左肖说。

"一起去青耀大学好不好？"慎温汩问。

左肖看向了慎温汩，他的眼睛里似乎有光，他强压着兴奋情绪，淡淡地回答："行吧。"

慎温油伸出小指来:"那说好了。"

"幼稚。"他说着,跟慎温油拉了钩。

寒假转瞬而过,开学第一天,全校大扫除,外加放榜分班。

一群人挤在了榜单前,看自己的成绩,然后好决定去哪个班打扫卫生。信德高中仍然是排名换班制度,内卷得很。

慎温油从后面看起,真怕像上次一样,她去了13班,但是一路都没找到她的名字,也没看到左肖的名字。

沈欣欣看着从13班往前走找着成绩的慎温油,翻了个白眼,小声吐槽说:"假惺惺的,学霸装什么装,就好像真的能来13班一样。"

慎温油置之不理,继续往前看,终于走到了1班。她看到了钟情的名字,钟情还是很稳定的,慎温油有点儿欣慰。再往前,第一排第一列,她发现了左肖的名字。她反复看了两遍,排在第二名的真的是左肖。慎温油惊喜地跳了起来,再往前一个就是她的名字,她和左肖紧紧地挨着,左肖比她少了60分,却仍然是全校第二名。他果然是学神,精准控分。

"有毒!左肖这是什么情况啊?!"

"第二名是左肖?!"

"妈呀!左肖?!我没看错吧!"

……………

左肖的成绩像一记惊雷,让整个年级炸了。

所有人都在怀疑左肖的成绩的真实性,只有慎温油知道,他本来可以更好,却以他独特的浪漫,跟在了离她最近的位置。

议论声戛然而止,她转身看到了左肖。果然这些人当着左肖的面是不敢议论他的,她有点儿庆幸,以前左肖在学校里口碑不太好,是个出了名的学渣。

他隔着人群,看着慎温油,笑了笑,又朝她招了招手,问:"能不能帮个忙?"

慎温油点了点头:"13班和1班的路我都熟,我帮你搬。"

人群里有一个男生哭了起来,慎温油瞥了一眼,居然是章超,原来他从1班被挤了出去。

第二十二章　我想要改变过去

　　慎温沺想了想，走过去拍了拍章超的肩膀说："别难过，下次考试再努力吧。"
　　左肖也冲章超投过来一个鼓励的眼神："加油。"
　　章超看了看两个人，然后大叫一声跑开了。
　　慎温沺不明所以，看向左肖："他跑什么？"
　　左肖耸了耸肩："可能是开心？"

第二十三章

是我先喜欢她的

新学期,孟吒正式转学过来了,就读于2班。她有事没事就会路过1班的门口,慎温油终于有了可以一起上洗手间的女同学。

慎温油跟左肖成了同桌,尽管一开始老师不愿意,生怕左肖影响了慎温油的成绩,但是在观察了几天之后,各科老师都发现,左肖其实是一个很聪明的学生,高二的课程他早就自学完了,一些课外延伸题,他一点就通,甚至比慎温油还像尖子生。

慢慢地,左肖成了课堂上老师最爱提问的人之一。

慎温油一扭头就能够看到沐浴在阳光里的左肖,感觉一切都美好得不真实,这是她幻想过许多次的画面——能够跟左肖成为好朋友,能够跟左肖成为同桌,能够成为对他来说特别的人。

下午自习课,左肖被叫出去打球。因为他成绩变好了,所以老师睁一只眼闭一只眼。

慎温油在教室里背单词,钟情极不情愿地走过来,敲了敲慎温油的桌子。

慎温油抬头看向钟情,小声问:"有事吗?"

"《英语辅导报》,左肖订不订?"钟情眼神飘忽不定,她还是有点儿惧怕慎温油。

"你干吗不直接问他?"慎温油诧异。

钟情扁了扁嘴:"他也得搭理我才行呀,你问问吧。"

钟情说完走了,也没管慎温洇答不答应。

影州似乎没有春天,才4月份,就已经热得不行,慎温洇的座位又靠窗户,下午十分难熬,她有点儿明白左肖为什么出去打球了。

慎温洇收拾了两本书,也出去了。

她买了瓶花生露,然后直奔室内篮球场。这个季节大家都在外面活动,按理说这里应该是没有人的。

"加油!左肖!"

慎温洇停住了脚步,篮球场有人,她站在场外,看到沈欣欣她们三个人正拿着水看球赛。球场上打球的是左肖和汤易远,还有几个13班的学生,慎温洇叫不上名字。

中场休息,左肖走向了观众席,沈欣欣拿上矿泉水,迎着左肖的方向走去。

她是不是来得不是时候?慎温洇想,要不回去?

慎温洇转身,忽然听到左肖叫她。

"慎温洇!"左肖快步走过来。慎温洇看到他的汗水打湿了发丝,整个人像是从水里捞出来的一样。

她自然而然地从包里拿出了一包纸巾:"你出汗了……"

左肖没接纸巾,反而是从慎温洇的手上拿走了开封喝了一半的花生露。

"哎!"慎温洇想阻止,左肖却已经仰头喝了。

"帮我擦一下。"左肖拿着花生露说。

慎温洇有些发蒙,左肖甩了一下头发,说:"谢谢。"

慎温洇踮起脚,拿着纸巾轻轻擦他脸上的汗。左肖微微弯下腰,看着她,满脸笑意:"沈欣欣自己跑来的,我没叫她。"

"啊?"慎温洇再一次蒙了,他在解释?

"你来看我打球?"左肖又问。

慎温洇觉得大脑一定是出问题了,胡乱编了个借口说:"《英语辅导报》,你订不订?"

左肖诧异。

慎温洇只能又重复了一遍:"全班都订了,钟情让我问问你……"

"你看完球赛,我就告诉你。"左肖把花生露还给了她,再次上场打球。

沈欣欣狠狠一摔,矿泉水瓶滚到了场外。她瞪了慎温洒一眼,转身走了。

转眼又是期中考试,她和左肖在一个考场里,他靠着窗户,她在他的旁边。5月的影州热得不像样子,下午的考场像个蒸笼。她有点儿不想参加下午的考试了,整个人蔫蔫的,一副要中暑的样子。

但原本会照在脸上的阳光,却并没有烤着她,她扭头就看见左肖用本子给她挡出了一块阴影,他高高的个子,刚好挡住了照着她的阳光。慎温洒扭头就发现了钟情一脸花痴的样子。

"好好嗑啊。"钟情一副"姨母笑"的表情。

慎温洒轻咳了一声,钟情瞬间回神,恢复了那副不喜欢慎温洒的表情。

考完试,慎温洒在教学楼楼下等左肖出来对答案。她总是能感觉到有人在看她,当她看过去的时候,那些人又假装若无其事。慎温洒不知道这是怎么回事,直到孟吃一副忧心忡忡的样子走过来。

"怎么了?你和陆白吵架了?"慎温洒问。

"我俩没事,是你俩。"孟吃说着,拿出手机,打开学校论坛给慎温洒看,"你和左肖低调一点儿,大家都在传你俩早恋,当心被老师看到了。"

"不会吧,我们又没有早恋。"慎温洒大手一挥,满不在乎的样子。

"你别不在意啊,我在学校没什么熟人都听说了,你想想,万一这事真的被老师知道了怎么办?"孟吃紧张地说,"你们还是保持一点儿距离吧。"

慎温洒有点儿郁闷:"为一些莫须有的事情,我就得低头做人啊?这是什么世道?"

"总之呢,咱们在学校低调一点儿,出了校门谁会管你呀。"孟吃挽着慎温洒的胳膊,"别在这里等了,咱们去外面等,给左肖发消息。"

慎温洒想了想,孟吃说得也对,虽然她不愿意,但是没必要为了一些旁枝末节的事情坏了心情,徒增烦恼。

"走吧。"慎温洒应了,跟孟吃挽着手出校门。她一边走,一边给左肖打电话,左肖那边却一直没有人接听。

"没听到?"她有些纳闷,于是又发了一条微信过去:"在奶茶店等你。"

可是她们等到了天黑,还是没能等到左肖。陆白发了好几条信息,孟吃实实在等不了了，有些为难地看着慎温洄。慎温洄故意板着脸："重色轻友。"

孟吆拉着慎温洄开始撒娇："陆白今天好不容易休息啊，左肖又不想见我。"

"好啦！你去吧。我逗你的。"慎温洄拍了拍孟吆，"见到陆白，帮我问问他什么时候还做红烧肉。"

"想吃让左肖给你做，陆白只能给我一个人做饭吃。"孟吆笑着拿起了书包，"我走啦，你一个人小心。"

慎温洄挥了挥手，继续等左肖。

她想会不会是出了什么事，不然左肖怎么一直没来，也没回消息？

电话没电了？

又或者是……

一股担忧之情忽然涌了上来，慎温洄再也坐不住了，抓起书包向学校跑去。

学校只有高三还在上晚自习，其他的同学早已经下课，她一路上没见到什么人。她再打电话，左肖还是没接，她更加担心起来。

慎温洄一口气跑到了教室门前，1班已经没人了，大门上挂着锁。

那左肖去了哪里呢？

她像无头苍蝇一样到处找，脑海中无法抑制地想起那天冷库里满地的血，整个人开始发抖。她懊恼自己为什么要走，应该等左肖一起的，如果她不在，谁来保护左肖呢？

"左肖！"她在走廊里大声叫着左肖的名字。

回应她的只有空荡荡的回声。

"左肖……"她又叫了一声，声音里带着颤抖之意。

"慎温洄！"忽然有人叫了她的名字，慎温洄打了一个激灵，这声音却不是左肖的。

慎温洄回头，看到肖主任走了过来。她迅速擦了一把脸，站定跟肖主任打招呼。

肖主任脸色一片阴沉："大晚上的，在这大吼大叫，跟我去办公室。"

"老师，我……"她想拒绝，她还要找左肖。

可肖主任脸上的表情不容拒绝："立刻！"

无奈，慎温洄只好跟着肖主任去了办公室。

在办公室里的，还有她的班主任。她更加迷茫，到底出了什么事？她忽然有一种不太好的预感，想起下午孟吖说的那个八卦，难道是因为早恋的事？

班主任面色不好，见到慎温汨之后就开始痛心疾首地教育："你是最让我放心的学生，现在是怎么回事？别人早恋，我都相信，你怎么可能早恋呢？"

慎温汨心里"咯噔"了一下，果然这并不是空穴来风。

班主任说了一通之后，肖主任开口："我不管你和左肖同学是什么关系，从今天起，你们两个不要来往了。"

"老师，这里面有误会。"慎温汨想解释，却被打断了。

肖主任挥手："学生最重要的是搞好成绩，你是我们要保送的学生，不要在关键时候出岔子。这次考试，你的成绩明显下滑了，但是你以往的成绩很好，我可以让你继续留在1班。"

"那左肖呢？"慎温汨问。

"你管好你自己，别管其他人。"肖主任不留情面地说。

慎温汨看向了班主任，她的班主任老师其实对左肖还是不错的，她希望老师能为左肖说点儿什么。

"让左肖顺延去2班吧，他成绩不错，不用回13班吧？"班主任老师试探性地问道。

肖主任点了点头："就这样吧。慎温汨，我跟你妈妈是同学，她对你寄予厚望，我不希望你在这个时候掉队。等你上了大学，你想做什么，老师都不会拦着你的。你就算不为自己考虑，也为左肖考虑一下？你们就算是互相喜欢，怎么不能忍一忍呢？他可是没有保送名额的。"

"老师，我们真的没有。您就让左肖留在1班吧，他现在的成绩真的很好……"慎温汨还想再为左肖说点儿什么，却再次被打断了。

"这不是你该考虑的事情。"肖主任不容置疑地说。

慎温汨想了想，这件事情的根本问题在于早恋，如果他们没有早恋，那么一切担忧都是不成立的。左肖不能离开1班，他好不容易才开始学习，不能再回到过去浑浑噩噩的状态了。

"老师，其实你们都误会了。我之所以跟左肖同学走得近了一点儿，完全是为了帮助他学习。我们根本就不是什么早恋，我压根就不喜欢左肖，我们只是同学。肖主任，您是看着我长大的，我是什么样性格的人，您还不了解吗？"

第二十三章 是我先喜欢她的

我不会为了某一个人,停下自己的脚步,如果左肖同学影响了我,我肯定会丢下他的。"慎温沺说完这话还觉得不够分量,对付老师她是有一套的,于是赶紧又补了一句,"我喜欢的人,怎么可能是学渣呢?学渣永远都是学渣,哪怕偶尔一次成绩变好了,也不代表什么。但是辅导一个学渣,是很有成就感的。我希望老师您不要打消我的积极性,让左肖留下吧。"

"温沺……"肖主任叹了一口气,"老师也是过来人。你先回去吧。"

慎温沺不确定肖主任这是什么意思,还想再辩解几句,班主任给她使眼色,让她不要再说了。

"先回家。"班主任拽着慎温沺出去了。

慎温沺不知道自己成功了没,如果左肖真的离开1班,以他的性格,他肯定不会去2班,那么必然要回到13班了。她一直没能等到左肖,或许是老师也找他了?一定是的,早恋这种事,老师不可能只找其中一个谈话。如果他还没被谈话,她更要赶紧找到左肖,跟他统一口径。

"老师,左肖是不是已经来过了?"慎温沺问。

班主任哼了一声:"你俩真是会找麻烦。别问了,赶紧回家吧。"

慎温沺失眠了,她到底是没能找到左肖,但后来孟吒发消息告诉她左肖回家了。可是她给左肖发消息,左肖没有回复。

这就直接导致她第二天顶着熊猫眼上学,她旁边的位子依然是空的。左肖没有来,她问孟吒,孟吒竟然也不知道左肖去了哪里。

她整节课都心不在焉的,心里乱糟糟的感觉一直延续到下午。体育课自由活动,她去了篮球场,听到了熟悉的打球的声音,走近了看到是左肖和汤易远几个人在打篮球。

慎温沺冲过去问:"你今天怎么没上课?昨天你去哪儿了?我一直在找你,你的电话也打不通。"

左肖没回她,一个三步上篮,动作帅气又标准。

"你的手机是不是没电了?"慎温沺又追着问。

左肖还是不理她,绕过她,传球给汤易远,又从汤易远手里接过球,扣篮得分。

"左肖?"慎温沺叫他,左肖置若罔闻。

慎温泂不解，看向汤易远："谁惹他了？"

汤易远摊手："他拉着我打了一天了，累死了。"

"汤易远！"左肖大声叫他的名字，篮球被队友传了过来。

汤易远转身躲开，篮球直奔慎温泂的面门过来，她睁大了眼睛，动作却迟缓了下来。她忘了躲开。眼看着篮球就要砸到她，左肖一个箭步冲过来，一拳头击开了篮球，怒视着她，吼道："不知道躲开吗？！"

慎温泂有点儿蒙了，张了张嘴，不知道说什么。

左肖又扭头瞪汤易远："你为什么要躲开？！"

汤易远也有点儿委屈："我没准备，这不是条件反射吗？"

慎温泂低下头，忽然看到左肖的手破了，应该是刚才篮球砸的。她伸手抓起左肖的手，关切地说道："你受伤了……"

左肖一把甩开她的手："没事！"

左肖转身就走，冲汤易远喊道："继续！"

慎温泂一把拽住左肖的胳膊。她没想到左肖力气极大，差一点儿就被他拽倒了。慎温泂跟跄一步，左肖停了下来。

"你在生什么气，要生气也是我生气吧？昨天我等了你很久，一直联系不上你，我都急死了！到底出什么事儿了？有话你直说！没长嘴啊？！"慎温泂气鼓鼓地说。

汤易远悄悄地给慎温泂比了一个赞，然后从后面溜走了，他浑身酸疼，短时间内再也不想打篮球了。

左肖执拗地昂着头，慎温泂真想跳起来给他一下。她又用力拽左肖的球服："说话！"

"你不喜欢我。"

"啊？"慎温泂蒙了。

左肖看过来："学渣永远都是学渣，辅导一个学渣很有成就感。我让你满足了吗？"

慎温泂呆愣住："你听到了？昨天你在办公室里？"

"沈欣欣说给我听的。"

"她录音了？真卑鄙啊！"慎温泂不屑。

左肖哼了一声："是我越界了。"

他再次要走，慎温洏转身挡住他："能不能听我把话说完？"

"我以为你已经说得很清楚了，再听下去，就是我不识趣了。"

"闭嘴！阴阳怪气的话少说几句！"慎温洏牢牢地拽住左肖，"我那么说完全是因为局势。肖主任是一个不达目的不罢休的人，我不想让你转班，我想跟你在一个班级里，所以只能说点儿狠话让他放心。你怎么可能是学渣呢？如果不是你故意不写作文，你的成绩比我好太多了！从来都是我靠近你，我以为我能够搞定这件事，不想他们去审问你啊，你明不明白！"

慎温洏激动得一口气说了一大串话，说完甚至觉得自己有点儿缺氧。她不晓得左肖明白了没有，在这一瞬间，她觉得自己的嘴皮子太笨了，还想再解释几句的时候，忽然听到左肖说："可是我承认了。"

慎温洏愣了愣："承认什么？"

"喜欢你。"他说着往前走了一步。

她愣住，他又走了一步，她的心跳就快了一步。

"我告诉肖主任，是我喜欢你，我和你在一起不会影响学习，只会成绩更好。我跟他说，你也是这样想的，我说我很了解你。他说我不了解你，说他会让我知道早恋是多么冲动且会失败的事情。"左肖凝视着慎温洏，微微弯下了腰，看着她闪烁不定的眼睛，自嘲一笑，"现在我相信了，慎温洏，承认喜欢我有那么难吗？和我一起光明正大地面对那些困难有那么难吗？你就这么不相信我吗？你就这么不相信自己吗？好学生，就是喜欢自欺欺人吗？"

"我……"

左肖放开慎温洏，转身走了。

而她在这一刻，竟然失去了去追他的力气。她知道的，他喜欢自己，而她也是喜欢他的。可是她为什么在这一刻不知所措？明明只要她往前走一步，他们就能够有不一样的结局，可是当她真的能够跟暗恋十年的人在一起的时候，她又开始害怕了。

她怕自己太幸福了会被嫉妒，怕自己太贪心了会失去什么。她搞不懂自己，为什么这么患得患失？

"左肖……"她试着叫他，然而他已经走远了。

慎温洏一个人离开篮球场，失魂落魄，迎面撞上了沈欣欣。

沈欣欣看见她还有点儿心虚："你干吗？撞疼我了。"

慎温汩懒得理她，沈欣欣还说了句什么，但明显底气不足。

"孟吆，我好像惹左肖不开心了。"慎温汩给孟吆发了微信。

孟吆很快回复："左肖很好哄的，你给他买些糖就好啦。"

"真的吗？"慎温汩表示怀疑，但人已经朝着超市走去。

校门口超市里，她拿了两盒糖，去付钱的时候，发现包没拉拉链。她陡然一惊，迅速开始翻找，整整翻了三遍——日记本不见了！她仔细回忆了一下，猛然想起沈欣欣撞了她一下。

"糟了！"她放下糖果，拔腿就跑。

慎温汩在学校里狂奔着。下课时间，学校里人来人往，她跑过操场，跑过林荫路，终于跑到了教学楼下。

"慎温汩，你脸皮真厚啊！"沈欣欣的笑声从楼上传来。

慎温汩猛地抬头，看见沈欣欣正站在三楼的走廊上，手里拿着的是她那本紫色风信子封面的日记本。活页本被打开，欣欣一把将一张张写满了心事的日记撒了下来。

沈欣欣大声笑着，拿着手里那页纸，读了起来："9月2日，天气晴，我第一次见到左肖，他抱了我，那种浑身触电一样的感觉，我想我喜欢左肖……9月7日，天气晴，我和左肖的速配指数居然是98%……"

慎温汩如遭雷击，记忆再一次被拉回到了过去。

那是她修饰了很久，努力忘记，却仍然在午夜梦回会想起的一个场景，是让她落荒而逃转学离开的一个场景，是她差一点儿走不出的一个场景。她曾经所有的骄傲，就是以这种方式，被沈欣欣一点点地撕碎的。

彼时她跟左肖只是不熟的两个同学，她在学校是所有人都讨厌的告状精。就是在这样一个下午，她走过教学楼，天空中飘落了一张张她的日记，每一页都写着她对左肖的暗恋。她听到了无数的嘲笑声，大家笑她凭什么喜欢左肖，笑她居然也会暗恋，笑她不自量力，笑她是个小丑。

她在人群里看到了惊讶的左肖。左肖在一声声的起哄声中，怒吼道："你们没事情做吗，在这里开什么玩笑？！"

沈欣欣刺耳的笑声再次传来："慎温汩，自作多情了吧，左肖根本就不可能喜欢你这样的人。"

她记得，她跪在地上捡自己的日记，同学们却抢了去。她无论怎么追，怎么恳求，那些人都不肯将日记还给她，只是嘲笑她。明明是一张张年轻的脸，却笑得那样可怕。她在盛夏即将来临的时候，全身冰冷，瑟瑟发抖。

慎温沺尖叫一声，跑了出去，再也没能回到信德高中，整整十年。这是她内心无法抹平的一块伤疤。上一次她回到2013年，在教室里被沈欣欣发现了日记，她也是这样害怕，她缺氧一般想要抓住什么，可是转眼就回到了2023年。这一次，她不能走。她还没跟左肖解释，她不能走！

"够了！拿来！你们太过分了！"孟呓的声音响起，她从楼上疾跑而来，一路奔跑，一路抢着别人手里慎温沺的日记。

忽然有人大喊了一声："是我先喜欢她的。"

沈欣欣脸上的笑容凝固了，她大喊了一声："不可能！"

慎温沺转身，朝着光看去，他一步一步走来，脚步坚定又踏实。

来人是左肖。

他走到慎温沺面前，握住了慎温沺的手，满眼柔情，满眼心疼之色。

"我喜欢你。"他说。

慎温沺愣住。

所有同学停了下来，不再嘲笑，不再窃窃私语，看着眼前的左肖。

楼上的沈欣欣尖叫了一声："左肖！难道你忘了她说了什么吗？！"

"闭嘴！"左肖低声怒吼。他再次看向慎温沺，柔声问道："慎温沺，我喜欢你很久了。"

慎温沺觉得整个人动弹不得，被回忆冻住的身体，正在一点点地融化。她机械地张了张嘴："我……"

"我很喜欢你。"他看着慎温沺的眼睛渐渐红了，他好像在看一件失而复得的珍宝一样。

她木讷地点着头："左肖，我也喜欢你。"

左肖笑了起来，用力将她抱在怀里。慎温沺又惊又喜，从没想到左肖胆子这么大。

"干什么呢？！"肖主任闻讯赶来，带着满腔的怒火。

慎温沺整个人还呆呆的。

"跑！"左肖抓起慎温洇的手狂奔起来。

慎温洇看着左肖逆光狂奔的样子，他的发丝飞扬起来，整个人都发着光。她的心在这一刻就快要从嗓子眼里蹦出来了，一下一下地跳动着的，就是她满腔的喜欢。

第二十四章

穿越时光之海与你相遇

　　直到筋疲力尽,他们才停下奔跑。
　　这里是离慎温油家不远的街心公园,他们曾经在这里偶遇过一次。她记得那时候她来这里烧自己的日记,偶遇了也过来烧什么东西的左肖,她还嘲笑他搞封建迷信。
　　两个人此刻就躺在公园的草坪上,顾不得周围有没有人,顾不得避嫌。
　　慎温油不知怎么就笑出声来,引得旁边的左肖撑起上身看过来:"怎么了?笑什么?"
　　"想起了以前。"她笑了一会儿,也不知道该怎么说,因为已经不确定那份记忆在此刻这个时空的左肖的脑海里是不是真实存在的,索性就不说了,接着看着左肖笑。
　　左肖也没有再追问下去。两个人躺了一会儿,左肖拉着慎温油起来。
　　"太凉了,你去椅子上坐。"
　　两个人又往公园深处走去,因为是工作日,人就更少了,似乎只有他们两个。
　　"等我一下。"左肖跑开,没过几分钟又回来,手里多了两瓶花生露,他拧开一瓶递给了慎温油,"温的。"
　　慎温油喝了一小口,忽然觉得比往日里的花生露还要甜一些。
　　"你不生气了?"慎温油小心翼翼地问。

"生什么气?"左肖有点儿不解。

"就是……"她想了想,一时之间竟然不知该怎么说。

"我不生气。"左肖见她一副纠结的样子,直接开口说道。

慎温汩"啊"了一声,有点儿发愣,然后又抿着嘴笑起来:"那就好。刚刚好像是肖主任……"

"抱歉,我刚才……"左肖顿了顿。

慎温汩赶紧说:"你帮我解围嘛,我明白的。其实你不知道,我很害怕刚才那个场景,如果刚才你没出现,我真的不知道该怎么办,所以无论刚才怎么了,都不重要。重要的是,谢谢你出现。"

"我知道你会害怕,所以我来了。"他轻声说。

慎温汩昂起头看着左肖,忽然觉得眼前的左肖有些不一样。

"刚才我是真心的,一直没有机会告诉你,我很害怕这是最后一次见你,所以要再说一次。"左肖郑重地看着慎温汩,比以往哪一次都要认真的样子,再次重复,"我喜欢你,比你喜欢我还要久一些。你或许不能理解这份喜欢,但是你要相信,只要有我在,我就会一直保护你,不会让你受到任何伤害。你可以放心站在我的背后,我知道,现在说这些太早了,你还有学业要完成。但是……我忍不住了。对不起……"

慎温汩呆愣愣地看着眼前的左肖,看着他抓着自己的手。他的手十分用力,好像只要稍微松懈一点点,她就会消失一样。她已经很久没有这样被珍视了,觉得有点儿不太真实。

"左肖,我能抱一下你吗?"慎温汩怯懦地开口。

左肖点了点头,张开了双臂。慎温汩投入他的怀里,左肖用力地抱紧了她。她能够清晰地感觉到他的心跳、他的呼吸、他的温度。

"要抱多久?"左肖在慎温汩的耳边轻声问,声音还带着笑意。

慎温汩瞪大了眼睛,脸上腾的一下红了,赶紧说了一句:"好了。"

她刚要松手,左肖就再次抱紧了她:"没好。"

"你怎么了?今天有点儿奇怪。"慎温汩忍不住说道。

"没怎么。"左肖拍了拍慎温汩的背,然后放开了她。

"现在去哪里?"慎温汩问。已经快到放学时间了,她跑出来这么久,不知道肖主任有没有给她爸妈打电话。

"看电影吗?"左肖问。

"看电影?"慎温洇很惊讶。

"看电影之前,先去吃饭。你的手机给我,我帮你跟你爸妈先解释一下。"左肖说着伸出了手。

"解释什么?"

"我们的事情,我来解释,免得你回家跟他们吵架。"

"不用了,我来说就好了。只要成绩不下降,我爸妈是很开明的。"慎温洇耸了耸肩。

"那也还是要跟他们说一下,晚上不回去吃饭了,晚点儿我会送你回去。听话,别让他们担心。"左肖又说。

慎温洇点了点头,给妈妈发了微信,然后关掉了手机。

"你不跟你爸爸说一下吗?"慎温洇问。

"我给司机发信息了,我爸最近都不在。"左肖站起来,朝慎温洇伸出手,"走吗?"

她犹豫了一秒钟,然后握住了左肖的手。他们一起在公园里散步,然后一起打车,一起去商场。路过一家潮牌店的时候,左肖拽了她一下。

"干吗?"慎温洇问。

"试试。"左肖指了指橱窗里的衣服。

"干吗买衣服?"慎温洇不解。

左肖顺势牵住了慎温洇的手,果然引来了旁边人的目光。左肖笑了笑说:"因为我想牵着你的手的时候,不被这些人围观。"

"行!你付钱。"

"好。"

左肖拉着慎温洇进去各买了一套衣服换上。她是一条鹅黄色格子裙,外面是牛仔外套。他是牛仔裤加上黄色长袖 T 恤衫。两个人站在镜子前,他比她高出一个半头,他轻轻抬手就能摸到她的头。

"别动。"左肖拉住了慎温洇,取下她头上的发圈,然后以手指代替梳子,帮她整理了头发,重新扎了马尾。

慎温洇笑了笑:"你怎么连这个都会?"

"我练过。"

"你没事儿在家练这个干吗呀？"

"因为我不知道你是不是会梳头，每天都只梳一个马尾。"左肖帮慎温沺梳好了头发，歪头看了看她。慎温沺的脸再一次红了，他盯着她看。

慎温沺从镜子里看到了左肖一直在看自己，有些不好意思，说："你干吗一直盯着我看？"

"有件事早就想做了。"左肖说。

"什么啊？"

"不知道你会不会答应。"

慎温沺看着左肖离自己越来越近，屏住了呼吸，心再一次怦怦乱跳，她吞了一下口水，然后闭上了眼睛。

下一秒，她感觉到自己的脸被人掐了一下，赶紧睁开眼睛，看到左肖脸上带着浓浓的笑意。

她委屈地揉了揉脸："你一直想做的事情，就是掐我的脸？"

左肖明知故问地点头："不然呢？这么肉的脸，不掐一下可惜了。"

慎温沺哼了一声，扭头就走。

左肖连忙追上来，试图拉慎温沺的手："你生气了？"

慎温沺一把甩开他的手，左肖再次凑上来："别生气了，要不然让你掐回来？"

慎温沺白了左肖一眼："真的？"

左肖"嗯"了一声，把脸凑过来："你掐。"

慎温沺踮起脚，就在马上要掐到左肖的脸的时候，他忽然凑过来，抱了她一下，然后迅速逃开了。

慎温沺呆若木鸡，整个人僵硬了一秒钟，再看向左肖："左肖！"

他却已经笑了起来："走啦！去吃饭。"

她气鼓鼓的。从来没想到，左肖居然有这样一面。她却又有些开心，她和左肖在此之前所有的好感都是点到为止的，只有在此刻，她才觉得，他们真的一直很近。

西餐厅里，左肖点了牛排，切好了放到慎温沺面前，又帮她剥虾皮。只要是她想吃的东西，他都帮她弄好，照顾得无微不至，餐厅里的音乐也是她学生时代最喜欢的一首歌。她看着眼前的左肖，又有一些恍惚了，他很会照顾人，跟刚才掐她的脸的左肖又不一样了。

"等一下看什么电影?"慎温洇问。

"你想看什么?"

"还能选?"

"私人影院,你想看什么,就放什么。"

慎温洇仔细想了想 2014 年有什么好看的电影,好像《星际穿越》是 2014 年上映的,她想来想去,说:"要不然看《星际穿越》?"

左肖陡然一惊,看向慎温洇的目光带着浓浓的诧异之色。

慎温洇并没有意识到发生了什么,又问了一句:"怎么了,你不想看吗?"

"你……"他张了张嘴,长久注视着慎温洇,眼眶不知为何红了。

慎温洇仍然不明所以:"你到底怎么了?"

左肖摇了摇头:"没什么。走吧,我们去看电影。"

左肖再一次握住慎温洇的手。他总是一步三回头,频频看她。这弄得慎温洇很不好意思,左肖好像怕她消失一样。

她都忍不住想要笑左肖了,却没有说出来,因为她也是一样的。她很害怕眼前的左肖忽然不见了,很害怕忽然又回到那个没有左肖的世界里去。

私人影院里,他们看了一部爱情电影。她也不知道为什么左肖没有选《星际穿越》。他们并排坐在沙发上,左肖抬起了沙发扶手,拍了拍自己的肩膀。

慎温洇不明所以,也拍了拍左肖的肩膀。

左肖忍不住笑了:"你是笨蛋吗?"

"啊?"慎温洇微微一惊,左肖伸手过来,放了慎温洇的脑袋上,然后轻轻按了一下她的头,让她靠在了他的肩膀上。

慎温洇内心狂喜,原来他是这个意思。

电影里,男女主人公误会数年,终于再次相遇,仿佛之前的误会已经不重要了,留给彼此的只剩下一个拥抱和一句"我很想你"。

她看这样平淡的剧情也看得泪流满面。她也不知道自己是被戳中了哪一根神经,对着最后的字幕哭得停不下来。她哭得让左肖都有点儿慌了,他手足无措地给她擦着眼泪。

"他们最后在一起了,没有分开,是圆满结局。"左肖轻声哄着慎温洇。

"可是他们错过了十年啊,整整十年。"她哽咽着,抬眼去看左肖,就像

是他们两个一样,错过了整整十年。即便是有重新来过的机会,可是她还是觉得心里很疼。她无法想象,左肖在那个自己跳楼的时空里是怎样熬过来的,他像是她的影子,默默跟随着她,而她从未发现过他。

"阿慎不哭,我们不会错过的。在你看得见、看不见的地方,我会一直守护着你。"左肖轻轻地抱住了她。

慎温油却彻底呆愣住,心脏开始狂跳。她紧张地抓着左肖的衣服问:"你叫我什么?"

"阿慎。"

她如遭雷击,却又在此刻无比幸福。她哭着哭着,就笑了起来:"左肖,你到底是谁?是不是你?1404?"

她的话看似没有逻辑,可左肖在这一瞬间全都听明白了。他脸上的笑容凝固住,看起来幸福又悲伤,他无法再控制自己,猛地抱住慎温油,用力地亲吻她,似要将全身的力气抽光。

而她能够感受到他咸咸的眼泪,还有他的颤抖。

"阿慎,我好想你……"他捧着她的脸,流着眼泪。

"真的是你!左肖,我到处都找不到你,他们都不记得你了,我好害怕,我该怎么办?我该怎么办?左肖,我真的很害怕。我不敢睡觉,怕一睁开眼睛你又不见了,我……"

左肖不停地亲吻慎温油的脸颊,吻去她的眼泪。他仔仔细细地看着她:"你是怎么认出我的?"

"你叫我阿慎,17岁的左肖只会叫我慎温油。我回到过去很多次:在冷库里见到的人是27岁的你,在学校里见到的人是17岁的你;爱烤肉的是27岁的你,跟我一起参加数学竞赛的是17岁的你。我明白了,我全都明白了!"

"原来是这样……"左肖点了点头,有些绝望的样子。

慎温油看到了这一瞬间他的绝望神色,不解地问:"左肖,你怎么了?你不高兴吗?"

"没有,只是想起,有的时候见到的你是过去那个性格孤僻的你,有的时候见到的你是成熟热情的你,之前不明白为什么,现在总算明白了。阿慎,我真的很开心,我已经不记得在过去经历了多少次循环,总算是遇见了你。"他再一次抱了抱慎温油。

慎温洳咧开嘴笑,却总是能看到左肖绝望的样子。

"左肖,你是不是有什么事没告诉我?"

"阿慎,如果你回去了,发现世界上没有我了,不要着急,不要去找我,也不要试图让别人相信有我的存在。我会在过去一直一直保护着你,我要让你永远平安幸福。"

"你在说什么啊?"慎温洳再一次抓紧左肖。

左肖微笑着看着慎温洳,轻轻抚摸着她的头发:"你要像他们一样,忘记我。"

"为什么?左肖,为什么啊?"

"因为你认出了我。"

她怔住,周围瞬间一片漆黑,她听到他最后说:"永别了,阿慎。"

婚礼进行曲缓缓地进行着,一对新人站在红毯上,幸福甜蜜地望着彼此,仿佛这一刻,他们已经等待了许多年。

司仪念着吉祥话,讲述着新郎新娘一路走来有多不易。他们年少相爱,被迫分开,整整十年,再次重逢,终于喜结连理。

当新郎掀开新娘的头纱,亲吻她的脸颊的那一瞬间,全场掌声雷动,甚至还夹杂着小声的哭泣声。

"太好了,他们终于在一起了。"人群里同学那桌有人说了一句,这就像是一个符咒一样,紧接着此起彼伏的抽泣声响起,大家都在为这一对新人能够修成正果感到高兴。

紧挨着主桌的那一桌,有一个人趴在桌子上,在这样嘈杂的环境之中,居然睡着了。

温俞瞥了一眼,觉得这实在太不像话了,猛地拍了一下旁边趴着的人:"别睡了!"

慎温洳倒吸一口冷气,猛地坐起来,像是一个溺水缺氧刚刚上岸的人,大口喘息着,头发被汗水打湿了,正贴在脸上。她看向了四周,发现自己正在一个结婚典礼上。

"谁结婚?"慎温洳抓着温俞问了一句。

"陆白和孟圪啊。"温俞一边嗑着瓜子,一边带笑容地看着红毯上的两

位新人，抽空还瞥了一眼自己失魂落魄的女儿，"你就别演难过了，我和你爸都知道了，你和陆白是假结婚。幸好现在误会都解决了，有情人终成眷属。"

慎温油懵懂地点了一下头："有情人终成眷属。"她又猛地抓住温俞问，"那左肖呢？他怎么没来参加孟呓的婚礼？"

温俞疑惑地问："左肖是谁啊？"

慎温油没有回答温俞，心想：或许是她妈妈不记得呢，毕竟他们也没怎么见过面。她扫了一眼，看到旁边同学那桌哭得梨花带雨的钟情，冲过去坐到了钟情旁边，抓着钟情问："见到左肖了吗？"

钟情正看陆白和孟呓看得津津有味，时不时哭一嗓子，以表达自己逝去的青春。她抓拉了一下慎温油："你别挡着我啊。什么左肖啊，左肖是谁啊？"

钟情怎么会不认识左肖呢？慎温油有些心慌。

新郎新娘互换了结婚戒指，孟呓站在台上，深情款款地看着大家："请大家允许我做一个自私的决定，我想将我的手捧花送给我最好的朋友慎温油。我希望她能够早点儿找一个男朋友，早点儿拥有幸福。"

钟情听了这话扁了扁嘴："我才是孟呓最好的朋友。"她看了一眼旁边失魂落魄的慎温油，又心软下来，"你快上去啊，在座的人可就你还没男朋友了。"

慎温油木讷地看向台上的孟呓，孟呓朝她伸出手来："阿慎！快过来！"

阿慎，她又听到了这个称呼。她快步走上了台，差一点儿被红地毯绊倒。她顾不得自己的狼狈样子，跌跌撞撞地站到了孟呓面前。

孟呓拿起手捧花，诚恳地开口："阿慎，要幸福。"

慎温油看了看手捧花，却没有去接，一把抓住孟呓的手，急切地问："左肖呢，你怎么没请左肖啊？"

孟呓一脸茫然的表情，看向了陆白，陆白摇了摇头。

"怎么没见到左肖啊？"慎温油又问了一遍。

慎温油抓着孟呓的手十分用力，孟呓有些吃痛，摇了摇头："阿慎，你在说什么啊？"

"我问你，左肖呢？！"慎温油忽然大声吼道，声音通过麦克风传递到了现场的每一个角落。

孟呓露出了更加茫然的表情："左肖是谁啊？"

第二十四章 穿越时光之海与你相遇

"你怎么可能不记得左肖呢？孟呓，你是不是在装啊？这里没有危险的，陆白会保护你的，你不会被别人怀疑是神经病的。你快告诉我，你记得左肖，你记得的对不对？他是你的青梅竹马，他叫你来找我的。孟呓，告诉我啊，你记得的……"慎温洇抓着孟呓，用力地摇晃着她。

孟呓整个人都蒙了，被慎温洇捏得胳膊疼痛难忍。一旁的陆白发觉了不对劲，过来掰开了慎温洇的手，慎温洇还想去拉孟呓。

"你说话啊！你记得的！"慎温洇带着哭腔，再一次问道。

陆白紧紧地抓住了慎温洇的手，将她与孟呓隔开。

"慎温洇，你怎么了？"陆白关切地问。

慎温洇却像是看不到陆白一样，拼命地挣扎，拼命地去拉孟呓："说话呀！说你记得他！"

孟呓被吓了一跳，有些惊恐，微微摇了摇头，脸上全然是疑惑的神色。

"左肖到底是谁啊？我应该记得他吗？"孟呓轻声问。

这就像是压垮慎温洇的最后一根稻草。她分明看出了，孟呓脸上的疑惑神情是真的，她没有伪装。慎温洇像是疯了一样，失去了全部理智，开始用力厮打拦着自己的陆白，像一个可怕的疯子一样去抓孟呓，大喊大叫着。

"你怎么能忘了他？！你怎么可以？！他是左肖啊！他是左肖啊！"

台下的人看起了热闹。大家都知道，在此之前，孟呓破坏了慎温洇和陆白的婚礼，这才三个月，新娘就换了人。他们并不知道其中的缘由，却像是看戏一样津津乐道。甚至有人拿起手机，拍下了慎温洇发疯的这一幕。

"你冷静一点儿，慎温洇，冷静点儿，看着我，我是陆白！"陆白抱住了慎温洇，她却像是个发疯的小狮子一样。

孟呓吓坏了，却没有退缩。

"慎温洇，你给我下来！"台下的温俞再也坐不住了，冲上台拉住女儿，抬手就是一巴掌。巴掌却没能落在慎温洇的脸上，孟呓牢牢地抓住了温俞的手腕，用另一只手挡下了温俞的巴掌。

"阿姨。"孟呓乞求地摇头。

温俞强装镇定，冲宾客们解释："她喝多了，闺密结婚，她太高兴了。"

慎温洇不相信眼前的一切，看向孟呓的眼神里带着恳求之意，希望孟呓能

299

够说一句记得左肖。孟吃蹲下，看了看瘫软的慎温洇，示意陆白放手。陆白虽然担忧，却还是听话地放了手。孟吃将慎温洇抱在怀里，轻轻拍打着她的背，柔声问："告诉我，你怎么了？"

慎温洇强忍着眼泪说道："你记得他，对吗？你拿着日记本来找我，让我去帮帮左肖。你说过，别人不记得了你也会记得的，除了我们没有人能够帮左肖。我们不能让他消失的。"

孟吃有些愧疚："阿慎，我不知道左肖到底是谁，但他对你来说很重要对吗？等婚礼结束，我陪你去找他。你告诉我，他住在哪里，无论多远，我都陪你去。"

慎温洇拼命地摇头："求你了，不要忘了他，如果连你也不记得他了，左肖就真的被抹掉了。求求你了，你说你记得他，求求你了……"

"我……"孟吃哽住了。

"记得，慎温洇，我们都记得。"陆白开口道。孟吃想说什么，陆白摇了摇头。

慎温洇突然笑出了声，笑声透着绝望和凄凉。

"闹够了没啊？！慎温洇，你快下来吧，别耽误人家的结婚典礼。"人群里有个熟悉的声音传来，她从人群里走了过来，走到台前，还有钟情一起，她们一起扶起了慎温洇。

慎温洇看到眼前的这个女人，她的变化不大，慎温洇一眼就认出来了，迅速抓住眼前这个女人的手："沈欣欣！"

沈欣欣被抓疼了，微微皱眉，却也没有生气："走啦。"

慎温洇却像是看到了一棵救命稻草，急忙说："你之前不是一直很喜欢左肖吗？你一定记得他，对不对？"

"好，好，好，我记得。"沈欣欣敷衍道，"咱们走吧？"

沈欣欣去拉慎温洇，慎温洇停顿了一下，又问："你不记得了吗？你公开了我暗恋左肖的日记，是他带我逃出去的。还有，我被锁在了你家的冷库里，是左肖救了我。你把我不喜欢左肖的话，录下来给左肖听了……"

沈欣欣越听越觉得莫名其妙："你在说什么呀？咱俩高中虽然感情一般，我也的确不是特别喜欢你的做派，但也没必要干这些缺德事儿吧？"

"没有吗？"慎温洇惊讶，看向钟情。

钟情摇了摇头:"我不知道啊,我不记得啊,这应该算大事儿了吧?我没听说过呀。"

慎温洇又看向了孟呓。

孟呓也摇了摇头:"阿慎,你和沈欣欣没有过节啊。"

"不可能……"慎温洇喃喃自语。

她将最后的希望寄托于陆白的身上:"你还记得吗?我因为日记本被公开,受了打击,转学之后高考失利。你那时候一直照顾我,我后来复读了一年,你还记得吗?"

陆白摇了摇头:"你什么时候复读了?你是信德高中的理科状元啊。"

温俞担心地看向女儿:"洇洇,你今天怎么了?"

慎温洇看着周围关切的目光,踉跄了一下。怎么会这样呢?她猛然间想起了左肖的话:

我会在过去一直保护着你,我要让你永远平安幸福。

"永远平安幸福?"慎温洇喃喃地说着。

"阿慎……你别吓我。"孟呓试图走过来。

慎温洇却突然大笑起来,紧接着了号啕大哭起来。

她的左肖抹掉了她过去所有不好的记忆,改变了她一切悲惨的经历,却再也没有人记得他了。她记忆里最美好的左肖,终于被他亲手擦掉了。

她在这一刻万念俱灰,直直地倒了下去。

"洇洇!"

"阿慎!"

"慎温洇!"

她听到了许多人关心地叫她的名字,却再也听不到他带着笑意的那一声"阿慎"了。

是不是她没有在2014年认出27岁的他,那一切就不会结束?如果她早点儿知道这一切,她一定打死都不说出来。她后知后觉地想起,为什么他在听到她想看《星际穿越》的时候,是那种复杂的表情?原来在2014年年初的时候,并没有这部电影,他就是在那一瞬间认出了她,而他忍着没说。是她破坏了游戏规则，所以天降惩罚。

"左肖，这一次，我该怎么才能找到你？"

第二十五章

绝不放手的勇气

醒来又是在医院里,慎温泹似乎已经有点儿习惯了。她开始明白当时孟吒的感受。总是被误会,但是她仍然不会放弃。

"泹泹,感觉怎么样了?"温俞和慎西北守在女儿的身边,见到女儿苏醒,关切地问道。

慎温泹皱了皱眉:"想回家。"

"等你病好了,咱们就回家。你前天晕倒了,把我和你爸爸吓坏了。"温俞说着给慎温泹掖了一下被角。

"口渴吗?"慎西北拿着水杯问女儿。

慎温泹摇了摇头,抬手发现自己还在输液,扫了一眼是葡萄糖。她手撑着病床,要起身。温俞轻轻按住她:"别起来,再躺一会儿,医生说你需要静养。"

"我没病。"慎温泹强调。

温俞和慎西北交换了一个眼神,慎西北开始顺着女儿说:"爸爸知道你没病,但是医生说你好几天没睡好,需要多睡一会儿。爸爸和妈妈工作比较忙,你就在医院里休息好不好?"

"陆白可以照顾……"慎温泹说到一半,将话咽了回去。她想起,陆白已经跟孟吒修成正果了,她不该再掺和其中。她顿了顿又说:"我回家休息,医院总能让我想起工作,我更睡不着了。"

她的这个理由很充分,父母似乎没有什么反驳的理由。二人再次对视一眼,

温俞的脾气上来了:"家里在大扫除,你那个公寓给你退了,后天接你回家,没得商量。"

"为什么退掉我的公寓?我上班还要住的。"

"你一个人在外面照顾不好自己,结果营养不良在这里输液,不回家怎么行?以前有陆白给你做饭,我还能放心,现在也不方便了,回家。"温俞的语气不容反驳,慎西北看到老婆发火了,轻轻拉了一下她。

一面是女儿,一面是老婆,这母女两个人性格很像,有时候就是两座火山,慎西北夹在中间相当无奈,他只能偷偷地安抚女儿,让她先听妈妈的话。这一次也是一样,他给慎温洇递了个眼色:"洇洇,听话,等回家以后,爸爸每天都给你做好吃的。"

"随便吧。"慎温洇蒙上头。她反正只是想离开医院,去哪里住都好。只要能离开医院,她就能去找左肖。

"我在这里照顾洇洇,你先去上班吧,不是还有课吗?"慎西北哄着温俞。

温俞脸色难看:"看着她把饭吃了,你们爷儿俩别糊弄。我走了。"

温俞关上病房门离开后,慎温洇才把头露出来。她看了一眼马上就要滴尽的葡萄糖,直接伸手拔掉了针头。这举动吓了慎西北一跳,他赶紧过来阻止她。

"洇洇,你这是干什么?"

"没了。"慎温洇指了指吊瓶说道。

慎西北松了一口气:"想吃点儿什么?"

"想吃信德高中后面的麻辣烫。"她说,那是她以前和左肖经常去的地方,他们就在二楼的窗台前,一边吃着麻辣烫,一边看着夕阳西下。

慎西北顿了顿,说:"麻辣烫是吧,爸爸给你买。"

"我要信德高中后面那家的。"

"影州太远了,一来一回开车也要几个小时,买回来就不好吃了。洇洇,你看看医院附近的……"慎西北拿着手机打开外卖软件,给慎温洇挑选麻辣烫。

慎温洇推开慎西北的手:"可是我只想吃信德高中后面那家的,爸爸你让我去一趟。我天黑之前就回来,好不好?"

"不行。"慎西北直接拒绝。他看到了女儿脸上的失望神色,这还是他第一次如此坚决地拒绝女儿的要求:"太远了。"

"可是我真的想吃啊,特别特别想去。"慎温洇央求着,眼睛里泛着泪花,

第二十五章　绝不放手的勇气

紧紧地拉着父亲的手，"求求你了，爸爸，让我去吧，我真的很想去。"

慎西北看着女儿，万分心疼，却只能拒绝："油油，别去了。信德高中没有你要找的人。"他是最了解女儿的人，又如何不知她根本不是想吃那家麻辣烫？她还在寻找那个不存在的男孩。

这句话彻底触动了慎温油紧绷着的弦，她极力否认："没去过，你怎么会知道呢？你就让我去看一眼，我只看一眼就好了。"

"油油……"

"我就看看，就看看怎么了？为什么你们就不能让我去看看呢？你们都不相信我，我要证明给你们看，左肖就在那里等着我，左肖一直都在！"慎温油突然吼了起来。

医生和护士冲了进来，慎温油看到他们更加恼怒了。

"出去！"慎温油吼道。

"油油，别这样。"慎西北抱住女儿。

"就让我去吧，我就去一趟。"慎温油不知道怎么了，根本控制不住自己的情绪。她担心时间越久，左肖被遗忘的可能性就越大，想要赶紧出去，但是这些人为什么一定要拦着她？

她开始挣扎，开始嘶吼。她不知道自己哪里来的这么大的力气，慎西北也阻止不了她，直到医生和护士无奈之下，过来给她打了一针镇静剂，她才真正安静下来，躺在病床上默默地流泪。

她要出去，一定要出去。

接下来的几天，慎西北和温俞轮班在医院里照顾慎温油，却更像是看着她。慎温油找了几次机会，从医院一楼的洗手间窗户跳出去，还没跑出去，就被发现了。她得想办法换一身衣服，穿着病号服是出不了医院的。她没有手机，断了跟外面的联系。她其实也不知道能够找谁帮自己，仿佛在一瞬间，她就只剩下自己一个人可以相信了。

她觉得很孤独，当所有人都不相信左肖存在的时候，她觉得叫天天不应叫地地不灵。她其实也不知道自己出去到哪里能找到左肖，可就是不想这样坐以待毙。

几次偷跑以后，她的活动范围只剩下了这间病房。她看了看三楼的高度，

好像还能接受。她趁着半夜温俞睡着了,悄悄把被单扯开、打结,做成了一条绳索,偷偷拿起温俞的外套,套在自己的病号服外,又从温俞的口袋里拿到了一部手机。

慎温泇打开窗户,深秋的夜有些许寒冷,她知道这是唯一的机会,她一定要出去。慎温泇抛下绳索,爬了出去。就在她爬到二楼的时候,她的被单因为撕扯,受力不均,直接断裂了,她直直地掉了下去。她紧急调整了一下自己落地的姿势,双腿着地,踉跄一下,跪在了地上。

一股钻心的疼意涌上来,她顾不得许多,活动了一下,似乎还能走,便一瘸一拐地跑向了医院的后门。

出租车上,慎温泇满心都是左肖,全无困意,终于在凌晨三点的时候到达了信德高中。

值夜班的恰好是章超,他看到慎温泇非常意外。他记得前几天在陆白和孟呓的婚礼上,慎温泇大闹了一场,然后晕过去了,此刻慎温泇里面穿着的明显是病号服。

"慎温泇,你怎么来了?"章超看着眼前冻得发抖的慎温泇,露出了诧异的表情。

"章超,让我进去看看。"

"这……"章超有些为难。

慎温泇急切地抓住了铁栅栏,哀求着:"让我进去吧,我就进去看看。你可以跟我一起去,我不会做什么出格的事情,只是看看。"

章超无奈:"好吧,你可别乱跑啊,我要被处罚的。"

章超说着,帮慎温泇开了门。因为他觉得,以慎温泇的性格,他即便不答应,她也会想办法溜进来,到时候指不定会弄坏什么东西,反倒是麻烦,不如就自己跟着她,还能防范一手。

"谢谢!"慎温泇感激道。

章超看了一眼慎温泇脚上的拖鞋,有些于心不忍地说:"你等等。"他转身回到岗亭值班室,拿了一双新袜子递给慎温泇,"好歹暖一点儿。"

"谢谢,章超,真的谢谢你!"慎温泇穿上袜子,跟在章超后面进了学校。

"你要去哪儿啊?"章超拿着手电筒,照亮前面的路。

第二十五章 绝不放手的勇气

"去更衣室,室内篮球场后面的那个。"慎温洇记得这里是她和左肖第一次见面的地方,或许她能找到一些什么线索,又或许,能从这里回到过去。她不确定,只是有一种近乎于玄学的感觉。

"行,我带你去。"章超没再多问什么,默默前行。

两个人穿过操场,穿过教学楼,室内篮球馆就在前方。章超打开大门,更衣室近在眼前,她的心跟着揪了起来,越跳越快。章超找到了更衣室的灯,按下开关之后,吊灯一排排地亮了起来,靠着墙壁摆放着两排铁皮更衣箱,整个更衣室虽然翻新过,但跟十年前的陈设差不多。

她走在地板上,老旧的木质地板发出"吱吱"的声响。

"这里很久没用了,学校在修建新的篮球馆。你小心一些啊。"章超提醒道。

"谢谢。"慎温洇继续往前走,踩到了一块翘起来的地板,直接一脚踏进了地板空隙里。

"小心!"章超闻声赶来。

"没事。"慎温洇把脚从地板空隙里拔出来,一个紫色的本子赫然出现在眼前。她立刻蹲下,把旁边松动的地板也抬起来,从里面拿出了那个日记本。

年代久远的紫色笔记本,封皮上印着风信子的图案,她难以置信地看着眼前的这个本子。

"这是谁的日记本啊?"章超疑惑道,"纸都黄了,估计有些年头了。"

慎温洇翻开日记本,眼泪在这一刻再也止不住了。

章超吓坏了:"你怎么了,慎温洇?"

她哭得上气不接下气,她的天在这一刻坍塌了。日记本上是她熟悉的字体,这是所有人都不记得的左肖的日记本。他说:

亲爱的阿慎,当你看到这封信的时候,应该已经回到属于你的时代了。或许他们已经忘记了我,你不要再去求证了,我不需要很多人记得,只希望你短暂地记得我一段时间,然后要继续过你的生活。我听了你的建议,读了物理学,参加了教授的实验项目,也因此跨越了时空,回到了过去。而让我鼓起勇气回到过去的原因,只是看到了你在我面前结束了自己的生命,我想要改变这个结果,所以回去了。可是我没想到,我无法再走出这十年,我一直在过去,不断经历着这十年的事。我看到了许多个你,你一点点地变得更好了,或许这就是

我存在于过去的记忆。

亲爱的阿慎,我没想到会在过去与你相认,这是我最开心的事情。那天我当着全校同学的面大胆向你告白,我明明应该忍住的,却选择了说出来。当我知道你喜欢我的时候,我只想不顾一切地奔向你。

亲爱的阿慎,如果你能够看到这封信,如果我们还能在过去相遇的话,我希望你记得接下来的话:不要喜欢左肖,不要为左肖停住你的脚步,你不属于过去,你属于未来。如果我真的消失了,你不要为此感到难过,不要再找我了,尽管对你来说这有些为难,但这是我的心愿。

再见。

慎温油握着这个本子泣不成声。她就知道,左肖是存在的,他从未消失过。她的左肖只是回到了过去,在某个时间、某个空间里,一直一直陪着她。她抱紧了这个本子,就像是抱紧了左肖一样。

旁边的章超不知道如何安慰慎温油,恰好此时孟吒来电。

过了许久,慎温油止住了哭声,天亮了起来。孟吒和陆白风尘仆仆地赶来。慎温油跪在地上,扭头看向太阳升起的地方。

章超陪了她一整夜,轻声问:"慎温油,你……还要再去别的地方看看吗?"

"不用了。"她声音沙哑地说,"这个世界上,没有左肖,是我记错了。"她淡淡一笑,站起来的时候脚下一软,再次晕了过去。

"阿慎!"孟吒惊呼。

陆白冲过去抱起了慎温油。

"去医院!"孟吒说道。

又一次回到了医院,慎温油睡了长长的一觉。她醒来之后,不哭不闹,不再央求着要出院,也没有再提起过左肖的名字。一切看起来都是那么稀松平常,仿佛什么都没有发生过一样。

陆白和孟吒经常来医院看她,她看到两个人之间隔了半米,终于忍不住笑了:"你们两个不用避嫌了,我又不是什么前女友,我和陆白是假结婚,还没结成。"

第二十五章 绝不放手的勇气

陆白听了这话,整个人放松了下来。他搂住孟呓的腰,把脸凑过去,孟呓刚好削了一块苹果,陆白直接吃了,说了一句:"好甜。"

孟呓伸手就打他:"那是给阿慎的!"

"慎温泅不爱吃苹果。"陆白说了一句。

"我怎么不爱吃苹果了?你这嘴脸呀!"慎温泅跟陆白怼了起来,她恨不得拿脚踹他。

"你之前吃我的、喝我的,我就吃你一个苹果,你哪儿那么大怨言啊?"陆白说着又去吃温俞给慎温泅买的草莓。

慎温泅咬了咬牙,抓着孟呓的手问:"你能不能带他走啊?你俩还没度蜜月吧?赶紧去吧,我看见陆白就烦。"

孟呓轻声笑起来:"不急,等你好了,咱们三个一起去,散散心。"

慎温泅往床上一缩:"我才不去。我只是不介意你们在一起,但是并不想吃'狗粮'。"

"不想吃'狗粮'你就赶紧好起来出院,我给你介绍几个哥们儿认识。"陆白说道。

慎温泅撇了撇嘴:"你那几个哥们儿,一个比一个歪瓜裂枣。你损不损呀?"

孟呓和陆白陪了慎温泅一整个下午,才放心离开。

车上,陆白调整好安全带,又给孟呓扣好,反复检查。

"怎么你每次扣安全带都这么紧张吗?"孟呓笑着问。

"上次跟慎温泅一起,出了车祸,这车上有卡扣,总是忘了系安全带,幸好她那时候看了日记,日记上提醒了。"陆白说完,检查好了安全带,"出发吧。"

孟呓的神情有些落寞:"你说她真的好了吗?虽然没有再听她提起过那个叫左肖的人,但是她真的没事了吗?"

陆白回答不上来这个问题,车子缓缓驶出了医院停车库。

半个月后,慎温泅出院了,彻底好了起来。

她驱车前往机场,一路上陆白都在打电话催她:"你再不到,我和孟呓就起飞了。"

309

"催什么催啊,我开车呢。"慎温泇回怼道。

孟吜在电话那头小声说:"阿慎,你别听陆白的,慢点儿开,我就在停车场对面这里等你。"

"还是孟吜好。"慎温泇说完,挂断电话,停好车。

她从停车场出来,对面站着陆白和孟吜,孟吜朝她招手。

慎温泇踩在斑马线上,等待绿灯亮起。

"左肖!"远处有人叫了一声左肖的名字,慎温泇毫无反应,走向了对面的孟吜和陆白。

"祝你们一路顺风,蜜月旅行愉快,然后……"慎温泇拿出了一张清单,"帮我去免税店看看。"

"好,好,好。"孟吜笑着拉住慎温泇的手,"还有时间,一起吃个饭吧。"

陆白拿着慎温泇的购物清单,皱起了眉:"你这要的东西也太多了啊!"

慎温泇根本不管他,跟孟吜有说有笑的。

只是在进入候机楼大门的时候,她从玻璃门上悄悄地看了一眼反射的影子。刚才那个叫左肖的女孩已经找到了自己的同伴,而那个名字叫"左肖"的人也是一个女孩。慎温泇笑了笑,不再去看。

慎温泇搬回了家里住,照常上下班,一切的一切都好像已经过去了,她还会跟同事和曲教授开玩笑。她跟爸妈抱怨上班太远了,但是再也没有提出要搬出去住。偶尔她会在家里吐槽科室的领导,然后叮嘱爸妈千万不要说出去。

2023年的冬天来了,她看着街上成双成对的人,翻着朋友圈里孟吜和陆白在国外的旅游照片,撒着娇问温俞:"妈妈什么时候给我介绍个男朋友?"

温俞嫌弃地说:"你不会自己努力啊?"

"你为什么不努力?你那些老姐妹家里就没有身高一米八五的帅气男大学生吗?"

温俞戳了戳慎温泇的脸:"听听你说的这是什么话。"

慎温泇笑嘻嘻地说:"赶紧给我包办婚姻吧,靠我自己是不行了,我要相亲,一天十个!你再不安排,我就去你的学校找你的学生谈恋爱了!"

"没有!别来!"温俞一个人先走了。

慎温泇看着她浅浅地笑了,一切的一切都好像变好了,可是只有她自己知道,她从未有一刻忘记过,有一个男孩子还在 2013 年等着她回去。

连续加班半个月之后,慎温洇打了年假报告。曲教授批了,让她好好休息几天。

"我要出去玩,不要在家里待着。"慎温洇跟曲教授说,也是这么跟家里人说的。

温俞和慎西北亲自送慎温洇上了高铁。

"真没事儿吗?万一她……"慎西北还是有些忐忑。

"能有什么事儿啊?咱家洇洇需要放松一下。等她真的找不到那个男孩子,她也就回来了。"温俞目视着前方。她知道,慎温洇没有忘记过那个男孩子,哪怕掩饰得再好,她的女儿她了解。

高铁上,慎温洇打开背包,发现里面塞了一张银行卡,还有一张字条,来自温俞:"你爸攒了十年的小金库,给你当旅游经费了。"

慎温洇"扑哧"一声笑了,然后眼泪就止不住了。

她一定要找到左肖。她相信左肖这个人一定存在于世界的某个角落,或者是某个折叠过来的世界,无论如何,她要找到他,不能让他消失。

慎温洇记得 1404 的秘密房子里,她看到过一个实验室的背包,虽然房子里的东西消失了,但是那个包她记得,她查询过,那个背包属于一个实验室。如今,这个实验室在五百公里外的启尘市,这也是她此行的目的。

恰好,启尘市在办一个科技展,慎温洇在未来科技展馆里徘徊,却始终没能见到她要见的人。展位上都是一些前端实习的人,慎温洇有些急了。

"同学,你们实验室的负责人不来吗?"慎温洇混熟了以后问。

"不来的,这个展,我们每年都参加,很基础的。"一个戴眼镜的男生回答道。

"那什么情况下才会有技术人员来啊?"

"设备又没坏,技术人员不用来的。"

慎温洇往心里去了,得设备坏了才行。当天下午,慎温洇趁大家不注意,成功搞坏了他们的展览设备——反重力球失效。

四十分钟后,一个年轻男人急匆匆地来了,带着满脸的惊诧之色:"反重力球怎么会坏呢?是不是你们没插电啊?"

慎温洇就在这个时候跳了出来:"王涛?"

对方吓了一跳，仔细打量慎温洇："你是哪位？我们认识吗？"

"我叫慎温洇，第一次见，我认识你的同事左肖，我是他的女朋友。"慎温洇介绍道。

王涛疑惑了起来："我没有同事叫左肖啊。"

慎温洇拿出左肖的笔记本，上面除了给慎温洇的那封信以外，还记录了一些工作日志。她拿给王涛看。

王涛扫了一眼日记之后，面色严肃起来："找个地方，单独聊聊。"

王涛走在前面，慎温洇赶紧跟上，那几个实习学弟弱弱地叫了一声："反重力球还没修……"

咖啡厅里，王涛再次仔细看了笔记本上的内容，感到十分诧异："老实说，这个本子上的内容，跟我们现在研究的内容一样，但是我们实验室里并没有一个叫左肖的人，负责这部分数据研究的人叫董若储。"

慎温洇并不是很意外，类似的话已经听过太多次了。

"我知道。左肖在这个时空里已经消失了，你们都不会记得他的。"

"这个时空，什么意思？"王涛来了兴趣。

"你们研究的是平行时空对吧？所以你知道我在说什么。原本生活在这里的左肖，因为你们的实验，回到了过去，现在正在被大家遗忘。而我，是这个世界上唯一记得他的人。"

"很抱歉，我无法回答你的这个问题，关于实验的一切，目前都还在保密阶段。"

慎温洇摇了摇头："我不需要你回答我任何问题，只希望你帮我一个忙。"

王涛微微挑眉："什么忙？"

"你们的实验还缺一个志愿者吧？我希望成为你们的志愿者，我希望回到2013年。我愿意签署志愿者协议，给你一天时间考虑，请你跟郑垣教授汇报一下这件事，这是我的联系方式。"慎温洇留下了自己的名片，心里忐忑，却也不得不赌一把。

慎温洇走在街上，看着雪花落下来，这或许是她在2023年度过的最后一个冬天了。

当天晚上，慎温洇得到了明确答复。

第二十五章　绝不放手的勇气

七天后，她终于等到了一次星辰变化。她第一次见到了郑垣教授，教授对她叮嘱了一番："实验开始以后是不可逆的，我们可能无法真的让你见到你想见的人，你还要继续吗？"

"哪怕只有万分之一的机会，我也要见到他。"她肯定地说，看着眼前的实验仪器，或许当时的左肖也是这样吧？哪怕机会渺茫，他也选择了回去。

慎温汭坐上了交换机，郑垣教授亲自启动了机器，磁场发生了变化，她觉得自己好像要被撕裂了一样，痛苦地闭上了眼睛，"嗖"的一下，周围没有了任何声音。

慎温汭闭着眼睛，深吸一口气，缓缓地睁开了眼睛。

周围一片黑暗，她似乎在一个柜子里。她有些激动，敲了敲柜子门，铁皮柜子发出声响。

"有人吗？"她试着叫人来。

无人回应。

慎温汭继续拍打着柜门："有人吗？！"

忽然之间，柜子门被打开了，一道光照进来，她勉强眯着眼，适应了手电筒的光线后，看到了那张日思夜想的脸。他一头乌黑的短发，因为紧张，额头前贴着几根发丝。他有一双明亮的眼睛，只是稍微看一眼，她就要沦陷在这样一双眼睛里了。他的睫毛很长，在眼睑下投下一圈阴影，他高挺的鼻梁是一整张脸上最立体的地方，他有着清晰的下颌线以及一双薄唇，感觉却一点儿也不薄凉。

他是17岁的左肖，那样阳光，那样青涩。

慎温汭不顾一切地拥抱住左肖："我终于找到你了……"

她感受到怀里的左肖瑟缩了一下，他似乎是被吓到了。她猛然想起这是他们第一次见面，左肖还不认识自己，赶紧放开左肖，有些结巴地说："你好，我叫慎温汭，是1班的学生。我被关在这里了，谢谢你救了……"

左肖忽然用力抱住了她，在她的耳边哽咽了，她感觉到他的眼泪打湿了自己的衣领。

"你怎么了，左肖？"她轻声问。

他声音沙哑着说道："阿慎，你不该回来。"

而这一声"阿慎",成了对她最好的回报,她捧着他的脸仔仔细细地看着。这一次,她不会再说破了。她知道眼前的人是他,她哭着点点头。

她终于找到他了。

在2013年的开始,也是2023年的结束。

她亲吻着喜欢了整整十年的人。

"我很想你,别再让我一个人了。"她说。

The end

图书在版编目（CIP）数据

第十一次拥抱 / 准拟佳期著. -- 北京：国文出版社，2024. -- ISBN 978-7-5125-1758-5

Ⅰ. I247.5

中国国家版本馆 CIP 数据核字第 2024KC4559 号

第十一次拥抱你

作　　者	准拟佳期
责任编辑	侯娟雅
策划编辑	夏　之
责任校对	邓　旭　佘　炯
特约监制	刘皇甫　陆　乐　向莉苹
特约策划	韩建蕊　张婷婷　荣雅妮
装帧设计	羊羊得意设计工作室丨QQ247451228
出版发行	国文出版社
经　　销	全国新华书店
印　　刷	北京盛通印刷股份有限公司
开　　本	880 毫米 ×1230 毫米　　1/32
字　　数	300 千字
印　　张	10
版　　次	2025 年 1 月第 1 版
	2025 年 1 月第 1 次印刷
书　　号	ISBN 978-7-5125-1758-5
定　　价	45.00 元

国文出版社
北京市朝阳区东土城路乙 9 号　　邮编：100013
总编室：（010）64270995　　传真：（010）64270995
销售热线：（010）64271187
传真：（010）64271187-800
E-mail：icpc@95777.sina.net